洛克伍德
靈異偵探社

爬行的黑影

4

The Creeping Shadow

Jonathan Stroud

喬納森・史特勞 ———著　楊佳蓉 ———譯

洛克伍德靈異偵探社 ■書評推薦

《尖叫的階梯》

「從頭到尾充滿樂趣……犀利如鞭子，風趣又機智，有時誠實得令人驚訝……充滿了鬼魂，沒有成人監督的獨立少年，以及一大堆美味的餅乾。」

——《學校圖書館學報》書評家伊莉莎白・柏德（Elizabeth Bird, *School Library Journal*）

「這故事會讓你讀到深夜，不敢關燈。史特勞是個天才，他創造了與我們世界相似且可信度極高的世界，卻又那麼駭人地不同。把《尖叫的階梯》放到你的待讀清單上！」

——《波西・傑克森》系列暢銷作家　雷克・萊爾頓（Rick Riordan）

「史特勞依然才華洋溢，結合冷面笑匠的幽默與刺激的動作場面，洛克伍德偵探社三名調查員的互動更是充滿火花（更不乏嚇人的時刻）。」

——《出版人週刊》（*Publishers Weekly*）

《低語的骷髏頭》

「儘管三名主角會有摩擦對立，但他們組成了一支令人印象深刻的團隊，而以罐子裡的嘲諷骷髏頭骨爲首的配角們，爲故事增添了豐富的色彩和複雜性……並深入探索最好保留給死者的領域。」

——《科克斯書評》（*Kirkus Reviews*）

《空殼少年》

「……史特勞在這部引人入勝的續集中發揮了他豐富的講故事技巧……敘事節奏出色、描述細膩、幽默感十足。故事的結局會讓粉絲們迫不及待想看到第四集。」

——《書單》（*Booklist*）

《爬行的黑影》

「史特勞的故事設定和敘事能力首屈一指，而且善於建構可信且獨特的角色和其中的人際關係，讓書迷們深深爲《洛克伍德靈異偵探社》系列瘋狂。」

——《書單》（*Booklist*）星級評論

Lockwood & Co.

洛克伍德靈異偵探社 4 爬行的黑影　目次

獻給路易斯，愛你——

Lockwood & Co.

第一部
兩顆腦袋

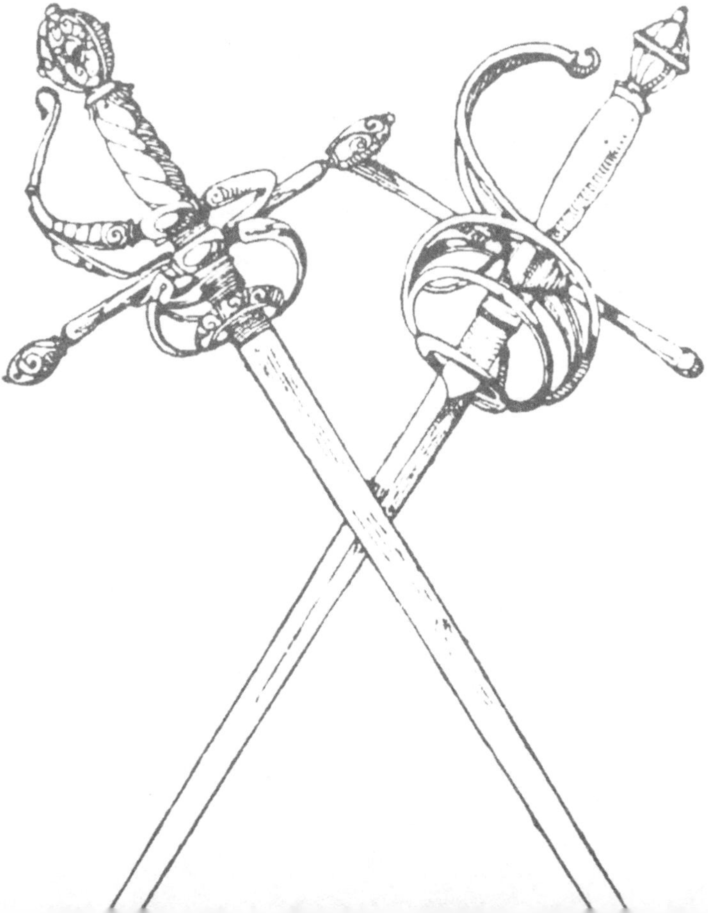

1

我才剛溜進被月光照亮的辦公室，反手悄悄關上門，就知道自己面對的是亡者。頭皮發麻、手臂寒毛豎立、吸進的空氣冰冷無比，這些都是證據。可以從窗上的一團團蜘蛛網看出端倪，厚重的蛛絲布滿灰塵，凝起閃耀的寒霜。還有來自數百年前的聲響，我追著這些聲響走上空蕩蕩的階梯，穿過一條條走道。布料摩擦、玻璃碎裂、瀕死女子的哭泣聲，現在越來越響亮了。突然間，有什麼東西觸動了我的本能，在我臟腑深處翻攪，像是邪惡的存在盯上我似地。

不過呢，就算我對這一切無動於衷，從背包傳出的尖叫或許能帶來些許指引。

「噁！救命！鬼魂！」

我轉頭狠瞪。「省省吧。我們已經找到鬼魂，你不用再演了。」

「她就在這裡！空洞的眼窩直盯著我們！喔，我看到她的森森白牙！」

我哼了聲。「有什麼好在意的？你只是個骷髏頭。冷靜。」

我把裝備背包抖到地上，翻開袋口。裡頭的巨大玻璃罐散發迷濛綠光，罐底是一顆人類頭骨。可怕的半透明臉龐貼在玻璃上，鼻子歪向一邊，突出的雙眼左右閃動。

「妳叫我負責警戒，不是嗎？」骷髏頭說：「這就是我的警報聲。哎唷！她在這裡！鬼魂！骨頭！頭髮！噁！」

「可以拜託你閉嘴嗎？」就算極力控制情緒，我還是感覺得到它的話語對我產生了影響。我凝視房間各處，看透陰影，尋找死者形體。是的，我什麼都沒看到，但這沒讓我舒坦多少。這個鬼魂照著特殊的法則行動。我加速往背包裡翻找，將玻璃罐推到一旁，摸過鹽彈、薰衣草手榴彈、鐵鍊。

骷髏頭的嗓音在我心中迴盪：「如果妳在找鏡子，露西，妳拿繩子把它綁在背包後面了。」

「喔……對。沒錯。」

「這樣妳就不會忘記它在哪。」

「喔，對……就是這樣。」

它閃亮的雙眼仰望我，看著我摸索尋找那條細繩。「妳慌了嗎？」

「沒有。」

「一點點慌？」

「當然沒有。」

「好吧。對了，她走得更近了。」

到此爲止。沒空耍嘴皮子了。兩秒後，我握住特地帶來的鏡子。

這個訪客性質特別，就算是擁有強大靈視能力的調查員也無法直接看到它的身影。據說它是心狠手辣的艾瑪．瑪區曼的鬼魂，這名女士於十八世紀初住在這棟屋子，當時此處是私人居所，而非保險公司的辦公室。她沉溺於巫術，據傳害死了幾名親戚，她的丈夫拿砸碎的梳妝鏡碎片刺死她。現在她只會出現在倒影——比如鏡子、窗玻璃、擦亮的金屬表面——裡頭，近期有幾名公司職員被她觸碰喪生。追捕她可是相當棘手。今晚我們的團隊帶上小手鏡，緩緩倒退著走動，轉頭往黑暗的角落張望。我才懶得採取那些措施，信任自己的感官，追尋聲音的動向，直到現在才忙著找鏡子。

我舉起手鏡，調整角度，看清房間倒影。

「這東西還眞不錯。」骷髏頭說：「貨眞價實的塑膠。邊緣的粉紅小馬和彩虹有——夠——可愛。」

「從玩具店買的。時間那麼緊迫，我只來得及弄到這東西。」

月光在鏡面閃爍混淆視聽的光芒。我深吸一口氣，穩住持鏡的手。影像馬上變得清晰，現出明亮的窗框、掛在窗戶兩側的廉價窗簾。窗台下是一組辦公桌和椅子。我轉動鏡面、左右上下變換角度，只看到月光打在地板上、另一張辦公桌、幾個檔案櫃、貼著深色牆板的牆面、掛在牆上的盆栽。

這間無趣的辦公室曾是臥房，激烈的情緒在此交錯，陳舊的妒意燃起火花，親密關係扭曲成恨意。在臥房裡產生的鬼魂比其他地方多。如果艾瑪．瑪區曼眞的死在這裡，我一點都不意外。

「我沒看到她。骷髏頭，她在哪裡？」

「對面右邊角落，一半的身體從那張辦公桌浮出來。展開雙臂，像是要擁抱妳一樣。哎唷，她的指甲眞長……」

「你今晚是怎樣？哪裡來的鄉下老太婆？別在那裡陰陽怪氣的。要是她又往我這裡移動，你給我說一聲。不然就別在那裡亂叫。」

我果斷下令，展現深厚信心。不要露出半點恐懼、焦慮，別成爲蠢蠢欲動鬼魂的餌食。即便如此，我不能有半分鬆懈。左手浮在腰帶上，一邊是我的細刃長劍，另一邊是鎂光彈。

我的視線離開鏡子幾秒。沒錯，那個角落有辦公桌。很暗，月光幾乎照不到那處。我再怎麼凝目也看不出有什麼東西站在那兒。

好吧，試試看……我再次盯緊鏡面，將它緩緩轉動，越過辦公桌、盆栽，順著牆面，來到角落的辦公桌。

就在那裡。鬼魂怵目驚心的身影映入眼簾。

我預料到她的存在，卻還是差點掉了手中鏡子。

那道身影枯瘦如白骨，垂在四周的白色布料好似裹屍布。鐵青的臉龐被煙霧般的髮絲包圍。她瞪著一雙黑眼，蒼白皮膚像融化的蠟液般緊貼顱骨。可以看到嶙峋的頸子；連身裙上的血漬；下頷不自然地垂落。她舉起雙手，十指朝我彎曲。

她的指甲確實很長。

我嚥嚥口水。如果沒有鏡子或骷髏頭的引導，我很可能就這樣一無所知地撞進她的懷抱。

「看到了。」我說。

「是嗎，露西？很好。妳想活，還是想死？」

「我當然想活。」

「那就叫其他人來。」

「再一下。」我的手又抖了起來，鏡子左搖右晃，那白色身影在我視野中若隱若現。我沉澱思緒。爲了待會的行動，我需要清靜一下。

「我知道妳對他們很不爽。」骷髏頭繼續說：「可是這不是堅持自己來的節骨眼。妳得要克服自己的小小心魔。」

「我已經克服了。」

「就因爲洛克伍德——」

「我才不擔心洛克伍德。可以請你閉嘴嗎？我知道我需要完全的安靜。」我深吸一口氣，重新確認鏡影。是的，就是這張臉：細如糖絲的頭髮包圍著模糊的面容。

它是不是正悄悄接近我？或許。它似乎放大了點。我甩開這個想法。

骷髏頭再次躁動：「別和我說妳要做那種蠢事！這個邪惡的老太婆只想對妳不利。不需要與她接觸。」

「我就是要做，那才不是什麼蠢事。」我提高音量呼喚：「艾瑪？艾瑪．瑪區曼？我看得到妳。我聽得到妳。妳想要什麼？告訴我。我可以幫妳。」

我總是這麼做。一切都從原點開始。露西．卡萊爾官方認證——在黑色冬季的漫漫長夜歷經反覆測試驗證。使用它們的名字。提出問題。語句要簡單。這是我開發出的讓死者開口的最佳策略。

注意，這招未必永遠管用，或是照著預期發展。

我盯著鏡子中央的白色臉龐，以心中的耳朵細聽，屏除骷髏頭充滿疑心的哼聲。輕柔的聲響飄越時間與空間的深淵，來到臥室的這一頭。

是話語嗎？

不。只是染血的睡袍翻飛的沙沙聲，以及空虛嘶啞的死亡嘆息。老樣子。

我張開嘴，想再試一次。就在這時——

「……我還擁有……」

「骷髏頭，你有沒有聽到？」

「稍微。她的嗓子有點啞。不過已經很了不起了，喉嚨破了個大洞還能說話。她還擁有什麼？問題就在這裡……水泡？口臭？天知道呢？」

「噓！」我比了個優雅的歡迎手勢。「艾瑪．瑪區曼——我聽見妳了！如果妳想安息，一定要相信我！妳還擁有什麼？」

有人在我背後不遠處說道：「露西？」

我驚叫一聲，抽出用魔鬼氈固定的長劍，猛然轉身，穩穩握著劍柄，心臟狠狠撞擊肋骨。臥室的門開了，一道高大瘦削的身影站在門邊，四處亂射的手電筒光束與鎂光彈的白煙照亮那人的輪廓。他一手扠腰，另一手搭在劍柄上，大衣衣襬垂在腿邊。

「露西，妳在幹嘛？」

我迅速回頭一看，穩住鏡面，碰巧看見那道微弱蒼白、宛如吐息的身影穿過辦公桌後方的牆板，消失無蹤。

所以說鬼魂鑽進牆裡了……還真有意思。

「露西？」

「好啦，好啦，你可以進來了。」我收好長劍，招招手——羅特威偵探社的隊長泰德・戴利（第二級調查員）大步踏進房裡。

不要誤會我。我無意抱怨。成爲自由接案的靈異現象調查員後，我得到不少好處。我可以挑選案子。我可以在喜歡的時段出勤。我可以慢慢建立自己的名聲。然而決定性的缺點是我永遠無法選擇與誰共事。每接下一個案子，我就得重新適應雇主派來的團隊。當然有的調查員不差——正派、專業、能力在水準之上。其他的就……就和泰德差不多。

隔了一段距離、在昏暗的光線下、從背後看過去，泰德還算是可以忍受的隊友。仔細一看則會引起各層面的失望。這名少年眼神憂鬱，手腳修長但比例不太對，嘴巴總是半開，下巴垂在瘦巴巴的脖子前。不知怎地，我總覺得他剛吞了了自己的下巴。他的嗓音尖細，態度緊張而挑剔。他是隊長，今晚有權指揮我做這做那，然而看他像隻呆頭鵝似地揮舞手臂，看上去近似軟綿綿的芹菜梗，最致命的是他靈感能力不太強，我幾乎沒把他放在眼裡。

「法納比先生要聽妳回報。」他說。

「又來了?」

「他要即時掌握我們的行動。」

「不可能。我已經把鬼魂逼到角落了,現在就來對付它。帶其他人進來。」

「不行,法納比先生說——」太遲了。我知道他們早在門邊兜轉。一瞬間,兩道戰戰兢兢的人影溜進房裡,鏘鏘,我們總算全員到齊。

這支團隊稱不上眾星雲集。羅特威的現場調查員婷娜·藍恩(第三級調查員)整個人毫無血色,感覺她的體溫與脈動全都從鞋尖的破洞洩掉了。她的淺金色頭髮活像是漂白過的稻草,皮膚蒼白,說話又慢又小聲,讓人不由得湊上去,生怕漏聽什麼。之後會發現她的話不聽也罷,你又會緩緩退開,努力往那個方向移動,離開房間。

接著是羅特威的現場調查員戴夫·伊森(第三級調查員)。戴夫是不可貌相的人(不是在稱讚他)。他膚色黝黑、矮矮壯壯、性格好戰,活像是怒氣沖沖的樹樁。我猜他擁有強大的天賦,但是與訪客交戰的經驗讓他疑神疑鬼,有風吹草動就拔劍。婷娜身上有一道疤就是先前出任務時被戴夫劃下的傷口。光是今晚我就兩次因爲他的眼角餘光在鏡中瞄到我的身影,差點被他戳穿。

蒼白的婷娜、平庸的泰德、膽小鬼戴夫。對,這就是我的隊伍;我只能努力配合。鬼魂沒有被嚇得魂飛魄散眞是奇蹟。

戴夫激動不已,渾身僵硬,頸子上青筋抽動。「卡萊爾,妳跑哪去了?我們正在對付危險的第二型鬼魂，法納比先生他——」

「說我們不能落單。」泰德打斷他。「對，我們要排好陣形。妳和我爭辯、單獨行動並沒有好處。露西，妳現在得要聽我的指示。我們馬上向他回報，不然就——」

「不然就繼續執行任務。」我剛才跪在地上蓋好背包開口；其他人不知道骷髏頭的存在，我希望能繼續維持。現在我站了起來，按著劍柄，對他們說：「聽好，向監督員報告只是白費時間。他是大人，根本幫不上忙，對吧？我們就好好利用自己的能力。我已經找到源頭可能的位置了。鬼魂遁入對面的牆裡。傳聞不是說艾瑪．瑪區曼被丈夫刺傷後逃入密室嗎？等到他們破門而入，她已經死在自己那些瓶瓶罐罐和毒藥之間了。所以我猜我們能在某道牆後找到她的密室。跟我來，我們一起解決這個案子。如何？」

「妳不是隊長。」戴夫說。

「對，但我知道自己在幹嘛，這可不太一樣吧。」

房裡一陣寂靜。婷娜一臉茫然，泰德舉起彎曲的手指。「法納比先生說——」

我不擅長控制脾氣，不過這幾個月我稍有進步。許多調查員就是這副德性：懶散、毫無效率，或者單純的嚇傻了。而且總是太過在意監督員，使得團隊無法好好運作。「我是這樣想的。密門就在辦公桌旁邊。我們其中一個找出它的位置，把門撞破，其他人拿鏡子守在一旁。要是鬼魂有任何動靜，就用鹽彈和長劍擋到底。我們找到源頭，封起來，離開這裡，相信到時候法納比手中的小酒瓶還沒喝到一半。誰要跟我來？」

婷娜愣愣看著安靜的房間。泰德修長蒼白的雙手不斷撫摸他的劍柄頭。戴夫只是凝視地板。

「你們做得到的。」我持續說服。「你們是優秀的團隊。」

「才怪。」骷髏頭的低語只有我聽得到。「**他們不過是一幫烏合之眾。妳不是很清楚嗎？被鬼魂碰到還太便宜他們了。**」

我沒有反應。我的笑容毫無動搖，心意同樣堅決。或許他們沒有回應，但也沒再反駁我，我知道我贏了。

忙了五分鐘，我們把場地布置妥當，將幾張桌子推到旁邊，清出一大片空間。防護用的鐵鍊在地板上畫出弧線，將辦公桌所在的角落框住。圈內牆邊的三盞提燈綻放黃光。我也貼牆站立，手鏡掛在腰帶上，握著長劍，準備好尋找密門所在。我的三個夥伴安全地站在圈外，手中鏡子的角度涵蓋了整個我見到鬼魂蹤影的區域。我只要回頭看一眼就能確認自己是否安全。此時此刻，鏡中的倒影只有我——三個我，沒有其他人影。

「很好。」我繼續鼓勵他們。「非常完美。你們做得很好。我開始找了。鏡子記得拿穩。」

「**妳的信心令人佩服。**」背包裡的骷髏頭再次發聲。「**這些白痴光是邊走路邊呼吸就很了不起了，妳竟然還仰賴他們保命。我得說風險很高。**」

「他們做得到。」我的嗓音壓得極低，不讓其他人聽見，同時舉起手電筒照亮老舊的深色牆板。會是什麼樣的機關？拉桿？按鈕？很有可能只是簡單的暗門，一壓牆板就能開啓加重的門板。它已經關閉許久，說不定門板早已封死，那我們就得用蠻力破門了。我變換手電筒光束的角度。感覺有一塊木板比其他區塊微微光亮一些。我試探性地推了一把。毫無動靜。

或者該說是沒有物理上的動靜。我心靈的耳朵捕捉到在附近響起的輕悄劈啪聲，彷彿有人踩過碎玻璃。

遭到碎玻璃捅死的女人。我的胃袋扭曲，但還是維持平穩的語氣：「鏡子有沒有照出什麼？」我一邊問，又推了那塊牆板一把。

「沒有，妳很厲害。沒有異狀。」是戴夫，緊張令他的嗓音缺乏抑揚頓挫。

「越來越冷了。」泰德說：「降溫的速度很快。」

「好。」是的，我感覺得到溫度不斷流失，指尖的木板宛如冰塊。我以冒著冷汗的手指撫過牆板，這回感覺到它的動搖。

玻璃劈啪作響。

「她要回來了。從過去走出來。」骷髏頭說：「她不喜歡你們在這裡礙事。」

「有人在哭。」婷娜說。

我也聽見了，悲涼的憤怒啜泣在孤寂的空間迴盪。隨之而來的是不斷逼近的布料磨擦聲——被鮮血浸濕的布料……

「各位，盯緊鏡子。」我下令：「繼續回報……」

「沒有異狀。」

「越來越冷……」

「她離妳很近。」

我加重力道——總算用夠了力。那塊牆板往內盪開——切開一道狹窄的門扉，一部分的牆板剝離牆面，沾上厚厚的蜘蛛網和灰塵。

再進去呢？只有黑暗。

我抹去臉上的汗水，手和額頭都冷得要命。「找到了。」我說：「傳言說得沒錯，這裡有個密室！現在只要走進去就好。」

我回頭望向三人，露出燦爛笑容——

同時看見鏡中倒影。

有我反射了三次的蒼白臉龐。後方是另一張臉。皮膚從骨頭上融化。我看見雲絮般的淺金色髮絲；我看見敞露在外細小如石榴種子的血紅牙齒。我看見閃耀黑光的雙眼；在我閃避的前一秒，我看見朝我喉嚨伸來的利爪。

2

我們的反應各異其趣，充分展現個人風格。婷娜尖叫一聲，丟下鏡子；泰德像是被熱水燙到的貓似地往後跳開。只有戴夫還牢牢握著鏡子——握得有點太牢了——同時往腰帶上摸索。我呢？婷娜的鏡子還沒落地砸碎，我已經倒轉劍尖，往後戳去，接著迅速轉身，凝視一片虛無。不過白煙從劍身上浮起，一團鬼氣在鋼鐵劍刃上翻騰冒泡。

我瘋狂來回劈砍，重複好幾次。

「浪費時間。」骷髏頭頓了一下。「她已經躲回牆裡了。」

「你怎麼不早點說？我打中她了。她被我傷得多重？」

「看不太清楚，畢竟妳以無比生疏的技巧擋住了我的視線。」

「好吧，那——？」話還沒說完，一團鹽巴、鐵粉、白色鎂光在左側幾呎旁的牆面炸開，我倒向一旁。在幾秒鐘內，房間亮得像是大白天，我們彷彿被丟到太陽上。接著火焰燒盡，黑暗再次包圍四周，我躺在滿地發亮的白灰餘燼中，耳朵嗡嗡作響，頭髮蓋住眼睛。

我僵硬地起身，拍拍耳朵，拿劍支撐身體。隔著煙霧，我看到泰德和婷娜從房間另一角瞪著我看。戴夫離我不遠，他以獵豹般的姿勢蹲著，手中握住第二顆鎂光彈。

「打中了嗎？」

我拍熄袖子上的蒼白燄舌。「沒有，戴夫，你沒打中。不過勇氣可嘉。不用再丟了，她已經躲進密室。」我咳出一口灰。「我們要跟她進去，解決這件事。我們——泰德，怎麼了？」縮在角落的泰德舉起手。

「血從妳的鼻孔裡流出來了。」

「我知道。」我用袖子抹掉鼻血。「多謝告知。很好，我們該進去了。誰要跟我來？」

他們三個彷彿化為石像，恐懼是如此的具體，幾乎成了房裡的第五個人。他們緊盯著牆上的大洞。我靜靜等待，煙霧擴散混合，塡滿整間辦公室，隱沒了他們的身形。

「法納比先生說——」泰德的聲音響起。

「你以爲我在乎法納比說什麼嗎！」我大喊：「他人又不在這裡！他沒和我們一起拚命！給我自己想清楚！」

我繼續等。沒有等到答案。憤怒與不耐塡滿我的腦袋。我獨自轉向那扇密門。

如同新娘白紗般掛在鬼魂背後的寒意仍舊強烈，往黑暗中延伸。辦公桌的側面結起瑩亮又纖細的冰晶，宛如蕾絲編織。牆板也被寒霜覆蓋，我打開手電筒。

眼前狹窄的走道牆上覆蓋層層疊疊的蜘蛛網，往左側急轉，看不清前方。微弱的酸敗、灰塵、死亡的氣味伴隨著黑暗飄浮在半空中。

我們苦苦尋找的源頭就在黑暗中的某處，可能是地點，也可能是物體，與鬼魂緊緊相繫。拿銀或是鐵製品將它覆蓋起來便能困住訪客。就這麼簡單。我一手拿鏡子，另一手拿手電筒與長劍，擠進牆洞裡。

其實我並不想這麼做。我可以等其他人鼓起勇氣；我可以花十分鐘說動他們跟上。不過到時候我很可能也會慌了手腳。少許的無謀有時是必要的；我在某個地方學到這一招。

通道相當狹窄，我不斷碰到兩側的磚牆，每前進一點就扯下一片蜘蛛網。我走得很慢，準備迎擊伏兵。

「你有沒有看到她？」我悄聲問。

「沒有。她很狡猾；在這個世界的邊界進進出出。所以才這麼難鎖定。」

「真想知道源頭是什麼——她究竟在護著什麼。」

「最有可能的是她的一部分。說不定那個丈夫沖昏頭，把她砍成碎片。哪根腳趾頭之類的滾到椅子下，沒被人發現。沒那麼難。」

「我幹嘛聽你說話？太噁了。」

「喂，身體部位哪裡噁心了？我也是其中一員啊。這一行童叟無欺。等等——那裡是死角。」

黑暗從轉角彼端滲過來。我從腰間抽出一顆鹽彈，往前丟向看不透的黑暗。我聽見爆炸聲，但沒有靈異反應——什麼都沒打中。

我舉起手電筒，往轉角另一側張望。「說不定她希望我們找到。」我低喃：「有這個可能性，對吧？她幾乎就像在帶路一樣。」

「也許。或者她是在引誘妳迎向悲慘的死亡。我認爲這個可能性也存在。」

無論鬼魂目的爲何，終點就在眼前。看蜘蛛的密度就知道了，牠們一向都是訪客所在地的指標。上千片蜘蛛網塞滿前方的小房間，懸掛在牆面之間，從壁爐一路延伸到天花板。它們互相交疊，構成柔軟的灰色吊床，在交叉處結起厚厚的灰塵塊。我的手電筒光束遭到蜘蛛絲打散、吸收，宛如身處扭曲雜亂的鳥巢。黑亮的細小身軀在蜘蛛網邊緣移動，匆忙找地方避光。

我遲疑了下，花了點時間分辨眼前的混亂場景。我猜這地方曾是更衣室，被人蓋了片假牆藏起來；殘留的破爛壁紙是這個推測的佐證。一面牆上裝設幾排空架子，另一面則是毫無裝飾的磚砌壁爐，煤灰與碎石子間夾雜著一具鳥類的枯骨。這房間沒有窗戶，黑色塵灰宛如乾燥的波浪拍打我靴子兩側。此處已經封閉許久。

我豎起耳朵傾聽；聽見一名女子在近處啜泣。

一面鑲著金邊的高大鏡子原本應該是放在梳妝台上，現在靠牆而立，鏡面粉碎，少許碎片上覆蓋厚厚灰塵。

視線首度掃過那個角落時，我感應到——只有一瞬間——淡淡的灰影站在鏡前，微微躬身，彷彿是在照鏡子似的。不過那道幻影（我還不確定它眞的存在過）馬上消失得無影無蹤，留我獨自拿長劍在蜘蛛網間撥出一條路，皺起臉忍耐蜘蛛絲黏在手和劍刃上的觸感。包裹在層層蜘蛛網內的鏡子猶如巨大的蟲繭。

故事中的艾瑪·瑪區曼被她鏡子的碎片捅死。或許這面鏡子就是源頭。我打開腰間的某個小袋子，抽出一片銀鏈網，罩在鏡子上。我又聽了一會。啜泣聲依然存在，房裡的詭異錯置感仍舊持續。

「猜錯了……」我說。「眞可惜……」我緩緩環視房間。鏡子……壁爐……空架子。蜘蛛網成了惡夢，某些區塊的能見度趨近於零。我輕聲咒罵羅特威偵探社的人馬。「只有我一個太難了。」我小聲嘀咕。

「什麼？」淒厲的抗議聲在我背包裡敲出回音。「如果『只有妳一個』，現在和妳說話的是誰？措辭給我精準一點。」

我翻翻白眼。「抱歉。我訂正一下：除了關在破舊罐子裡、被我大發慈悲帶來帶去的邪惡骷髏頭之外，只有我一個人。的確差很多。」

「妳怎麼能說這種話？我們可是好夥伴啊。」

「我們才不是什麼夥伴。你明明千方百計要把我害死。」

「別忘了，我也是死人。說不定我很孤單啊。妳有沒有替我想過？」

「嗯，現在給我盯好四周。」我下令。「我可不希望她突然撲向我。」

「眞的，被沒有下巴的陳年老鬼親上確實不太好看。」骷髏頭說：「仔細想想，她不算是我們遇過最糟的對手。要說難看的話不能不提之前在杜維治區遇到的骨骸。還記得它的呻吟聲嗎？『我要我的皮！我要我的皮！』是啦，你已經丟了那層皮了！堅強點！別那麼在意！」它自顧自地輕笑，話鋒一轉：「喔，等等——妳該不會是要幹那件事吧？露西，露西……肯定不會有好下場的。」

也不盡然。除了視覺（尚可）、聽覺（比任何人都強），我還擁有觸覺的天賦——變數極大又讓人挫折的能力，通常得不到任何結果（或是太過輕微），有時候又強烈到難以承受。最近幾個月來，我的靈異觸覺準確度大幅提升，值得一試。我朝鏡子伸出手，接觸殘存的碎玻璃，封閉現實的感知，朝過去敞開靈識，邀請許久以前的時光進入我的心。

如同近期的體驗，聲響輕輕飄來，接著是黯淡的影像……啜泣聲消退，取而代之的是薪柴燃燒的劈啪聲。我閉上眼，看到同一個房間，裡頭充滿色彩與擺飾——與現在的樣貌大相逕庭，就像是活生生的肉體與骨架間的差異。壁爐裡火光閃爍，架上擺著瓶瓶罐罐和皮面精裝書。桌上散落一堆堆藥草，以及其他更血腥的物體。

一名女子頂著黑色長髮，站在壁爐旁，連身裙被火光染紅，袖口的蕾絲隨著溫暖氣流飄盪。她正在對壁爐腔動手腳，挪動一塊又寬又扁的石頭。當我的視線落在她身上時，她僵住了，轉頭狠狠瞪著我，眼神中險惡的占有慾令我退縮。我的肩膀撞上背後牆面，意識回到現在這個黑暗寒冷、空殼般的房間。

「妳玩得挺開心的嘛。」骷髏頭說。

我揉揉眼睛。對我而言只是一眨眼的時間。「過了多久？」

「我無聊到都想蹺腳抽菸斗了。有什麼發現嗎？」

「或許。」我將手電筒照向窟窿般的壁爐。那片扁平的石頭就在那裡，比我的視線稍微高一點，幾乎被厚厚的灰塵蓋住。

我還擁有。艾瑪．瑪區曼的鬼魂是這麼說的。

還在這裡。她的寶物。

我抽出腰間的撬棍，踏出兩步來到壁爐前，往石板邊緣又挖又刮。背對滿房間的蜘蛛網不是最愜意的事，但我別無選擇。陳年煤灰塡滿周圍縫隙，石板難以撼動。眞希望我力氣更大。眞希望我屬於某個更有本事的隊伍。這樣能有人守在我背後，盯著蠢動的陰影。可惜我沒這麼好運。

「快點。就連老鼠都能叼出那顆小石頭。」

「我在努力了。」

「就算我沒有手也比妳強。女人，加把勁。」

我只回了它一聲咒罵。撬棍總算找到施力點，石板緩緩移動，但啜泣聲也越來越響亮，我再次聽見踩過碎玻璃的腳步聲。我往四周張望，冰珠沿著蜘蛛網蔓延。

「她要來了。」我說。「在這個節骨眼，希望你能以洞見取代挖苦。」

「喔，我可以買一送一。露西，到了緊要關頭，妳何不放我出來？讓我了結妳的痛苦。」

「這是當然。快挖出來了……給我繼續看守。」

「要我在她靠近的時候通知妳？」

「不是！在那之前！」

「在她的手指要掐住妳的脖子的時候？」

「她在房間裡的時候說一聲就好。」

「太遲了。她已經在這裡啦。」

根據後頸寒毛的反應，我知道自己並非獨處。我鬆開一手，拎起掛在腰間的鏡子，往肩膀後方照去。小房間裡一片漆黑，但鏡面中央亮起微光。是冰冷的藍色異界光芒，來自一道朝我飄近的細瘦身影。

直到此時我才想到我把銀鏈網蓋在房間另一頭的鏡子上。

絕望帶來力量。我丟下鏡子，從腰間抽出一顆鹽彈丟過去。鹽彈炸開四散，傳來鬼氣灼燒的氣味。飄落的鹽粒燃起綠色火焰，勾勒出站得歪歪斜斜的女性輪廓。鬼魂化爲兩條蛇一般的帶狀物，彈射逃離。鹽巴漸漸燒盡，黑暗再次降臨。我撲向撬棍，猛然使勁；石板滑了出來，砸在地上，我連忙跳開。手電筒在哪？在壁爐裡面。我一把拎起，照進原本被石板堵住的空洞。洞裡有個黑漆漆的大型物體，像是形狀不規則的足球，在蜘蛛網間緩緩滾動，表面爬滿蜘蛛。陳年灰塵營造出絨毛般的效果。

「喔。」我說。「是一顆腦袋。」

「對。很舊了。已經變成木乃伊。讚。」

「但這不是她的腦袋。」

「對。如果是的話，她丈夫又多了個宰掉她的絕佳理由：她生了一臉大鬍子。」

即便隔著重重蜘蛛網，還是看得見頭顱下巴冒出的黑色剛毛。

我抱起那顆頭。好啦，我知道。這是我們的職務內容之一。

「骷髏頭，她在哪裡？」

「幻影重新成形。現在她站在鏡子旁邊。喔，她的傷口上結了蜘蛛網。太怪了。現在她往前移動。她對於妳拿著她的源頭不太開心——她伸出雙手——」

或許我可以丟個燃燒彈，但此處沒有地方讓我閃避爆炸威力。或許我能拿細刃長劍來抵擋，但我沒辦法同時拿著劍，還有鏡子，還有源頭。於是我照著過去與厲害調查員共事的經驗行動。見招拆招。

我把手中的頭顱擲向房間另一頭，隨即感覺到寒冷的波動往旁移動，鬼魂追上去，蜘蛛網上的冰霜構成她的軌跡。與此同時，我衝向另一端的鏡子，拎起銀鏈網，轉過身，握起手鏡，及時看到鬼魂轉向我這邊。鏡裡鉅細靡遺地映出可怖的細節——血淋淋的身軀、瘋狂邪惡的表情，各位可以自行判斷哪一個比較怵目驚心——但我的心思完全不在上頭。我照著洛克伍德過去表演過的鬥牛士手法，拎起銀鏈網虛晃，甩來甩去，不讓惡靈接近。突然間我放棄抵抗，直直站著。鬼魂朝我衝刺，十指彎成爪子；我抓準時機，閃向一旁，手中銀鏈網擲向幻影的臉。

銀製品的效果一向卓越，鬼魂身影一閃，再次消失。

我撿起銀鏈網，對著側倒在牆邊的頭顱彎下腰，將網子覆蓋上去。耳中啪地一聲，房裡的邪惡化為虛無。

我往背包的方向發話：「如何？」

「老實說還不差。」

我跪倒在地，凝視腳邊的物體。「這個源頭還眞不簡單。你想這是誰的腦袋？她爲什麼要納爲己有？」

「很可能是從絞架上偷來的。以前的女巫通常都這麼幹——用來完成她們那些毫無用途的法術。」

「噁。髒死了。」

「是啊……」骷髏頭刻意沉默幾秒。「拿著砍下來的腦袋到處晃……哪裡來的變態啊？」

「我知道。」我在黑暗的密室裡坐到呼吸和心跳恢復平穩。接著僵硬地起身，把那顆腦袋牢牢包在銀鏈網裡，回頭與其他人會合。我不慌不忙。已經度過今晚最大的危機，但最糟的部分才剛剛開始。

3

各位或許認爲找到那顆腦袋就能了結這個案子。鬼魂消失，源頭受到壓制，又一棟屋子恢復安全——沒有半點瑕疵。才怪。因爲現在我們面臨身爲自由接案的靈異現象調查員的首要麻煩：向大人提出結案報告。

這是偵探社運作的矛盾之處。只有孩童和少年少女擁有足夠的靈異天賦，因此像我這樣的調查員年紀都不大。與鬼魂周旋的是我們；出生入死的是我們。然而要由大人來經營這門生意。他們指手畫腳、付我們薪水、掌管所有小隊。成人監督員毫無靈異感應能力，而且怕到不敢接近訪客半步，絕對不會冒險踏入鬧鬼區域。於是他們在場外閒晃，除了擺架子之外毫無用途，他們的命令與現場狀況完全搭不上。

每一間偵探社都是如此運作。在倫敦的每一間偵探社都是如此，只有一間除外。

羅特威偵探社的托比．法納比先生是我那晚的監督員，做這一行的大概都長這個樣。這個體態豐腴的中年男子至少有二十年沒看過任何超自然現象。即便如此，他依舊認定自己舉足輕重。他駐紮在鋪設大理石的前廳，身旁圍了三圈鐵鍊，逃生出口近在眼前。我一拐一拐地走到二樓露台時看到他宛如胖嘟嘟的大蟾蜍般蹲踞在我腳下。他寬闊的背部倚靠折疊帆布椅，金屬酒瓶和一堆三明治擱在旁邊的折疊桌上。

他身旁站著一名身材細瘦如柳樹的男子，拿著一張塑膠寫字板。這人名叫強生，我今晚第一次與他打照面。他的神情柔和，面容讓人過目即忘，棕髮缺乏特色。他也是羅特威的內部人員，就我來看，他正在監督我們的監督員。這間偵探社作風就是如此。

此時此刻，法納比先生忙著教訓其他隊員，顯然他們直接下樓報告我消失在牆洞裡。婷娜和戴夫的站姿毫無精神，透露出厭煩與不悅。泰德則是立正站好，神情專注又呆滯。

「最重要的是你們回去的時候千萬要極度謹慎。」法納比說個沒完。「假如卡萊爾小姐死了——這個可能性很高——那也是她自找的。不要分散，守著同伴的後背。記住，艾瑪．瑪區曼毒殺了她的繼子，還打算除掉丈夫！既然她在世時如此歹毒，那麼她狂躁的亡魂只會更凶殘。」

「長官，我想我們該早點上去。」戴夫．伊森說：「露西失蹤很久了。我們該——」

「遵循規範，伊森，這是為了保護你們。打斷我說話扣兩分。」法納比先生光滑圓潤的雙手交握，扳扳指節。他拿了一個三明治。「那個女孩自己亂跑，沒來向我回報。這就是雇用外人的麻煩之處。他們沒受過妥善訓練，對吧，強生？」

「確實沒有。」強生答腔。

我從露台上呼喚：「哈囉，法納比先生。」看他們嚇得跳起來，我內心浮現陰鬱的滿足感。法納比的三明治掉在大腿上，他抬頭看我，小眼睛閃爍。「啊，卡萊爾小姐選擇回到我們身邊。我已經聽過妳無謀的行為了！在羅特威，我們注重的是團隊合作！妳不能自己一個人橫衝直撞。」

我的手指緩緩敲打扶手。法納比稀疏的黑色直髮被提燈照亮；他的肚腩營造出月食般的陰影。幾袋鐵粉與鹽巴散在他腳邊地上。表面上他負責守著我們的補給品；事實上是它們守著他。

「我不介意團隊合作。」我說：「只要合作模式夠穩當。現場調查員需要獨處才能發揮我們的靈異天賦。」

法納比的嘴唇抿成一線。「卡萊爾小姐，今晚我雇用妳是爲了妳卓越的靈異聽力，而非因爲需要妳刺耳的意見。現在請妳完成我一小時前的要求，詳細報告妳的行動——」

我的背包裡傳來微微騷動。「**這傢伙眞會扯。**」

我悄聲回應：「確實。」

「**猜得到我的建議嗎？**」

「嗯。答案是不行。我不會宰了他。」

「**喔，妳眞無聊。那裡有個盆栽——直接砸在他頭上就好。**」

「閉嘴。」

法納比仰頭看我。「抱歉，卡萊爾小姐——妳有說話嗎？」

我點頭。「是的，我說我取得源頭了。現在就帶下去給你。幫我留個三明治。」

我拐著腳前進，找到樓梯口，往下爬回一樓，無視愣愣盯著我的調查員同伴橫越前廳，一手抱著銀光閃閃的包袱。來到法納比面前，我以誇張的方式將那團東西丟在桌上，發出讓人滿意的碰撞聲。

監督員稍稍退開。「這就是源頭？是什麼東西？」

「先生，你可以自己看看。也許你會想把點心稍微移開一點。」

法納比掀起銀鏈網一角，大叫一聲，往旁邊彈開，撞倒椅子。「去拿銀玻璃匣子來！快！把那個東西放到地上！不准往我這邊靠！」

他的手下找到容器，把頭顱放進去。法納比滿頭大汗，用袖子亂抹，回到座位上。他隔著一段距離打量匣子。「眞是令人髮指！妳認爲這是艾瑪．瑪區曼嗎？」

「不是她的頭。」我說：「但這個東西確實屬於她。我稍微瞄到當年密室的模樣。裡頭有很多瓶罐與藥草，詭異的書本和符咒。可以確定她沉迷於某種毫無邏輯的巫術。這顆陳年腦袋是她的寶貝之一，所以她的鬼魂才對它如此執著。」

「了不起。」面無表情的強生先生在寫字板上做了點筆記。「卡萊爾，做得好。」

「謝謝。這是團隊合作的成果，每個人各司其職。」

法納比尖酸地咕噥幾聲。「這個樣本確實罕見。強生，你們機構的男生就喜歡這種東西吧？你要帶回家嗎？」

強生先生微微一笑。「可惜根據新的靈異局條約，已經無法這麼做了。一定要把它摧毀。我會寫報告說明此地現在安全無虞。法納比，雖然你欠缺自制力，但你的團隊表現得相當卓越。」

他拍拍監督員的肩膀，踏出鐵鍊圈，輕飄飄地走向大門。

法納比先生靜靜坐著發火。等他再次開口，砲火朝向緊張地站在一旁的泰德發射：「戴利，都是你的錯。你負責管理隊伍，應該要緊緊看著卡萊爾小姐。要扣你五分。」

我心中燃起不悅的火焰。可以感覺到泰德悄悄縮遠。「抱歉，先生。」我說：「小隊達成了目標。我們的行動完全正確。」

「在我看來並非如此。」法納比說：「到此爲止。該來打包了。」他擺擺手打發我，打算拎起他的金屬酒瓶，但我堅守立場。

「當時沒空下來諮詢你的意見。」我繼續說：「我得在惡靈消失前掌握源頭的確切位置。這是最有效率的做法。首度與鬼魂交鋒時，隊員的表現極佳。他們協助我找到密室，戴夫幫忙逼退惡靈。先生，你也曾是調查員，一定還記得在現場必須如何抉擇。你可以試著信任自己的手下調查員。泰德，我說得對吧？」

我回頭看到不遠處的泰德忙著把一袋鐵粉拖往門邊，準備離開。我愣愣看著他。「婷娜？戴夫……？」

然而婷娜正在收拾未使用的鹽彈，戴夫捲起鐵鍊。他們一言不發，不與外界聯繫，專注在手邊的雜事上。他們的注意力完全不在我身上。

突如其來的陰影將我籠罩。法納比的大肚子擋住燈光，他以笨拙的姿勢起身。年輕時他的雙眼或許如同光潤的黑色漿果，現在往內陷得更深，成爲黑漆漆的玻璃碎片，閃著惡意的光芒。我倒退一步，反射性地摸向劍柄。

「卡萊爾小姐，我知道妳之前在哪裡做事。」法納比說：「我知道妳爲什麼如此辦事。我實在是猜不透靈異局怎麼沒出手關掉那個惡名昭彰的破爛小公司。小孩子經營的偵探社？太荒謬了！聽好了，它很快就會落入悲慘的下場。卡萊爾小姐，妳已不再是洛克伍德偵探社的成員。只要與羅特威合作，妳就要適應真正的偵探社作風，調查員小鬼知道自己有多少斤兩。如果妳想再接我們的案子，那就乖乖閉嘴，以後大人說什麼就去做。我說得夠清楚嗎？」

我的嘴唇抿成一線。「是的。」

「既然妳如此注重我們的效率，那就讓妳來幫忙了結今晚的工作。正如強生先生所說，靈異局訂下新規定要求偵探社立即摧毀所有第二型源頭。黑市對這種鬼東西虎視眈眈，我們不能冒險。」他用鞋尖戳戳銀玻璃匣子。「這個木乃伊腦袋呢，給我送去費茲熔爐，親眼盯著它燒光。」

我瞪著他看。「你要我去克拉肯維爾？現在？已經清晨四點了耶。」

「時機正好。熔爐的火想必燒得正旺。明天把蓋了印章的證明文件拿給我，我才會付妳今晚的工資。你們幾個——」他瞥向忙碌不堪的三人組，「本來今晚打算就這樣放你們回去休息，但既然卡萊爾小姐對你們的精力給了這麼高的評價，那就來看看能不能多塞一個案子。我相信在海格特公墓有個變形鬼需要整治一下。等會就開車送你們過去，趕快收拾乾淨！」

他轉過身，打包他的三明治。我的調查員同伴惡狠狠地瞪著我，乖乖聽命行事。沒有人理會我。我撿起那個銀玻璃匣子。

「骷髏頭。」我說。

「怎樣？」

「你剛才提到的盆栽挺讓人心動。」

「看吧，聽我的就對了。」

我沒有多說，一手抱著木乃伊腦袋，離開屋子。我又累又氣，可是選擇把這些情緒藏起來。和監督員爭執不是什麼新鮮事，幾乎每晚都要來上一次，是我嶄新的自由接案生活的家常便飯。

□

從一開始我就決定要好好幹。我印了名片，上了漂亮的亮膜，有著古典的銀灰色邊框。我把名片遞給每一位雇主，上頭的文字說明了他們爲什麼都想雇用我，即使我不時惹毛他們。

露西．卡萊爾
靈異現象調查員顧問
倫敦圖丁區馬廄街十五號四樓
靈異事件調查以及移除訪客
專精靈異聽力

或許可以弄個時髦的商標，印個交叉的長劍或被刺穿的鬼魂之類的，但我偏好簡約設計。加上顧問的頭銜就足以引來注意，因為這代表我是獨立作業。倫敦沒有多少獨自接案的靈異現象調查員，因為大多數都死了。

這樣的身分讓我能自由與任何需要我的偵探社合作，說真的，在黑色冬季，他們非常需要這種服務。我格外敏銳的能力——聽覺是我最突出的天賦（偷偷和各位說，除了某個例外，我的聽覺比任何一個接觸過的調查員都還要厲害）——對每一個小隊都是如虎添翼。雇用我的另一個好處是，我知道如何存活下來。我知道什麼時候該停看聽，什麼時候該拔劍，也知道什麼時候該溜之大吉。說到底也就這三個選擇，加上簡單的常識。這就是保命的祕訣。

簡單說，我能把這份工作做得很好。這是當然的。我可是在最優秀的偵探社耳濡目染了好一陣子。

而我現在已經不與他們為伍了。

黑色冬季是開業的大好時機。現在是三月底，出現了種種緩解的跡象。天氣好轉，白晝拉長，漂亮的春季花朵從厚重積雪旁探頭，傍晚出門買牛奶的時候不太可能會遭受致命的鬼魂觸碰。我們希望日子暫時不用過得那麼艱辛。

然而經歷了幾個月彷彿永無止盡的長夜，靈擾——長期侵擾這個國家的流行性鬧鬼——卻更加嚴重。雖然沒有像惡名昭彰的切爾西區大爆發那樣的群聚事件，這年冬季沒給大家半點喘息時間。每間偵探社的人力都運用到極致，許多年幼的調查員在值勤時殞落，埋在騎兵衛隊閱兵場後方的鋼鐵墓穴裡。

這一季的嚴苛景況卻帶給某些偵探社大展身手的機會。其中一間就是洛克伍德偵探社，全倫敦規模最小的靈異事件調查公司。初冬時節我還是他們家的員工。社內只有我、掌控大局的安東尼・洛克伍德、負責調查的喬治・庫賓斯。我們住在馬里波恩區波特蘭街。喔對，還有另一名員工，她叫荷莉・孟洛，是新來的助理。或許也能把她視爲偵探社的一員，不過對我來說最重要的還是喬治和洛克伍德。他們是如此重要，以至於到頭來我不得不離開他們，分道揚鑣。

四個月前，某個鬼魂讓我看見了未來可能的發展——我的行動將導致洛克伍德的死亡。那個鬼魂當然是充滿惡意，我沒有理由相信它，只是它與我的直覺相互呼應。洛克伍德曾經一次又一次冒著生命危險救我，成功與毀滅之間的界線越來越淡薄模糊。雪上加霜的是當我的靈異天賦增強的同時，控制那些天賦的能力變得越來越弱。調查案件期間，我曾經數度情緒失控——使得我們對抗的鬼魂力量更強，威脅性更高。先前我釋放了騷靈的力量，在隨之而來的戰鬥中差點害死洛克伍德（以及其他人）。我心知肚明，只要再犯下一點錯誤，那個鬼魂的預言就會成眞。那是我無法承受的結果，迴避是非常合理的反應。於是我離開了偵探社。這是我自己的決定，我很清楚我做得沒錯。

我很清楚。

現在呢，如果不把說話的骷髏頭算進去的話，我只能靠自己了。

從報紙內容可以判斷我離開洛克伍德偵探社後，前同事們恰好獲得大篇幅的報導。特別是他們成功追蹤到切爾西區爆發事件的源頭位置——埋在艾克莫兄弟百貨公司地底深處，堆滿枯骨的空間——替偵探社社長賺到了他夢寐以求的曝光率。他們幾乎沒有離開過頭版，洛克伍德的照片格外顯眼。他與喬治站在莫特雷墓穴毀壞的墓石之間；他獨自在聖奧爾本斯修道院盜墓者漆黑的殘骸下擺姿勢。還有這張我最看不上眼的照片，他出席泰晤士報倫敦總部的本月最佳偵探社頒獎典禮，荷莉·孟洛苗條優雅的身影就在他身旁，畫面美不勝收。

所以說他們聲名大噪，我要爲他們高興才對。不過我的業績也算是蒸蒸日上。我在艾克莫案子裡的成就沒被世人忽略，租到房間、在泰晤士報的偵探社版登了個小廣告後沒多久，我已經累積了不少自己的客戶。出乎意料的是，最早和我搭上線大多是其他偵探社。我與葛林堡偵探社聯手調查梅爾摩斯寓所謀殺案，和艾特金與阿姆斯壯偵探社一同解決克倫威爾廣場的幽靈貓。就連勢力強大的羅特威偵探社也找我合作了好幾次；無論法納比向上級如何報告，我知道他們還會再找上我。

沒錯，我是炙手可熱的調查員。

我靠著自己的力量功成名就。

我會在意獨來獨往嗎？其實也還好。基本上都很順利。

我沒給自己多少空閒時間。誰都不能說我老是窩在房裡，也不能說我不和外界交流；只是與我交手的對象大多早就死了。比如說光是上禮拜我就見到鞦韆上的小孩鬼魂、坐在教堂裡的枯骨新娘、沒有待在公車裡的車掌飄過去、兩個被壓爛的工人、被一大團黑影牽著走過普特尼大街的幽靈狗、沒有頭的圖書館員、裝了三個環光的行李箱、兩個微光鬼與一個鬼火、一隻到處亂晃的斷掌，還有裸著上身的鄰居。

對了，最後一個是活人。我還滿希望他也掛了。

是的，夜晚總是如此瘋狂，怪事一件接著一件，有時甚至會覺得白天略嫌空虛。特別是黎明時分，剛解決某個案子，沿著空蕩蕩的街道走回住處，帶著滿身瘀傷和疲憊，即將面臨的孤單時光沉甸甸地壓在心頭。我甚至無法找罐子裡的骷髏頭閒聊，白天它通常不會現形。靜靜走在回家路上時，我才眞正懷念起其他人的陪伴。

不過現在我不是要回家。還不行。多虧了法納比先生陰險的招數，我得要繞去別的地方。我要帶裝在銀玻璃匣子裡的源頭到倫敦最惹人厭的地方，那裡不是鬼屋。

恰好相反。

那是摧毀鬼魂的所在。

4

倫敦大都會靈異物品銷毀熔爐——也就是大家口中的費茲熔爐——位於克拉肯維爾工業區的東側。費茲偵探社的傳奇創辦人梅莉莎．費茲在四十多年前確定靈異源頭需要安全的銷毀管道後，設立了這個裝置。早期的熔爐占用某間歇業的靴子工廠，夾在印刷廠和帽商倉庫之間，現在有整整兩個街區都是熔爐的地盤，容納熔爐的巨大磚房宛如一座座神殿，細細長長的煙囪林立，將灰黑雜質吹往河道與海面——這是原本的用意，只是細粉不時被風帶到周遭區域，沾染人們的衣帽。所謂的「克拉肯維爾之雪」沒什麼害處，還在居民的忍耐範圍內。

熔爐廠區四周築起高牆，頂端還插上尖銳的鐵桿。每天早上都有偵探社的廂型車送來前晚收集到的源頭。起初熔爐只供費茲使用，不過這幾十年都開放給所有的偵探社。這是中立地帶，偵探社之間的強烈敵對關係在圍牆內沒有容身之地，換在一般大街上可能會引發尖銳的言語衝突，甚至是拳腳相向。年長的守門人替大家保管長劍，面色陰沉的工作人員緊盯每一名調查員的一舉一動，一旦有誰膽敢惹事，馬上就會被丟出去。

如果和我一樣徒步前來，就得穿過法靈頓路上的行人出入口，途中卸下長劍，橫跨鋪著卵石的中庭，地上的小渠提供額外防護，抵擋尚未死透的存在。爬上幾格階梯，推開銀玻璃門板，踏入寬敞的接待廳，四處裝飾著薰衣草和鐵器。七名工作人員坐在獨立的小包廂裡，檢視每一項送來銷毀的物品。這裡叫作審查室。

我走過空蕩蕩的等候區，兩旁是嚴重磨損的引導掛繩，這時有人叫了我的名字。

「嗨，露西！今天妳帶了什麼東西給我？」

四號包廂的工作人員是一名消瘦的小伙子，皮膚蒼白，眼皮沉重，一雙大手指節突出。他名叫哈洛德·梅勒，今年十八歲，在這裡已經服務了十年，對此地瞭若指掌。他的笑聲像馬鳴，膽小又緊張。這個冬天，他從我手中接過幾次源頭。我們處得還不錯。

我鑽進包廂，將銀玻璃匣子擱在櫃台上，稍稍鬆了口氣。風乾人頭出乎意料地沉重。年輕人盯著我，抓抓耳朵。

「看來妳度過了忙碌的夜晚。」他左右翻轉匣子。「這傢伙是誰？」

「不知道。很可能是十八世紀的哪個罪犯。被某個女巫的鬼魂纏上——也太離奇。能快點把它烤熟嗎？我快累死了。」

哈洛德·梅勒抽出一疊表格，遞出尾端留下明顯齒痕的原子筆。「悉聽尊便，露西。照例要請妳提供細節。」

我寫下取得源頭的時間、地點、情境，遞上授權書。接著代表羅特威偵探社簽名。

哈洛德的金髮修得很短，鼻梁上布滿雀斑，一對招風耳。他的眉毛淡到幾乎看不見，我猜他正把眉毛挑得半天高。「又是羅特威？該不會是法納比那個老頭吧？」

「對。這次真的是最後一次了。那些沒用的傢伙。」

「露西，妳該把網子撒得遠一點。」

「我會的。」

「妳怎麼不再和安東尼．洛克伍德勾搭了？上禮拜他帶著那個叫荷莉的女生來過這裡。他們解決了肯頓船閘的大案子。妳應該有看過《靈異真相》的報導。」

「沒有……我沒追到這件事。」

「從那扇船閘底下的枯骨冒出尖叫的鬼魂。在水底下，沒有人想過要去那裡找——可是運河不算是流動的水域對吧？水流靜止不動。當然了，是洛克伍德想出來的。」

我撥開遮住臉頰的頭髮。「嗯，他平常就是這樣。」

「他和那個女生進來的時候還很興奮。激動得不得了。兩個人笑成一團……」哈洛德抓抓鼻子，拿起一顆橡皮章，沾上紅色印泥，在文件上蓋了熔爐的核可印記。「好啦，現在只差這個訪客的評分。露西……露西？妳有在聽嗎？評分。從一到十。」

「我記得你們的系統。八分。」

「一分最弱，大概是鬼火等級；十分最強，和你們去年十一月碰上的騷靈差不多。就是把百貨公司砸爛的那個。」他對我咧嘴一笑，又發出馬匹般的嘶嘶笑聲。「八分嗎？還挺厲害的嘛。」

「對啊。」

「嗯哼。好啦。要交給我處理嗎？」

「法納比要我親眼看著這東西燒掉。」

「不然妳拿不到錢。我知道。好啦，跟我來。」

他抱起匣子，掀開櫃台的隔板。我跟著他來到包廂後方，穿過一扇彈簧門進入水泥和鋼鐵築成的冷硬走廊。走廊貫穿熔爐廠區，任何聲音都會敲出回聲。一如以往，這條走廊接近黎明時熱鬧極了。穿著橘色制服的工作人員將滿車的空拘魂罐和銀玻璃匣子推往倉庫。還有人陪著身穿各色外套的調查員往返觀看區。推車吱嘎作響，話聲此起彼落，哈洛德．梅勒的連身褲布料隨著他的腳步發出沙沙聲。爐門關起的砰然巨響在我耳中迴盪，連地板都爲之震動。即使四周充滿干擾，仍感受得到隱藏其中的超自然恐懼；每小時都會有數十個源頭遭到摧毀，波動從爐中傳來。

走廊盡頭的巨大顯示板以綠色與琥珀色燈光標出目前哪個熔爐正在運作。哈洛德抬頭瞄了一眼，腳步絲毫不變，往十三號門前進。

「接下來就交給我啦。」他拍拍手臂下的銀玻璃匣子。「露西，向妳的朋友道別吧。」

「掰了，腦袋。你要花多少時間準備？」

「大概十分鐘。妳請自便。掰掰。」

他鑽進焚燒室，我往上移動到觀看區。這是掛在熔爐室天花板下的巨大金屬盒子，宛如飛行船的吊艙。裡頭鋪著老舊的綠色地毯，放了幾張椅子、沙發、桌子，彷彿是和朋友閒聊的地方。有時候會開放給民眾參觀，讓大家見識相關當局是如何努力對付靈擾。大多時間這裡只有調查員。我們不會找人套交情，只是默默站在長長的窗戶前，俯瞰腳下的煉獄。

我習慣性地瞄向一排排椅子，看有誰在這裡。幾名調查員、一兩名成人監督員……在房間中段，站在窗邊的身影是誰？高大、修長……他轉過身，黃色外套閃過。某個高高瘦瘦的唐沃斯偵探社的調查員。這裡沒有我認識的人。

胃部揪成一團。八成是餓過頭了，距離我的上一餐已經有好一陣子。我接近窗邊，雙手抱在胸前，等待哈洛德現身。

熔爐廠房是一棟龐大的磚房，裡頭擺滿燒得正旺的爐子，中間以金屬走道隔開，走道下是縱橫交錯的管線和排煙管。總共有二十個獨立的熔爐，兩兩一組，排成十列；巨大的銀色圓柱爐身，斗大的黑色數字漆在側邊。爐頂是透明的，可以從上方俯瞰熊熊爐火。爐門連接著一條滑道，源頭就是從這裡滑入烈焰中。工作人員在一旁待命，調整爐身側邊的控溫轉輪。爐門在我們面前鏗鏘開啓，火焰往上竄燒；源頭被推進去，眨眼間消失無蹤。

據說如果天黑時站在觀看區，可以在一瞬間看見數十個藍綠色的鬼魂痛苦掙扎，火焰將它們與這個世界最後的聯繫吞噬。現在已經天亮了，看不見鬼魂，但就算隔了一段距離，我依舊不時感受到靈異餘震。每一個波動都像是尖叫聲後的寂靜。

「這個地方簡直是人間地獄。」骷髏頭的嗓音在我腦中響起。

我環顧四周；附近沒人。我取下背包，放在椅子上，鬆開袋口。一張模糊的臉龐在翻捲的綠色迷霧間仰望我。「還以爲你睡著了。」我說。

「睡著？我？別忘了，我已經死啦。」

「或是回到另一邊之類的。」

「並沒有，我沒有做錯什麼事情卻要永遠待在這個罐子裡。我沒睡。我從來沒睡過。這是我永遠不會做的事情之一。其他還有挖鼻孔、在睡夢中嘆息、一邊伸懶腰一邊放屁。露西，我做不了的事情可多了。」

我對著背包皺眉。「我也不會做這些事。」

「是喔。我們可是住同一間房的室友啊。」

「要我提醒你幾次？」我低吼。「我們才不是什麼室友！哪個女孩子要和骷髏頭同居？只是剛好沒地方把你好好收納起來——比如說充滿霉味的墓穴，你就該住那種地方。」

「喔，太嗆了吧。今天妳有點火爆。真不知道是哪根筋不對勁。總之呢，原本的話題是熔爐。我不喜歡這些玩意兒。」

我也不喜歡，但我沒答腔，看著下方的哈洛德．梅勒踏上十三號熔爐旁的金屬走道。他戴上隔熱面罩與厚重的手套，抱著那個銀玻璃匣子。他抬起頭，愉快地豎起大拇指，對爐門旁的工作人員打手勢。齒輪轉動，爐門翻開。熔爐中央的火焰像是在迎接客人似地嘶吼。哈洛德把匣子放到門邊的托盤上，擺弄上頭的釦鎖。匣蓋敞開，哈洛德把裡面的東西倒出來。圓滾滾的黑色物體沿著滑道直直滾入烈焰中，瞬間燒出一陣藍綠色火花。

爐門蓋起，哈洛德又對我豎了一次大拇指，我揚手回應，別開臉。

「又一個靈魂遭到遺棄。」骷髏頭說：「眞是乾淨俐落到了極點。妳心情好多了吧？」

我重重坐上旁邊椅子。四肢突然像是灌了鉛。我累壞了。「才沒有。我什麼感覺都沒有。」

「這是毫無意義的行爲。而且還很殘忍。」

「把鬼魂送回它們該待的地方？這哪裡沒有意義了？哪裡殘忍了？」我垂眼瞪著那張醜臉，以及幻影下的泛黃骷髏頭。在毒藥般的綠色鬼氣漩渦中，骷髏頭被困在髒兮兮的銀玻璃罐子裡，保護我不會死於它的擁抱。「其實我也該把你丟進去。」

「喔，妳才不會這麼做。」骷髏頭說：「妳不會這樣對我。我可是妳唯一的最佳夥伴。但這做法眞的沒有意義。我猜妳根本沒在聽我說話。我從一開始就警告妳了。還記得我說什麼嗎？」

我閉上眼。觀看區很暖。再過一下就能離開，不過稍作休息也不賴。「關於死亡的屁話。就你成天掛在嘴邊的恐嚇。」

骷髏頭嗤笑。「看看我的夥伴是什麼德性？沒用的傢伙！腦袋和跳蚤差不多！聽好了，我說的是：『死者復活，生者赴死』，而且我一直在等妳給個差強人意的回應。幸好我沒有屏息而待。」它停下來思考片刻。「反正我也沒在呼吸。」

「我沒回你是因爲那時候聽起來毫無道理可言，現在更荒謬了。」我喃喃低語，雙手抱胸，靠著椅背伸展——

「露西？」

我渾身一震，意識到有人站在我身旁。我直起身，眨眨眼。是哈洛德・梅勒，他站得離我有點太近，那套連身工作服沾上點點黑灰，渾身散發出淡淡的灼燒氣味。他低頭對我咧嘴一笑，揉揉腫脹的指節。

「有點睏嗎？沒關係，都處理好了。妳該回家啦。」

「沒事，我只是休息一下。」但我沒聽到他的腳步聲——或許我真的睡了幾秒。我站起來，渾身痠痛僵硬，緩緩退開。伸手要拿背包時發現袋口半開，拘魂罐幾乎藏在背包裡，只露出一小角。鬼魂安靜下來，但罐子裡還是泛出淡淡綠光。我緊緊拉上束繩，蓋好袋口，回頭迎上哈洛德・梅勒的燦爛笑容。

「妳走到哪裡都帶著這個玩意兒。看起來挺笨重的。」

我聳聳肩。「確實。這是我正在測試的新型提燈。羅特威家的貨。不太好用。如你所說，太笨重了……所以，都處理好了？」

「解決啦。等妳準備好我就送妳到門口。」

□

總算回到我獨居（雖然骷髏頭嚴正抗議）的小公寓時，已經是早上八點半。這是倫敦南側圖丁區的一棟公寓四樓的小房間，離巴爾罕鐵工廠不遠。我的房間四四方方，坪數不大。窗下擺了張床單亂七八糟的單人床，旁邊有個洗手台，再過去是衣櫃。對側的地毯突兀地接上一片泛黃的合成地氈，隔出「廚房區」——飽經風霜的爐子、冰箱、收在牆上的桌子，再加上一張小木椅，全都塞在那個角落。就這樣。要沖澡上廁所就得跑到這層樓另一端的共用衛浴。

這裡稱不上完美。已經好久沒重新粉刷過了，無論我煮什麼，廚房區總是瀰漫著一股燉豆味。地氈的邊緣翹起，我每次都會絆到。我的床墊已是垂暮之年。不過房間溫暖安全又乾燥，工作道具（包括骷髏頭的罐子）大多能整齊塞在門與床鋪之間。老實說我進家門幾乎都在睡，一點都不在意裝潢美醜。在這裡住了整整四個月。好得很。

那天早上，我和平常一樣，下工後在自己的案件紀錄本裡簡單寫點東西，準備交給羅特威偵探社的請款單，橫越樓面沖個澡。之後我出門買外帶。應該要自己煮點東西才對，可是我完全沒精力下廚。我穿著睡衣坐在床緣，把炸薯條泡進蕃茄醬、吃漢堡、聽著圖丁大街上的往來車聲。

拘魂罐裡傳出話聲：「總算只剩我們兩個啦。親愛的室友，要來聊點什麼呢？」

我連漢堡都沾蕃茄醬。「什麼都不聊。我等下就要睡了。」

骷髏頭停頓半晌。「嗯，這樣可能比較好。看看妳。頭髮沒擦，臉腫得像豬頭，坐在床上吃速食……要是我有淚腺的話肯定要為妳掉眼淚。妳甚至沒把床單鋪好。」

「對啊，又怎樣。現在是我的休息時間，我餓死了。」

「對——又餓又孤單，沒有半個朋友。當然了，除了我。」

「謝啦。我朋友明明就很多。」

「妳說得對。我遇過的遊民的社交生活都比妳活躍。」

我突然意識到自己有多疲憊，起身燒開水。

「喔，妳橫越房間的時候小心別撞到那些小朋友。」骷髏頭高聲說：「我隱約看得到對面那道牆，有好多好朋友排隊要和妳聊天……」我沒有回話，它輕笑一聲。「露西，我是個沒有半點同情心的邪惡骷髏頭。就連我都可憐妳了，妳可要好好檢討啊。」

我把薯條的包裝紙和紙袋拿到垃圾桶前，卻發現已經滿了，只能將垃圾小心放到地上。然後我繞到拘魂罐前，關好蓋子上的安全栓，止住鬼魂滔滔不絕的揶揄。即使屋外車聲吵雜，我依然體驗到一陣寧靜。我決定別泡茶了，直接上床睡覺。我拉好窗簾，躺上床鋪，閉起眼睛。

□

五個小時後，我的姿勢完全沒變。午後陽光隔著鐵窗穿透窗簾縫隙，如同床罩般覆蓋我荒蕪的床鋪。我有點落枕，下巴疼痛，肌肉累得糊成一團。恢復意識費了我不少工夫，移動身軀更是艱難。我本來不會在這個時刻醒過來的——只是有人在敲我的門。

我走了兩、三步路來到門前，一路上滿心疑惑——從來沒有人拜訪過我。客戶不會跑來這裡，我用電話和他們聯繫。所以會是誰呢？住樓下的中國女生會在週末收走我的衣服，洗好燙好，星期一早上送回來。今天是交貨日。但她每次都是直接把燙好的裙子與內衣褲包起來擱在門外。她沒有敲過門。不會是她。

還有和我住同一層樓的鄰居，那個中年阿伯總是緊張兮兮，帽子上別著鐵製驅鬼護符，房間瀰漫濃濃的薰衣草味。他很少和我說話，與我擦肩而過時老是嚇得跳起來。我猜他被我的職業惹得心神不寧。

也不會是他。

再來是房東太太，脾氣火爆的捷克女王，像隻泡在伏特加裡的肥胖蜘蛛，住在地下室，對門板和樓梯的吱嘎聲無比敏銳，特別是在你沒付房租的時刻。可是我早就預付三個月的房租，她從沒煩過我。不太可能是她。

我不知道會是誰。我來到門邊，打著呵欠，用力眨眼，一手忙著抓後背的癢處。我解開門鎖，打開門。

門開了，呵欠還沒打完，癢處還沒抓到。

是洛克伍德。

洛克伍德。

站在門外的是洛克伍德。

5

洛克伍德。

睽違四個月與他近距離接觸，他熟悉得驚人，也陌生得驚人。他站在房門外的寒酸小空間，身穿黑色長風衣，右手還懸在門鈴上。頭髮與之前一樣旁分蓋過額頭，閃耀的雙眼藏在劉海間。我迎上他的視線，他馬上露出微笑——和報紙上的千瓦笑容版本可說是天差地遠。溫暖中帶著些許猶豫，似乎是最近很少用上。這是我腦海裡想像了數百次的笑容，而現在它化爲眞實，只爲我綻放。風衣還是我們挖開貝瑞特太太墓穴時的那一件，上頭留著我已經看慣的爪痕。不過裡頭的套裝是新的——碳灰底色搭配細細的紫色條紋，還是一樣優雅時尚，稍微太過合身。我甚至認得出他的領帶——那是我一年多前在解決聖誕節死屍的案子後送他的。原來他還留著，還會拿出來用……

我一愣，不再去想他的穿著。

洛克伍德站在我房間門外。

這是一秒內在我心中跑過的字句。

「哈囉，露西。」他說。

我想迴避最糟的情境：我的嘴巴合不起來，只能發出嗚嗚氣音。可惜我也無法順利搬出這四個月想像了無數次的冷靜反應。

「嗨。」我嘴上說著，從睡衣下抽出手，揉掉黏在眼睛上的髮絲。「嗨。」

「抱歉這麼早來打擾。」洛克伍德說：「看來妳才剛起床。」

眞好笑，和他住在波特蘭街那陣子，我成天穿著睡衣到處晃。現在已經不在同一間偵探社工作了，我卻對自己的穿著感到羞愧不已。我低頭看了看。不，這還不是最好看的一套，只是我衣服洗好前用來墊檔的灰色舊睡衣。

衣服洗好……全身血液瞬間凍結。那包洗好的衣服！如果剛好放在門外……

我探頭往整個樓面看了一圈。沒有……連個影子都沒有。很好。

「沒事吧？」洛克伍德問：「有哪裡不對勁嗎？」

「沒事，好得很。」我深吸一口氣。冷靜點。睡衣不是什麼大事。我可以處理。我做得來。

我若無其事地一手扠腰，擺出毫不在乎的表情。「對，我好得很。」

「很好。喔，妳門口有一個包裹。」洛克伍德從背後拎出一個透明塑膠袋。「看起來裡面有很多……燙好的東西。是不是……」

我瞪著袋子。「對，這些是……是我鄰居的。我幫她收起來。她是女生。」我搶過塑膠袋，丟到門後藏起來。

「妳幫妳鄰居收衣服？」洛克伍德看了樓面一眼。「這棟公寓是怎麼一回事？」

「這個——呃，我——」我胡亂抓抓頭髮。「洛克伍德，你來這裡幹嘛？」

他笑得更燦爛，害我也跟著勾起嘴角。這個小小的樓面彷彿添了點陽光，鄰居的薰衣草盆栽氣味消退，我不再在意樓梯間斑駁的壁紙。眞希望我穿得更體面一點。

「我想來看看妳是不是過得好。」在我開口回嗆前，洛克伍德補上下半段：「還有，我想向妳請教一件事。」他的視線閃向我背後的房間。「如果妳有空的話。」

「喔。嗯。當然有空。嗯，你要不要進來？」

「謝了。」

他踏進房裡，我關上門。

洛克伍德環顧四周。「這就是妳的房間啊。」

我的房間。老天。被他突然現身嚇傻的我根本沒空顧及房間的亂象。我看了看各處，所有的擺設一眼瞭然：床鋪中央成團的被子；染上陳年污漬的枕頭；堆在水槽左側的好幾個馬克杯、洋芋片包裝，還留著吐司邊的盤子；裝著鐵粉、鹽巴、生鏽鐵鍊的骯髒袋子；裝著可怕骷髏頭的拘魂罐（現在它大發慈悲沒有吭聲）；散在地上的各色衣物。還有地毯。我好幾個月沒吸地板了。我怎麼都沒清？我爲什麼沒買吸塵器？天啊。

「還……滿不錯的。」洛克伍德說。

他的嗓音平和而自制，馬上爲我帶來影響。我穩住思緒，要紛亂的心聲安靜點。沒錯。眞的不錯。這可是我的地盤。我自己付租金。我打理一切。我的地盤。這裡好得很。

「謝啦。」我說：「你要不要坐下來？不行——！不能坐那邊！」洛克伍德朝我亂得不堪入目的床鋪移動。「這裡有椅子——不，等等！」我瞄到椅背上掛著粉紅色毛巾，今天早上從浴室帶出來的水氣還沒乾。「我幫你挪過來。」

我掃開毛巾，下面是一團糾結的內衣。幾天前被我丟在這裡。

喔天。

洛克伍德似乎沒注意到我的跼促不安。他正望向窗外。「我很樂意站著。這裡就是圖丁區嗎？我對這一區不太熟，可是妳這裡的風景不錯……」

我把幾件衣服丟到床下，將一個撒滿食物碎屑的盤子藏到椅子下。「哪一個角度？工業鍋爐公司還是鐵工廠？」我發出略為失控的輕笑。「和波特蘭街差很多吧。」

「確實。」他回過頭，我們注視彼此。

「那個，要喝杯茶嗎？我來泡。」

「謝謝，妳眞是周到。」

泡茶是阻止世界崩塌在你身上的儀式。一切都能在熟悉的步驟中暫停，在水龍頭和茶壺之間讓人恢復呼吸，冷靜下來。以前惡靈在我的鐵鍊圈外來回踱步時，我拿露營爐泡茶；看著亡靈的利爪從墓穴裡掙脫出來時，我的茶也泡好了。我泡茶的技術不差，只是當著洛克伍德的面，我莫名地花了兩倍的時間才達成任務。就連把茶包丟進馬克杯都無比艱難；茶包不斷滑落到台面上。我的思緒狂奔，身體感覺不像是自己的。

他在這裡！爲什麼在這裡？興奮與費解宛如拍打海角的浪頭相互衝撞。心中雜音四起，以至於眼下的第一要務——寒暄幾句——也成了問題。

「洛克伍德偵探社的生意如何？」我轉頭詢問。「我常常在報紙上看到你們。當然了，我不是刻意在追你們的新聞，只是剛好看到。就我看到的報導，你們做得還不錯。仔細想想還滿難得的。你現在會加糖嗎？」

他死盯著地板上的雜物，眼神茫然，彷彿陷入思緒。「小露，才過了四個月，我不可能突然在茶裡加糖……」接著他臉一亮，用鞋子側邊推了推拘魂罐。「嘿，咱們的朋友過得如何？」

「骷髏頭？喔，它有時候會幫點忙。其實我很少和它說話……」我注意到罐子裡的鬼氣一陣翻攪，代表鬼魂醒了過來，讓我有點不爽。這是我最不樂見的發展。至少安全栓關著，就算它說話我也不用聽。

我彎腰從小冰箱裡拿牛奶。「你們有找到人幫忙嗎？」我問。「別的調查員？」

「我有想過。可是還沒決定。」洛克伍德抓抓鼻子。「喬治意願不大。所以還是我們三個，在沒有妳的狀況下應付一切。」

還是他們三個。不知怎地這個情境令我既歡喜又痛苦。「喬治過得如何？」

「妳知道的，喬治就是那副死樣子。」

「更多實驗？」

「實驗、理論、詭異的筆記。他還在試圖解開靈擾之謎。最近他熱衷於買下羅特威研究機構推出的每一個新商品，測試它們是否與鹽巴、鐵粉這些老招數一樣管用。當然沒有，但他依然往屋裡堆了各種鬼魂偵測器、靈擺、法杖，還有看起來像茶杯的玩意兒，據說會在鬼魂接近時敲出聲響……基本上都是垃圾。」

「看來喬治完全沒變。」我倒好牛奶，轉上瓶蓋。「荷莉呢？」

「嗯？」

「荷莉。」

「喔，很好。她做得很好。」

「好極了。」我攪拌茶水。「可以麻煩你幫我開垃圾桶蓋嗎？」

「沒問題。」他用擦亮的鞋子踩下踏板，我把茶包丟進去。洛克伍德收起腳，蓋子鏗鏘關上。

「這也稱得上團隊合作了吧。」他說。

「嗯。我們的默契還在。」我遞上馬克杯。「那麼……」

他凝視我的臉。「跟妳說，如果妳不介意的話，我想坐下來。坐哪裡都行。」

他坐上椅子，我坐在床緣。房裡一陣沉默。洛克伍德捧著杯子，似乎是不知道該如何啓齒。

「能見到你眞不錯。」我說。

「我也是，小露。」他對我笑了笑。「妳看起來過得挺好。從其他偵探社那邊聽到妳的好評。看來妳很有一套，自己一個人接案。我一點都不意外——我很清楚妳的天賦有多厲害——我眞的爲妳高興。」他抓抓耳後，再次陷入沉默。洛克伍德如此舉棋不定的模樣實在罕見，我依然感覺到心臟狂跳，沒有好到哪裡去，但至少現在沒輪到我開口。

我繼續等待，瞄到床鋪另一端冒出綠色微光，發現罐子裡的鬼魂已經成型，它正瞪著洛克伍德，露出極度作嘔又譏諷的表情，對著玻璃無聲地說話。我不會讀唇，但顯然它說的不是什麼好聽話。

我對它怒目而視，又意識到洛克伍德的目光。「抱歉，只是骷髏頭在搞怪。你也知道它是什麼德性。」

洛克伍德放下杯子，又看了整個房間幾眼。「露西，我不太確定這裡真的適合妳。」

「這是我自己的事情。」

「對，沒錯，當然是。我不是來勸妳離開這裡。幾個月前我試過，然後失敗了。妳自己作了決定，我尊重妳。」

我清清喉嚨。「明智之舉。」

「嗯，我們也算是同行嘛。」洛克伍德撥開遮住眼睛的劉海。「總之呢，小露……我就直說了。我需要妳的協助。我想臨時雇用妳來調查一個案子。」

感覺就像是我所在的時間軸與外界脫勾，一切都停滯下來。我坐在原處，回顧整個艱辛的冬天，一路回溯到我離開偵探社的那個難受的日子。和洛克伍德一起走在公園裡，聽他努力說服我回心轉意；接著在咖啡廳裡連點三杯茶，全都在我們痛苦的對話間冷掉；一直到最後，他總算對我動了氣，把我丟在店裡。我想起在波特蘭街的最後一晚，每個人都對我疏離又禮貌；我趁著大家都還在睡，頂著淺藍色曙光，拖著帆布行李袋與拘魂罐輕手輕腳地下樓梯。在那之後，我一次又一次預演我們的重逢，在腦中編造不同的情境。我想像過洛克伍德請我回到偵探社。單膝跪地，語帶請求，甚至是哀求。我想過我要如何拒絕他，想像心中浮現熱辣辣的痛楚。還有不期而遇的版本，我們各自出任務時在月光下巧遇，分開前展開苦甜交織的對話。是的，我想像過許許多多、各式各樣的情境。

但就是沒想到這一幕。

「你說清楚點。」我皺眉。「你要雇用我？」

「我不是隨便說說。只是單次委託。一個案子。一個晚上而已；最多兩晚。」

「洛克伍德，你知道我離開的原因……」

他聳聳肩，稍微收起笑容。「是嗎？小露，老實說我不認爲我完全理解妳的理由。妳怕妳的天賦傷害我們，是嗎？嗯，看起來妳現在把自己的能力控制得很好，和倫敦大多數的偵探社合作愉快。」他搖搖頭。「總之妳先聽我說完。我眞的不是要妳回來。我絕對不會說這種話。只是一個暫時性的安排。對妳來說就像是這幾個禮拜與邦喬屈還是譚迪還是隨便哪家偵探社組隊一樣。公事公辦。」

「可是你們又不需要我幫忙。」我的語氣有點空洞。他這番話沉甸甸地壓在我心頭。我感覺得到心裡好幾扇門砰地關起來。

「呃，這就是重點，我們需要妳。」洛克伍德湊上前，我注意到他側頸上的一道疤——不太大，淡淡的粉紅色。我以前從沒看過。「妳剛才說得很對，洛克伍德偵探社這幾個月運作順利，已經有資格挑選客戶了。我們遇過一些頗有意思的雇主，比如說有位瞎眼裁縫師看到鬼魂烙印在她黑暗的視野上。不過我們最新的客戶可以說是獨一無二。妳也認識她。潘妮洛．費茲。」

等等。這倒是完全出乎我意料。潘妮洛．費茲是最古老、規模最大、名聲最顯赫的靈異事件調查機構——偉大的費茲偵探社的頭領。她和羅特威偵探社的老大、幾間鐵器與製鹽企業老闆並列全國最有權勢的人。我愣愣看著他。「呃，她不是有自己的偵探社嗎？人力應該很足夠吧。」

「沒錯，可是她對我們另眼相看。」洛克伍德說：「在尖叫的樓梯事件後，她一直很中意我們。去年我們還在嘉年華會上替她擋下刺客，於是她特地關注我們的發展，偶爾分一些工作過來。她又派了一個案子給我們，還滿大的，重點在於這個案子需要擁有優秀靈異聽力的調查員。」

我盯著他看。

「要非常優秀。」

我沒有回話。

洛克伍德稍稍變換坐姿。「所以……我在想是否能請妳以外包合作者的身分幫個忙，就這次而已……畢竟妳是最厲害的。」

時間軸突然融合為一，我真真切切地存在於當下，警覺又疑惑。

「是什麼案子？」

「不知道。」

我皺眉。「你不覺得在把我扯進去之前要先問清楚？」

「他們只和我說既困難又危險。不過潘妮洛．費茲打算明天早上在費茲總部親自對我們簡報──『我們』指的是我、喬治、荷莉，如果妳打算加入，也可以一起來聽。妳知道費茲女士有多離群索居，特別是在嘉年華會的騷動之後。她願意破例插手，這個案子肯定不尋常。」

「我還是不懂。她爲什麼要你們接這個案子？明明她手下有千千萬萬個調查員。」

「這我也不清楚，小露。要是我們做得不錯，就能帶給我們更好的評價，未來接案更有利。」

「這是當然了，對你們來說是天大好事，但我已不再是洛克伍德偵探社的成員了，對吧？」

「沒錯，我清楚得很。可是妳和其他偵探社合作愉快，不是嗎？」

「對，你知道的，不過──」

「有什麼差別？」

「不要對我施壓，洛克伍德。你知道完全不同。」

我猛然起身，拎起那條濕毛巾，丟到拘魂罐上，遮住鬼魂的視線。剛才它的面容變得更加猙獰，就算是在視線的邊緣也讓人火大，我已經無法繼續忍受它了。

我又用力坐回床緣，怒目而視。「剛才說到哪了？」

「小露，我不是在對妳施壓。我知道突然找上門來很怪，如果妳擔心風險，這個案子出問題的可能性很低，幾乎是零。或許妳幾個月前有點不太穩定，但我個人深信妳一直都把自己的天賦控制得很好。我不認爲妳有任何機會害我們涉險。妳總是太過在意這件事。沒錯，妳爲了某個原因不想繼續待在我們的偵探社。這成爲妳無法忍受的負荷。因此妳得要匆忙離開我們，我知道這對妳來說不容易，我們也很難受。大家心裡都不舒坦。我不會假裝洛克伍德偵探社在妳離開後過得很好……喬治受到極大的影響。」他垂眼盯著自己的掌心。「我相信妳那些情緒還在。一個晚上的臨時搭檔想必大家都不太自在，妳更不用說了。可是我認爲只要妳覺得這是正確的選擇，就能堅強起來，忽視那些不自在，小露。只是一個晚上的調查……根本算不上什麼。請妳幫我們一次。或許這樣的合作能讓大家心裡好過一些，天知道呢。」

他抬眼看我——眼神悲傷中帶著希冀，但不帶任何期待——接著又緩緩低下頭，繼續端詳他的雙手。他的說服到此爲止，已經沒別的話好說了。我也盯著自己的手，對著指節上的擦傷、手指上淡淡的鎂粉痕跡、卡在指甲下的鐵粉和鹽粒皺眉……這都是爲了什麼？芙洛・邦斯可是在河畔泥濘中挖洞賺錢，她的手八成比我乾淨。骷髏頭說得對，我狀況很糟。從這個冬季的某一天開始，我不再照顧自己；我放任自己亂來。

與此同時，我確實專注於別的事情上，那就是我的天賦。現在我的控制力更強了嗎？對，我認爲是如此——與成年的監察員共事對情緒來說是永無止盡的考驗，我從來沒有失控。或許沒有那麼危險，才一次而已……

幫他們一把是好事，在我用那種方式離開後，稍微導正我們之間的平衡。

我望向洛克伍德，看他聳著肩，微微垂下腦袋。這是我見過他最沒自信的模樣，說不上脆弱，但暴露出了些許弱點。我的所作所爲肯定讓他費盡全力才有辦法來到這裡。

「還有其他靈異聽覺厲害的人啊。」

「比如說誰？」

「凱特・古德溫就不錯。」

「少來了。她沒妳一半強。」

「還有葛林堡的蕾歐菈・瓊斯、羅特威的梅麗塔・卡文迪——」

「都比得上妳？妳也不信吧！有幾個人能和會說話的骷髏頭搭檔？」

「我才沒和它搭檔。」

洛克伍德扮了個鬼臉。「隨妳怎麼說。更何況她們也不是獨立調查員，對吧？」

這倒是沒錯。而且他前一句回應也很對。其他人與我比起來根本是垃圾。除了我，只有一個人像我一樣能和鬼魂說話，然後那個人早就死了。我沉默了好一會。

洛克伍德的視線移到他的鞋子。「沒關係，露西，我能理解妳有多不情願，這完全不能怪妳。我回去和其他人說。」

「幫潘妮洛・費茲做事或許能替我賺到一點名氣。」我說。

他一愣。「是啊，可能性很大。」

「還可以幫洛克伍德偵探社大忙？」

「確實是。」

「既然只是單次的委託……」

「沒錯。」

「你眞心認定我的天賦能帶來不同的結果……」

「我沒想過要讓其他人站在我身旁，小露。」

有時候作出抉擇的契機很奇妙。並不是某個特定的想法，或是經歷一番爭辯，最後扭轉你心意的是一連串亂七八糟的情緒。我幾乎要拒絕他了。我準備開口婉拒、道別。然而就像洗牌一般，無數影像掠過我的視野。我看到洛克伍德、喬治、波特蘭街，我捨棄的住所與生活。我看到費茲熔爐，以及我獨自穿梭在倫敦街道間的時刻。我看到那個不幸的羅特威調查員小隊，幾乎只有法納比先生的身影，看到他的自大與無情，看到他轉身拋下我。

只要一次，一次就好，能再次與眞正的夥伴並肩行動一定很棒。

「好吧。」我說得雲淡風輕。「你要知道我的出勤費漲價了。獨立接案的調查員有公定價碼，我要多收百分之十。我不接受任何人的命令。我是獨立調查顧問，工作內容包含行動策略及風險評估。所有的行動都要經過事先協議。假如你接受這些條件，也認爲喬治與荷莉會同意，那我不認爲你的提案有何不妥。」我伸出手。「只有一兩個晚上。我接下你的委託。」

洛克伍德雙眼閃閃發亮。「露西，謝謝，我就知道妳不會讓我們失望。」

他露出進房後第一個熟悉的燦爛笑容，散發萬丈光芒，將我包圍；有些事情還是完全沒變。

Lockwood & Co.

第二部

伊令區食人魔

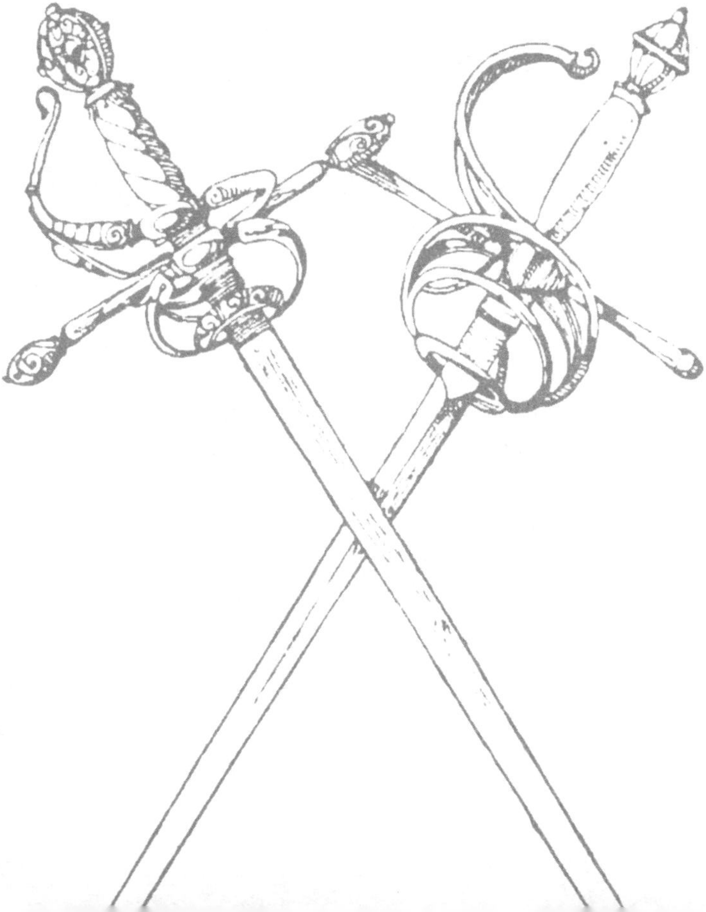

6

「所以說妳和洛克伍德……」

「怎樣？」

「別否認了。我看到妳在他身旁的模樣。到底是怎麼一回事？」

隔天上午我起了個大早，在衣櫃鏡子前換衣服。我大半夜沒睡，腦中想的淨是洛克伍德——他的請求，還有我給他的答案。無法成眠有點惱人，不過在死靈與惡靈之間，天人交戰算是不錯的調劑。疑慮和鬼魂一樣，會在黑暗中茁壯；即使煩惱到天亮，我依然無法篤定自己的決定沒錯。為了壓抑疑慮，我忙著挑選比平常上工時還要時尚的裝束。我要前往費茲總部，那是個體面的地方，最好穿得得體一點。

「看得出妳打算去幹蠢事。」骷髏頭說：「妳已經在那裡站了好幾個小時，平常妳整裝只要三十秒，包含『梳洗』在內。」它的語氣變得若有所思。「會不會是……當然不是約會——那個男生眼睛沒瞎。」

我轉頭狠瞪。我從拘魂罐上收回毛巾後，鬼魂隔著玻璃不斷地急促說話。起先我置之不理。骷髏頭對洛克伍德毫無好感，它絕對說不出半句好話。然而到最後，安靜的公寓顯得太過無趣。有些人會聽收音機，而我有個關在罐子裡的鬼魂。

「當然不是約會！」我怒斥。「少在那裡發神經。」我瞪著身上這套衣服。它們在我衣櫃裡冷凍了好一陣子，我覺得不太踏實。「我要出席正式會議。」

骷髏頭發出悠長的嗤笑聲。「啊哈！我才不信！妳重新加入他們了對吧？妳要回去找那群蠢貨！」

「我不是『回去』找他們。我要去幫他們的忙。就只有這一次。」

「一次？再來一次！只要五分鐘時間，妳就會跑回去睡洛克伍德家那擠到不行的閣樓，和那個荷莉．孟洛躺同一張床。我敢說現在她在用妳的房間。」

「噁！不可能有這種事！」

「五分鐘。我的預言很靈的。」

「荷莉．孟洛自己有家。她又不用睡在那裡。」

「妳幹嘛在乎她住不住那裡？」

「我不在乎啊。」

「妳在這裡有個好東西，叫作自由。不要隨便亂丟。說到亂丟——妳的連身裙。太緊了。」

「你這麼想嗎？看起來還可以啊。」

「妳只有看到正面，親愛的。」

這是它的話術。我不會中招。現在有太多事情讓我分心了。我情緒高亢，興奮中帶著不安與不快。自從我在艾克莫百貨公司地底下的墓穴裡見到空殼少年，那個頂著洛克伍德死氣沉沉的染血面容的鬼魂後，我一直死守自己立下的諾言，離他遠遠的。我不想要迎接那個未來；我爲自己規劃了不同的道路。一路撐到現在，卻被洛克伍德的偶然來訪逼得偏離軌道——只是一時的。我氣自己不爭氣，不過眼下的要務也令我心跳加速。我可以確定一件事：我沒心情接受白痴骷髏頭的穿搭建議。

即便如此，到頭來我還是換回了平日那條裙子與緊身褲。

「妳當然會帶我一起去。」我繫上長劍時，骷髏頭又開口了。

「不可能。」

「既然是棘手的案子，妳會需要我的。這點妳很清楚。」

「只是事前談話。要是我們——要是洛克伍德偵探社拿到這案子，我再回來接你。大概。」

骷髏頭沉默幾秒。「隨便妳。」它語帶不屑。「不用理會我。反正我也不在乎。」

「很好。」

「我也不需要妳。我可以和其他人說話。」

我冷笑一聲。眞是受不了它。「比如說？」

「就其他人。」

「最好是。你還和誰說過話？我是說，在你變成骷髏頭之後。我想想……還眞的沒有吧？」

「妳錯了。我和梅莉莎·費茲說過一次話。妳才不是獨一無二的天選之人，自以爲是小姐。」

「是喔？」我一愣。「還真不知道耶。那是什麼時候的事？」

「怎樣？罐子裡是有懷錶喔？很久以前了。我的存在曝光後，被人從蘭貝斯下水道撈出來、弄乾淨、帶到她面前。她問了我幾個問題，然後就把我關進這個罐子。」

「你怎麼會跑進蘭貝斯下水道？」

那張臉作嘔地皺起來。「別問。我的下場很糟。」

「看起來真的不怎樣。」我盯著鬼魂看。過了好幾個月，聽過它各種自吹自擂，經歷讓人火大的對話，它從未透露半點自己的過往。梅莉莎．費茲是第一間靈異事件調查偵探社的創辦人，聽說只有她擁有和我同樣的天賦。她的外孫女是目前偵探社的領導者——也就是我今天的會面對象——至今仍被譽爲拯救國家的英雄。這件事非同小可。我照完鏡子，四處找外套。「梅莉莎是怎樣的人？」

罐子裡浮出鬼臉。「堅不可摧。強大的鐵血通靈者，可以把你們寶貝的洛克伍德偵探社當早餐一口吞掉，就像鯊魚吞噬鯡魚一樣。我無意冒犯你們這群智障。」

「所以她眞的有辦法和鬼魂說話。」

「喔，對啊。她幹過不少大事。寶貝，與她相比，你們只是拿著武器的小娃娃。今天妳問題眞多。」骷髏頭繼續說：「聽好了——只要妳多待在我身邊，不要追著洛克伍德的屁股跑，我可以考慮多給點答案。」

「眞是誘人。你眞會說話。不過今天早上你只能自言自語了。我該走啦。」

□

到頭來我還是遲到了。昨夜地鐵北線有惡靈鬧事，大批當局人員還在隧道裡撒鹽，導致車班延誤。抵達查令十字街站時已經遲了五分鐘。我嘴裡亂罵一通，滿頭大汗，沿著河岸街奔向費茲總部，途中還有一群群深受鬼魂困擾的絕望民眾擋路，他們集結抗議，要偵探社幫忙。等到排隊人潮前方，我又遲了五分鐘，還得說服臭著臉的門口警衛。感覺就像童話故事裡的重重阻礙；現在我已經遲了十五分鐘。沒想到大衣下襬竟然被旋轉門夾住，我轉了兩圈才掙脫。

總算衝進大廳，對上一排光鮮亮麗的接待人員，他們各個眼神明亮，精神抖擻，以制式化的笑容面對我。

我閉上嘴，拉拉裙襬，撥好頭髮，用袖子徒勞地擦拭汗濕的太陽穴。「早安。我要——」

離我最近的接待人員開口：「早安，卡萊爾小姐。請妳直接進去，妳的同伴已經在接待廳等候。費茲女士將與各位會面。」

我深吸一口氣。「謝謝。我知道怎麼走。」

我橫越大廳，從骷髏頭的老朋友梅莉莎．費茲的鋼鐵胸像前走過。穿過雙開橡木大門，牆上掛滿鑲金邊的畫作，我的靴底在冰冷大理石地板敲出清脆聲響。接著是接待廳，大片窗戶俯視河岸街打結的交通，陽光照亮囚禁費茲偵探社早期戰利品的玻璃柱。總共有九組傳說中的靈異物件，隔著銀玻璃，它們安全得很。小巧的法蘭克街棺材、哥德爾的金屬手臂、修·韓瑞提的骨骸、克萊姆屠夫少年可怕的鋸齒刀……到了晚間，困在杜裡的鬼魂會蠢蠢欲動，散發各色鬼氣；現在一切單調而凝滯。

三個人站在紀念昆布蘭鬼屋的柱子前，打量裡頭的染血睡袍。現在我的心臟眞的開始狂跳，無法控制緊張的情緒。比起兩天前夜裡追逐艾瑪·瑪區曼的鬼魂時，我現在更覺得渾身不對勁。

不管潘妮洛·費茲要指派多麼危險的任務給我們，這才是我最害怕的一刻。與前同事洛克伍德、喬治、荷莉·孟洛的初次再會。

我擠出笑容，希望自己的表情夠放鬆，夠有自信。他們轉過身，我走上前。

沒錯，我已經見過洛克伍德了。但這回不一樣。昨天他是我房間的客人，前來向我求助，至少他和我一樣坐立難安。現在我才是局外人，他又是平時那個偵探社的頭頭。所有的尷尬全都灌注到我這邊。看到我走近，他一派輕鬆，眞是謝天謝地。他咧嘴一笑。「她來了！露西——見到妳眞開心。」

他穿著那套貼身深色套裝，頭髮往後梳，我猜他還抹了一點髮膠。他的打扮比平常多下了點工夫。以前從沒看過他如此在意細節。

爲了我？不可能。潘妮洛·費茲才是他在意的對象。

「嗨，洛克伍德。」說完，我轉向喬治。

睽違四個月的喬治·庫賓斯，洛克伍德的左右手——業餘科學家、研究者，同時也致力於實踐隨興穿搭。這天早上與我記憶中大部分的早上沒有兩樣，他身穿帶著污漬的T恤及鬆垮的褪色牛仔褲，蔑視品味與重力。正如我所料，他絲毫沒花心思打點外表。在雅致的費茲總部裡，他活像是闖入婚禮會場的疣豬，沙拉碗裡的薊花。有些事永遠不會變。

但有些事確實變了，真是驚人。喬治看起來瘦了些，而且我覺得他更憔悴了。他也變得更加滄桑，眼睛周圍浮現深深紋路。也才過了四個月，怎麼會這樣？調查員確實會目睹許多慘況，這是我們的家常便飯。有時會提早用盡自己的青春活力。只是我沒想過喬治會因此耗弱。他的模樣令我心頭揪痛。

「哈囉，喬治。」我說。

「哈囉，露西。」我細細看著他的臉。我不是在等他對我笑。不能期待喬治的笑容。他臉頰的形狀、顏色、質地都近似冰冷的牛奶布丁，臉上肌肉的活動範圍也差不多。但只要細細觀察，就能看出些許情緒——可能是嘴角一抽；又或許是他藏在眼鏡後方的雙眼，在他開心或激動時閃閃發亮。假如他雀躍地推推眼鏡，那也是正面的徵兆。

可是今天有這些表現嗎？沒有。

他受到極大的影響，洛克伍德是這麼說的。

「很高興見到你。」我說：「好久不見。」

「這倒是。」喬治說。

「真好笑，我們剛剛才聊到見到妳會有多開心，小露。」洛克伍德拍拍喬治的肩膀。「對吧，喬治？」

「嗯。沒錯。」喬治說。

「真的，荷莉很期待聽妳聊聊妳自己接案的狀況。」洛克伍德繼續說下去：「妳和誰合作過、和他們處得如何。妳甚至接了羅特威的案子，對吧？希望妳晚點能向我們透露一點。」

他擺擺手，將我的視線引向荷莉。

她就站在一旁。迷人的荷莉，還是那麼漂亮又完美。這幾個月她沒太大變化；沒有突然變得邋遢髒亂或是出現任何破綻。因爲這場會面的重要性，她的裝扮比平常還要隆重，想必花了不少心力穿進她身上那件連身裙；換成是我，肯定會在從頭頂套下的嘗試中把它扯破，卡在我的肚子上，困住我的手臂，蓋住我的頭臉，讓我只能花好幾個小時盲目撞牆，半裸著掙扎脫身。就是這種連身裙。如果在座有人異常注重細節，那我補充一下：它是藍色的。

面對喬治與洛克伍德，這四個月彷彿和一輩子一樣長，但我不覺得離開荷莉多久。有部分是因爲常在報紙上看到她的照片。同時也因爲整個冬天下來，我腦中有個荷莉形狀的空洞，用來丟棄各種黑暗想法。或許我花太多時間在上頭了，就像是坐在冰穴邊緣釣魚的壞脾氣因紐特人，眼中只有那個洞。

「哈囉，荷莉，最近還好嗎？」我開口。

「一切都順利極了，露西。能再見到妳眞讓人開心。」

「是啊。我也這麼想。妳看起來氣色不錯。」

「妳也是。顯然自由接案很適合妳。眞想聽聽妳是如何經營的。我聽到不少正面的傳言，看來妳過得非常順利。」

創紀錄的大量虛情假意通通擠進短短的對話，以前的我保證會暴跳如雷。我相信荷莉對我接案進展感興趣的程度和我用哪牌牙膏差不多（看她每次笑起來，完美的齒列閃閃發亮，或許她根本不在乎這個）。其他也都是謊話，我的氣色一點都不好。與平常一樣，狂奔趕著和人開會後，一抵達現場我就開始飆汗。現在在他們面前，我渾身發燙、臉頰通紅，心情和外表一樣凌亂。

但我沒有立場生荷莉的氣，因此我只是虛應故事。

「好極了。謝啦。可惜我沒好好打扮，完全沒想到要穿連身裙。」

「妳可以試試那一件。」喬治敲敲旁邊的柱子，昆布蘭大宅繼承人遭到殘殺的那一夜穿著的血衣在金屬架上搖擺。

洛克伍德笑了。荷莉笑了。我順應局勢，也跟著笑了幾聲。喬治沒半點反應。我往他臉上尋找蛛絲馬跡。什麼都沒有。

我們毫無默契地止住笑聲，四人默默互看一會。「感覺像是被人逮到我們在這裡狂笑。」洛克伍德說。

我停頓一下，問道：「所以費茲女士還沒有透露她的需求？」

「還沒。」

「你以前有替她辦過事嗎？」

「這個嘛，這次也不算是替她做事。」洛克伍德解釋。「我說過了，感覺像是她替我們找到一些零碎的案子。」

「嗯。」

「妳收多少？」喬治突然提問：「自己接案的價碼如何？」他茫然地望著玻璃柱之間的接待廳。

「我？」我遲疑幾秒，突然想到我還沒把上一個案子的請款單交給法納比。這樣一來我就拿不到酬勞了。「很重要嗎？」

「沒。只是我不太確定能靠著洛克伍德付我的薪水過活，我想妳得要抬一點價。」

「稍微啦。沒問題的。」

「所以妳收多少？」

我張開嘴巴又閉起。我看到洛克伍德對我皺眉，實在是想不到該如何應對。幸好喬治的一連串問題被一名工作人員打斷，對方前來通報潘妮洛·費茲準備好要見我們了。

□

在這場與靈擾對抗的戰役中，有兩支最強大的偵探社勢力；羅特威偵探社可說是最激進、最有創新性，而費茲偵探社則是規模最大、歷史最悠久、名聲最崇高。領導人潘妮洛·費茲發揮極大的影響力，然而很少人親眼見到她——在去年秋季遇上刺殺事件後，她更是避不見人，極少離開費茲總部。企業高層和公眾人物渴望與她會面；在平民老百姓眼中，比起她這個人，她的頭銜、象徵、意見風向更加鮮明。能獲得她召見可說是非同小可的榮譽。

她的私人寓所位於總部頂樓，但她特地爲了這場會面下到會客室。我們登上一小段階梯，進入這個棕色與金色爲基調的房間。會客室一端放著俯瞰河岸街的大辦公桌，營造出書房的氣氛；其餘空間擺上舒適的椅子和沙發，還有一些華麗裝飾，沒有什麼老派的家具。桌上牆上擺了不少照片，還掛著幾支古董長劍；空氣中帶著陽光、清潔劑、昂貴裝潢的氣味。還有咖啡——中央的桌子上有一壺咖啡，杯子繞著咖啡壺擺放。潘妮洛．費茲本人就在桌旁等候，在她身旁的是靈異局（靈異現象研究與控制局）的蒙特古．伯恩斯督察，垂頭喪氣、處處縐褶的外表一如往常。

費茲女士鄭重地招呼我們，與我們握手，指點我們坐在哪邊。我先前見過她兩次，她還是一樣明艷而豐滿，與充滿書卷氣息的優雅房間相配極了。她的魅力出眾，黑色長髮光潤的質地和深紫色緞面連身裙不相上下，那股超脫人世的美感令人心慌。不是要恭維她，她的膚質很好，顴骨線條完美無缺，黑色大眼透出迷人又堅不可摧的光彩。

她和洛克伍德先寒暄一輪，接著她對我們笑著說：「感謝各位今日來此。伯恩斯先生和我晚點還要開會，因此我直接進入正題。安東尼，正如我在電話裡所說，這裡有個有意思的小案子，相信洛克伍德偵探社能代表我進行調查。靈異局對我示警，而我認爲交給你們是最合適的安排。」

洛克伍德點頭。「謝謝，女士。這是我們的榮幸。」

我斜眼看他，他笑容可掬、全神貫注。平時洛克伍德不會讓任何人直呼他的名字。那是他過世父母的專利，其他人沒有資格。可是潘妮洛．費茲擺出貓兒似的慵懶姿態，踩了洛克伍德的地雷，而他卻毫無反應。

「所羅門．葛皮，」她問：「有誰聽過這個名字？」

我們面面相覷。我對這個名字只有微弱的印象。

「他是個殺手，對吧？」洛克伍德慢條斯理地回應。「三十年前嗎？他不是已經被吊死了？」

費茲女士愉快地勾起嘴角。「是的，他是殺手，沒錯，他已經死於絞刑。是英國因爲禁鬼令廢除這項刑罰，禁止公開處刑前，最後一批伏法的罪犯。據說他們讓這個法案晚一個月上路，就爲了看他吊在半空中抽搐。因爲他不只是殺人凶手，還是個食人魔。」

「噁。」我說。

洛克伍德手指一彈。「對，就是這個……他吃了一個鄰居對吧？還是兩個？」

「伯恩斯先生，可以麻煩你說明此事嗎？」費茲女士朝督察點點頭。他那件飽經風霜的風衣、歷盡摧折的面容、宛如灰色鞋刷的鬍鬚放在這個高雅的空間裡，使得他比我還要格格不入。

「根據警方所知，他只吃了一個。」伯恩斯說：「據傳他某天下午邀請對方來喝茶。鄰居帶著果乾蛋糕上門。一個禮拜後，警方在餐具櫃上找到那個蛋糕，外層的蠟紙還沒拆。這是唯一沒被吃掉的東西。」

喬治搖搖頭。「太離譜了。從每個層面來說都太離譜了。」潘妮洛．費茲輕笑一聲。「沒錯——那位鄰居渾然不知自己才是茶點。接下來好幾天的茶點和正餐。」

「這個案子我記得很清楚。」伯恩斯說：「雖然那時我只是個實習員警。審判過後，兩名參與逮捕的警官提早退休，主因是他們破門而入時看到的光景。許多慘無人道的細節從未公諸於世。總之呢，在所羅門．葛皮的自白中，他描述自己用了好幾份食譜——燒烤、油炸、咖哩，甚至還有沙拉。他還滿有實驗性格的。」

「腦袋……」我說。

「這我不太確定，或許他也用過了。」

「不是啦，我要說的是他腦袋有問題。他一定是瘋了。完全不講道理。」

「確實。又瘋又壞。」輪到費茲女士開口。「他的體型壯碩，行爲凶狠，最後逮捕他時動用了六名警力才將他壓制住。他終究還是落網處刑，火化後埋進監獄運動場，隨後上頭撒滿鹽巴。換句話說，相關當局做足了預防措施。不過現在他的靈魂——或者是被害者的靈魂——似乎回到了凶案現場。」她往後靠上椅背，優雅的長腿相互交疊。「伯恩斯先生？」

督察點點頭。「那是位於西倫敦伊令區市郊的小房子。在萊斯街上。葛皮家在七號。當然了，案發之後屋子一直空著，但附近總有人住。那一帶挺平靜的，直到最近有人通報不尋常的動靜，街坊掀起恐慌。靈感者追蹤靈異現象，找到七號。」

「現象相當微弱。」費茲女士補充道：「沒有幻影。根據眾人說法，基本上只有聲響。」她那雙嚴肅的黑眼直直望向我。她的語氣會讓人以為聽力是最微不足道的靈異天賦，然而她眼中的光彩顯示那是世界上最重要的事物。

她的外祖母是這個領域的高手。只要讀過梅莉莎・費茲的《回憶錄》就會知道這點。多年前她對鬼魂說過話，而它們也回應了她。看來潘妮洛・費茲也聽聞了我的小把戲。

「什麼樣的聲響？」洛克伍德詢問。

「和前任屋主有關的聲響。」伯恩斯先生說。

「伯恩斯先生請敝社調查，我答應了。」潘妮洛・費茲說：「只是這個冬季遺留下來的挑戰依舊存在，我手下最精良的人馬仍然忙碌不休。我突然想到還有一個組織擁有承接這個案子的必要技能。」她笑了笑。「各位覺得如何？只要你們達成這個任務——我相信未來還能提供更多案子給你們。」

「樂意之至。」洛克伍德說。

「很高興聽你這麼回答，安東尼。我相當敬佩你的偵探社，想必未來我們能聯手獲得更大成就。這是我們之間的合作行動，我會派費茲偵探社的代表隨行。」

「不用多說，我們的目標是源頭。」伯恩斯說：「案發當時，屋子清得很徹底，不過他們一定漏了什麼。我們想搞清楚這件事。」

「如果沒有其他問題，我讓我的祕書替你們安排後續事宜。那棟屋子沒人，你們有興趣的話今晚就能去看看。」費茲女士說完，以行雲流水的動作起身。我們看懂她的暗示，一同站起來。

洛克伍德說出離席的場面話時，我杵在一張邊桌旁。一張張過往調查員的照片如同墓碑般立在桌面上。有許多知名的調查員和知名的小隊，在某個破爛大廳的獨角獸旗幟下擺姿勢。他們都很年輕，身穿燙得整整齊齊的灰色外套，笑容中透出自信。成人監督員站在一旁。幾張照片中有一位五官鮮明的黑衣女子，頭髮整齊梳起——梅莉莎．費茲，這間偵探社的創辦人。

不過其中一張照片不太一樣，我的視線被它吸引。褪色的黑白照片，身板單薄的黑髮女子坐在高背椅上。周遭的房間陰影幢幢，她沒有直視鏡頭，視線投向光源。她身上瀰漫著憂愁的氛圍，看起來消瘦又病弱。

「那是我母親，她過世時還很年輕。」我一驚，轉過頭，發現其他人正魚貫走出會客室，潘妮洛．費茲站在我身旁，臉上掛著笑。從她身上散發出鮮花般的濃濃香水味。

「眞是遺憾。」我說。

「喔，請別這麼說。我對她幾乎沒有印象。是梅莉莎外婆負責持家、建立事業、教導我一切。」她對著一身黑的女子點點頭。「有她才有現在的我。在這裡妳看到的一切都是她的。」她一手搭上我的手臂。「露西，妳知道是我特別要求請妳同行。」

我一愣。「費茲女士，我不知道這件事。」

「沒錯。一開始和安東尼接洽此案時，他說妳已經不在他的偵探社服務。我相當失望——這事可別說出去，露西——因爲妳和安東尼的存在，我才會對洛克伍德偵探社感興趣。」費茲女士發出悅耳的笑聲，黑眼閃閃發亮。「他是優秀的調查員，但我長久以來都對妳相當欽佩。我說如果他想接這個案子，那他就要把妳找回來。」

「喔，是這樣的嗎？是妳的意思？妳人眞好。」

「他說他會努力。露西，我很高興他成功說服妳。很高興妳答應重新加入洛克伍德偵探社。」

「呃，其實我不是——」

「很期待妳的表現。」潘妮洛．費茲說：「我對其他人的能力有信心，可是我相信最大的功勞還是要歸給妳。厲害的靈異聽力在葛皮家是必要的。安東尼知道一旦這次能順利解決，洛克伍德偵探社會獲得莫大益處。妳趕快跟上去吧。」她對我揮揮手。踏出會客室時，她的氣味如同扭曲的手臂般環繞在我身上。

7

從許多層面來看，會面結束後的行動與以往沒有太大差異。見過客戶，聽完簡報了，接下來我們要整裝、調查案件背景。既然今晚就要造訪伊令區，得要好好把握時間。才剛踏出費茲總部，洛克伍德馬上動起來，他站在擁擠的人行道上，迅速分配任務：他與荷莉去採購額外的鹽巴和鐵粉，喬治則是去國家檔案館搜刮與葛皮凶案相關的一切資料。至於我呢……

我要做什麼？哪裡有我的位置？

「小露，晚點在皮卡迪利圓環的皇家咖啡廳見。」洛克伍德說：「大家一起搭計程車過去。四點可以嗎？給妳一點時間整理裝備，如何？」

「沒問題。」我說。

我還掛念著潘妮洛．費茲方才那番話。拉我入夥其實是她的意思。昨天洛克伍德來訪時沒有提到這個細節。除非我聽錯，不然就是他刻意讓我誤解這個決定出自他的意思。

「好極了，期待晚點碰面。這個案子是不是很棒？很高興妳這次能與我們合作。」

「確實……」眞的沒差。我才不在意是誰特地找我來調查這個案子。我也沒有權利對此感到不悅。畢竟離開洛克伍德偵探社的人是我。

在商言商。「其實還有一個問題。」我說。「四點太晚了，抵達伊令區的時候不會有足夠的自然光。希望能提早一點，才好在天黑前勘查環境，規劃鐵鍊圈的配置。最好在日落前記錄區域內的氣溫。這樣還有機會看清楚天黑後看不見的死角。因此我建議兩點會合。」我露出冷淡微笑。「如何？」

洛克伍德點頭。或許他有些訝異，但掩飾得很好。「我懂妳的意思，可是這樣喬治時間夠嗎——？」

「我認為露西的提議很有道理。」荷莉．孟洛突然開口。「喬治？」

喬治微微調整眼鏡角度。「遭到埋伏一點都不好玩，被鬼魂吃掉更糟。我贊成謹慎一點。好，我在兩點前離開檔案館，大家早點出發吧。」

洛克伍德擺出毫不在乎的表情。「你說得對。好吧。那就兩點，露西，到時候見。」

「需要順便幫妳從穆雷那邊帶什麼補給品嗎？」荷莉．孟洛問。

「不用了，謝謝。我手邊該有的都有。晚點見。」

我搶在他們之前轉身鑽進人群，逆著人潮前進有點費力，不過這很符合我現在的心境。確定離開他們的視線範圍後，我彎進小巷，來到泰晤士河堤岸，在亨格福特橋的磚造拱形橋墩下聚集了許多便宜攤販。剛才我只是在虛張聲勢。我幾乎已經彈盡糧絕。

可是我不覺得說謊有什麼問題。反正我也被騙了。

剛好是退潮時分，濕答答的礫石在堤岸根部反射陽光。海鷗在高處盤旋。我橫越繁忙的車道，往上游走向橋下。聚光燈照亮我頭頂上的巨幅廣告，要大家注意偉大的羅特威偵探社最新產品。其中一張海報上印著他們的吉祥物羅傑（調皮的卡通獅子）豎起大拇指，踩住一個卡通鬼魂。另一張海報則是羅傑手持幾件花俏的居家防護裝備，那是羅特威研究機構裡的科學家的發明，現在多虧了日出公司的鼎力相助，總算能提供給廣大顧客。第三張海報上的羅傑前爪搭在偵探社老大史提夫·羅特威肩上，他嘴邊的對話框裡印著他個人的諾言——「我們守護各位的夜晚」。史提夫·羅特威牙齒閃亮，綠眼明亮，突出的下巴有如武裝直昇機的機頭；他比旁邊的獅子還要有男子氣概。在靈擾肆虐的當下，他是讓人安心的象徵，鋪天蓋地的廣告更是讓他成爲全倫敦最知名人物。

我皺起臉，快速走過。我曾親眼目睹羅特威一劍刺穿敵人胸口，奪去對方性命。這些廣告並沒有對我造成應有的效果。

我找上幾個鹽販，買好補給品，走上堤岸。在柵欄外，石階通往淺灘，一道不忍卒睹的人影盤據在堤岸矮牆上，身旁擱著沾染泥水的抽繩布袋。她在牆頂放了幾樣尖銳工具，忙著刮掉不明物體表面的塵土。看到被太陽曬得變色的鋪棉外套、草帽、沾滿黏液的靴子、昏厥在一旁的海鳥，我認出對方的身分——芙洛·邦斯，有過幾面之緣的盜墓者。芙洛在泰晤士河岸邊掏選河水帶來的靈異廢棄物，賣到黑市去。她曾幫過洛克伍德偵探社幾次忙，只要小心慢行、別用鼻子呼吸，她還滿好相處的，只是不太好應付。

我走上前，芙洛正在刮除某個像是鍋鏟的物品上的黏液。她抬眼看到我，把一盆爛泥甩到牆面另一邊。

「喔，看看潮水帶來了什麼。」她說。

「哈囉，芙洛。」依她的標準，這樣的招呼已經很友善了。而且她這回沒把臭泥巴丟向我。

「看來妳挺忙的嘛。有沒有什麼好貨啊？」

「找到一堆垃圾。兩隻淹死的老鼠，一顆豬頭，現在還撈到妳。」

我咧嘴一笑，坐在她身旁的牆上。「眞是遺憾。」

「昨晚花了一半時間參加盜墓者的聚會，只剩兩、三個小時能工作。幾根帶著微弱靈光的骨頭，還有一個生鏽的哨子，散發某種靈異能量。就這樣。」

「聽起來沒有很糟啊。妳之後會拿去賣掉？」

芙洛把帽子往後推，抓抓髮際線，這是她臉上難得乾淨的區塊。「不知道。最近想找一些好貨。市場上有不少厲害玩意兒，最頂級的貨色賣得很好。他們說最近來了個收藏家，只要是不錯的東西就會被黑市商人買下來轉手給他。」她精明的藍眼望向我。「昨晚的聚會上有個傢伙四處獨占所有好貨，妳猜是誰？溫克曼。」

「朱里斯．溫克曼？」洛克伍德偵探社去年才把這個黑市商人送進牢裡。

「不。他還在裡面蹲。是他太太。好吧，他兒子也在，不過出手喊價的是雅德萊。昨晚她買下各種古怪又厲害的源頭。鬧鬼的畫、染血的手套、木乃伊腦袋、羅馬士兵頭盔……」芙洛往另一側吐口水。「我個人認爲裡面有一半是假貨，可是那個孩子檢查過後說它們可以收。溫克曼老媽全部買單。全都直接送到那個新來的收藏家手上。無論找到什麼好東西，我們都會帶去明天晚上的黑市。我要盡量擦亮這個哨子，只是不太確定效果有多好。」她拍拍放在牆頂上的工具。

「所以說妳都躲在哪裡？妳消失得有夠久。沒看到妳還眞讓人有點受不了。」

「我都在工作。」

「不是替洛克伍德做事。」

「對……」我瞄了工具一眼。「這是什麼玩意兒？」

「黏答答的零件。」

「喔……對，我自己賺錢給自己花。不過剛剛是與洛克伍德在一起。晚點要和他去調查案子。只有這一次。我沒有要回偵探社。」

「妳當然不會。」芙洛挑出一根更尖銳的工具，上頭沾滿厚厚的藍黑色淤泥。「那個荷莉・孟洛還在，對吧？」

我愣了下。「其實我不是爲了荷莉離開。」

她猛刮鍋鏟上的泥巴。「嗯哼。」

「有其他原因。」

「嗯哼。」

「妳不相信我？」

「可以幫我拿著這個髒東西嗎？」芙洛說：「我身上到處都是泥巴。」

「好……現在我身上也都是泥巴了。」

「我要擦一下手。」她說到做到，用的是她的鋪棉外套。「還我。差不多啦。卡萊爾，很高興見到妳。我該走了。沃平區有個快冷掉的沙威瑪在等我呢。」

「好極了。芙洛……」我看著她收起工具，塞進外套下的腰帶內側。「妳剛才提到的木乃伊腦袋……它長什麼樣子？」

「不知道。眼睛、耳朵、鼻子、嘴巴——就是顆腦袋。怎樣？」

「還有別的嗎？我兩天前剛好遇到類似的東西。」

芙洛拎起她的抽繩布袋，往牆上一靠，視線掃過沿著泰晤士河北岸往東延伸的爛泥。「至少還要一小時才漲潮……我往那邊走好了。那顆頭纏滿蜘蛛網，看不出什麼細節。是男人的頭。還留了一些刺刺的黑色鬍鬚。我沒太注意。它放在銀玻璃匣子裡，已經找到買家了。他們說上頭有個強大的惡靈。溫克曼肯定拿了大把鈔票買下來。」

我對她皺眉。「妳知道是誰帶去的嗎？」

但芙洛．邦斯只是揮揮手，留下一抹久未清洗的氣味，轉身離開。轉眼間，她溜下堤岸，駝著背走上河岸街。

□

皇家咖啡廳的大片玻璃櫥窗對著皮卡迪利圓環西側，兩排咖啡色的桌子擺在棕白條紋遮雨棚下。磚塊築起的弧形水渠劃過人行道，流水能抵擋晚間出沒的鬼魂；傍晚時分，門邊會焚燒薰衣草。即使在天黑後，這裡也是熱門景點。在冬末的午後，此處幾乎客滿，窗戶布滿水汽。我扛著整袋裝備，揹著拘魂罐抵達，荷莉．孟洛已經在門邊的位置坐定，翻閱手中的泰晤士報。

「妳有沒有聽說最近的亂象？」她對著滿懷感恩坐進她對面位置的我說：「聽說有些在倫敦街頭閒晃的小孩子會四處尾隨成年人。特別是在傍晚、天色陰暗的時候。他們向大人警告有鬼魂的動靜，藉此賺取金錢。他們說大人被跟蹤了，說有披著白色被單的東西跟在後面，或者是門口老湯姆在背後跳舞。那些孩子扛著從別人家門外偷來的鐵桿。只要大人付錢，他們就會揮舞鐵桿，把『鬼魂』送回老家。完全是騙局，但他們演得很投入。光看就讓人毛骨悚然，而且成年人也反駁不了。」

我脫下風衣。咖啡廳裡很暖，我走得渾身燥熱。「那些小鬼總要想辦法維生。最近很多人都很窮。總不能讓大家都當上調查員吧？」

「我知道。我們的運氣都很好，對吧，露西？我去點茶。那兩個男生等會就來。洛克伍德回波特蘭街拿裝備包，喬治快到了。」

她忙著引起服務生注意，我往後靠上椅背，細細打量她。我總是被她的皮膚吸引。深色的柔滑肌理，找不到半顆痘子。還有她的五官——全都放在最恰當的位置。曾有一段時期，她從容的完美氣質逼得我抓狂，而我知道自己這樣不修邊幅的邋遢模樣對她造成同樣的效果。老實說從今天早上開始，她對我總是謹慎又帶著敬意，不過科學家戴著手套、捧著放了致命芽苞桿菌的載玻片時，想必也是展現出同樣的態度，因此我沒有深究。

「妳自己一個人單打獨鬥感覺如何？」點完茶，她轉頭問道。

「挺好的。我可以自己挑選工作時段和案子。我與好幾間偵探社合作。賺了點錢。」

「妳眞勇敢。就這樣離開，自己討生活。風險很大。」

「也有不少好處。我對自己的天賦了解更深，也能和其他人處得更好，就算是讓人不爽的傢伙。」

她笑了聲。喔，她獨特的清脆笑聲總讓我牙根發癢。

「跟妳說，波特蘭街的某人很想念妳。」她說。

我維持輕快語氣。「喔，我當然也很想念大家……呃，妳說的某人是誰？」

「誰特別想念妳？」又是一陣笑聲，她大大的黑眼斜斜看過來，裡頭帶著笑意。「猜不到嗎？」

這間咖啡廳有夠熱。我用毛衣袖子抹抹汗。「猜不到。」

「我。」

「喔。什麼——？妳？」

「我知道我們之間有些問題，露西，可是屋裡只有我一個女生感覺很怪。洛克伍德和喬治人很好，可是他們都沉浸在自己的世界裡。喬治忙著做實驗，而洛克伍德他……」她的額頭深深皺起。「他既躁動又疏離。他靜不下來，我總要追著他跑。我想問問妳——妳有沒有覺得——喔，男生也到了。」

過了幾分鐘，我們四個擠在同一張桌邊，裝備包塞在座位和凝結水汽的窗戶間。喬治在我旁邊，他微微點頭算是打招呼。興奮之情從洛克伍德身上往外發散。他一副滿心期待夜晚來臨的模樣。「到齊啦！好極了。嗯，我訂了計程車，半小時後來接我們去伊令區。費茲偵探社的代表將在現場與我們會合。鑰匙在他手上。」

喬治皺眉。「我不喜歡有個代表跟進跟出。我們是洛克伍德偵探社！才不需要什麼監督員！」

「他只是在旁邊看。」洛克伍德說：「費茲想摸清楚我們的斤兩。只要她喜歡我們的表現，我們就能拿到更多委託。我覺得沒關係。」

「露西可能覺得沒關係。她現在是受人雇用的立場。」喬治眼鏡下的臉龐毫無表情。「可是我們應該是獨立運作的組織。」

「我們是啊。」洛克伍德語氣輕快。「好啦，時間緊迫。喬治——你去過檔案館了。有沒有找到萊斯街七號慘案的一切細節？」

「找得差不多了。」喬治從袋裡抽出牛皮紙檔案夾，裡面的文件放得亂七八糟。「這個案子年代很近，報導夠多，可是沒辦法查到所有的細節。正如伯恩斯所說，不少資訊都被壓下來；案件的全貌太噁心了。別擔心，我找到的獵奇內容夠大家享用啦。」他東張西望尋找服務生。「點餐了嗎？我快餓死了。」

「茶快來了。」荷莉說：「還有蛋糕。根據討論內容判斷，我認為晚點再來吃鹹食。」

「嗯。」喬治托托眼鏡，翻開資料夾。「妳說得有道理，雖然我個人還是有能力謀殺香腸捲。好的，伊令區食人魔的審判是在三十年前。我們都知道被告名叫所羅門．葛皮，在一條平凡街道上獨居。當時他五十二歲，曾經當過電工。幾年前失業，之後靠著修理時鐘和收音機過活。是透過郵寄接案，客人把要修的東西寄給他；他在家工作，除了到伊令大街買點東西，極少離家。警察破門而入時，屋裡到處都是拆開的機械產品，電線與零件外露。」喬治抬起頭，對我們咧嘴而笑。「後來才發現他感興趣的不只是這類內部構造。」

荷莉發出輕微的喉音。「喬治……」

「抱歉，抱歉。」他隨意翻動文件。「這個黑暗故事的主角是巨大的瘋狂食人魔，總要穿插幾個笑點嘛。」

洛克伍德的指尖敲敲桌面。「等等。你說『巨大的』是什麼意思？潘妮洛．費茲說出動六名警力才能壓制葛皮。所以說他高大又強壯。」

喬治點頭。「對。非常強壯，非常非常高大。身高六呎六吋，體型龐大。他們說他有三百五十磅重，雖然頂著大肚子，但身上也有不少肌肉。每一個情報來源都強調他這個人是多麼令人不安。他在法庭上幾乎沒開口，被亂髮蓋住的雙眼惡狠狠地掃來掃去。他會死死盯住某個人，像是正在把對方煮成大餐似地。不只一名女士忍不住退席。送他上絞架那天，監獄派出雙倍人力戒護，要出雙倍薪水才能說服那些怕到不行的獄警出勤。」

「感覺不太可能。」洛克伍德說：「我遇過的獄警都是硬漢。好吧，我們來瞧瞧今天主角的尊容。」

喬治抽出一張照片。「就只有這張。眞奇怪，警方從未公開葛皮的檔案照；他們保密到家，說是『爲了社會大眾著想』，不知道是什麼意思。不過葛皮在判決結果出爐那天，被帶進刑事法院途中，被一名自由攝影師拍下這張照片。畫質不怎樣，但至少能給我們一點概念。」

他把照片轉了半圈。洛克伍德、荷莉、我湊上前。這是張經過複印放大的黑白照。喬治說得沒錯，畫質糟透了——影像模糊又粗糙。看得到前後各有一名員警，後面那個只拍到半身。兩人中間是一道龐大的人影，垂肩，五官看不清楚。一條粗大的胳膊以奇怪的角度伸出，看來是銬在前方員警身上。另一隻手應該也上了手銬，揹在後頭，不在鏡頭裡。他垂著頭，姿勢看起來不太自然，或許剛從警車爬出來。與身旁眾人不成比例的龐大身軀、看似蹣跚的步態令人印象深刻。他的臉幾乎蒙在陰影中，只看到疑似濃眉闊嘴的深色線條。我莫名慶幸照片沒有拍出更多細節。

我們一同注視照片。「確實有點概念了。」洛克伍德總算開口。

「他眞的很大隻，對吧？」我說。

「他們得要特製一組撐得住他重量的絞架。」喬治說：「還有一件事。處刑當天早上有一名牧師到場，爲了以防萬一，或許死刑犯想做最後的告解。當葛皮站在台座上，腳下活門開啓的前一刻，他比手勢要牧師上前，說了幾句悄悄話。你們知道接下來的發展嗎？不管他說了什麼，總之一定是驚世駭俗到了極點。牧師當場昏倒。他們說執刑官拉下拉桿的時候，葛皮笑容滿面。」

沉默籠罩我們這一桌。「現在可以來一點垃圾笑話。」我說。「喬治，你還有庫存嗎？」

「目前沒有。我要省下來，等我們溜進葛皮家，閃避他鬼魂的時候再說。」

洛克伍德哼了聲。「喬治，你今天的調查結果混了不少都市傳說。世界上才沒有那麼可怕的人，就算是又高又胖的食人魔。我們都要放鬆一下。」

他說得很對。我們往後靠，對彼此露出讓人安心的笑容。就在此時，我們的茶和蛋糕上桌，送餐的女服務生頭戴薰衣草花環。

等我們作好心理準備，洛克伍德又說：「好的，喬治。計程車快來了。告訴我們那棟屋子裡發生過什麼事。你查到了什麼？」

「警方找到一小部分的受害者。那傢伙姓杜恩，是隔了幾棟房子的鄰居。單身，和藹可親，關注社區事務。他常常拜訪比較弱勢的鄰居——比方說長輩和病人——替他們做點雜事、幫忙購物之類的。他似乎注意到七號的葛皮先生很少出門，覺得自己有義務不時繞去關切一下。事發當晚，有人看到他拎著那塊大名鼎鼎的蛋糕出門。之後沒有人見過他的蹤影。最後有人報案說他失蹤了，警方找上門。應門的是葛皮，他說杜恩先生確實來過，但之後因為與別人有約就走了。他不知道杜恩先生和誰約、要去哪裡。當時很早，可是葛皮已經起床在煮早餐，警察聞到廚房裡傳來煎培根的香味。」

「好噁。」我說。荷莉．孟洛皺皺鼻子。

「眞的。」喬治說：「警察就這樣離開，隔了幾天又來了一趟，因爲有人通報說葛皮家冒出煙。他家煙囪堵塞；他正要用壁爐燒掉什麼東西。那個什麼東西就是杜恩的衣服。他們找到的其他物品在審判期間大多沒有公開。」

荷莉將一縷長髮勾到耳後。「眞是太可怕了。我們知道葛皮行凶的確切地點嗎？」

喬治抽出淺藍色紙張，攤開來，放在我們面前。上頭是屋子的平面圖，有兩個主要樓層加上地下室。旁邊有間車庫。前後都有庭院或花園。整齊的紅色鉛筆自己標出每一個房間的用途。

「沒有人說得準。」他說：「大多數房間裡都有犯案證據。」

我盯著他。「『犯案證據』？意思是……」

「杜恩先生的一小部分。」

「好。我也是這麼想的。只是要確定一下。」

「好消息是這棟屋子不大。」洛克伍德說：「我們四個人應該能在今晚輕易觀察到什麼。不過仔細想想，我們還不確定逗留在屋子裡的是誰的鬼魂，對吧？杜恩的可能性不是比較高嗎？畢竟他死在那裡。」

「有可能。」喬治說：「找到源頭之前都無法確定。」

「希望是杜恩。」荷莉說，我跟著點頭。我不常主動希望遇到凶案受害者的憤怒鬼魂，然而看過喬治帶回來的模糊照片後，我實在不想對上屋主，即便他已經死了。其他人也點頭同意。

洛克伍德抽出皮夾，在桌上放了點錢。

「現在去一探究竟吧。」他說。

8

儘管我們提早集合，但抵達伊令區食人魔故居時，已經接近傍晚。我們完全忘記大家都想在宵禁前到倫敦市中心晃盪，幹道塞得只能龜速前進，奇希克圓環的修繕工程更是浪費我們不少時間。計程車緩緩駛過伊令區市郊的街道，人行道上已滿是最後一批下班民眾，在閃爍的驅鬼街燈下趕路回家。太陽掛在天邊，一片黑雲彷彿破碎的巧克力塊浮在我們頭頂上，縫隙間透出些許藍黃交織的天幕。空氣中蘊藏著降雨的威脅。

無論司機是否聽聞萊斯街的過往，他很清楚我們的行業，一點都不想太靠近我們的目的地。他把我們和長劍、裝備包、鐵鍊丟在街尾，讓我們走完最後一百碼路，來到引發眾人恐慌的屋子。

社會大眾往往誤以爲遭受靈異事件侵擾的處所必定看起來邪氣沖天；洞開的窗戶、開啓時肯定會發出怪聲的門板、牆面微微變形。不過人不可貌相，屋子也是——天眞快活的外表下可能隱藏著最黑暗的心腸，萊斯街七號乍看之下也是平凡無奇。

這個社區以排成弧形的獨棟建築組成，七號位於東側中段。每間房子都有車庫，狹窄水泥車道旁是整齊的草坪。建築年代很近，窗戶開得很大，屋頂鋪著討喜的紅色系瓦片。前門嵌上玻璃，外側有樸素的平頂門廊。這裡的居民不是特別貧困，也沒有多麼富裕。月桂叢隔開一戶戶人家的土地，後院種上高聳的柏樹，深色的尖銳樹形有如刀刃。

七號的屋況與左鄰右舍沒有太大差異，甚至看起來維持得更好。鄰近住宅明顯破舊多了，用防水布覆蓋的生鏽車輛停在長滿雜草的車道上。各種跡象顯示或許三十年前的事件仍舊毒害著這個社區。相較之下，所羅門．葛皮先生住過的屋子外牆潔白如新，草坪和樹籬修剪得整整齊齊。本地的政務單位爲了維持顏面，沒有放任它在風雨的摧殘下破敗。

街道很安靜，只看得到隱約的生活跡象——窗簾遮蓋的一樓窗戶裡透出燈光。我們沒有見到半個人，走到七號附近才遇上縮在樹籬陰影裡的單薄身影。對方雙手抱在胸前，沉著臉看我們走近。

喬治咕噥一聲。「潘妮洛．費茲手下有幾百個監督員，怎麼偏偏選上他？」

眼前的青年身穿費茲偵探社的銀灰色制服外套，腰間長劍的劍柄鑲滿寶石。他長了雀斑的尖臉擠出尖酸的不滿，不過我們與奎爾．奇普斯交手的經驗足以判斷這不算什麼。現在他的心情可能還不錯。

「往好處想，奇普斯以前和我們合作過。」洛克伍德悄聲說：「他早就知道我們不會聽他的話。這樣可以省下不少時間。奎爾，幸會啊！」他高喊：「最近過得如何？」

「醜話說在前面。」奇普斯說：「接下這份工作不是我個人的意思。我和你們一樣厭惡這份差事。你們給我記好了。」

洛克伍德咧嘴一笑。「相信我們可以配合得天衣無縫。」

「對啊。」奇普斯眞心誠意地回答：「確實。」

奎爾．奇普斯曾是洛克伍德偵探社的死對頭，他已經過了二十歲，感受到自己的靈異天賦漸漸流失，再也無法準確偵測到鬼魂所在，最後只能負責管理其他有本事的人。他的際遇讓他漸漸變得圓融，前陣子也曾與我們並肩作戰。即便他的親和力與芥末三明治差不多，我們知道他既堅韌又執拗。正如洛克伍德所說，換成是別人不一定更好。

喬治狐疑地打量他。「所以你要來監視我們？」

奇普斯聳聳肩。「我負責在旁邊觀察。這是公司政策，與其他偵探社合作時必須派員隨行。費茲女士也要求我提供你們需要的一切協助。」他又補上一段：「雖然我派不上什麼用場啦，畢竟面對靈異現象時我又聾又瞎。現在我的危機感最多就是覺得腸胃怪怪的，通常只是肚子裡氣體太多。」

「我會記得不要和你待在同一間房裡。」洛克伍德說。「老實講，我們很高興能得到你的協助。好啦，這就是七號嗎？你有沒有進去過？」

奇普斯望向整潔空虛的屋子。夕陽照過來，前側窗戶閃閃發亮。「我自己嗎？開什麼玩笑。這裡需要團隊合作。希望你們裡面哪個人能代替我被鬼魂碰到。」他舉起手，亮出皮革鑰匙圈。「但我手上有你們要的東西。」

洛克伍德看了西方天際一眼。「在情況一發不可收拾前，我們還有一點時間。上吧。」

我們拎起裝備包，默默踏上屋前車道。樹籬間有隻烏鶇唱著刺耳又甜美的歌曲。那天下午的空氣中帶著清新氣味，蘊含即將到來的春季的隱約暖意。屋子在車道盡頭等待我們。

安然抵達門廊後，洛克伍德堅持要設置一個小圈子，中間擺上提燈，作爲最外層的防線。如果運氣夠好，提燈可以燒上一整晚，不受建築物裡的任何事物影響。若是出了差錯，我們可以一起逃進這裡。

趁著他們擺放鐵鍊圈的空檔，我走到草坪上，隔著寬闊的前側窗戶往內看。屋裡空空一片，被黃色陽光劃成兩半。牆上還留著棕色條紋壁紙，地毯泛黃，但沒有半件家具。可以看到畫框留下的淡淡痕跡，其中一面牆上嵌著復古壁爐，掃得乾乾淨淨。

喬治來到我身旁。「看起來是起居室。」我說。

他愉快地點頭。「對，他們就是在這裡找到被害者的腳。放在咖啡桌上的水果碗裡。」

「真棒。」我撫上玻璃。有時候即使在屋外，即使太陽掛在天邊，還是能感應到一點東西。我豎起耳朵。有嗎？沒有？只聽見鳥兒高唱。屋子只是屋子。

棄置多年的房門竟然鑰匙一轉就開，順利到讓人懷疑有詐的程度。洛克伍德率先進屋，其他人緩緩跟上。我等到最後，背著大家的耳目擺弄背包。荷莉知道骷髏頭的存在，可是奇普斯不知道。我要小聲溝通一下。

我轉開罐子上的安全閥。「骷髏頭，注意一下。我們到現場了，我會帶你進去。」

「要幹嘛？叫妳的活人朋友幫妳啊。我才懶得管。」

我翻翻白眼。從我在費茲總部開完會回到家開始，這傢伙生了半天悶氣。他氣我與洛克伍德達成協議。我把背包拎起來。「你感覺到什麼就通知我。」

「不要。幹嘛老是把我塞在這個袋子裡？我待膩了。讓我出去。」

「現在不行。有機會就把你拿出來。」

「我讓妳尷尬，就是這樣。」

「尷尬？爲了這個邪惡、無聊的骷髏頭？」我狠狠瞪著罐子，清楚看見裡頭那張臉掛上心痛又倨傲的表情。「拜託，你可是罕見的第三型鬼魂。要是被人知道我能和你說話，我們都不會有好下場。我不想讓奇普斯知道。你留意狀況，我晚點與你討論。我們要進屋了，別在那裡唉聲嘆氣。」

「這是和寶貴夥伴說話的態度嗎？我應該要——」它的嗓音在我踏入屋內的那一瞬間中斷。

「喔……」

我低頭瞪著鬼魂。那張臉僵住了。它臉頰上的透明肌肉抽動，眼睛震驚地瞪得老大。

「喔什麼？」

它眨了兩下眼睛，表情再次活絡起來。它仰頭瞪我。「沒事。我以爲我感覺到……嘿，我搞錯了，我們這些邪惡、無聊的骷髏頭就是這副德性。當我沒說。」

它的語氣欠缺說服力。我想繼續盤問，卻瞄到奇普斯沿著走廊往門口移動。我把背包甩到肩上，深吸一口氣，汲取我對這棟屋子的第一印象。

這是一條簡陋的走道，左手邊是通往二樓的樓梯。起居室的地毯是放了太久的淡黃色，奶油色和棕色的方塊圖案壁紙顯得老氣又惹人厭。走廊盡頭有一扇通往廚房的玻璃門，洛克伍德與荷莉正在門內布置第二個鐵鍊圈。另外兩扇門一扇通往地下室，另一扇則是連接起居室。屋裡瀰漫著灰塵與潮濕的氣味，不過沒有更糟的跡象。無論骷髏頭注意到什麼，我的內在感官都毫無反應。

「玄關氣氛真糟。」我說。

喬治拎著沉重的袋子走過。「對啊。他們在這裡找到大腿骨，就插在傘架裡。我們正在設置裝備，願意幫個忙嗎？還是說妳的外包調查員合約上沒有這項？」

我張嘴想回答，然後又用力閉上嘴。他說得很對。我轉頭尋找我的裝備包，動手布置。

我們一切照章行事，進屋不到幾分鐘就布好防線。除了廚房，在樓梯口也設了一個鐵鍊圈，裡頭還撒了足夠的鹽巴和鐵粉。每個房間都放蠟燭，樓梯則是布下燭燈。我們效率極高，辦事妥貼，奇普斯沒有發太多牢騷；與上回見到荷莉．孟洛時相比，她更適應現場行動了。至於我呢，我發現並肩工作比交談還要容易多了，很快就重拾往日的工作節奏。洛克伍德和我沒有多說什麼。這樣很好。他要的是我的天賦，不是我的話語。

等到一切就緒，日光不斷萎縮，我們分頭在屋裡默默測量溫度，感受周遭氣氛。除了奇普斯，他在廚房蹺腳喝熱可可，手裡還拿著一份報紙。他沒有足夠的天賦，無法探測任何靈異跡象。

對葛皮家的第一印象是好小。一樓有四個隔間——走廊與起居室、用餐室和廚房——二樓則是一條狹長樓面，兩端各設一間臥室，浴室夾在中央。樓梯下方還有一段陡峭的磚頭階梯，走下去是水泥打造的地下室。閣樓沒有鋪上樓板，空無一物。建築工法相對現代，牆面薄如紙板，窗戶是雙層玻璃。所有家具都已運走，裝潢被人拆光。沒有明顯的可疑之處，靈異痕跡也相當平靜。喬治像是陰險房仲似地往每個房間探頭，分享哪個身體部位是在哪裡尋獲的血腥細節，但就算添上這些細節，此地仍舊空白到令人費解。

碰上這樣的環境，即便這地方有著血腥的過往，我們仍舊對自己信心大增。這裡有五個裝備齊全的調查員，身處有九個小房間的建築。我們上下樓梯時不斷碰撞，每隔幾秒鐘就會遇上同伴，或是經過其中一個鐵鍊圈。這些都讓我們安心到極點。

可是天色還沒完全暗下。

我對廚房頗有興趣。依照案件性質，它很有可能是超自然能量的焦點。我在廚房裡站了一會，仔細傾聽，注視老舊的裝潢、傷痕累累的木頭流理台、下方芥末黃色的櫃子。大片窗戶下是金屬水槽，顏色暗沉，處處是污垢，扁扁的腳架看起來不太牢靠。牆上貼滿棕色與橘色花朵圖案的壁紙，棕色油氈看得出曾經被上門辦案的調查人員掀起。角落的食品儲藏櫃已經被搬空，層架上殘留瓶罐的圓形痕跡。

廚房有三扇門，分別通往走廊、後院、用餐室。只與廚房相連的用餐室四四方方，坪數不大。我集中精神。有太多細微的聲響：奇普斯翻動報紙、荷莉走進地下室、洛克伍德在樓上移動。我同時也偵測到其他鬼鬼祟祟的雜音，和物理現象無關，偶爾響個幾下，與此地格格不入。

「你有沒有聽到？」

奇普斯坐在鐵鍊圈裡，背靠著一大袋鹽巴。他搖搖頭。

靈異聽覺就是這麼一回事。即使身旁有人相伴，你往往還是孤單一人。我習慣了。現在我是獨行的調查員。我閉上眼睛，專注在不該出現的聲音上。

「看來妳回來了。」奇普斯突然開口。「沒辦法遠離他們。」

我睜眼瞪向他。「我並沒有『回來』。只是今天來幫洛克伍德一下而已。」

「有差嗎？」

「她能拿到更多錢。」通往走廊的門邊浮現一片陰影。喬治探頭進來。「如果妳已經搜完的話，洛克伍德要大家在起居室集合。」

「好。」我回答完，喬治隨即消失。我聽見他在走廊呼喚荷莉。「對，我現在是自由調查員。」我繼續說：「奇普斯，老實說我偏好這種自由的工作型態——在我喜歡的時段上工，與我覺得可以的人合作。沒被綁在哪裡。日子也過得更好了——更有尊嚴、更單純……」我給了他一個充滿尊嚴又單純的笑容。

「就這樣？」奇普斯聳肩。「我以爲妳只是在荷莉．孟洛面前耍脾氣。反正我也不懂啦。妳覺得這個圈子夠牢靠嗎？要不要再圍一圈鐵鍊？」

「對，就這樣。不，這樣就夠了。我要過去集合啦。」我往外走去，放棄繼續調查。現在還太早，而且我突然失了興致。

從前側大窗戶透進來的陽光所剩無幾。路旁的月桂樹籬看起來像是漆黑的塊狀物，沒有固定的形體，將我們包圍。壁紙的棕色條紋看起來也更加深沉，在搖曳的燭光中彷彿一根根鐵柱，彷佛我們身在巨大的籠子裡。洛克伍德和喬治已經到了，他們輕聲交談，對著奇普斯和我點點頭。

「很好。」洛克伍德說：「該來彙整大家的意見了。荷莉在哪？」

「我想是在地下室裡。」我說。

「我明明叫得很大聲。」說完，喬治走出起居室。

「奇普斯，你感覺如何？」洛克伍德問。「待在這裡應該不太舒服吧。」

奎爾．奇普斯聳聳瘦巴巴的肩頭。「我不要離鐵鍊圈太遠就好。監督員通常不會碰上這種狀況，不過我也習慣了。我不覺得潘妮洛．費茲有多喜歡我，自從艾克莫那個案子之後，我一直分到差勁的案件，比如說羅瑟希德下水道、達根罕屠宰場，現在還要和你們一起出勤。」

「我以爲艾克莫事件讓你升官了。」洛克伍德說。

「都上報紙了，他們不得不這麼做，可是現在他們不信任我。我有點太過自作主張。這和你又有什麼關係？」

門開了，荷莉與喬治走了進來。「抱歉。」荷莉說：「你們剛才有叫我嗎？」

「沒事。」洛克伍德掏出一包餅乾傳下去。「好啦，完成了第一輪巡邏，你們怎麼想？」

沒想到荷莉竟然拿了餅乾。「可怕的地方。」

我點頭。「正如我們的預測。每個房間都有靈異迴響。目前還很微弱，但一切都讓我渾身不舒服。」

「說不定是壁紙的影響。」洛克伍德說：「感覺全倫敦的棕色油漆都用在這裡了。露西，有聽到什麼聲音嗎？據說是這裡最明顯的現象。」

「少許擾動，可是不夠清晰。等到天黑後再和你們說。」

「我測了每個地方的溫度。」喬治說：「最冷的是地下室——特別在樓梯底層——還有廚房。這也在意料之中——鑑識人員在這些地方找到最多血跡，還有少許葛皮老兄來不及品嚐的美味碎屑。」

「別說了。」荷莉開口制止。

「除此之外還沒找到任何超自然跡象。」喬治繼續說：「我還以爲廚房裡有一具枯骨呢，原來是奇普斯。」

奇普斯翻翻白眼。「喔，喬治，少說兩句。有人帶ＯＫ繃嗎？我快笑破肚皮了。」

「抱歉，觀察員有權說話嗎？」喬治問。「是不是該省點力氣讓你有辦法溜回費茲？」

「好了。」洛克伍德說：「夠了。奇普斯？」

「這個地方很糟。不過這點大家都知道。」

「荷莉，妳呢？有什麼發現？」

她一副坐立不安的模樣。「我一直覺得有人在看我。好像有什麼東西跟在我後面。」

「我也有這種感覺。」我說。「在什麼時候最嚴重？」

「我不喜歡背對著房間中央。哪個房間都一樣。」

「嗯，死亡光輝出現在地下室。」洛克伍德說：「那是案發地點。葛皮一定是引誘那個人下樓。或許要分一些人力專門調查那裡。我在想要不要各自駐守在某個房間裡，不時調換崗位。露西，妳覺得這樣可以嗎？」

「我要到處走動——跟著我聽到的聲音走。」

「好，沒問題。不過我先給你們看個東西。跟我來。」

他帶我們回到走廊。現在此處已經被暮色籠罩，隔著前門的玻璃可以清楚看到門廊上的提燈。放在樓梯的燭燈散發微光。

洛克伍德來到走廊中段，指著右手邊腰際高度的壁紙。「你們覺得這是什麼？」

壁紙表面有一排長長的黑色磨痕。斷斷續續沿著走廊延伸，形成淡淡的凹槽。

「被他肚子磨出來的。他的體型太寬，在這裡走動的時候磨出痕跡，仔細看——另一邊也有。」洛克伍德說：「地毯也有同樣的磨損。他的體重壓得他腳板完全貼地，在地毯中央擦出痕跡。」

我們盯著牆上的線條。這條走廊不寬，但也沒有過分狹窄。我想像能碰到兩側牆壁的肚腩尺寸。

「還有這個。」洛克伍德抽出腰帶上的手電筒，打開後踏著無聲的腳步走向廚房門。柔和蒼白的燈光打在髒兮兮的玻璃門上。起先看不出上頭的大片陳年污漬是什麼東西，過了一會腦袋才轉過來，意識到它們的真面目。

「手印。」洛克伍德說：「油膩膩的手印，是他以前推門時留下的。你們看看手印的尺寸。」

我們默默看著。他舉起自己修長的手掌比對，下方隱約的手印寬度是他的兩倍，手指長了一截。

□

暮色被黑暗取代；一盞街燈從萊斯街照進來。七號屋內的每個房間都放置了點燃的蠟燭或提燈。我們吃三明治喝茶，分配監視區域。今晚的前四分之一由洛克伍德巡視地下室、喬治負責一樓、奇普斯分到二樓。荷莉在每個區域間定期移動，確認大家的狀況。我也保持機動，追蹤任何可能出現的聲響。這個策略聽起來不差。屋子不大，我們可以不斷交談。沒有人會離得太遠。

我從地下室，這個寒冷又不討喜的地方開始，地上水泥凹凸不平，四周只有裸露的磚牆。可以看出調查人員三十年前曾挖開幾處地板。洛克伍德駐守此處，背靠著牆，裹在長風衣裡頭，被一圈蠟燭包圍。我離開前，他對我咧嘴一笑，我也回以同樣的笑容。我們都陷入調查行動帶來的興奮感。與稍早相比，現在我覺得和他相處起來更自在了。

喬治人在用餐室，把玩一顆銀製小鐘，這個小巧的裝置用鐵絲懸在木框中央。我湊過去，他對我點頭，沒有開口。我們手邊都有事情要忙。

說來真是有趣，荷莉．孟洛是屋裡最有活動力的成員，受到隊伍中緊繃氣氛的影響最低。稍後她在走廊與我擦肩而過，她對站著聽聲音的我笑了笑，遞上一顆口香糖，繼續往前走。

二樓的狹長樓面恰好在一樓走廊正上方。奇普斯站在二樓樓梯口附近的鐵鍊圈裡，禿鷹般的消瘦身影被整圈燭光照亮。他背後的空曠臥室裡填滿了街燈的粉色光芒。

我專心傾聽……從某處傳來無法辨識的喀喀聲響。

喀、喀、喀……然後就消失了。

我在樓面中段拿手電筒照進浴室。水槽、浴缸、馬桶都蒙上厚厚的柔軟灰塵。地板上留著包括我們在內的調查員磨出的腳印。馬桶裡沒有水，邊緣結了一圈水垢。我踏入盡頭的臥室，俯視黑沉沉的後院。

別處傳來一道震動地板的碰撞聲。就只響了一次。可能是其他人發出的，但眞相並非如此的可能性同樣地高。我看看手錶。才快要九點而已。

我逛完兩間臥室，回到樓面。奇普斯還在樓梯口，一手握住劍柄，我再次意識到這種任務對他來說有多困難，看不見也聽不見，只能無助等待。他的天賦早已捨棄了他。

「還沒遇到什麼異狀。」我說。

「很好。希望能保持下去。」

我往樓下走去。門廊上的提燈還亮著，光線照進前門，投向整條走廊。可以看到起居室的燭光從門縫下透出。樓梯的燭燈閃爍，它們的亮度不太強。走到一半，我站在黑暗中細聽，手指撫過壁紙。我聽見自己的重量將木頭梯格壓出的咿呀聲；我聽見奇普斯在樓梯口咳嗽，外頭某戶人家重重關門，喬治在廚房裡輕輕吹口哨。

這一切都是如此無害。爲什麼我手臂的寒毛紛紛豎起？

不安的思緒浮上心頭。「奇普斯，你在哪裡？」我呼喚道。

「在妳上面，和剛才一樣。」

「洛克伍德？」

「地下室的樓梯。沒事吧？」

「荷莉呢？她也在地下室嗎？」

「她在我後面。」

我看向廚房，輕柔的口哨聲持續不斷。「喬治，跟我說你在哪裡。」我呼喚道。

下方起居室的門被人打開，那人探頭出來。「在這。記錄溫度。幹嘛？」

我沒有回答，只是從樓梯扶手上探頭望向廚房的玻璃門，驚覺理論上要能看到廚房裡的燭光才對。可是玻璃門板內一片漆黑。口哨聲持續不斷，輕柔又沙啞。接著是規律的敲打聲，刀子一次次撞擊木板，代表有誰在廚房裡忙碌。

9

其他人什麼都沒聽到——無論是不成調的口哨，還是孜孜不倦的菜刀聲。背包裡的骷髏頭肯定也感應到了，但它還在和我賭氣。我試著呼喚它，但它拒絕回應我小小聲的提問。

我們在走廊默默集合。洛克伍德站在廚房門前，耳朵貼住玻璃，手持長劍。即使靠得這麼近，玻璃門還是一片漆黑，裡頭的存在吸收了所有的光，什麼都沒散發出來。

「我還聽得到。」我說。切東西的聲響不時暫停幾秒，彷彿持刀者正在努力切斷特別堅硬的物體，然後又恢復原本的韻律。

洛克伍德迎上我的視線。「那就來看看是誰加入了我們的行列吧。」

他握住門把，轉動，躍入廚房。與此同時，那些聲響戛然而止。我在他身旁，手握鹽彈；喬治和奇普斯擠在我們背後。我們煞住腳步，細細觀察空蕩蕩的廚房，柏樹的尖銳陰影落在布滿月光的流理台上，破爛的油氈地板上整圈燭火柔和地翻捲。

「什麼都沒有。」奇普斯吐出氣音。

我逼自己呼出一直憋著的那口氣。「聲音在我們進房的時候停下來了。」

洛克伍德拍拍我的手臂。「它在玩弄我們，這也在預料之內。」

「什麼都沒有。」奇普斯語氣沉重，他看著我。

「我眞的有聽到。」我狠狠回應。進房時突如其來的洩氣感令我們焦躁不已。喬治低聲罵個沒完，荷莉不停打顫。

「沒有人說妳沒聽到，小露。」在五人之中，只有洛克伍德看似沒受到半點影響。他靜靜站著，瞇細雙眼打量廚房各處。接著他把長劍插回腰間，瞄了溫度計一眼。「室溫正常。我沒看到任何靈異現象。」

「你忘記玻璃門了。」我說：「剛才沒有半點光從裡面透出來。」

「沒錯。」他往大衣口袋翻了一陣，掏出裝著巧克力的紙袋。「每個人拿兩個，把保溫瓶拿出來吧，現在是喝茶的大好時機。」

我們站在廚房裡喝熱茶，冷靜下來。在鬼屋裡被情緒沖昏頭是大忌。鬼魂靠著吞噬情緒茁壯。

「現在是晚間九點零三分，這是我們的第一個顯著靈異現象。」洛克伍德說：「看來費茲和伯恩斯說得對——這個鬼魂主要透過聲響現形。也就是說露西首當其衝。小露，這樣可以嗎？」

我點頭。「你們本來就是爲了這個把我扯進來。」

「我知道，可是妳要覺得開心啊。」

我的心臟依然跳得好沉，但我維持住冷漠專業的語氣。「這不是問題。」

洛克伍德緩緩點頭。「好……我們照著原本的模式繼續巡邏。十一點半再次集合，看有沒有人掌握了源頭的原貌。駐守在房間裡的人可以更換崗位，一旦對任何事物感到些許懷疑，馬上通知其他人。」

大家一個接著一個悄悄離開——除了喬治和我。我們待在廚房裡。感覺在這裡下工夫最有效率，而喬治顯然也有同感。他從袋子裡端出我稍早看過的古怪小裝置——木框裡用細鐵絲編成網柵，銀鐘掛在上頭。他謹慎到了極點，手肘外展，十指看似專業地分開托著裝置，放在剛好被一束月光照亮的流理台上，站到一旁端詳它。

我再也忍不住了。「喬治，這是什麼？」

他漫不經心地抓抓亂七八糟的黃褐色頭髮。「PEWS。靈異預警系統。羅特威研究機構的新玩意兒。一半的鉾絲是標準製品，另一半裹上蜘蛛絲，對鬼魂散發出的能量格外敏感。兩者之間相異的動態會干擾中柱的平衡……」他望向我，聳聳肩。「理論上應該會在鬼魂出現前發出聲響。」

「這東西管用嗎？」

「現在還說不準。我還是第一次試用。」

「你認為它比我們的天賦敏銳？」

「不知道。說不定比我厲害。說不定沒你們那麼強。」他的嗓音沒有起伏，轉過頭研究廚房中央的鐵鍊圈。「我認為我們該加強這裡的防線。不知道原因，就是有這個感覺。可以幫我拿那邊的鐵鍊過來嗎？」

「當然。」我照辦。「喬治，跟你說，我很高興能再與你們一同調查。」

他沉默幾秒。「是嗎？眞是意外。」

我把鐵鍊放下，發出細碎鏗鏘聲。我沒有抬頭，卻感覺得到他直盯著我。「有什麼好意外的？」

他沒有直接回應，跪下來調整鐵鍊位置，將之圍繞在原本的圈子外。他的動作是如此仔細而有效率，就和每次面臨重大任務、打造出加倍強韌的防壁時一樣。「這個嘛，荷莉在啊。」他總算開口。

「不要連你也這樣說！」我怒吼。「我和大家說了那麼多遍。我離開的原因不是她。你沒看到我們剛才的樣子嗎？沒看到我們在咖啡廳聊天嗎？我們明明有說有笑！」

「能夠輕描淡寫地談話，沒有徒手掐死對方，這並不代表妳們是知心好友。」喬治摘下眼鏡，在毛衣上擦了又擦。「我想再加幾盞燭燈——妳手邊有嗎？」

「在穆雷的塑膠袋裡面。」我拿出幾個，把袋子丟給他。「現在我們處得挺好的。荷莉和我可說是如膠似漆。」

喬治點頭。「眞的。就像是黏鼠板與老鼠一樣。」他拋來一盒火柴。

「那是在騷靈之前的狀況。後來我們就談開了。」我語氣僵硬。

「騷靈是妳們談開的時候引發的。」喬治說得有幾分道理。「妳離開是因爲妳氣她氣得要命。」

「並不是。那是因爲我無法控制自己的天賦。」我說。「因爲我驚動鬼魂，害大家陷入險境，我不能坐視這種事情重演。」我點了幾根蠟燭，退後幾步。「不管怎樣，我今晚都來啦。」

喬治面無表情。「喔對。妳真的來了。看看我有多感動——」他突然安靜下來，直盯著我看。「現在又是怎樣？」

我揚手要他安靜。沉重而緩慢的腳步聲橫過我們頭頂上。每一腳都令天花板震動，吊在半空中的燈泡左搖右晃。我聽見某扇門咿呀移動。接著是一片寂靜。

我看著喬治。「有沒有聽到？有沒有看到燈泡在晃？」

「我看到燈泡擺動。沒有聲音。是什麼？」

「腳步聲。在後側的臥室。你想奇普斯會不會剛好在上面巡邏？」

「不可能。他會安穩地待在他的圈子裡。」

「我也是這麼想的。我們該上樓去看看。」

喬治緊張地托托眼鏡。「嗯……也是。」

「那就走吧。」

我們沿著狹窄的走廊快步來到樓梯口，轉彎上樓，一次跨兩階。衝到二樓時，奇普斯坐在一旁，長劍擱在膝上，對我們挑眉，但我們沒有停下腳步。二樓走廊又靜又暗，後側臥室的門開著，透出一小片被月光柔化的室內景象。我們維持同樣的速度悄悄上前，走到一半時我再次聽見同樣的喀喀聲響。喀——喀——喀，響三次停一會，以同樣的規律重複。這是清脆的細微雜音，異常熟悉。無法分辨來源。

半路上，我拿手電筒往浴室裡照，光束掃過木頭地板，似乎有人躺在浴缸裡。我嚇了一跳，手電筒往上轉，大片陰影隨著光束的移動散去。沒有，浴缸裡空蕩蕩的——只是一個布滿灰塵與蜘蛛網的空洞。不過是知覺與光線在作祟。

喬治繼續往前，早我一步來到臥室門口。他突然縮腳，痛得皺起臉。「喔！哇！」

我握住長劍，來到他身旁。「怎麼了？」

「碰到低溫區——直接從我身上穿過去。」他往腰間摸索，注視溫度計。「一瞬間就消失了……真的有夠痛……現在又沒了。」

「你還好嗎？」

「沒事。只是嚇到了。溫度已經恢復正常。」

臥室裡也很平靜，只是一扇櫥櫃的門在我們上次巡過後自行開啓。喀喀聲也停住了。我們兩個偵測不到任何異常現象。

「洛克伍德說得對。」喬治說：「這傢伙在玩弄我們，它的把戲以聲音爲主。」他回頭望向走廊彼端，向監視一切動靜的奇普斯揮揮手。「妳不是帶著那個噁心骷髏頭嗎？它有什麼意見？以前它不是話很多？」

「今晚幾乎問不出什麼東西。它在鬧彆扭。它無法相信我又與洛克伍德偵探社合作了。」

「它在吃醋啦。」喬治說：「和被甩掉的情人沒有兩樣。它八成是認定妳已經完全屬於它了。妳是它與活人世界相繫的唯一管道。好吧，大家都有自己的問題要面對。好，我要去起居室再放一個PEWS。或許妳可以鼓勵骷髏頭多說點話。這棟屋子讓我毛骨悚然，到現在我還猜不到源頭可能是什麼。」

我也是。大家都毫無頭緒，背負最大壓力的人是我。我們繼續巡邏，我感應到的聲響出現頻率穩定上升。我又聽到好幾次腳步聲，每次都是在樓下聽見二樓傳來回音。拖行後重重踩地的特殊組合或許是源自套在室內拖鞋裡的腫脹腳掌。突兀的沉重喘息出現過兩次——分別在地下室與起居室——像是體型龐大的人艱辛移動一般。還有一次在走廊上從我背後傳來輕柔的磨擦聲，持續了好一會，來源可能是被肥肉和牆壁夾住的衣物。任何一項都足以讓我惶然不安，現在全部混在一起，而且其他人什麼都聽不見，我的心逐漸蒙上陰影。

以鬼屋來說，這裡吵得要命。我能理解潘妮洛．費茲要我來一趟的原因。

潘妮洛．費茲。不是洛克伍德。每次想到這裡，焦躁就會刺穿我全身。不過這幾個月來，我學會在險境裡捨棄那些不快。在我心目中，這棟屋子裡沒有一個地方比棕黃色系的寒酸廚房還要危險。我想好好調查一番，與發生在那裡的過去連結。絕對不會是愉快的體驗，但這樣才能在最短的時間內觸及鬧鬼事件的核心。我要屏除雜念，完成工作，回家休息。

到了十一點半，我們再次集合。對其他人來說這兩個小時很安靜，只遇上輕微的無力感和潛行恐懼攪局。我複述我的體驗，洛克伍德再次問了一堆問題，確認我是否足夠冷靜。我再次要他安心。之後，大家更換崗位，喬治去地下室，荷莉在一樓。洛克伍德四處遊走，在深夜時段聯繫每一個人。我回到廚房。

一進門，我似乎聽見極爲短暫的口哨，接著是三下迅速的喀喀聲。然後什麼都沒有。

「骷髏頭？你有沒有聽到？」

沒有回應。我受夠了。從背包裡取出拘魂罐，鬼魂的臉龐在綠色鬼氣中漂浮。它還掛著瞧不起人的表情，當著我的面刻意轉向另一側。我把罐子放到鐵鍊圈旁的地板上，繞了半圈追上它的臉。「你沒聽到嗎？」我問。「現象越來越頻繁了。你有什麼看法？」

鬼魂不再旋轉，視線茫然飄移，一副突然意識到我的存在的模樣。「喔，妳現在又要和我說話了？」

「對。屋子裡有東西，我感受到生命遭受威脅。我想知道你對這件事的了解。」

鬼魂換上毫不在乎的表情，鼻孔擴張。我聽見不屑的哼聲。「說得像是妳在乎我在想什麼似的。」

我環顧盈滿月光的寧靜廚房，看似毫無害處，卻散發十足的邪氣。「親愛的骷髏頭，我眞的在乎，我把你當成……當成……」

「妳猶豫了。妳把我當朋友？」

我緊緊皺眉。「並沒有。完全沒有。」

「不然是德高望重的同僚？」

「太誇張了。不，我是昧著良心眞正看重你的意見，即使你本性邪惡、脾氣陰險。」

那張臉上下打量我。「喔，好……看來妳想展現純粹的誠實，而不是阿諛奉承，對吧？」

「對。」

「好啊，那妳就去自生自滅吧。還不夠。妳沒辦法獲得我的金玉良言。」

我怒吼一聲。「你鬧什麼脾氣！喬治說你在吃醋，我開始覺得他說得沒錯。」我彎下腰，關上安全栓。

就在此時，我聽見細微的雜音。細碎的磨擦聲後接著一聲啪。我轉過身。

廚房角落擱著一台黑白色煤氣爐。它被陰影籠罩，已經三十年沒有點燃過了。然而現在有某樣物體在上頭移動，在布滿灰塵的爐座上敲出輕響。

那是個很大的醬汁鍋。我緩緩上前一步，鍋子劇烈震動，裡面的東西快要滾了。熱水滋滋作響，噴濺出來，油膩的鍋緣黏了一圈小泡泡。

我一點都不想看，可是不能不看。我得要看清楚鍋子裡放了什麼食材。

我繼續向前。慢慢地，慢慢地橫越廚房。鍋子外側反射月光，但裡頭一片黑。上頭有個圓形物體，沸騰的泡泡聚集在四周，簇擁著它。濕熱的氣流帶來濃郁的肉腥味。

越來越近，越來越近。鍋子不斷喀嚓喀嚓地晃動。我從腰間解下手電筒，照向爐座——

「露西！」

「哇！」我猛然轉身，手電筒照向洛克伍德的臉。

他倒抽一口氣，揚手用袖子擋住光束。「小露，妳在幹嘛？關掉手電筒。」

「我在幹嘛？你沒看到——？」我回頭，舉起手電筒，光束掃過爐子。然而爐座上空空如也。鍋子不見了，空氣清澈凝滯。月光透窗而入。我關掉手電筒，丟到一旁。

洛克伍德移到我和爐子之間。「妳看到什麼？」

「有東西在上面煮。」我說。「爐子上有東西。現在不見了。」我補上多餘的情報。

他把頭髮往後撥，對我皺眉。「我看到妳剛才的表情——妳被它迷惑了。這是他的陷阱。它要把妳拉進去。」

「我才沒被騙到。我只是想看——」

「沒錯。我以前也看過妳這副模樣。露西，所有現象都衝著妳來。其他人沒有感覺到任何東西。我很擔心。或許今天該到此爲止。」

我瞪著他，氣惱湧上心頭。「洛克伍德，所以我才會來這裡。我感受到東西，我把它們引出來。你要信任我，就這樣。」

「我當然信任妳。」他迎上我的視線。「我還是很在意。」

「沒有必要。」我別開臉。工作台上放著喬治的銀鐘，在月光下閃閃發亮。沒用的東西。鬼魂在幾呎外活動，它卻毫無反應。「我做得來。」我說：「你應該知道這點。如果你眞的希望我來這裡。」

他停頓一秒。「這是當然了。我不是邀請妳來嗎？」

「對，你邀請我。可是要我來的人是潘妮洛．費茲，這是兩碼子事。」

「露西，妳在說什麼——？」下一秒，洛克伍德迅速轉身，通往走廊的門被人狠狠推開。

「喬治！」

他衝上前，眼鏡歪了，眼神狂亂。「露西、洛克伍德——快來看！這裡——地下室！」

我們從他身旁擠到走廊上，地下室的門開著，洛克伍德拿手電筒往下照亮陡峭的階梯。光束在水泥地上形成黃色橢圓光圈。

「骨頭！骨頭和——各種碎片。散在下面的樓梯口。」

我們瞪著下方的水泥地，光禿禿的，空無一物。「在哪？」

喬治誇張地比手畫腳。「喔，果然消失了嗎？我還奢望它們能留到你們過來。」

「說不定沒有消失。」我說。「洛克伍德，你的靈視能力最好，你要不要下去——」

一聲淒厲的尖叫迴盪在屋裡。是荷莉。洛克伍德、喬治、我互看一眼，衝回與廚房相連的用餐室。荷莉站在這個狹小的空間，焦躁中不失優雅，雙眼盯著窗前的空位。

我們拔劍就位。「所羅門．葛皮？」

她搖搖頭，臉色在月光下更顯蒼白。「不是。」

「妳看到什麼？」

「沒有——只是一張桌子。可是上面……」

「嗯？」

「太暗了，看不清楚。盤子……餐具。」她打了個寒顫。「還有某種烤肉。」

「噁。」喬治說：「我想我剛才在地下室看到的是邊角碎料。」

「你們想知道最可怕的部分嗎？」荷莉嗓音虛弱。她清清喉嚨，稍微冷靜了些。「盤子旁邊有一條白色小餐巾，摺得整整齊齊的。不知道爲什麼，這個細節……深深印在我腦中。整個景象只持續了一瞬間——然後就不見了。」

「這些瞬間景象的問題在於我們沒有拿劍戳下去的目標。」喬治狠狠說道。「完全不知道源頭可能——露西？」我渾身僵硬。「小露？怎麼了？妳又聽到他了？」

他們三個站在一旁，在陰暗的用餐室裡，等待我的回應。「不完全是他。」我緩緩說著。「可是……對。沒錯，我聽到了。」

陰影中傳來木頭磨擦聲。某個體型沉重的人把重量壓上椅子。

「他在這裡嗎？」喬治悄聲問。

我搖頭。「只有聲音——來自過去的回音……」即便如此，我的心臟仍舊跳得飛快，頭昏眼花，四肢沉重。恐懼朝我們逼近。現在我聽見熟悉的聲響，非常有禮而精確。刀叉敲上盤子的聲音。「我好像聽見他在吃東西。」

黑暗中有人咳嗽。有人咂嘴。

「我們可以出去一下嗎？我需要透透氣。」

「同意。」洛克伍德說：「這裡眞的挺悶熱的。」

沒有人想待在這裡。我們四個快步往外走，屋裡同時傳來駭人的慘叫聲，聽得出痛苦與恐慌。是遭到謀殺的人？還是活活嚇死的人？有人揪住我的手臂。我不知道是喬治，還是荷莉。

「喔，不……」我說。「奇普斯……」

洛克伍德快得像流星，大衣下襬在他背後翻飛。「荷莉——妳在這裡等。露西——」

「廢話少說。我跟你去。」

洛克伍德、喬治，還有我衝出廚房。衝過走廊，經過地下室的門，在樓梯口轉彎。屋裡一片死寂。我們一步跨三格樓梯，跳上二樓——

奇普斯安穩地坐在樓梯口的鐵鍊圈裡，就著燭光看小說。他一邊膝蓋旁擱了一包開著的餅乾，另一邊則是裝在保溫瓶裡的咖啡。他一手撐著頭，面露無聊的表情，看到我們在他身旁煞住腳步，他的表情轉為困惑。

「你們這票白痴現在又想要怎樣？」

他什麼都沒聽到。

10

屋前門廊很冷，還下起了倫敦經典的細雨。聽得到雨滴拍打樹籬和水泥車道，沿著破裂的排水管滴落。除此之外，城市裡安安靜靜的。這是屬於死者的時段，沒有任何活人在屋外活動。寒冷、雨水、寂靜：這是最適合我們的調劑。我們需要冷靜。

在鬼屋裡待太久還有一項風險：人會越來越遵從它的模式和法則。屋裡的法則時常扭曲，你會漸漸忘卻那些保命的原則。我們在葛皮故居陷入這個圈套，輕易分散戰力，分別遭受靈異現象攻擊。荷莉、喬治、我都深受影響，我們精神緊繃，默默窩在門廊的提燈旁，凝視著黑暗，咀嚼巧克力。洛克伍德和奇普斯目前還沒直接受害。奇普斯可能是因爲他幾乎沒踏出鐵鍊圈半步，又或許是因爲他不再擁有感應到鬼魂顯現的能力。至於洛克伍德呢，也許他沒有顯露破綻，屋裡的超自然存在感應到他的強悍——很難講。

現在他看起來相當從容。「小露，這個給妳。」他迎上我的視線。「今晚和我們出門不開心嗎？誰都不能說洛克伍德偵探社沒有好好招待妳。」

我端著保溫瓶喝了一大口。夜風漸漸發揮效用，腦袋清醒多了。「好久沒玩得這麼快樂啦。到處亂掉的屍塊與死亡威脅？比出門吃咖哩還要刺激。」

他咧嘴一笑。「妳做得很好。假如只有荷莉、喬治，還有我，我們可能看得到一些影像，但僅止於此。多虧了妳，我們獲得的資訊量有點太過充足啦。」

我忍不住回應他的笑容。洛克伍德的讚美總是讓人心曠神怡。「可是還是不夠。我在半數的房間裡聽到葛皮的動靜。我聽到他走來走去、吃東西、吹口哨，甚至在廚房裡剁東西。荷莉和喬治還有我都看到與案發當時無關的幻影——都在不同的房間。我們唯一沒有看到的是鬼魂本身。而且對源頭毫無頭緒。」

洛克伍德搖頭。「我認為已經很接近了。餐桌、骨頭、爐子上的鍋子——這些都是鬼魂的一部分。葛皮不是屋裡的一分子，他就是這棟房子。他沒被鎖在某個小地方；他無所不在。喬治——你曾說葛皮若非必要鮮少離家。顯然他對這棟房子相當執著。或許他早就死了，但執念依然存在。我認為他還在這裡。」

「不可能是被害者的鬼魂嗎？」奇普斯問。「多虧了喬治，我們知道他的遺體分散在每個房間裡。腳掌在起居室，腳趾甲在食品儲藏櫃——」

「儲藏櫃裡的是眼珠子。」喬治說。「裝在一個罐子裡。」

「感謝說明。」奇普斯咆哮。「不需要提醒我這些細節。重點在於造成這些現象的也可能是他，對吧？你們還說聽到他的慘叫……」

「確實。」我說：「但我還是覺得是葛皮。所有的聲響都與他的可怕行徑有關。他重現那些情景是爲了取樂，也爲了把我們嚇跑。」

「所以整棟房子都是源頭嗎？」荷莉小聲問。自從用餐室的遭遇之後，她一直很安靜。「有可能嗎？如果是的話，我們可能必須燒掉這個地方。」她發出像是哽到的笑聲。「這當然不是認眞的建議。」

喬治托托眼鏡。「不知道……以前我們也燒過房子。」

「費茲或是伯恩斯不太可能認同故意縱火行爲。」奎爾・奇普斯說。「絕對有某個更具體的源頭——導致鬧鬼的核心。問題在於從來沒有人找得到它。好，我要以費茲偵探社觀察員的職責提出建議。當敝公司調查員遭逢超自然力量的威脅，找不出對策時，大原則是撤退。撤退然後調整對策。活下來，改天再出擊。」

「你的意思是放棄？」洛克伍德語氣帶著狐疑。他親切地拍拍奇普斯肩膀。「這不是洛克伍德偵探社的作風。」

奇普斯聳聳肩。「那就讓它繼續用那些小把戲消耗你們的精神，直到你們疲憊到無法察覺自己已遭到鬼魂觸碰。除非你們有辦法把鬼魂揪出來，說服它透露源頭的位置——可能性太低了——我不認爲你們能有任何進展。」

洛克伍德一彈手指，把我們都嚇了一跳。「就是這個！奎爾，你是天才！我們來把它揪出來！葛皮已經爲所欲爲太久了。小露，妳體驗過他大多的招數。我認爲廚房是鬧鬼現象最集中的地方，對吧？」

「毋庸置疑。」我說。

「那就假設廚房是他最在意的空間。」洛克伍德雙眼閃閃發亮。「看能不能把它惹毛。趕快喝一喝，接下來要輪到撬棍上場啦。」

□

過去一般罪犯還敢趁夜下手的時代，輕巧的隨身撬棍頗受強盜喜愛，現在則是調查員的標準工具之一。通常是用來敲破牆壁或撬起地板，方便我們找出骨骸，不過撬棍的用途遠遠不只如此。幾年下來，我曾用撬棍破壞泡水的木箱、將棺材從沙坑裡挖出來，還有——因為它的材質是鐵——把一個門口老湯姆釘在門上。我還沒有拿撬棍砸爛誰家廚房，不過凡事總有頭一遭嘛。

我們回頭，沿著走廊往屋子後側移動，裡頭一片寂靜。甚至比我們最早進門時還安靜，沒有任何超自然壓力。缺乏這份壓力更增添了可疑感，這代表某個存在暫時休兵，躲起來監視我們。我們把撬棍扛在肩上——除了奇普斯，他在車庫找到一把生鏽的鐵鎚。走過壁紙磨出深色痕跡的走廊，走過散落手印的玻璃門，進了廚房，洛克伍德關上門。這個狹小空間沉悶單調，木頭的內裝、布滿刀痕的流理台、髒兮兮的舊水槽、醜得要命的水龍頭。月亮移到屋子前側，廚房比剛才暗上許多。喬治的銀鐘還在台面上。他把這個小裝置移到窗台，遠離攻擊範圍。

我們再三確認廚房中央的鐵鍊圈，重新點起熄掉的蠟燭。荷莉調低提燈亮度。我們圍在流理台四周。洛克伍德把撬棍尖端插進台面與下方櫃子之間的窄縫。

「奇普斯和我先動手。」他說：「其他人仔細盯著。」

他高舉撬棍。

他說與這裡曾經發生過的凶案相比，我們的作爲根本算不上什麼。即便如此，當老舊的木板裂開時，我的神經還是不停顫抖。或許板子已經腐朽，洛克伍德沒花多少力氣就把它拆下，響亮的劈啪聲在房裡迴盪。我想像這道聲響傳遍了整棟屋子。

或許大家腦中都浮現同樣的幻想，定在原地好半晌。就連洛克伍德也沒有挪動卡在台面上的撬棍。

只有寂靜。

於是他再次開工，對著輕薄的膠合板下手，逼迫它往後凹折，化爲木屑。過了一會，他稍稍退開，換奇普斯的鐵鎚上場。抽屜碎裂；層板像骨頭般斷折。金屬水槽左側已經開了個大洞，三十年來沒人動過的廚房產生不可逆的改變。

奇普斯喝了一大口水。我們豎起耳朵。屋子很安靜。他繼續努力。

鐵鎚劃破空氣，我悄悄往房間另一端移動，離開奇普斯的視線範圍。我往背包裡摸索，轉開拘魂罐的安全栓。

「喔，這股張力。」鬼魂的低語響起。「就連我這個鬼也緊張到不行。五個蠢蛋費盡全力驚動怪物。如果他真的來了，你們要怎麼辦？」

「骷髏頭。」我小聲回應：「這是你最後一次機會。今晚你超沒用的。給我放下自尊，幫點小忙，不然我發誓下次直接把你留在床底下。」

鬼魂乾笑一聲。「喔——下次？可是妳不會再與洛克伍德偵探社合作了吧？只會和以前一樣，妳和我瞎攪和。這是我們的未來，清楚明白！」

「是喔？還有另一種未來。」我低吼。「有沒有看到這根撬棍？要是你不幫忙，我就把你和你的罐子敲爛，碎片埋在花園裡。」

笑聲驟停。「有點太過分囉。」它的語氣變得若有所思，「露西，總有一天我會牢牢控制妳，到時候就知道是誰在誰掌心上跳舞了。嗯，我還能告訴妳什麼你們還不知道的事情？這傢伙感染了整棟屋子：他的靈魂精華被汗水血液及醜惡的執著吸入牆裡。過了這麼多年，他的意識時有時無。我們進屋的時候我曾感受到它，然後它就退開了。這傢伙懶得要命，不時打瞌睡；或許你們已經看過他的夢境。」

「可是現在——」我話還沒說完，就看到奇普斯使勁一敲，被他打破的芥末黃色嵌板飛了半個房間遠。

「恭喜。你們把他吵醒了，他很不開心。」

奇普斯打直腰桿，用袖子抹抹額頭。洛克伍德扯掉一些膠合板的碎片。他舉起撬棍，重振旗鼓。我揚手制止。

我聽見了。來自屋子深處的聲音。

喀——喀——喀。

我突然想通這是什麼聲音。

這是牙齒互相撞擊的聲音。

喀——喀——喀……

這是他的習慣。當他在屋裡緩慢遊走，當他研究食譜，當他盯著屋外來來去去的鄰居，他就會這麼做。

喀——喀——喀……喀—喀—喀……

盯著、盯著……總算選定目標。

「新朋友來了。」我說。

他們停下手邊動作，在亂七八糟的廚房裡，在翻捲的燭光中，四張蒼白臉龐直直看著我。奇普斯與洛克伍德腳邊堆滿破碎木板，他們沾了滿身木屑，汗水閃閃發亮，和慘白的皮包骨一樣怵目驚心。荷莉像是格外焦慮的飄浮新娘。喬治頂著亂髮，眼鏡亮得像頭燈，要說他是以貓頭鷹形態顯現的神經病鬼魂也能矇混過去。我們專心觀看，仔細聆聽。

我往上一指。拖沓的腳步聲橫過正上方的房間，從天花板垂落的燈泡隨之強烈晃動。

「好極了。」洛克伍德說：「他被驚動了，那就代表我們做得沒錯。也就是說他超不喜歡我們這麼做。」他把撬棍舉到和頭一樣高，砸中鑲在牆上的櫃子側邊。

喀——喀——喀……

有什麼東西沿著二樓樓面往樓梯移動。

「少來了，葛皮，你明明可以走得更快。」洛克伍德扭斷從地板上突出的木片。水槽旁的裝潢全毀，磚牆和發霉的地板袒露在外。他重擊水槽的金屬支架，將之打成兩半。突然湧現的叛逆能量讓他無比激動，他像是流動水銀似地亂竄，拉扯敲打，踢開滿地殘骸。就連奇普斯也退到一旁，給他足夠的空間。我們只能看著他以純粹的個人意志喚醒可怕的鬼魂。

喬治側身挪到我身旁。「等到它……過來的時候，洛克伍德打算怎麼做？」

「我不知道。」

沉重的腳步聲從樓梯傳來；我聽見階梯被龐大的壓力壓得咿呀作響。

「露西。」喬治小聲說：「可以和妳說句眞心話嗎？」

「好。」

「畢竟妳是獨立的調查員，如果妳寧願我什麼都沒說，妳儘管開口。」

「無論我用什麼身分和你們合作，我還是我。快說。」

「好……」他點頭，用力吸氣。「我眞的不想看到這個鬼。」

「葛皮？」

「對。我看過一大堆幻影，有的還滿……噁的。妳記得我們在哈克尼社區看到的那個全身長蟲的女生嗎？在那之後我有好幾個月都不敢吃瑞士起司。可是這個案子不一樣……」

我點頭。「我知道。你不用說出來。我也是這麼想。」

就在我回話的同時，我的視線沒有離開廚房的玻璃門。門板透明度極低，但還是看得到遠處門廊上的提燈與樓梯的燭燈。這些光源正劇烈晃動，越來越黯淡，一道巨大的形體緩緩移至走廊另一端。荷莉輕聲尖叫。

「洛克伍德，看到幻影了。」喬治說。「現在要怎麼做？」

「延續我們現在的做法。」洛克伍德勾起嘴角，頭髮垂下來蓋住臉。「我們把他引過來，然後一口氣解決這傢伙。別鬆懈，他想利用恐懼壓垮我們。」

如果拿我目前遭受的鬼魂禁錮來說，這傢伙還眞有一套。我幾乎無法動彈。那道形體越來越大。喀喀咬牙，嘴唇抿起又啪地彈開。我聽見尺寸不合的室內拖鞋沿著走廊拖行。

我再次背對奇普斯，嘶聲說：「骷髏頭，現在是你證明自身價值的大好機會。如果你找得到源頭，我就不再提撬棍。」

「原來如此……剛才惡狠狠的威脅，現在又好聲好氣地哄我。妳沒有尊嚴嗎？」

「現在沒有。你能感應到源頭的位置嗎？」

「看它這樣大費周章地湊過來，我猜你們快找到答案了。」

「源頭離這裡不遠！」我口中高喊，跳過滿地狼藉。「被你砸爛的流理台後面有什麼？睜大眼睛看仔細！」

我蹲在水槽的殘骸旁，把破碎木片丟開。奇普斯和洛克伍德馬上過來幫忙，但荷莉與喬治愣愣站著凝視玻璃門。沒過多久，我們清出一小塊空間。我瞇眼往水槽下看去，後側地板已經爛到和牆面產生空隙，陰影中捲曲的水管宛如裸露的臟器。我拿手電筒掃過黑暗的凹槽。

我想到艾瑪．瑪區曼的鬼魂——她藏起來的寶貝，她的心頭肉。葛皮也藏了什麼；偷偷放在這裡，沒有人知道。

「小露，找到了嗎？」洛克伍德語氣平穩。

「快了。還有多少時間？」

「喔，大概三十秒。」

我回頭一看，玻璃門的另一端，陰影化爲具體的形體。可以看到那顆大頭的黑色輪廓、膨大的肚腩塞在牆間。衣服貼著壁紙摩挲，那張大嘴不斷發出舔舐咬牙的聲響。我聽到膝蓋周圍的肌腱啪嚓抗議葛皮驚人的體重。

它幾乎就在門外。

我低聲咒罵。「我只看得到地板爛掉的地方。在角落的水管後面——有沒有看到？」

洛克伍德馬上趴平，凝視最深處的牆角。他打開手電筒。「看到洞了。裡面有東西在反光。塞得很深——很難拿到……」

荷莉尖叫。她一直盯著門看。有個東西貼住玻璃門中央，一隻巨大的白色手掌。

洛克伍德跳起來。「喬治，清醒點！我們需要你出力。過來看一下。」他把手電筒丟給喬治，同時抽出長劍。

手指握住門板邊緣。指甲裂了，指縫卡滿泥土。

喬治跳過滿地木板，趴在我旁邊，瞇細雙眼看向牆角的小洞。「看到了……是玻璃罐。可是被水管擋住了。」

洛克伍德將外套下襬往後甩，檢查腰間的裝備。「必要的話就拆了水管。」他橫越廚房。「其他人進鐵鍊圈。」

我爬起來。「洛克伍德，你要——？」

「我要幫喬治爭取時間。露西，進圈子裡。」

門緩緩打開。龐大的黑影宛如翻捲的舌頭般滑入。洛克伍德往門縫丟了一顆鹽彈，炸開可怕的尖銳慘叫。接著他溜出廚房，反手關上門。

荷莉、奇普斯、我都愣住了，只能傻傻看著他的背影——

叮叮叮！

我們三個同聲驚叫，同時轉身。是那個銀鐘，掛在鋅絲和蜘蛛絲上瘋狂擺動。

「喔，終於響了嗎？」我大叫：「喬治！這個東西也太沒用了吧！」

喬治躺在地上，腦袋插在水槽下。「怪我也沒用！要怪就怪羅特威那邊啊！他們什麼爛貨都賣！」

「你給我專心挖洞！」

「妳有螺絲攻扳手嗎？」

「沒有！我帶這個幹嘛？我甚至不知道那是什麼鬼！」

「問題出在這根該死的水管上——我沒辦法拔出裡面的東西。」

我看著玻璃門。另一側身影閃動，我聽見碰撞聲、劍刃破空聲，還有不絕於耳的慘叫聲。沒有人照著洛克伍德的命令進鐵鍊圈，而現在我們看到油氈地板的鐵鍊往旁滑動。稍早我們只有把鐵鍊摺成兩層，但沒有捆綁固定末端。外圈被隱形的力量掃開，內圈依然堅守崗位。那股力量在廚房裡肆虐，撞倒蠟燭，讓我們腳步踉蹌。一瞬間，我看到洛克伍德的輪廓狠狠撞上玻璃，下一秒他又不見了。整棟屋子似乎正在顫抖。

「奇普斯，我們該去幫他。」我說。

自從洛克伍德離開廚房後，奇普斯連一根手指頭都沒動過。他臉色蒼白，好不容易恢復理智。「對。該這麼做。走吧。」

「露西！」是陷在牆角的喬治。

「怎樣？」

「有扳手嗎？」

「沒有！喬治！我又不是水管工！我是調查員！調查員才不會隨身攜帶扳手！」我快走到門邊了。

「沒關係！沒關係！我破壞了地板……快挖出來了……」有什麼東西狠狠磨擦磚牆；喬治的雙腿左右掃動。「來了！」他坐起身，手握沾滿蜘蛛網的果醬罐，裡頭反射出讓人不快的白光。

「肯定就是這個！快拿封印過來！」

荷莉已經在旁邊待命，她手中拿著一片銀鏈網。

玻璃門的彼端，腫脹的人影朝這邊逼近。

門把轉動。

荷莉放下鏈網，果醬罐裹上一層銀光。

門緩緩盪開……

我們只看到洛克伍德，他背靠著牆，風衣沾滿灰塵，汗濕的頭髮蓋住一邊眼睛。他的右臂無力垂下，右手淌著血；左手鬆鬆握著長劍，劍尖在地上拖行。我們死盯著他看。他站在門外，氣喘吁吁，咧嘴微笑，走廊上只有他一個人。

□

經過一番診察，洛克伍德傷得最重的地方是撞上玻璃門時手臂的挫傷與手上的創口。或許比平時還要安靜一點；除此之外他身上沒有任何傷處。趁著奇普斯跑出去找電話亭叫夜間計程車的空檔，他坐在門廊上，任由荷莉替他包紮。喬治和我把剩餘的裝備拖到草坪上。

打包完畢後，我站到洛克伍德身旁。

「我們做得不錯吧？」他說：「我想就連奇普斯也要讚歎不已，要討他開心可不容易啊。小露，謝謝妳答應今晚來幫我們。」

「沒什麼。小事一樁。」

「妳有沒有看清楚源頭？裡面裝了什麼？」果醬罐被銀鏈網牢牢包裹，準備踏上前往熔爐的單程旅途。它被我們擱在一旁，在星光下閃閃發亮。

「喬治和我說了。一堆人類牙齒。」

「眞是獨特的收藏。想必是葛皮的心頭肉。」

「眞棒。好啦，已經結束了。很高興我們聯手完成這個任務。」

「能再次和妳一同行動感覺眞好。」洛克伍德對我笑了笑，轉頭望向庭院。我猜得到他的下一句話。「說眞的，露西……」

「嗯？」

「我在想……」

「嗯？」

「妳手邊還有巧克力嗎？之前看到妳拆了一條。」

「喔。呃，當然。來——拿去。」

洛克伍德通常不會過度攝取甜食，這是喬治和我的專利——至少我們沒拆夥前是這樣——可是他逕自撕開銀色包裝紙，一口一口吃掉整條巧克力，茫然凝視夜色。感覺他很累。

等他吃完，他滿足地嘆息。「露西，幸好有妳。荷莉絕對不會帶巧克力，喬治每次還沒抵達現場就吃光身上存貨。我永遠都能仰賴妳。」

我清清喉嚨。「能幫上忙是我的榮幸。你說得對，」我忍不住越說越快，「這個合作機會很好。我眞的很高興我們可以——喔，奇普斯回來了……還眞巧。」

一輛夜間計程車停在車道出口，司機按按喇叭。洛克伍德緩緩起身。談話時間結束了。

但我還有一個問題。

「洛克伍德，你在走廊上的時候……」

他最後的笑容帶著疲憊。「露西，妳真的不會想知道。」

□

這回我們需要三輛計程車。洛克伍德、荷莉、奇普斯搭第一輛，帶著源頭去克拉肯維爾，喬治和我陪著一袋袋裝備等車。我要回圖丁區，他的目的地是波特蘭街。我們即將分道揚鑣。我們坐在萊斯街七號對面的庭院矮牆上。

「喬治。」過了一會我開口叫他。「這種事情問你就對了。木乃伊化的頭顱……這種東西有多常見？」

喬治不愧是喬治，沒被這個問題嚇倒。「在靈異物品的範疇嗎？很罕見。木乃伊化要在特定的環境才會發生：不是非常乾燥，就是帶有某些化學物質，比如說泡在泥炭沼澤裡面。不能有太多空氣，不然細菌就會生出來。幹嘛問這個？」

「沒事。只是最近接連聽到兩起案例，想知道可能性有多高而已。」

他咕噥幾聲，沒有多說什麼。沉默將我們包圍。

「喬治。」我再次開口。「洛克伍德剛才在屋子裡……」

「我知道。」

「是很厲害沒錯，可是也很……」

「瘋狂？」

「對。」

喬治摘下眼鏡，在毛衣上抹了抹，這是他想到不愉快的事情時的習慣。和他興奮、焦慮、故弄玄虛時的擦眼鏡模式不同。我都忘記我是多麼了解他。如果遮著他的臉，只讓我看他的眼鏡在運動服上挪動的樣子，我也能輕易看出他的心情。

「沒錯。」他說。「最可怕的是我一點都不意外。這是他現在的作風。洛克伍德不怕死的程度超越以往。做什麼事情都像是不要命似地。目前大多數的案子我連簡單確認背景的時間都沒有，更別說是好好調查鬧鬼事件了。」

我望向黑暗。罔顧自身性命是構成洛克伍德這個人的要素。我猜他在多年前目睹姊姊死亡後就一直是如此。這也與我遠離偵探社的原因有關，雖然問題不在他身上。「他做事就是這樣。」我說。

「可是比以前更糟了。」喬治低頭盯著他的毛衣。少了眼鏡，他的雙眼看起來更小、更脆弱。「妳知道他一向勇氣過人，但不是這樣。」我懂他的意思。我們都想到了門外的碩大人影。

「從什麼時候開始的？」我問：「什麼時候開始惡化？」

喬治聳聳肩。「在妳離開之後。」

「你認爲……」我皺起眉，有些猶豫。「你爲什麼認爲那是契機？」

喬治戴回眼鏡，眼睛找回焦距，投來銳利的質疑。「小露，妳擺錯重點了。爲什麼認爲那是契機？」

「和我又沒有關係。」

「當然沒有。妳離開偵探社對我們沒有半點影響。隔天我們就忘記妳的名字啦。」

我狠狠瞪著他。「你用不著說成這樣吧。很傷人耶。」

喬治的怒氣突然爆發。「那妳要我怎麼說？妳該該叫個幾聲就溜走，放我們自己收拾殘局。現在妳又突然冒出來，要我們當作什麼事情都沒發生過！妳不能兩邊通吃——我們要不就是被妳影響，要不就是無動於衷。妳喜歡哪一個？」

「我又沒有要回去！」我大吼。「潘妮洛・費茲她——」

「和這件事完全無關，這點妳很清楚。是洛克伍德去敲妳的門，所以妳才會考慮這個提案。面對現實吧，這是妳答應的原因。」

「不然你寧願我拒絕嗎？」

「妳的決定和我沒有半點關係。妳這個自由調查員想幹嘛就幹嘛。」

「拜託你控制一下！你是在幼稚什麼！」

「才沒有。」

「有。」

之後我們一言不發，默默坐在牆上等各自的計程車抵達。

Lockwood & Co.

第三部
失而復得

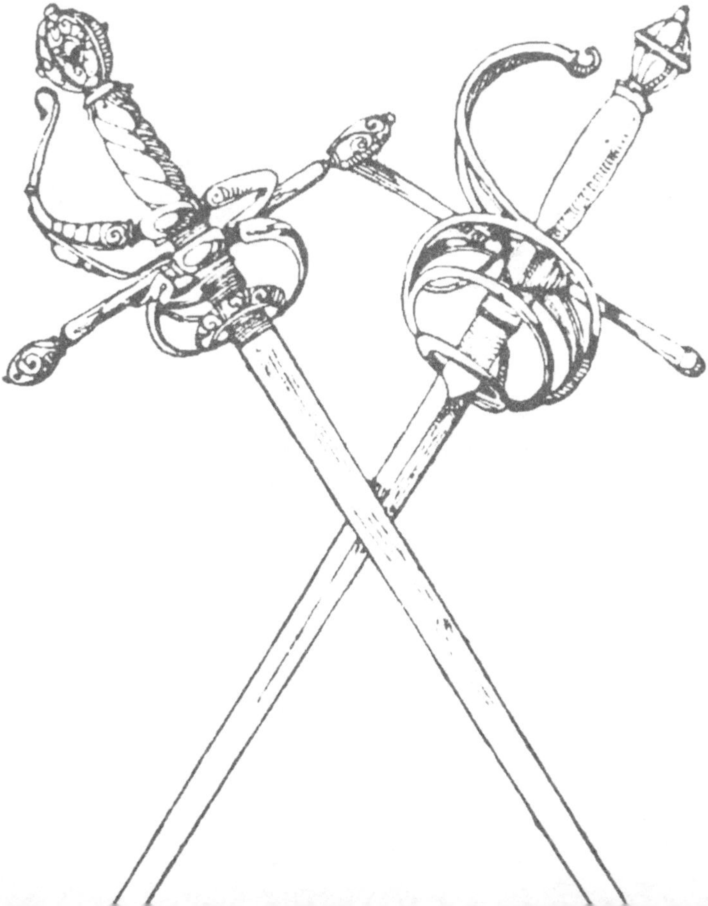

11

同一天早上七點十五分，我清醒地躺在床上。

如果換在其他日子，如果是過去幾年，我肯定會精神抖擻地迎接日光。我度過了精彩的夜晚，那種危機之後的虛假興奮感仍舊在我血管中奔流。我回來得算早，昏睡了一下，很快就被外頭街上吆喝的清潔工吵醒。現在我睜大雙眼，再也無法入眠。身體太過緊繃，思緒高速運轉。

這基本上算是好事。伊令區食人魔曾經轟動一時，它的再起與毀滅想必很快就會傳遍天下，昨晚在那棟屋子裡待過的人將會聲名大噪。至於我呢，我要特別感謝潘妮洛·費茲的提拔。她了解自家外祖母的天賦，不太可能像羅特威和其他偵探社那樣看輕我。可以期待將有一堆新案子送上門來。

洛克伍德偵探社也能獲得可觀的好處。費茲女士說得很清楚。我對這點相當滿意。幫他們這一次，或許我可以稍微償還因爲我突然離開令他們蒙受的損失。既然這個案子完美落幕，我要轉去關注其他事情了。

沒錯，幾乎可以說是面面俱到。然而比起冬季雨下個沒完的陰濕午後，瀰漫春陽的房間和床鋪卻感覺更加蒼涼。洛克伍德找我合作一次，我完成了這次委託，不會有其他機會了。在他身旁——還有喬治，對，甚至包括荷莉在內——奮鬥的愉悅使得這個事實更加苦澀。但我可以調適過來，在這四個月內我一直調適得很好，前提是我得要不斷堅信自己離開的本意。我是爲了保護洛克伍德才離開偵探社，即便有多麼痛苦，我知道這是正確的選擇。沒有我在身邊，他的生命安全比較有保障。

眞的嗎？假如喬治說的都是眞的，我其實是讓事態更加惡化。沒有我在身邊，他變得更不要命了。各式各樣隱藏的意含讓我躺在床上許久無法動彈，任由陽光流過我縐巴巴的被子。

說眞的，我應該要努力再睡一會，但我太興奮了；興奮又低落——我的情緒既高亢又昏惑。最後我爬下床，被擱在房間中央的拘魂罐絆倒。

我揉著小腿站起來，嘴裡罵個不停，罐子裡凝聚起討人厭的臉龐。「今天早上妳看起來比我還慘。妳還沒好好謝過我呢，等妳精神好一點再說吧。妳知道要去哪裡找我。」

我移動到爐子前煮水。「謝什麼？」

「感謝我昨晚幫你們鎖定源頭的位置。有了我的提醒，你們才能找到那個玩意兒。顯然我們合作無間。我有個想法，乾脆我們一起開業吧。名稱就叫『卡萊爾與骷髏頭』，能叫『骷髏頭偵探社』更好。對，就是這樣——把我的照片掛在門上。我可以想像那幅景象……」它笑了幾聲，遁入鬼氣之中。

我沒有回應。現在沒心情理會它。我撿起四散的衣服，找到睡袍，去樓面另一側上廁所，回來泡咖啡。我抽出案件紀錄本，試著寫下前一晚的遭遇，卻發現半個字都擠不出來。還得向洛克伍德偵探社遞交我的尾款請款單。然而我也沒有做這件事的精力。現在沒辦法。於是我沖了澡，套上衣服，從皮夾裡拿了點現金出門買外帶。我應該要自己煮點東西才對，但我的力氣已經用盡。和以前一樣毫無變化。

當我抱著泰式餐館的紙袋回到四樓，保麗龍餐盒冒出的美妙香氣將我包圍，卻發現自家被人闖了空門。

我在原地站了好一會，愣愣盯著毀損的門閂。對方重新關上門（雖然沒有關得很牢），我看不到屋內狀況。我回頭望向鄰居的房門。看起來沒事。他現在肯定還在上班，就和樓下大多住戶一樣。整棟公寓很安靜，我房間裡也沒有半點聲音。

我小心翼翼地把整袋食物靠牆放好，緩緩走向房門，一手反射性地垂到身側劍柄的位置。但我身穿慢跑褲，腰間沒有任何武器。

到了門前，我多等了幾秒，豎起耳朵過濾入侵者還在屋內的聲響。除了圖丁大街上源源不絕的車聲，我什麼也沒聽到。我緩緩吸了口氣，推開門走進去。

闖進來的人已經離開了。房裡宛如垃圾場——平常就是這樣了——在我眼中，與我離開時沒有兩樣。除了一個我馬上就發現的相異之處。

拘魂罐不見了。

我穩穩站在原處，除了眼睛之外哪裡都沒動。我掃視房間好半晌，從擺滿碗盤的水槽到亂七八糟的床鋪，從大開的衣櫃頂上到門邊的一堆堆裝備。還有哪裡不同？還有什麼變化？

我望向稍早被我丟在桌上的皮夾。皮夾還在原處，甚至看得到兩張鈔票從夾層探出。

我望向靠在椅背上的長劍。去年夏天洛克伍德買給我的昂貴西班牙式長劍。還在。

我望向我的裝備包，裡頭塞滿了自由調查員的高價道具。所有的鹽彈、鐵製彈殼、一管管燃燒彈。只要有門路，這些裝備能換到不少錢。可是它們都在原位，完全沒被人碰過。

其他東西都在。除了骷髏頭。

有人溜進我房間，知道拘魂罐就在房裡，那是他們唯一的目標。帶走罐子後揚長而去。根據粗略的計算，是在我出門的十到十五分鐘內完成這個勾當。所以他們一直盯著這棟公寓，一直在等我離開。他們知道或是猜到我的作息。這很容易，畢竟每次解決案件後的早晨我幾乎都會這麼做。泰式餐館的老闆連我的名字都記住了。說不定半條街的人都知道我上午的某個時段會爬出來覓食。

可是闖空門的傢伙也知道拘魂罐的存在。

他們知道我拚命掩飾其存在的骷髏頭。

到底有誰知道這件事？洛克伍德與喬治當然不用說。荷莉也知道，我幾個月前和她說過了。是不是奎爾．奇普斯昨晚聽到了什麼？不可能——我很謹慎。而且再怎麼看，偷雞摸狗也不像奇普斯的作風。那還有誰？

還有誰看過它？

我站著想了好久好久。

然後我回頭從門外拎起我的早餐，摸起來還熱呼呼的。我真的餓了，沒有必要白白浪費美味的泰國菜。

吃完早餐，我好好擦乾頭髮，換上工作的裝束。大衣帶著昨晚留下的汗味和恐懼氣息，反正也沒有人會發現。

我扣上腰帶，將每一個小口袋巡過一遍。我目前沒打算用這些裝備對付鬼魂——現在對手不同——但我要找個東西固定長劍。

我拎起長劍，繫在腰帶上。最後我照了鏡子幾秒，端詳我蒼白的臉龐及燃著火光的雙眼。竊案的影響眞是不得了，先前的疲憊和昏沉全都不見蹤影。

我離開房間，反手輕輕關上門。

□

從克拉肯維爾的費茲熔爐廠區往南走一小段路會看到一片三角形空間，也就是大家口中的克拉肯維爾綠地，高大的椴樹爲幾張長椅遮擋陽光，路旁幾間三明治小店和酒吧的主顧都是熔爐工人。聖雅各教堂矗立在一旁，空蕩蕩的墓園成爲漂亮草坪，幾十年前的幽影爆發事件平息後，所有的墓地都遷走了。只要天氣夠好，熔爐煙囪傳來代表早班結束的汽笛聲響，穿著橘色工作服的男男女女從廠區冒出來，來到綠地這邊吃午餐，洗掉舌頭上的燒灼氣味。熔爐操作員、上油工人、鍋爐工、倉儲管理員、煤炭工全都加入這股人潮。

審查室包廂裡的職員也是如此。或者該說今天早上我把運氣賭在這一邊。

我搭地鐵，加快腳步搶在午休人潮前抵達綠地，選了一張離椴樹不遠的長椅，可以看清那些咖啡廳的門面，同時被花稍的驅鬼街燈擋住身形。

汽笛在遠處響起；我靜靜等待，盯著通往此處的人行道。工人三三兩兩離開廠區，像是融雪時期山間的溪流般，寧靜的綠地在幾分鐘內擁入大量人潮。廣場擠滿了人，三明治攤大排長龍，停在附近屋頂上的鳥兒驚慌飛起，鴿子爭奪派餅碎屑。所有的位置都被人占去，我坐在原處，一動也不動。

午休時間接近尾聲，排三明治的隊伍越來越短。三明治包裝紙像是小嬰兒鬼魂似地在綠地各處飛舞。我耐著性子等待。審查室職員天亮上工，同一天下午再輪一班。如此漫長的一天不能缺少食物補給。他遲早會來的。

大概在十二點三十六分，我看到熟悉的雀斑男沿著賽克弗街快步走來。他在連身工作服上披了風衣，短短的金髮被毛線帽包住，雙手深深插進外套口袋，窄肩高高聳起。看來哈洛德．梅勒正在努力抵擋寒意。

我站了起來，看他從我面前走過。他橫越綠地，鑽進一間烤馬鈴薯小餐館，又抱著大紙袋走出來。他沒有左顧右盼，稍稍放慢腳步，循著原路折返。

我沒有等他回來，搶在他前面快步走上賽克弗街，找到一條位置恰到好處的小巷。巷子裡很暗，飄著不太妙的氣味，幾乎被垃圾桶塞滿，對我來說再合適不過。我躲進小巷埋伏，敲打人行道的腳步聲隨即響起，告訴我哈洛德．梅勒即將經過此處。

或許哪隻螳螂出擊的速度遠遠超越我，不過我是沒有見識過啦。前一刻梅勒還在燦爛的春陽中漫步，捧著紙袋愉快地嗅聞；下一秒他就被我按在濕冷的巷弄磚牆上，我的膝蓋抵住他的胯下，手肘壓著他的頸子。

「哈洛德，午安啊。」我說。

他發出可笑的尖叫聲，聽不出是什麼意思。我稍稍挪動手肘，隨之而來的嗆咳並沒有比較好懂。

「露西！妳這是……妳在幹嘛？」

「只是想和你聊聊，哈洛德。」

「不能到包廂談嗎？我遲到了，要趕快回去。我的班——」

「我要問你幾個問題。關於你個人的問題。最好避過其他人的耳目。」

「妳在開玩笑嗎？」

「今天早上有人偷了我的東西。」我說：「他們闖進我的公寓，拿走寶貴的拘魂罐，裡面的遺物當然也被帶走了。他們沒有拿錢，也沒有拿其他財物。就只有那個罐子。哈洛德，沒有人知道罐子的存在。除了你。」

哈洛德．梅勒的眼皮老是垂得很低，讓他看起來既睡眼惺忪又逃避現實。他的雙眼左右亂轉，彷彿是在求助，過了幾秒才停下來對著我。他咧嘴而笑，上唇結滿汗珠。「省省吧！我不知道妳在說什麼。我才沒有偷拿什麼！放手！」

「上次我來克拉肯維爾的時候，你看到罐子裡的骷髏頭了。哈洛德，我知道你有看到。然後你向某人說了這件事。是誰？」

他稍微掙扎，於是我在他的氣管上加壓。這大概不是明智之舉，他咳了我一身，可是我以前眞的沒有揍過人。

「要是我看到那個罐子又怎樣？」等我鬆手，他啞聲回應：「我幹嘛管妳帶什麼怪東西？那對我有什麼意義？」

「喔，帶有靈異力量的遺物對你來說不是很重要嗎？」我說。「雖然你表面上看起來不是這樣。換個問題吧。三天前的凌晨，我帶了那顆木乃伊腦袋給你。你收下後給了我收據。然後你怎麼處理它？」

「那顆頭？燒掉了啊！就當著妳的面！」

「不，哈洛德，你沒有。那顆頭被你留下來賣掉了。我會知道是因爲就在同一天，有人在黑市拍賣會上把它買走。」

「什麼？妳瘋了！」

「是嗎？我親眼看到的。」

我撒了點謊，不然還能怎樣？哈洛德·梅勒肯定會否認到底，浪費我的時間。而且看到的人是芙洛，我信得過她。

他舔舔嘴唇。「妳爲什麼要去黑市拍賣會？」

「你爲什麼要賣掉違禁品？哈洛德，你明明知道黑市交易要背負多大的罰則。你知道伯恩斯把這件事看得多重——或者你很快就會知道了，等一下我就去見他。」

「太瘋狂了，露西。妳腦袋壞掉了。」

「哈洛德，你把東西賣給誰？我問最後一次，你向誰提過我的骷髏頭？」靠得這麼近，我可以看清他那雙綠眼中帶著點點黃棕色斑塊。他的眼神變了，從抗拒變爲恐懼，我知道他逃不掉了。

「不能說。」他驚叫。「不行。這比我的命還重要。隔牆有耳。」

「這條巷子裡沒有別人。哈洛德，如果你不配合，等一下黏在牆上的耳朵——」我緩緩提起長劍，「會是你的。」

他的雙手抓住我揪著他領子的手腕，有一瞬間，只有一瞬間，我感受到他的手勁變了，知道他在考慮反擊。要是他眞的動手，我不知道情勢會如何發展。他和我一樣高，體型不比我瘦弱，而且我實在是沒辦法割掉他的耳朵——或是他的任何身體部位。不過他膽子太小了，無論是身體還是意志都堅持不住，錯失了脫身的機會。

「好啦，好啦，妳讓開一點。」我後退一步，舉劍待機，他吁了口氣，轉轉肩膀。這個害怕的年輕人穿著過大的風衣，正在試著鼓起勇氣。「給我一點時間想一想。我需要時間……對了，那是什麼怪味？妳的外套嗎？」

「不是，哈洛德，巷子裡本來就是這個味道。」

「感覺像汗臭味。」

「你現在要和我吵這個嗎？給我答案。」

「好吧。」他望向巷口，坐立不安的模樣活像是野兔，我原本以爲他想逃跑，但他不是急著要溜，他超怕被人聽到。幾碼外，在陽光普照的街道上，熔爐工人漫步經過，沒有人往這裡看。

「好吧。」哈洛德．梅勒又說了一次。「我會說——我知道的也不多。三個月前有人和我聯絡。我猜他們是黑市商人——不知道。他們說只要能把送過來的優秀源頭私下交給他們，就會付我錢。警方管得越來越嚴，遺物的市場炒得火熱。有些人不惜付出一切換取源頭。我需要錢，露西。妳不知道在這裡工作是什麼感覺；薪水就那麼一點點，費茲的上司把我們當垃圾看待。和調查員不一樣——」

「是喔。」我說：「我就姑且相信你的悲慘遭遇。所以你把源頭交給他們，把替代品丟進去燒。」

「只有最好的源頭，最強大的貨色。做起來容易得很，沒有人會仔細看我們把什麼東西送進爐子裡。」他擠出微笑。「說眞的，這樣又會怎樣？沒有人因此受害吧。」

我把劍刃抵住他的肚子。「是嗎？你忘記他們偷了我的財產。因爲你告訴他們這件事。你把情報洩露給他們。爲什麼？」

「對不起，我知道這樣不好。只是——他們急著弄到好東西，露西，感覺他們怎麼拿都不夠。

有時候我手邊沒有好貨，他們還會發火……跟妳說，他們也喜歡情報。要好好抓住他們的心。」

「那些傢伙到底是誰？他們收集源頭要幹嘛？」

「不知道。」

「好吧，他們長什麼樣子？說幾個特徵來聽聽。」

「我不知道他們的身分。」

我轉身往外走。「哈洛德，這樣沒用。你說的話和沒說一樣。我現在要去找伯恩斯。放開我的手。」

他大叫一聲，撲過來抓住我的袖子。「妳不懂。小露！他們不是好傢伙。妳不會想盯著他們看。交貨就離開。一切都在夜間進行。聽好，我可以幫妳。今晚我要拿個東西給他們。妳可以在場。妳可以在旁邊看——或者是跟蹤他們——隨便妳——只要別把我扯進去就好。如何？我可以爲妳這麼做。露西，我可以的，只要妳別——怎麼了？妳在笑什麼？」

「你要去通風報信。你要把我賣給他們。」

「不！我發誓！我恨他們！他們是壞蛋，露西。我不該和他們有任何牽扯。可是他們給的錢有夠多。聽好，今天下午他們會傳訊息通知交易地點。每次都不一樣。都在克拉肯維爾這一帶，只是我不知道確切位置。等我值完班就和妳碰頭，看是在這裡或是在教堂那邊。我可以向妳透露他們的安排。妳今天晚上就能躲起來等他們現身。只要不被他們發現就好。」

我可以想到千百個不該這麼做的理由，問題核心在於哈洛德．梅勒這個人完全沒有可信度可言。感覺他寧可看我丟了小命，也不願意毀了自己的優渥額外收入。放他離開只是給他足夠時間來設計我。話說回來，我也沒比他好到哪裡去。

他斜眼看我。「我不會讓妳吃虧的。」

我沉默好一會才開口：「要是今晚我出了什麼事，要是你背叛我，我的朋友會追殺你到天涯海角，要你付出代價。你會希望自己跳進熔爐裡面，而不是把我惹毛。」我只想得到這種威脅，感覺有點弱，而且有夠老套。哈洛德·梅勒沒有多說什麼，他用力點頭，急著想離開。

「那就約今天傍晚，在聖雅各教堂的墓園。」他說：「四條走道交會的地方有一張長椅。我在那裡等妳，帶著妳需要的情報。他們不會知道妳的事情，露西。不會的。妳要相信我。妳不知道他們有什麼手段。答應我，千萬別告訴他們我和妳說過話。」

「只要你信任我，我也會付出同等的信任。不然……」

「喔，你們這些調查員最講究公平了，我很清楚，」他拎起丟在地上的午餐紙袋。「大家都愛偵探社。」說完，他從我旁邊溜走，外套擦過磚牆，欺瞞、不悅、恐懼在他臉上攪成噁心的燉湯。他來到巷口，像隻老鼠般貼著牆壁轉彎，加快腳步。「傍晚見。」這是他離開前的最後一句話。

12

即使是在看起來最明亮的地方，黑暗總是異常接近。即使在夏季正午的烈日下，人行道熱得像烤盤、鐵柵欄摸起來燙手，陰影仍舊跟著我們。它們聚集在出入口、門廊、橋下，也凝聚在男士的帽沿下，遮住他們的眼睛。黑暗存在於我們的嘴巴、耳朵裡，存在於我們的提包和皮夾裡，存在於男性大衣飛舞的衣襬間、女性的裙下。我們帶著黑暗來來去去，它的影響深深滲入我們的內心。

那天下午，我坐在克拉肯維爾綠地旁咖啡廳的窗邊，盯著人群間的一張張臉龐。受到職業影響，我很少在白天出門，對於一般人的印象大多侷限於受到鬼魂侵擾或喪失性命兩種。在我面前穿梭的路人——他們代表每一個人，代表恐懼的大眾，他們垂著腦袋，在窗邊掛上鐵器和銀製品，努力活下去。不分老少，他們忙著享受燦爛的春陽，在我眼中毫無害處。

不過呢，或許就在經過咖啡廳窗外的人潮之中，就有哪個人遭到黑暗吸引。黑暗擁有千百種面貌。有人加入風行全倫敦的拜鬼邪教，大張旗鼓地歡迎回到人世間的死者，努力聆聽它們帶來的訊息。有人追尋危險又稀少的違禁品；據傳不少有錢的收藏家坐擁數十個從墳墓裡偷來的源頭，藏在鋼鐵地窖裡。還有人利用源頭進行可疑的邪教儀式。先前洛克伍德偵探社成員就在艾克莫兄弟百貨公司地底下的墓穴看到詭異蹤跡——有人畫出一個圈子，四周堆上鬼魂繚繞的骨頭。

喬治有幾個推論，可是那個圈子的真正目的，以及究竟是誰幹出這種事，仍舊隱蔽在陰影中。道高一尺，魔高一丈，即便靈異局大費周章，靈異物品的黑市交易依然暢行無阻。透過道德淪喪的哈洛德·梅勒，看來我歪打正著，一腳踩進了主要的供應鍊。

可是我能怎麼做？無論梅勒的聯絡人是誰，最後很有可能會連到惡貫滿盈的溫克曼一家。芙洛目睹那顆木乃伊頭顱落入他們手中。只要取得溫克曼與熔爐的源頭遭竊之間的關聯，我就能替自己賺到顯赫的名聲。

但這並不是我的主要目的。如果是，我只要溜去蘇格蘭警場找伯恩斯督察，讓他動手就好。

是的，我最想要的是取回那顆會講話的骷髏頭。

各位沒有聽錯。我要骷髏頭回到我身邊。真沒想過我會說出這種話。

從各方面來看，罐子裡的鬼魂都讓我芒刺在背。我來洛克伍德偵探社面試時第一次見到它，當時我馬上感到恐懼與作嘔；等到它開始和我說話，更是加劇了這些感受。這傢伙絕對該下地獄，承受徹底的懲罰；說真的，要是寫下十個最討人厭的人格特質，其中九個最爛的都能套在骷髏頭上，第十個不夠爛所以不適用。我不知道這個鬼魂叫什麼名字，它的過去幾乎成謎，我們只知道它死前曾經參與盜墓、黑魔法、冷血謀殺，這還只是一部分的罪狀。其他人聽不到它的聲音，因此骷髏頭和我形成了特別的牽絆。它說起話來像是水手，道德觀與黃鼠狼沒有兩樣，我得要承受來自另一個世界的酸言酸語欺凌，同時學會不少新詞彙。

即使這麼討厭它，我還是要仰賴它。

平心而論，它確實在工作上幫了不少忙。無論它的見解多麼支離破碎，都曾經救了我好幾次。比如一、兩天前，它就指出艾瑪．瑪區曼鬼魂的所在地，或許還阻止了我盲目踏入她的懷抱。昨晚它也暗示——我得說它的暗示來得太遲——伊令區食人鬼的源頭位置。其他調查員可沒有這麼厲害的超自然助手。

我換了個角度思考。我今天跑來克拉肯維爾耗時間，希望哈洛德．梅勒不會背叛我，其實還有更深一層的理由。骷髏頭是第三型鬼魂，能與活人正常溝通，因此它才如此稀有。而我也很稀有，只有我能聽見它的聲音。有如此強大的靈異物品爲我撐腰，我才能獲得無比成就。我是繼梅莉莎．費茲之後，第一個有辦法眞正和鬼魂對話的人。我的自信全都源自於這個事實。一旦少了它，我又恢復成原本的平凡調查員——技術不錯，但沒有什麼過人之處。

無論我是否喜歡，那顆骷髏頭幫我確立了自我認同。它是我的一部分，而現在有一批卑鄙罪犯想從我手中奪走它。

我才不要任人宰割。

溫克曼一家和他們的手下很難對付，從過去交手的經驗就知道他們有多狠。只要今晚我跟蹤他們，找到他們的老巢，那批人將會意識到我也不是好惹的。

於是我繼續喝茶，瞇了一下，等太陽西沉。暮色降臨，我穿上大衣，繫緊長劍，往聖雅各教堂邁進。

□

對了，各位別以爲我沒先來探勘過。梅勒溜走後，我馬上就去了教堂一趟，穿過老舊的鐵柵門，踏上開闊的方形草坪，幾個人在涼爽的春天陽光下野餐。數十年前人們匆忙遷走墓地，整片草坪上依稀看得到過去墓穴的位置，凹凸不平，沒有特別的規律。四面被建築物包圍，教堂的新古典風格立面正對墓園北側，另外三面都是屋子的後門、高聳的圍牆、上鎖的鐵柵門。在賽克弗街與克拉肯維爾綠地各有一個出入口，在墓園境內以水泥走道連接。另一條更窄的小徑從教堂延伸到南側的窄巷。兩條走道大約在墓園中央交會，旁邊擺了張黑色木頭長椅。

我在那張長椅旁邊踱步，陷入沉思。選擇在這裡碰面不太尋常，畢竟這個地方極度暴露，但如果考慮到周遭環境——同時也相當封閉。我對開放的空間沒有意見，但我實在是不喜歡四周的墓園圍牆。

洛克伍德以前不是說過一定要確保有路可逃？與任何靈異現象扯上關係前，評估地勢至關緊要。掌握整體的配置——特別是出入口和死巷。爲什麼？因爲你得知道在情勢失控時該如何開溜。我猜對付鬼魂的原則與對付狡詐的熔爐工人一樣。

我在墓園裡繞了好幾圈，計算各處距離，再三確認，直到滿意爲止。等我總算要去咖啡廳休息時，我已經能憑著記憶畫出墓園的平面圖。過了四個小時，現在我要好好利用我的事前準備。

隨著暮色降臨，克拉肯維爾周遭的街道人潮很快就散了，店鋪紛紛打烊，鐵門降下。幸好今天相當晴朗，加上這一帶大量的驅鬼街燈，還看得到少數行人匆忙趕去搭末班地鐵。已經有幾個守夜隊的孩子在外頭巡邏了。聖雅各教堂的管理員敲響宵禁鐘聲。

墓園裡沒點燈。三扇柵門旁掛著提燈，黑暗像是一張吊床懸浮其間。四周屋舍有幾戶人家燈火通明，從高樓層往草坪上投射一塊塊方形光斑。我從賽克弗街的柵門進去，馬上躲進牆邊的陰暗處，這裡離中央長椅最遠。我的雙眼努力適應這個照明複雜的陰暗區域。

他在這裡嗎？

旁邊的步道在草坪上劃出淡淡線條，像是發光的肋骨。再往前是兩條步道的交會處，依稀看得見低矮的黑色長椅。我皺眉瞇眼——沒錯——有個人坐在那張椅子上。

他眞的來了。很好。但爲什麼只有他一個？

我謹愼地檢視這片墓園，視線掃過毫無特徵的地面。很安靜，很祥和。在長椅與圍牆間沒有其他人。

我往前走，避開步道和被燈光照亮的區塊，慢慢接近長椅。我直盯著坐在椅子上的人影。確實是哈洛德．梅勒，我認出他的風衣和瘦長身形。他靜靜坐著等我，低頭看著地面。

我的鞋底擦過黑暗的草坪，悄悄接近他。

離他還有一小段路，我改變途徑，繞到他背後。光看他的背影也可以判斷他很放鬆，雙臂展開，擱在椅背上，腦袋微微傾斜，像在打瞌睡。

我放慢腳步，停了下來。

哈洛德面對那些傢伙肯定是緊張到了極點。這個人平時就是神經兮兮的，更別說是在傍晚的墓園裡，即將進行不容於世的交易，工作及性命岌岌可危。

他無比從容的態度讓人心神不寧。

我盯著他看。他爲何如此冷靜？

仔細想想，他的腦袋爲什麼要歪成這樣？

他怎麼不動？

我一手悄悄按住劍柄，像是雕像般定在草坪上。

我頭皮發麻，聽見冰冷的嗓音隨風飄來。

「露西……」

我的眼角餘光感應到左側的空氣中凝聚起一道人影。絲絲縷縷的黑暗緩緩交織成輕軟的形體，黑影纏繞其上，彷彿是以笨拙的方式穿上衣服。它懸在我身旁的黑暗中，一伸手就能碰到。寒氣從它散出，銳利如刀刃。恐懼令我勾起嘴角，露出牙齒，以詭異的表情迎接眞相。我用力直視前方，死死盯著長椅上毫無生氣的人影，以及扭曲折斷的頸子。我不敢看著旁邊那個欠缺色彩的玩意兒，特別是那張貼在我旁邊的模糊臉龐。

我的嗓子啞了，幾乎擠不出聲音：「哈洛德？」

「露西……」

「他們對你做了什麼？」

唯一的回覆是細細的劈啪聲。我低下頭，看到薄冰在我衣袖的縐褶間蔓延，一片片白霜爬上我的靴子。來自另一個世界的酷寒灼燒我的左臉頰。我呼出陣陣白煙。鬼魂離我很近。

「哈洛德，是誰幹的？誰殺了你？」

含糊的字句在我腦中飛濺，充滿痛苦與困惑……我實在聽不出個所以然。

我覺得自己舌頭腫脹，口腔乾涸，彷彿嘴巴裡灌了漿糊。「告訴我。只要跟我說，我可以……我可以幫你……」可是我無法使出露西．卡萊爾認證的策略。這次做不到。

「是妳做的，露西……」

我瞄到一隻朦朧手掌伸向我的臉。

「不，哈洛德，不是這樣的……」

「是妳做的。」它的手指撫過我皮膚附近的空氣。我瑟縮了下。寒冰差點把我的臉凍出水泡。眼窩間壓力積蓄。我心底陣陣抽痛，緊緊握住劍柄。

「不，哈洛德，拜託別——」

「它在鮮血之地。」

「什麼？」

人影消失了。

我打了個哆嗦，膽汁湧上喉頭，踉蹌退往斜後方，一手猛揉臉頰，鞋底掙脫結冰的地面。

與此同時，三名男子從草坪上站起。

一瞬間，我還以爲他們也是幽靈；如此超乎想像的情景麻痺了我的大腦。我忘記了多年前挖空的墓地讓草坪凹凸不平，有些凹穴深得能藏得下一個人；他們就蹲在洞裡，看我毫無戒備地走向哈洛德·梅勒的屍體，踏入他們的陷阱。這三個大男人穿得一身黑，敏捷地將我包圍，斷了我的後路。一人移到我的左側，擋在我剛才走的那扇門前，另兩人也分別堵住其他出入口。只要我走到長椅旁就無路可逃了。他們可以輕易包圍我。

但我在中途停下腳步，背後還有大片空間。

我轉身就跑。

不是跑向掛著微弱燈光的墓地柵門，而是門間的漆黑高牆。在深棕色的光線中，牆面看似毫無空隙的石板。不過我有好好預習，很清楚此處的狀況。

我跑上一道緩坡，跳過一個個凹洞，差點在舊墓碑上拐了腳，總算來到牆邊。背後的三道人影朝我直線逼近。

這裡有一扇舊門，上了鎖，可是構造很好利用，橫桿和突出的鎖頭都適合踏腳。我高高跳起，勾住破爛拱頂門框下的門板，把身體往上撐。一腳踩住橫桿，一腳踩著鎖頭，打直雙腿，往上一抓——指尖碰到牆頂。這樣就夠了。我腳一蹬，狼狽地掙扎幾下，翻過牆頂，在那裡停了幾秒，爬到另一側樹上，就在此時，有什麼東西重重撞上門板。

我落在某個廢棄住宅的庭院裡，可能曾經是牧師公館。一堆堆磚塊與生鏽的鷹架桿子說明了過去有人打算整修，但現在這裡就和我下午勘查的結果一樣，沒剩半個人。眼前的一樓窗戶沒有玻璃，我鑽進黑漆漆的空間，迅速回頭看了一眼，幾道人影翻過圍牆，星光照亮他們的輪廓。屋裡一片混亂，滿地瓦礫碎石。我打開手電筒，跳躍閃躲，在房間之間兜轉。可惜另一側的窗戶全都牢牢封死，從外側釘上木板，沒辦法從這頭脫身。

背後傳來聲響。他們已經在屋裡了。

眼前是一道殘破樓梯，我一步跨三格衝上二樓。樓梯口正對著一扇窗戶——霧面玻璃充滿誘惑。我把臉貼上玻璃，看到下方的平坦屋頂，再過去是某戶人家的花園。

這是方便開關的現代窗戶嗎？怎麼可能。它是古早的重錘式窗戶，零件鏽得歪七扭八，我只能把窗戶往上硬抬到頭與肩膀過得去的高度。窗框吱嘎作響，在凹槽裡晃了幾下，然後整個卡死。我要費點力氣才能鑽出去。

我回頭看了一眼，心跳差點停止。三道人影已經來到樓梯中段，領頭那人手中拿著亮晃晃的東西。

沒空讓我掙扎了。我退後一步，使勁衝過窗戶與窗框間的縫隙，撲向滿天月光。還沒著地就被一隻手緊緊抓住我的腳踝，我在半空中倒掛了幾秒，另一腳往上猛踢，踹中柔軟的物體。那隻手鬆開，我落到那片平坦屋頂上。

一碰到屋頂，我立刻奮力翻了半圈。有什麼東西擊中我剛才的位置，卡在瀝青屋瓦上。我從腰間扯下一顆鐵粉投擲彈，轉身用力擲出。鐵粉彈在窗戶內炸開，正下方剛好是一顆探出來的腦袋。碎玻璃像是屋簷下的冰柱般撒落；有人慘叫，那顆腦袋咻地縮回屋裡，我翻身站起，沿著屋頂跨了五步來到角落。

從這邊可以看到一道高牆隔在兩座花園之間，左右都是宛如凍結的漆黑大海的草坪。看不到出入口的位置，我不想被困在任何一邊。比屋頂略矮三呎的牆頂值得一試，我側身小心翼翼地踏上狹窄的磚牆。這時我看到第一個追兵從被我炸爛的窗戶跳出來。

我踏著牆頂奔跑，像貓一樣蹦跳，直直看著前方，不顧左右的落差。花園裡種了樹，可以看到樹上的驅鬼護符閃著銀光，聞到薰衣草叢在黑暗中散發的香氣。我聽到背後有人叫嚷，有什麼東西從我肩頭飛過，隨即消失無蹤。

我來到牆面的交角，標示出這條街上花園到此為止，再過去就是隔壁街的院子。右手邊的側壁往前延伸。左手邊是一片厚實的樹籬。我回頭一看，其中一人沿著牆頂追過來，腳步有些不穩，手中拿著一把小刀。另一人跳到草坪上，往這裡狂奔，他註定碰不到我，等一下就會被樹籬擋住。第三個人不見蹤影。或許在我炸破窗戶的時候受傷了。希望是如此。

我繼續直直往前走，想沿著牆面跳到大馬路上。前方是另一排屋子，依附在主屋旁的溫室擋在圍牆盡頭，在月光下閃耀冷光。可以看到溫室另一端的車庫屋頂，或許有個連接街道的縫隙。

溫室屋頂比牆頂高，我忙著評估地勢，放慢腳步，這時有什麼東西打中我的前臂。尖銳痛感刺穿我的神經，這股衝擊害我踉蹌，差點從牆頂摔下去，幸好我往前倒向溫室側邊。爬上溫室屋頂時，手臂不住抽痛；我摸了一把，手指沾上黏膩的液體。

我踏著玻璃屋頂奔跑，整個人縮成一團，鞋底在傾斜的玻璃上不斷打滑。從溫室跳到車庫上。街道近在咫尺。

又是一聲叫嚷，接著傳來慘叫聲。我稍停幾秒，回頭看到追在最前面那人也爬上溫室。他體型比我大，重量當然相當可觀；他沒辦法和我一樣直接跑過來，只能以坐姿在屋頂尖端滑動，像是騎在遊樂場鬼魂馬上的胖小孩。

等他移到溫室中央，無論往前還是往後都有點距離，我從口袋裡掏出鎂光彈。

這麼做不太好，但我此時此刻也顧不了那麼多了。

我把鎂光彈丟到他面前的溫室屋頂上，炫目的白色火焰炸開，滾燙的鐵粉撒了他滿身。他高聲哀號，往後閃躲，試圖護住頭臉。就在此時，他膝蓋下的玻璃碎裂。屋頂崩塌，男子慘叫一聲，往前摔入銀色煙霧中。

某樣物體在我背後的磚牆上彈開，一把小刀在柏油路上旋轉滑開。花園裡的追兵突破了樹籬，踩著草皮朝我逼近。

我對他比了個不雅的手勢，手腳並用地爬過車庫屋頂，從另一端跳上車子引擎蓋，踏上鋪著碎石的車道。我一落地立刻拔腿狂奔。這是從以前保存至今的小巧馬廄，應該很漂亮吧，只是我沒空欣賞建築之美。我在幾秒鐘內離開馬廄區，在克拉肯維爾的寂靜街道上全速奔馳。

大概跑了一哩路，在聖潘克拉斯車站附近的蜿蜒巷道間迷失方向，我才敢稍微放慢速度。但我繼續移動。袖子濕了，手臂側邊喪失知覺。今晚很冷，若是停下來休息，我可能會休克昏迷。

而且一旦停下腳步我的腦袋就會開始運轉。我現在眞的不想思考自己——還有哈洛德・梅勒——的遭遇。

直覺告訴我不能回家。那些想讓我閉嘴的人很清楚我住哪裡。我在圖丁區的小房間不是今晚合適的去處。

因此我以緩慢的速度，刻意挑選小巷，小心翼翼地穿過倫敦市中心的北側，踏上漫長而痛苦的旅程，前往我唯一想得到的避風港。我知道在那裡不用擔心自己的安危。

我也不需要多想。

我朝著波特蘭街三十五號前進。

13

從克拉肯維爾到馬里波恩區的直線距離只有三英哩，但這段路我走了好幾個小時。疲憊不斷扯後腿，我常常走錯路，同時又得要戒備追兵，只能避開幹道，繞來繞去，盡量不與活人打照面。零星車輛從遠處開過——大多是偵探社和靈異局的勤務車——以現在的處境，我誰都不信。被害妄想讓我保住小命，路上沒碰到半個鬼魂，可是等我踏上熟悉的街道時，已經累得不成人形。

我跌跌撞撞地走在路中間，經過亞利夫開在轉角的小店，經過生鏽的驅鬼街燈，疲憊地繞過停在路旁的車子。一切是如此安靜、黑暗、封閉。過了半夜十二點。沒有哪個正常人會在這個時段上門拜訪——除了出門辦案的調查員。抵達三十五號，發現每扇窗戶裡都是一片漆黑，我才想到很有可能——超有可能——洛克伍德和其他人不在家。這個想法讓我動搖不已，但現在已經太遲了。我越過馬路，來到門前。

柵門依舊搖搖欲墜，他們還沒換掉告示牌：

Ａ・Ｊ・洛克伍德偵探社，專業調查人員。

天黑後請拉鈴，在鐵線外稍候。

我推開柵門，謹慎地走向屋子，跨過不平整的磁磚。在三十七號門外的街燈光芒下，嵌在小徑中央的鐵線反射淡淡光芒。我看得到鐵線旁桿子上的門鈴。凌晨的鈴響開啓了許多案子。千奇百怪的客戶：史蘭家的醫生發現服務對象一家六口從床上憑空消失；布隆尼．維克射擊派對上唯一的倖存者……貝斯沃特跟蹤案中，老不修克勞福的姪女被它惹得心神不寧，她說它飄在半空中，一路尾隨她。

每次都會重新發現一個事實：這個門鈴有夠吵。

我來到門鈴前，回頭望向沉睡的街道——有那麼一瞬間，自尊心浮上檯面。或許我該等到早上，等到比較合宜的時段。我總能找個地方躲一躲——比如說縮在亞利夫店舖後門的台階上，然後——

不行，這個愚蠢的對策行不通。我需要幫助，現在就需要。

我抓住鐘舌左右敲打。

喬治曾說有個理論是鬼魂討厭噪音，特別是鐵器發出來的聲響。他說古希臘人會用金屬響板和鈴鼓驅趕邪靈。嗯，要是那天半夜有哪個鬼魂潛伏在波特蘭街，它的鬼氣會在我開始敲鈴的那一秒融化消失。響亮的鈴聲差點震掉我牙齒，扯破平穩的黑夜。

我讓鈴響了整整二十秒，等我停手，心裡的鐘舌持續敲打胸腔。

過了一下子，房裡傳出動靜，我鬆了一大口氣。門上的半圓形花瓣形狀的玻璃亮起微弱燈光。想必是玄關桌上的水晶骷髏頭提燈亮了。我聽見有人移開門鍊，拉起門閂。我從門前退回鐵線外。最好別靠得太近。給他們一點空間。半夜一開門就看到漆黑人影，有些人會神經過敏，特別是喬治。

不過來應門的不是喬治。是洛克伍德。門板往內開啓，他穿著長長的深色睡袍搭配深藍色睡褲，備用長劍——我們與雨傘一起插在玄關的那把——握在手中。他光著腳，頭髮蓬亂，那張尖臉既警覺又從容。他凝視著屋外的黑暗。

我默默站著，不知道該說什麼。

「露西？」

我今晚還沒睡，前天夜裡只瞇了一下。幾個小時前才剛逃離三名殺手，面對剛死於非命的鬼魂。我被人丟飛刀割傷，逃亡途中撞出一堆腫包和瘀傷，之後我徒步走過半個倫敦。最後一次進食是……是什麼時候？我想不起來了。緊身褲扯破了。我又冷又僵硬，渾身痠痛，幾乎站不住。喔對，我的大衣臭得要命。

早就過了半夜。我站在他家門前，看起來體面極了。

「洛克伍德——」

但他已經一個箭步來到我身旁，一手將我撐起，領著我進門，迎向溫暖與光明。還和平常一樣嘴上說個沒完。

「露西，怎麼了？妳在發抖。來吧。快進來。」

熟悉的波特蘭街三十五號氣息將我包圍，鐵粉與鹽巴的混合物、衣帽架上的皮革風衣、擺設在各處的面具和陶壺及東方古董散發出的灰塵與霉味。我莫名地鼻酸。不能這樣。我把眼淚眨回去。門在我們背後關上，把夜色擋在外頭。洛克伍德扣上門閂、拉起門鍊，長劍插回我們拿來當傘架的缺口花盆。他的手依然攬著我，帶我走進屋內。

「抱歉這麼晚來打擾你們。」我說。

「別這麼想！妳累壞了，我幾乎聽不見妳的聲音。我們去廚房。」

我們一路走進廚房，燈光從房裡溢出——明亮又乾淨，強烈到讓我忍不住瞇眼閃避。我看到一罐罐麥片與鹽巴，杯子和茶壺。我看到喬治椅子上被蛾啃出一堆小洞的軟墊。我看到桌上的思考布，已經換了一張，上頭畫著陌生的塗鴉與屁話。我的眼窩又一陣刺痛。洛克伍德沒有注意到，他說個不停，拉開椅子。在我坐下時，他看到我的袖子，看到從手肘沾染到手腕的半凝結鮮血。他的表情變了。

「這是什麼鬼東西？」

「沒事。只是割傷了。」

他跪在我身旁，修長靈敏的手指拉起我的袖子，露出手臂上的傷口。他以探尋的眼光仰望我。「這是刀傷。露西，是誰——？」他站起來。「等等——晚點再說。我去找喬治來，我們幫妳洗乾淨、包好。妳不用再擔心了，妳在這裡很安全。」

「謝謝。我知道。所以我才會來這裡。」

「要喝茶嗎？」

「好，麻煩你了。等等。我可以自己——」

「門都沒有。給我坐好。」他轉身。「喬治最近都戴耳塞睡覺——不然他會被自己的鼾聲吵醒。也就是說我得要冒險闖進他的房間。」

「要是你沒有回來，我會去找你。」我猶豫幾秒。「嗯……仔細想想，還是不要好了。」

他咧嘴一笑，捏捏我的肩膀，走出廚房，睡袍下襬隨著腳步飄起。我坐在溫暖的廚房裡，不知道是我打了瞌睡，還是因爲洛克伍德動作夠快，感覺才過了一秒門就重新打開，臉色蒼白的喬治拖著寬鬆的睡衣睡褲，抱著急救箱撞進來。

□

不知道過了多久，我面前放了杯熱茶，手邊還有一座餅乾山丘。桌上的急救箱還開著，紗布和消毒棉片四散。喬治與洛克伍德聯手幫我清理傷口，包紮妥當，雖然我覺得他們包得有點太誇張——我的手臂看起來像是從法老王棺材裡挖出來的東西——我確實感覺好多了。他們兩個忙得差不多了，洛克伍德用熱水暖壺，喬治往盤子上倒了一堆消化餅，我向他們陳述發生了什麼事。他們沒有打斷我。等我說完，我們默默把餅乾沾茶水吃掉。

「哈洛德．梅勒那個小子。」過了好一會，喬治總算開口。「眞是不可思議。誰想得到呢？」

「說死人壞話不太高尚，但我總覺得他這個人神經兮兮的。」洛克伍德說：「笑得太多、太大聲了。我一直都不太喜歡他。」

「這不代表他就該死。」我說。

「這是當然……可是他爲什麼會死？他們爲什麼要殺他？有兩個可能，要不就是他蠢到把妳的事情抖出來，不然就是他們察覺他要向妳透露情報。總之他們決定排除這個問題。」他銳利的目光投向我。我低頭盯著桌面。「露西，希望妳不會因此感到內疚。這件事完全不是妳的錯。妳也清楚這點吧？梅勒選擇和那些人扯上關係。妳去挑釁他並不代表妳要爲他的死負責。」

這些都是鐵錚錚的事實。但我的心情依舊低落。「他可以對我使出鬼魂觸碰。」我低聲說：「當時他就在我身旁。可是他沒有。他選擇收手。」

「是啊，他在那個時候良心發現。」洛克伍德沉默半晌。「算是扯平了吧。」

「他對妳說的是什麼？」喬治問。「那個『鮮血之地』？妳有什麼頭緒嗎？」

我嘆息。「什麼都想不到。可能是我聽錯了。他喃喃說了一堆話，全都糊在一起。在……那種狀況下也是很自然的。」在一個人剛被殺掉的狀況下。那道身影孤單癱在長椅上的景象還刻印在我心底。哈洛德的屍體肯定還在那裡，獨自承受黑暗與寒冷……

我努力轉移注意力。「洛克伍德，你覺得熔爐那邊還有其他工作人員涉入這些勾當嗎？」

他聳聳肩。「就算他們都是黑市的爪牙我也不意外。這個內幕很不得了——所以那些人才急著要妳閉嘴。小露，妳現在絕對不能回家。他們知道妳住哪裡。」

我凝視桌面，清清喉嚨。「我知道。我在想今晚可不可以借住一下……？到天亮就好。明天我就——」

「喔，不只是今晚。」洛克伍德起身走向冰箱。「妳不能回家，就這樣。除非我們揪出那些傢伙，解決整件事。她可以在這裡待一陣子吧，喬治？」

這個提問讓我瞬間意識到自己完全忘記近期我們之間的尷尬氣氛。幫我療傷、聽我的說詞，這些事他都展現出純粹的同情與關切。現在他看著我，猶豫了一秒，我頓時想起我帶給他的憤怒與傷痛。接著他的表情變得柔和。「當然可以，沒問題。」

一股源自熱茶、餅乾、感激的暖意湧上心頭。「謝謝。」

「比荷莉住這裡的時候好多了。」喬治說：「只要她在，我總是覺得必須在洗澡後擦乾浴缸，就怕我會留下頭髮或污垢之類的。我們的小露可就不同啦，她根本不在意這些。」

洛克伍德取出一個塑膠瓶，轉身拿玻璃杯。「喬治，你對荷莉太小心翼翼啦。她昨晚就沒有抱怨啊。露西，要來點橘子汁嗎？是妳的最愛——有果粒的那種。」

「露西才不喜歡有果粒的橘子汁。」喬治說：「你明明記得。」

「喔，對，沒錯。果粒會卡在妳的牙縫裡，對吧？」

我盯著他看，心頭的暖意稍稍消退。「我喝。所以荷莉昨晚住這裡？」

「我個人認爲那些渣渣流過牙縫的感覺很好玩。」洛克伍德說：「可以假裝自己是藍鯨。」

他察覺我的視線。「什麼？」

「荷莉。她現在住這裡？」

「喔，不是每天啦。看晚上出勤的結果而定。喬治，要鬆餅嗎？」

「麻煩你了。我超餓。」

「小露？」

「好……幫我做一點鬆餅……她多常住這裡？」

洛克伍德打開烤吐司機的電源。「我不確定這是不是妳這個自由調查員該煩惱的事。她沒有用妳以前的房間，不知道妳是不是在顧慮這個。」他吹著不成調的口哨，替自己倒了杯果汁。

「沒有嗎？那她是──？」

「現在我的衣服大多都放在上面。」喬治說：「我房裡都是書與實驗器材，連我最薄的褲子都塞不下。妳的閣樓很好用。除此之外都和妳離開時一樣。妳想的話今天可以睡那裡。」

「謝了……你人眞好。」

「還用說嗎？我早上溜去換衣服的時候會盡量小聲點。」

過了幾分鐘，桌上擺滿食物。洛克伍德熱好格子鬆餅，橘子汁下肚（無論果粒有沒有卡在牙縫裡）。我環視廚房。這裡無比整潔。多虧了荷莉持續不斷的努力；我搬出去前，她幾乎是以軍事化的模式打理家務。唯一的陌生物品是原本掛在地下室樓梯櫃子上的軟木板。上頭釘著英國東南區的地圖，倫敦位於中央，加上周圍幾個郡。五顏六色的圖釘構成同心橢圓，從中間往市區東南側蔓延。精準又仔細的圖表肯定是喬治的手筆。

洛克伍德總算推開盤子。「我們來思考一下，小露，妳的遭遇暗示著背後出了大事。靈異局認爲帶去熔爐的源頭全都已銷毀。然而其中有一部分──說不定是很大一部分──卻被人窩藏起來，流入黑市。極度危險的靈異物品就這樣到處流竄。比如從葛皮家拿出來的那罐牙齒，我們以為前天夜裡就燒得一乾二淨了——可是真的是如此嗎？我們真的不知道。」

想到那個食人魔的靈魂可能還在人間肆虐，我打了個寒顫。太可怕了。「在熔爐受理的人是誰？梅勒嗎？」我問。

「不是。」洛克伍德應道。「一個叫克利斯提的小伙子。看起來很正派，但誰知道呢？」

「要是那個案子又燒起來的話就糟了。」喬治說。「小露，妳還不知道，潘妮洛．費茲對我們在伊令區的成果相當滿意。她想再見我們一面。我猜她打算給我們其他案子，不過洛克伍德覺得她要給我們獎牌。」

「兩個都拿不是很好？」洛克伍德對我咧嘴一笑。「如果她滿意我們的表現，要是我們揭發這個黑市交易，你們想她會有多開心。在背後搞鬼的肯定是我們親愛的溫克曼一家，幕後黑手保證就是他們。」

「等等。你說『我們揭發這個黑市交易』。」喬治開口：「你要怎麼下手？這件事與我們無關，唯一的對策是向伯恩斯督察報告。」

「這也是一條路。」洛克伍德裝出超級無聊的語氣。「前提是我們想看靈異局搞砸，或是搶功勞。或者兩者皆是。」

我搭話的時機來了。我一直有話想說，只是不知道該如何啓齒。洛克伍德對這件事的興致成了我的大好機會。「前天我見了芙洛一面。她說來了個新的收藏家，願意花大錢收購最好的源頭。溫克曼一家使出渾身解數滿足那個人的需求。芙洛說有大型的夜間集會讓盜墓者交易。我知道梅勒污下來的東西最後流入那些市集，因爲我和你們提過的木乃伊頭顱曾在那裡亮相。」

我停頓一下，觀察他們的反應。洛克伍德點頭微笑。我知道他和我有同樣的想法。喬治面無表情，直盯著我看。

「所以我在想啊，說不定我可以潛入下一次集會。」我裝出閒話家常的語氣。「看能不能摸透他們是如何運作的、那個收藏家又是誰。」

洛克伍德揉揉下巴，他眼中隱約閃著光芒。「芙洛是我們的人脈。或許她能想辦法把妳弄進去。可是風險很大，小露。」

「風險眞的不小。」喬治同意道。「那些歹徒已經試過要對妳下手。妳這麼做和送死沒有兩樣。」

我聳聳肩。「對，這倒是沒錯。」

「而且那些盜墓者超討厭外人。大家都知道只要誰敢刺探他們的勾當，肯定不會有好下場。」

「這我也聽說過。」

「別忘了溫克曼那夥人。」喬治繼續說下去：「雷歐帕與雅德萊發誓要把我們扯成碎片。這樣簡直就是直搗馬蜂窩。」

「對啊，小露，這是個蠢計畫。」洛克伍德說著，在椅子上伸了個懶腰。「要說是自殺也不爲過。如果妳打算自己一人上場的話。」

他對我露出笑容。

那股暖意回來了；等到情緒過去，我注意到喬治摘下眼鏡，用睡衣下襬擦了擦。他的手勁似乎太過粗魯，但我沒有細看，因爲他的這個舉動也讓一大片粉色肚皮露出來亮相。「不可能的，洛克伍德。」他說：「絕對行不通。」

洛克伍德仰望天花板，雙手扣在後腦勺。「喔，肯定有辦法的……只是我們還沒想到而已。」

我小小聲說：「我們——我——不需要做什麼蠢事。只是……」我猶豫一下。「我眞正想要的是——」

「我知道妳要什麼。」喬治說：「妳要那個骷髏頭。」

我盯著他看。

「承認吧。不然妳才不會這麼拚。妳想拿回骷髏頭。妳想念它。溫克曼要幹嘛只是其次。」

「我才沒有想念它。」我輕笑一聲。「又不是一定要和它說話什麼的。可是呢，沒錯，我想把它拿回來。它對我來說很重要。」

「那個又老又髒的骷髏頭？」

「對。」

「妳不介意它那些爛習慣喔？」喬治用眼鏡腳搔搔肚皮下側，重新戴回去。「品味眞獨特。」

「你知道那個鬼魂有多特別。」我說。「其他鬼魂有機會和我們溝通，但只有片段的意識，只說得出隻字片語。骷髏頭不一樣，我、我不想失去和它的聯繫。要是有機會，我會想辦法……我當然可以自己試試看，但如果洛克伍德偵探社願意協助，我會非常感激……看你們如何決定。」

我們坐在桌邊，整整一、兩分鐘沒有人開口。

「喬治。」洛克伍德說：「目前我們手邊有多少案子？」

「不知道。荷莉比較清楚。說不定今天早上還會有新客戶上門。你沒忘記吧——從外地來的那個。說到這個，我們應該要睡一下。」

洛克伍德緩緩點頭。「好吧，小露，我們可以幫妳插手這件事。不只是爲了骷髏頭，雖然我知道它很重要。我最在意的是那些要對妳下手的傢伙。」他咬了一口鬆餅。「嚴格來說，妳變成我們的客戶，而不是同事。妳覺得如何？」

他露出熟悉的神情，閃閃發光，彷彿體內燃起了冒險的火花。喬治一臉怒容地猛搖頭，但我也看出他眼中的光采。眞是奇怪，身爲客戶、對他們虧欠甚多，氣氛卻比我離開之後還要輕鬆許多。

「我接受。」我是認眞的。「謝謝你，洛克伍德。謝謝你，喬治。那個……關於費用……」

洛克伍德揚起手。「我們不談錢。很好。都談妥啦。希望妳還記得怎麼上樓。我們都該好好睡一覺。」

14

那天清晨我睡得像死人，醒過來時完全摸不清天南地北。彷彿是在水面下待太久的自由潛水員突然浮上水面，我愣愣看著照進熟悉可愛的閣樓臥室的陽光。我坐起來，打量四周，以爲自己還在洛克伍德偵探社工作，過去幾個月的種種不過是扭曲的模糊夢境。接著我看到喬治的襪子像條疲憊的蛇般掛在窗台上，他的衣服一堆堆塞在床底宛如邪氣沖天的巨石陣，我再次回到現實。

我在傾斜屋頂下的小浴室彆扭地把裹著紗布的手伸在浴簾外沖了個澡。然後換好衣服。幸好這裡有乾淨衣服能穿。一打開房門就看到摺得整整齊齊的衣褲放在門前。都是我自己的東西，想必是四個月前匆忙離開時不慎留在這裡了。有人——我猜是荷莉——在這段期間幫我洗好燙好。我把衣服收進房裡，翻了一下。最後我還是要穿昨天的裙子，不過其他部分都是乾淨的，讓我覺得自己比較能見人了。

我覺得身體輕飄飄的，血液不太足夠，像是高燒剛退的感覺。我緩緩爬到二樓，牆上依舊裝飾著稀奇古怪的骨頭、貝殼、羽毛——洛克伍德失蹤的雙親在多年前帶回英國的驅鬼道具與其他東方文物。還有洛克伍德姊姊的房間——門依然緊緊關著——也是她喪命的地方。簡單來說什麼都沒變，但我卻像是第一次來到這裡。禁止進入的房間、不愉快的回憶……在這棟屋子裡，過去是多麼接近，相信可憐的洛克伍德無論在哪裡都會觸景傷情。

說話聲從樓下的客廳飄過來。現在是早上十點左右，他們肯定正在和昨天提到的客戶談話，不該進去打擾。我溜下樓，悄悄往廚房走去。

一樓樓梯口附近有塊地板踩起來特別吵，那裡曾經死過一個人，喬治宣稱這個雜音（他信誓旦旦地說是在那個人死後才開始的）是極度輕微的鬧鬼狀況。我個人認爲那不過是鬆動的地板罷了。總之我還是一腳踩了上去。

客廳的門開了一小縫，地板的咿呀聲讓房裡的聲音突然停下。

「露西，是妳嗎？」洛克伍德高聲呼喚。「快來跟我們一起吃蛋糕！」

我有些不太情願地往房裡探頭。斜斜的日光照亮他們的身影。洛克伍德與喬治坐在咖啡桌旁，再加上荷莉，還有一個我沒見過的男孩子。桌上擺了一個豪華的棋盤蛋糕，表面裹上粉紅色和黃色的糖霜，宛如立體主義的藝術品。他們正在招呼客戶，荷莉手中忙著倒茶。

喬治抬起頭。「看啊，另一位客戶來了！今天眞是門庭若市啊。看看沙發下面有沒有躲人！說不定窗簾後面還藏著幾個呢。」

「抱歉，我無意打擾你們。嗨，荷莉。」

荷莉放下茶壺，以顯而易見的關切眼神凝視我。過去我會爲她的關注火冒三丈，懷疑她是不是虛情假意，想要欺壓我。現在我沒想那麼多，甚至還有點欣喜。「露西，幸好妳沒事。」她皺眉。「他們對妳的手做了什麼好事？」

「喔，別擔心。只是一點擦傷。」

「我是說那些繃帶。我還沒見過如此鬆散的急救措施。洛克伍德、喬治——你們用了多少繃帶？露西能進得了這扇門還眞是奇蹟。」

洛克伍德一臉受傷。「這已經是凌晨兩點的力作了。有備無患嘛——不希望早上起床看到她的某些碎片撒了滿屋。說不定妳晚點可以幫我們調整一下。露西，妳來得正好。來這邊坐。這位是丹尼・史金納，他來這裡諮詢我們的意見。」

「謝了，我沒事。我不想介入。等你們談完我再進來。」

「沒關係，妳的睿智見解也很重要。」他勾起嘴角。「反正妳現在不會向我們收鐘點費。荷莉，再倒一杯茶。喬治，幫她切一塊蛋糕。然後就可以開始啦。」

好吧，不然我還能怎樣？自己一個人坐在廚房裡，盯著喬治的地圖看上一小時？而且那個蛋糕看起來眞的不錯——比我平常買來當早餐的漢堡或泰式炒麵好太多了。所以我只遲疑了半秒鐘就飄了過去，坐進我過去坐慣了的位置，首度正視洛克伍德偵探社今天早上的第二位客戶。

一眼就能看出他的獨特之處。不是他髒兮兮的外表、沾上泥巴的破爛衣服，或是如同火藥爆炸般散落在外套各處的鬼氣痕跡。不是他直挺挺的坐姿、充滿恐懼的空洞雙眼、不斷搓揉左手腫脹指節的動作。我們每天都會碰到這種小問題。甚至與他如何口齒清晰地描述身旁眾人遭遇無關。不，讓我們正襟危坐、側耳傾聽的不是這些。

那究竟是什麼？是他的年紀。

丹尼・史金納不是成年人。我剛才說過了，他是個孩子。大概十歲左右。

這可不太尋常。

小孩看見鬼魂。大人只會抱怨。喬治曾經提過，靈擾有幾條幾乎永恆不變的原則，而這個（喬治的第三條法則）可說是人盡皆知。身爲靈異事件的調查員，我們從孩子口中聽出不少目擊證詞，但眞正上門委託的都是大人。他們有財力雇用我們，再加上孩子通常都忙著在外頭奔波工作（然後掛掉），擔任靈感者、守夜隊，甚至是調查員，根本沒空向人求助。

可是這個孩子來了。坐在我們的沙發上。獨自一人。

他的孤單沒有持續太久，荷莉很快就坐到他身旁端茶給他，喬治從另一邊遞上大塊蛋糕。要是還有空位，我八成也會湊過去，幫他拍鬆靠墊或是按摩腳趾頭之類的。他的氣質——脆弱中帶著堅韌與頑強——能喚醒人的憐憫心，卻又不會讓人感到不悅。在這個世界，孩子沒有本錢當個不做事的廢物，我們大多得要冒著性命危險，因此他這份氣質稱得上難能可貴。

他看起來像是瘦巴巴的流浪兒——這是最重要的因素，皮膚蒼白、不太健康的大眼睛、狂風吹來可能會隨之飄起來的大耳朵。淺棕色短髮剪得隨便，粗織毛衣大了好幾號，脖子從寬大的領子裡探出來，活像是往巢外張望的小鸛鳥。這些都讓人無力招架。不用懷疑，假如你在可能墜毀的熱氣球上，得要把他或是一籃超可愛的小狗丟出去，那麼直線落地的會是那些小狗。

喬治與荷莉退開來。小男孩捧著滿手的熱茶和蛋糕，愣愣看著我們。

洛克伍德鼓勵似的擺擺手。「嗯……呃，史金納先生。我是安東尼．洛克伍德，這幾位是我的朋友。我們能幫你什麼忙呢？」

丹尼．史金納的嗓音意外地低沉有力。「先生，你收到我的信了？」

「是的。是關於——」洛克伍德看了眼皺巴巴的信紙，「受詛咒的村子，對吧？」

「沒錯。奧伯里堡。希望你能來一趟，親眼看看。」

「那座村子叫作奧伯里堡？了解。奧伯里堡位於哪裡？」

「漢普郡，先生。從滑鐵盧站往西南方搭一小時的火車，然後沿著奧伯里大道往東走一哩就能到。一點半有一班開往南安普頓的車，只要你現在挪動屁股就能趕上。」男孩拉了拉髒兮兮的破外套。「別擔心——你們不用睡在樹籬下。老太陽旅店還有幾間空房。」

洛克伍德張開嘴又閉上。他清清喉嚨。「嗯，史金納先生，我們不想貿然行事。況且我們尚未接受你的委託，甚至還沒討論過呢。」

「喔，只要聽了內容，你們一定會接下這個案子。」男孩說完，吸了一大口茶水，發出響亮的聲音。「我只是想幫你們省點時間。反正可以在火車上說明細節。」

「不如這樣吧，或許你現在就能說明。」喬治問：「詛咒的性質是什麼？」

丹尼．史金納放下盤子。「鬼魂、幽靈什麼的。這裡有一大堆。」

洛克伍德往後靠上椅背，笑著說：「不好意思，全國各地的處境都一樣。奧伯里堡究竟有什麼特殊之處，能讓我們不顧一切馬上過去呢？」

「我們的村子比大多數地區都還要糟。」孩子的肩膀一抽，感覺像是打了個哆嗦。「死了好幾個人。」

洛克伍德收起笑容。「那眞是不妙。所以說你們遇到了鬼魂觸碰的案例？」

「今年就有十六個了。」

洛克伍德沒有動搖。負責記錄談話內容的荷莉抬起頭。「十六個？從一月到現在？你在開玩笑吧。」

「現在可能增加到十七個。我今天早上動身的時候，茉莉・蘇特的狀況急速惡化。她去探望生病的妹妹，昨晚回來的路上被鬼魂包圍。它們在田野抓住她。小孩子帶著鐵棒趕到現場，可是已經太遲。我今天一大早出門——」男孩憤恨地指著外套上的鬼氣灼燒痕跡，「它們差點連我一起幹掉。就算太陽已經升起，它們仍在樹叢裡等我。我好不容易才趕上火車。」

「『它們』？你是說訪客？」

「沒錯。」

「聽起來眞的很糟。爲什麼不派大人來找我們？你的父親或母親？」洛克伍德突然有了顧慮，猶豫了下。「抱歉，還是說他們——」

丹尼・史金納吸吸鼻子；這是短促、尖銳的憤怒聲響。「如果你是在擔心錢的問題，我爸有錢，他還勉強撐得住。雖然狀況不太好——他離不開旅店。我媽死了。」

「我很遺憾。」洛克伍德說。

男孩聳了聳瘦巴巴的肩膀。「好消息是她的鬼魂沒有跑出來。到目前爲止是這樣。」

我們陷入沉默。「吃一點棋盤蛋糕吧。」喬治說。「很好吃喔。」

「老實說我不喜歡蛋糕。」男孩回應。「我不怎麼吃甜食。我是認眞地希望你們早點出門。你們要幫我們，只有一班車可以搭。」

是我的錯覺嗎？還是說他的可愛程度眞的稍微下降了？小鸛鳥通常不會如此咄咄逼人。越來越強烈的不安與不悅令洛克伍德表情一沉。他作勢彈掉大腿上的灰塵。「我剛才說過了，除非你能透露更多細節，否則我們不會出動。就算你說了，我們也不太可能今天過去。請說明奧伯里堡的訪客都是什麼類型的鬼魂。」

「要看位置。」丹尼・史金納神情鬱悶，看得出他幾乎無法壓抑我們怎麼還沒動身的挫折感。「草地上有惡靈，教堂旁邊是潛行者。新蓋的房子那邊有一個冰魔女，這些只是開胃菜。我住的地方——老太陽旅店——有個鬼魂半夜會來敲門。我看過一次。長得像身上發亮的小孩子。眞的很小，很瘦，然後……我覺得它很壞。它的臉看起來不安好心。鑽進石頭地板不見了。」

「發光童靈。」荷莉說。

男孩聳聳肩。「可能吧。只是要提醒你們過了半夜最好別到旅店一樓。樹林裡的鬼大多是幽影與死靈——這是我個人的判斷，我又沒有你們這些調查員專業。有沒有看到它們差點就碰到我？那些都是死了超久的人——像是以前打仗的時候死掉的戰士。安靜了幾百年，現在突然從玉米田裡冒出來。它們還不是奧伯里堡最大的威脅。」他狠狠乾了那杯茶，把杯子喀啦一聲放回茶碟上。「我剛才說了，我們傷亡慘重。半個村莊的人都死了。幾乎都是大人——他們看不到訪客朝他們逼近。我們年紀夠小，只能盡力抵擋，可是光靠我們實在是擋不住，我已經說了好幾次。」他刻意看了手錶一眼。

洛克伍德忽視他的不耐。「靈異局知道這件事嗎？」

「我們有通報過。他們什麼都沒做。」

「其他偵探社呢？」

「廢到極點。」丹尼・史金納一副作嘔的表情，看了客廳一圈。「這裡可以吐口水嗎？」

「我們希望你別這麼做。」

「可惜。對，之前找過羅特威偵探社的研究機構，我們請他們來幫忙，他們眞的有派人來評估狀況，最後說幫不上忙，說其他地方一樣糟——騙鬼啊。」男孩的頸子浮現青筋，身軀彷彿隨著心中怒火在震動。

「史金納先生，你提到戰士，意思是奧伯里堡那一帶曾經是戰場？」喬治詢問。

「對，以前那裡打過仗……維京人之類的。很久以前的事情了。」

「那有可能是靈擾的部分原因。」洛克伍德說。「戰場有機會成爲鬼魂出沒的熱點，對吧，喬治？」

「沒錯……」喬治漫不經心地輕輕敲打筆記本。「可是全國上下到處都發生過戰爭、瘟疫、地區衝突，其他地方不會像這樣動盪。我想不通……維京人耶？那是超久以前的事情。通常它們不會惹出這麼多麻煩。」

「你在質疑我嗎？」丹尼・史金納頸子上的青筋跳動。「是嗎？」

「沒有，我只是懷疑你沒有告知一切必須的情報。你在迴避核心議題。你提到的那些鬼魂——聽起來情勢不妙，但你又說那裡有更糟的東西。到底是什麼？」

我們的客人垂眼盯著膝蓋。「嗯，還有別的。我不想直接說出來，怕你們會嚇得尿褲子，怕到不敢出門。我要等上了火車再說。」

聽到這番話，我們差點翻起白眼。洛克伍德語氣和緩：「史金納先生，既然我們不打算搭上那班火車——絕對不是今天，說不定永遠都不會——或許你可以大發慈悲和我們聊聊這個超級可怕的玩意兒。我們會努力控制情緒。」

男孩搖搖頭。「跟你說，我來找洛克伍德偵探社就只是因爲你們的年紀和我一樣。我以爲你們會認眞對待我……好吧，眞相就是夜裡有其他東西在奧伯里堡村子裡走來走去。」他打了個哆嗦，縮起肩膀，拉扯領子，彷彿是突然感受到寒意。「沒有人知道那是什麼，或者是它的本質。不過大家給它取了個名字。」他深吸一口氣，從喉嚨裡擠出可怕的嗓音：「我們叫它……爬行的黑影。」

他抬起頭，打量我們的雙眼中冷淡混著得意，似乎是期待我們會語無倫次、驚呼連連，嚇得滿地打滾，雙腳亂踢。可惜他的期望落空了。洛克伍德禮貌地挑眉；荷莉在筆記本寫下幾個字，然後拍掉膝蓋旁的線頭。我又咬了一口蛋糕。

喬治隔著眼鏡鏡片凝視男孩。「爲什麼？」

「什麼爲什麼？」

「爲什麼這樣叫它？爲什麼要給它取名字？你剛才提到的鬼魂都沒有冠上特別的稱呼。爲什麼這個鬼魂如此特別？」

「爬行的黑影在這裡隨處可見。」男孩對我們氣沖沖地皺眉時，荷莉補充說明：「幾乎每一個虛影或潛行者都有類似的特徵。」

「你必須給我們更多資訊。」洛克伍德說：「證明它值得我們花時間對付。」

「值得花時間?!」男孩氣得大叫。他一拳搥上椅子扶手，把我們嚇了一跳。「你們這些調查員以爲自己見多識廣，以爲用那些了不起的術語就可以瞧不起我！那些羅特威的調查員也是這樣。好，我這就來把你們嚇得屁滾尿流。」他狠狠瞪著我們，散發出充滿攻擊性的怒氣。「爬行的黑影和你們看過的鬼魂都不一樣。光是它的尺寸就很不得了。」

「喔？它有多大？」洛克伍德問。

「超大的。有七呎高，說不定更高，身體超級巨大，手腳腫脹。不管它生前是什麼來頭，絕對不是普通人。」

「無肢怪通常會脹起來。」我說。「可能是無肢怪。」

「我不是說它有手腳嗎？」丹尼．史金納低吼。「妳是聾了嗎？不然它要怎麼爬？我親眼看到了，在砲台山腳下的雉雞林。它偷偷摸摸地移動，垂著腦袋爬啊爬，身上還噴出奇怪的煙霧。」

「你是說鬼魂霧氣。」荷莉說。

「不是。」男孩搖頭。「我知道鬼魂霧氣是什麼。田野間多的是，半夜村子裡有時候會被鬼魂霧氣籠罩。這可不一樣。它會隨著鬼魂移動，像是斗篷還是彗星尾巴一樣拖在後面。幾乎就像它身上著了火。沒有無肢怪長這樣。」

喬治拍掉大腿上的蛋糕碎屑。「我承認你讓我起了一點興趣。所以這個黑影上面有火焰？」

「火焰邊緣會掀起波動。如果眞的是火焰，那也是地獄的冷燄。」

「說說鬼魂的樣貌。它在你眼中長什麼樣子？容貌？衣著？」

「完全沒有——只有黑色的輪廓。」男孩翻翻白眼。「天啊，不然我們幹嘛叫它黑影？」

「好啦，好啦。」洛克伍德說：「有精神是好事，但如果你再不長話短說，就等著被我們踢到大街上。當著荷莉的面還滿尷尬的。」

「你還能告訴我們什麼？」我問。

丹尼．史金納看著我。「我以爲妳是客戶。」

「喔……對。沒錯，我是客戶。我只是在旁邊看著。別在意我。」

不知道是他的本性，還是反反覆覆的可怕經驗帶來的影響，怒氣宛如波浪般從他身上湧出。可以看到他的情緒高高揚起，接著又迅速縮回。「它移動的方式、腦袋的形狀、笨拙的步伐——感覺它是畸形的鬼魂。它也會散發寒氣，我差點怕得動不了。」

「你在樹林裡看到它？」

「對，其他小孩在別的地方也看過。潛伏在教堂墓園，或是爬上田野另一側的古墳區。」

洛克伍德皺眉。「看來它的移動範圍很廣。這就不太尋常了。除了四處亂走，你有沒有感受到任何目的性？它會做什麼？」

男孩聳肩。「我知道它要幹嘛。它在收集人們的靈魂。」

這句話帶來的沉默比先前還要凝重。我們並不是被嚇傻了。大家盯著他的臉，努力思考要如何回應。像我一樣坦率地表示懷疑？學喬治用態度表現嘲諷？（他正努力把豬叫似的冷哼裝成噴嚏聲。）或是像荷莉與洛克伍德那樣冷靜地提出質疑？「可以針對這點進一步說明嗎？」洛克伍德問。

「教堂墓園有一根十字架。」丹尼．史金納說：「超級老舊。他們說是維京時代的東西。上頭有一些雕刻，經過風吹雨打，幾乎看不出是什麼東西——只有一組圖案比較清楚。這裡的老人叫它搜魂者。那是站在滿地骨頭與骷髏頭上的人形，後面緊緊擠著一堆人——像是被它吸過來的感覺。我看到那個黑影，是同一個東西。」

「你說這個爬行的黑影與古老十字架上的人物一樣？」

「對，十字架上那個人很高大，就和我看到的鬼魂一樣。」

「黑影是從什麼時候開始出沒？」

「三個月前。冬至那天。」

「過去沒有類似的紀錄，連村子裡的傳說故事都沒有？」

「就我所知沒有。」

洛克伍德搖搖頭。「抱歉，我看不出那個鬼魂與雕刻之間的關係。或許它們都很大很笨重——但這並不足以把它們連在一起。」

「錯了。它們眞的有關。」

「怎麼說？」

丹尼·史金納低聲說：「我們村子的詛咒從三個月前開始。一堆鬼魂冒出來，大人一個個死於鬼魂觸碰。爲什麼？因爲黑影把死者吵醒了。它們從墳墓裡爬出來跟隨他，就和十字架的圖案一樣。先生，那是你們前所未見的景象。一定要來親眼見識——然後幫幫我們。」小鸛鳥般的表情回來了，大眼睛、大耳朵的流浪兒懇求似的環視我們。「一定要幫我們。」

□

「喔，眞有意思。」稍後，我們移師到廚房裡，荷莉說：「洛克伍德，我還以爲他最後會出手攻擊你。我沒看過那麼生氣的人。」

洛克伍德鼓起臉頰。「我知道。我們並沒有正面拒絕他。要是有機會的話，下禮拜或許可以找時間過去一趟。他的說詞中確實有一些値得在意的東西。可是我不能單單爲了某個失控小鬼的胡言亂語就一頭栽進去。」

「他是在虛張聲勢。」我說：「他眞的說得太誇張了。」

「最關鍵的是這個。」喬治沉著臉。「有沒有發現他完全沒碰那片蛋糕？」

「喬治，我們不能因爲哪個人拒絕吃蛋糕就討厭他。」

「當然可以。在我看來拒絕蛋糕是令人髮指的行爲。『我不怎麼吃甜食』——這是他親口說的。」他故意打了個寒顫。

「而且還是荷莉親手做的蛋糕。」洛克伍德說：「總之我們都認爲他有點古怪。相信那是挺嚴重的群聚事件，但遠遠比不上最後提到的黑影。之後再來爲丹尼·史金納煩惱——如果有空的話。現在我們手邊有更要緊的事情，也就是露西的問題。關於這件事呢——」他對我露齒一笑，「我剛好想到了絕佳的點子。」

15

洛克伍德並沒有馬上透露他的計畫。他拒絕和我們分享，沒過多久就獨自出門。我的身體還沒從過去四十八小時的操勞中恢復過來，所以樂得待在波特蘭街三十五號休息。我盡量讓自己有用一點，幫喬治洗好碗，之後他與荷莉下樓進辦公室處理偵探社事務，我晃到院子裡散步。

那棵長了一堆樹瘤的老蘋果樹冒出新芽，參差的草皮在陽光下閃閃發亮。我坐在雜草間的露台上，眺望院子另一側的住家後門。不知名的花朵從圍牆下探頭，陌生的鳥兒掠過樹木間，往空氣中注入音律。去年夏天有一、兩天晚上，我們沒有出門冒險辦案，而是坐在這裡休息。我們總說應該要多一點休閒時間，但老是無法如願——真的太忙了。更何況我們之中沒有人知道該怎麼休閒，到外頭拿劍捅個什麼東西對我們來說還比較輕鬆。因此我們基本上不怎麼關注這片院子。

像現在這樣坐在屋外放空感覺好怪。我陷入了進退維谷的境地，既不是洛克伍德偵探社的一員，同時也無法與之完全切割。情緒同樣地支離破碎。一半的我依舊相信自己不該在此，嚴守獨自生活的誓言，不來危害洛克伍德他們。這一半的我對於請他們幫忙找回骷髏頭感到渾身不自在。這個任務肯定危險極了。然而……我並不完全覺得愧疚。此時此刻，我真的需要協助。我需要朋友。還有啊，喬治在葛皮家門外不是對我說過洛克伍德這幾個月不斷涉險嗎？那麼請他幫我冒點險有差嗎？我有必要過意不去嗎？無論有沒有我，事情會有任何改變嗎？

難以釐清我現下的感受。坐在祥和的院子裡，我只知道即便只是臨時的安排，回來眞好。

剛過午餐時間，洛克伍德回來了——身上隱約飄出腐木和海草的味道，所以我知道他去見了芙洛．邦斯。顯然他的計畫已經開跑。

「我得要拿一年份的混合甘草糖賄賂她。總之還是說服她了。下一場盜墓者的市集安排在明天晚上。芙洛要去，所以她會查出確切的時間地點，然後領我們到門外。在那裡要接受像是大猩猩一樣的守衛審查，只要通過就可以進入他們的聚會。如果沒有通過，我們會被揍昏，丟進泰晤士河。我認爲盡全力通過崗哨是合理的選擇。」

「我同意。」我說：「那要如何辦到呢？」

洛克伍德就是不說。

之後，洛克伍德與荷莉回我在圖丁區的公寓幫我拿衣服。他們不准我跟。沒過多久他們回來了，一路上平安無事，只是巧遇和我住同一層樓的鄰居。

「他對我們說昨晚聽到一些聲響。」洛克伍德說。「他們跑去妳的房間。他從門上的貓眼往外看，看到兩名男子拿著手電筒站在門外。其中一個人手上有槍。他們發現屋裡沒人就走了。小露，幸好妳來找我們，沒有直接回家。」

我再次同意他的說詞。

荷莉遞上兩袋我的個人物品。她的表情無比凝重。「露西，不知道要如何啓齒……他們、他們把妳的房間摧殘得很慘。」

我愣愣看著她。「喔不。他們做了什麼？」

「喔，眞的好可怕。妳的東西散了滿地，床單到處亂放，抽屜都開著，雜物從裡面擠出來。毫無章法可言。簡直就像是被轟炸過一樣。我眞的、眞的很遺憾。妳一定很難受吧。」

我避開洛克伍德的視線。「嗯，屋子被他們弄得那麼亂，我超級心痛。幸好我不用親眼目睹慘況。」

總之我有其他衣服穿了。

接近傍晚時，我自告奮勇幫大家做晚餐，在喬治的監督下湊合出簡易的波隆納肉醬義大利麵。荷莉提供了海綿蛋糕當餐後點心。

「她怎麼突然開始烤點心了？」我問。「她以前根本不碰蛋糕的。」

喬治正凝視著廚房牆上的英國地圖，隨口回應：「喔，荷莉的主食還是沙拉——別擔心，我正在逐步腐蝕她的本性。再過不久她就會狂嗑垃圾食物。妳的醬料有沒有加奧勒岡葉？」

「你剛才問過了，有，加了啦。我想應該快好了。你那張地圖到底在幹嘛？最近的鬧鬼地點？」

「嗯？」喬治的意識在遠處飄盪。「喔不是……剛好相反。這些是過去紀錄的事發地點，追溯到靈擾爆發的年代。以十年爲一個單位。」他推開地下室的門，往下大吼：「開飯了！我從舊報紙裡面耙出這些資訊。」他追加了一句：「妳也知道我是怎樣的人。」

洛克伍德與荷莉走上樓。我用熱水把盤子加熱，盛上義大利麵，隔著美味的熱氣凝視那張海報。「喬治，我不懂。這些年來有幾千起案件。你插了那麼多圖釘，卻完全看不出什麼重點。」我說。

「因爲我只記錄每個區域排名前二十的重大事件。」喬治說：「顏色代表不同年代，可以看出靈擾逐年往外擴散。露西，妳還記得切爾西區的案子嗎？我觀察那陣子的案發地點，找出源頭就在艾克莫百貨公司。這個和那次一樣，只是規模更大了。結果印證了歷史書上的記載：靈擾的起源地是倫敦東南方的肯特郡。」

「也就是梅莉莎．費茲和湯姆．羅特威一開始發跡的地方。」洛克伍德幫大家盛裝沾滿波隆納肉醬的結塊義大利麵。「對了，露西，這個看起來不錯耶。這些縮成一團的黑色東西是什麼？」

「蘑菇吧。欸不對——那些才是蘑菇。其實我也不知道被我煮到哪裡去了……你慢用。」

「費茲和羅特威偵探社辛苦了五十年才有今天的規模。」喬治邊吃邊說。「你們知道嗎？在那兩位創辦人開始調查當地鬼魂的小鎮立了他們的銅像。我曾經去參觀過。老實說沒有做得很好看，但至少看得出他們青少年的模樣。當年他們就是在這個歲數擊倒了泥巷幻影——湯姆．羅特威手拿他自己拼湊出來的長劍，在他身旁的梅莉莎高舉一盞小燈。這兩個要素成爲兩間偵探社的象徵。想到它們第一次是如何派上用場就覺得很逗趣。」

「梅莉莎的提燈背後不是有個故事嗎？」荷莉一本初衷，往自己的盤子裡鏟了一堆沙拉，不過很高興看到上頭也有一點義大利麵的版圖。她轉動手腕控制叉子的姿勢優雅極了。「是不是她從某處的農具小屋拿來的？」

喬治點頭。「是她雙親的夏季別墅。她會拿燈來用，是因爲鬼魂的無形力量影響到手電筒的運作。湯姆與梅莉莎是優秀的先驅者，最早拿鐵和銀來實驗的也是他們。湯姆還試過把關在籠子裡的貓帶進鬼屋，看能不能當成早期的預警系統用。後來他放棄了。那些貓全都瘋掉了。」

「感覺不是什麼好事。」荷莉說。「可憐的貓咪。」

「我敢說牠們會比你那個銀鐘還有效，喬治。」我說。

喬治吸進一整根義大利麵。「那個PEWS裝置？或許吧——但至少羅特威那邊還是創意無限。他們就和湯姆一樣不斷生出新點子。費茲偵探社不怎麼注重這一塊。他們的精神全放在長劍與天賦上頭，這是梅莉莎長久以來的方針。」

「兩位創辦人各有千秋。」荷莉說：「我們都深受其利。他們奉獻生命守護我們。」

「可惜他們得要爲此付出代價。」洛克伍德說：「兩位都是英年早逝。」

我想到在費茲總部看到的梅莉莎照片——身穿黑衣、滿臉皺紋的女性。「其實也算不上英年早逝。我看過照片。她活到滿大的歲數。」

「她四十多歲就過世了。只能算是剛進入中年吧。」

「總之呢，觀察到靈擾和其他傳染病一樣擴散還滿有趣的。」喬治說：「它的模式很接近疾病，從核心區像漣漪般往外擴大：首先是肯特郡，接著是東南部，然後進入倫敦，最後全國都遭殃。」

「即使費茲與羅特威使勁渾身解數。」我說。

「對。」喬治說：「即使如此。」

等我們吃完稍微提早的晚餐，洛克伍德宣布：「各位都知道明天就是盜墓者的夜市，假設溫克曼一家將會到場買下所有高級貨。根據露西的說法，會說話的骷髏頭很有可能成爲商品之一，所以我們必須到場。目標是溜進去，偷走骷髏頭，有機會的話多調查一下與溫克曼合作的神祕黑市收藏家，然後溜出來——不能被人看到、包圍、拿殺魚刀開場剖肚。不算太難。芙洛會帶我們過去，可是想進場的話，我們需要帶上通行證。」

「你的意思是源頭？」荷莉問。

「沒錯。我想我們要派兩個人去——可能是露西和我——所以我們需要兩個頂尖的靈異源頭。」

「要去哪裡張羅？」喬治說：「骷髏頭符合標準，可是它被摸走了。辦公室各處放了些小玩意，像是荷莉一直想丟掉的海盜手掌。或許可以拿去用。和你們說，我眞的很中意它。我知道它又黑又乾，一根手指快掉了，可是，嗯，我對它是有感情的……」

「別激動。我不會拿那隻手。」洛克伍德靠上椅背。「我們需要從來沒有人看過的新玩意兒——讓人充滿興致，顧不得帶來的人究竟是誰。好消息是我知道要去哪裡找到這樣的東西。」他看看手錶。「天還沒黑。我們還有時間。現在就帶你們去看。」

「請問我們要去哪？」我說。

洛克伍德對我們露出笑容，神情平靜而篤定。「別想太多，不用穿外套。就在樓上，潔西卡的房間裡。」

□

洛克伍德對他的過去一直都不太坦率。是的，從我認識他的那一天起，他消失的家人及他們離開人世的方式，全都籠罩在迷霧中。儘管他所住的這棟屋子——以及裡頭這些風格五花八門的家具——都是他雙親留下的紀念品，洛克伍德極少提到他們，也幾乎從未提起他的姊姊潔西卡。除了她多年前死在自己的臥室裡之外，些許的細節從各處漸漸滲出，讓我知道往事對他造成什麼影響。

潔西卡．洛克伍德，比小安東尼年長六歲，在兩人雙親意外死亡後一直照顧他。在他九歲那年，她也死了——訪客在這間房裡攻擊她。從那一刻起，洛克伍德將悲傷深深封在心底，任由它猛烈灼燒，帶給他無情追殺各種鬼魂的能量。這個房間也被封住，成爲這棟屋子裡的暗點。從某個角度來說，這算是無人造訪的神殿，同時也是洛克伍德儲藏父母與姊姊的記憶的倉庫。整個房間是一個封鎖區，強烈的死亡光輝在他姊姊喪生處依然炫目。門上包著鐵片，房裡掛滿銀護符，但這些玩意兒並非必要。潔西卡從來沒有回來過。

洛克伍德領頭上樓，荷莉跟在他背後，喬治和我遲遲無法邁開腳步。

「等等，喬治，荷莉呢？」我悄聲問：「她知道……？」

「潔西卡的事情？嗯，她知道。」

「他對她說了？喔……好吧。」

洛克伍德願意稍微分享他的祕密，不再對過去守口如瓶當然是好事。我花了好多時間才等到他對我開口。現在的狀況確實健康多了。荷莉知道當然是好事。我當然為他開心。

和先前一樣，房裡窗簾拉上，屋內一片黑暗。洛克伍德帶我們進房。

我好幾個月沒進這房間了，裡頭沒有任何改變，包括那個冰冷的區塊。橢圓形的蒼白死亡光輝依舊懸在床鋪上空，散發刺眼的美麗光彩。它的力量使得我頭皮發麻，牙根抽痛。堆滿半個房間的紙箱與木箱上蒙了一層塵埃，擱在箱頂的薰衣草花瓶與從天花板垂落的銀製護符都還在。

洛克伍德戴上太陽眼鏡遮擋超自然的光芒。他打開電燈，死亡光輝消失了，但力量沒有散去。他沒有拉開窗簾，拍拍離他最近的紙箱。「我想應該能在這些箱子裡面找到什麼東西。」他柔聲說：「你們也知道我父母專門研究民間傳說，四處尋找靈擾的解答。他們四處遊歷，研究其他文化的信仰體系。無論去過哪裡都會帶回一堆破銅爛鐵。他們最喜歡的收藏品掛在一樓牆壁上，但這裡有些箱子從來沒有打開過。某些包裹是在他們死後才送達。我們只要挑出足以迷住黑市商人的貨色就好。露西，妳要不要選一個箱子？」

「你確定？」我也壓低嗓音。不知道為什麼，我們都不想在潔西卡的房間裡用正常的音量說話。「可是，洛克伍德——這是你雙親的收藏品……」

他聳聳肩。「對，都放在這裡招灰塵。現在該讓它們派上用場了。選一個吧。」

我依然猶豫，望向床鋪，望向白色床罩。在那之下是殘留在床墊上的鬼氣灼燒痕跡，潔西卡就是死在那裡。當時她正在整理其中一個貨物箱。「可是——」我超級小心翼翼地詢問，「不會有點危險嗎？」

洛克伍德的眼睛藏在鏡片後，但我似乎看到他臉上閃過一絲不耐。「不會。現在天色還挺亮，而且別忘了我爸媽都打包好了。除非不小心摔到，破壞封印，鬼魂才會跑出來。」

沒有人答腔。沒錯，曾經發生過這種事——害死了他姊姊。發現者是年幼的洛克伍德。之後他悲憤交加，摧毀了那個鬼魂。我會知道是因爲我曾經獨自待在這個房間裡，天賦帶著我的意識回到過去，聽見那場悲劇的迴響。我無法抹去那段記憶。

「就算是這樣，洛克伍德，我們眞的不想搞出什麼問題。這些箱子裡到底有什麼？」喬治詢問。

「天知道。我猜和樓下那些裝飾品差不多。其他文化圈的古董，對付鬼魂的裝置。肯定有不少垃圾，不過我相信裡頭也有好貨。」洛克伍德移走某個木箱蓋上的花瓶，動作靈活乾脆。可以察覺他心中的怒火尚未熄滅。他輕輕敲打木板。「可以試試這箱——或者是這箱——還是要從那裡挑……來吧，小露，我們要搶救的可是妳的骷髏頭啊。讓妳決定。妳要哪一個？」

「那就這個吧。」我說。

「選得好……小露，妳選得眞好。我也覺得它看起來不錯。」他抽出腰帶上的小刀，插入箱蓋下的隙縫，繞著邊緣滑動。「好像在開沙丁魚罐頭。好啦。我們來看看裡面有……什麼——」

刀尖一轉，木箱發出劈啪聲；荷莉、喬治，還有我一同瑟縮了下。箱蓋鬆脫，洛克伍德把它往後扭，讓它落到箱子後面。空氣中頓時充滿樹脂的濃郁香氣。

「是乳香。」荷莉低喃。

木箱裡塞滿用來緩衝保護的黃棕色木屑。洛克伍德一手插進木屑中。「啊哈……」他撈出一個笨重的寬扁包裹，用看起來像是稻草的乾脆物質包裹。他謹慎地拿起來，木屑撒在他腳邊的褪色地毯上。

「小心點。」荷莉說。

「別擔心。我們不會在天黑後開箱。那是我姊姊犯下的錯誤。」

現在我看出外包裝是某種蘆葦編成的蓆子，看起來年代久遠，相當脆弱，在洛克伍德手中解體。他拂開蘆葦碎屑，包裹裡的物品色澤鮮艷，宛如融雪下的鮮花。

「這是什麼？」我問。「看起來好像——」

「羽毛。」洛克伍德將手中的東西一甩，它就像桌布般攤開，瞬間變成意想不到的尺寸。這是一塊由藍色紫色羽毛交織而成的布料，細小精緻的羽毛排得很密，找不到縫隙。不知道是什麼種類的鳥兒，只能分辨牠住在哪個溫暖的森林裡。廢墟般的房間被這片羽毛點亮，我們直盯著它，讚歎不已。

「另一面也很不得了。」洛克伍德翻轉布料，我們看到許許多多的細小銀環，如鏈甲般緊密，將羽毛扣在一起。其中一邊的中間裝上銀製扣環，旁邊是垂落的兜帽。

「套在脖子上就是斗篷了。」喬治說。

「神靈斗篷。」洛克伍德說：「給巫醫或薩滿穿的。」

「好美。」荷莉喃喃說道。

「不只是好看……它也有實用價值。」洛克伍德把斗篷披在旁邊的木板箱上。「薩滿是部落裡的賢者，他們會和死去的祖先說話。儀式在靈魂小屋裡——」

「抱歉，你說什麼？」我問。「靈魂小屋？你怎麼知道這些東西？」

「我爸媽。」洛克伍德說：「他們寫了很多這方面的文章，認爲其他文化的信仰或許能破解靈擾，到處研究鬼魂與神靈的概念——尋找哪裡不同，哪裡又一樣；那些儀式是眞的有用，還是完全錯失焦點。他們想查出人們究竟相信什麼。他們追著線索跑。論文被我收到哪裡去了……」

他進房後的焦躁漸漸消散，或許美麗的斗篷起了安撫作用。

「結果呢？」喬治問：「他們對靈擾有什麼看法？」

「可能有，可能沒有。我不知道。」洛克伍德又摸出一個用蘆葦包裹的東西。「看來又是一件斗篷……」他往更深處摸索，取出一個小木盒，看了盒內一眼又匆忙關上。「喔，我不確定我會想把這個拿出來。絕對不要碰不知道來歷的木乃伊化身體部位。這是我的座右銘。」

「就算沒有木乃伊化也不能亂碰。」喬治說。「這是我的座右銘。」

「我對你們的座右銘沒有興趣。」荷莉說：「洛克伍德，你剛才提到靈魂小屋。」

「喔，對……某些文化對死者的態度比較寬容。日子不多的老人會被送進那種小屋，讓他們在那裡噓氣，骨頭也儲藏在屋裡。放在架子上。薩滿會進屋和他們的靈魂交談。在儀式過程中，他會披上這種神靈斗篷以求自保。理論上是這樣啦。露西，明天乾脆就帶這兩件斗篷過去吧？它們不是源頭，但我敢說溫克曼願意買下這類古玩。」

「犧牲它們太可惜了。這麼漂亮的東西。要不要再看看箱子裡面有什麼？」

「好吧……」洛克伍德的手又插進木屑裡。「好……這裡有個小東西——感覺像玻璃。可能是——啊，對……」他抽出那個東西，聲音消失了好一會。「是照片。沒錯。」

樸素的木頭相框褪去色彩，照片上沾了類似水漬的污痕。那是一張黑白照片，說不定是那種放在腳架上的笨重老相機拍的。照片裡的場面看起來很正式，雖然前景是一片泥地，背景是叢林樹木。一群人站在林間空地上，大多是部落的男男女女，身上幾乎不著寸縷，有人頭髮上插著壯觀的鳥羽，宛如一片雕刻出的煙霧。大家都笑出一口白牙。中央的一對男女身穿歐洲衣著，男性的白襯衫上套著縐巴巴的外套；女性是襯衫搭配樸素長裙。兩人頭戴遮住半張臉的寬邊帽，不過從男子的尖下巴和飽滿嘴唇，以及女子的燦爛笑容，我很清楚他們的身分。

洛克伍德許久說不出話，好不容易勉強擠出輕快的嗓音：「我想這裡是新幾內亞，他們結婚後不久拍的。一定是那趟旅程結束前。你們看，我媽手上拿的是老巫醫剛剛送她的神靈面具——他和死者溝通時戴的。他在照片的邊緣，皮膚皺得和犀牛胯下一樣，我媽的望遠鏡掛在他脖子上。她用這個和他換到神靈面具。」

手拿面具的女子笑得好開心，看得出她身旁的男子正看著她，她的喜悅令他勾起嘴角。兩人是如此年輕，充滿生命力，前途一片光明。

「我還留著這面具。」洛克伍德說。「就在玄關旁的架子上，那個破掉的葫蘆旁邊。我還很小的時候曾經爬上架子，把面具拿下來戴了整整一小時，以爲會看到身旁的鬼魂。完全沒用。就只是面具上的兩個小洞。我媽也不在意這種事。他們每趟遠行回來都會帶上這類玩意兒：神靈面具、驅鬼道具，還有一瓶瓶神聖的山泉水，喝下去就會看到神祕的幻覺。他們是一對遠離俗世的學者。蠢得不得了。」他把相框正面朝下，扣在木箱上。「小露，明天就帶這兩件斗篷吧。有它們就夠了。」

「那你們要如何避免被那些人認出來砍成碎片？」喬治問。

洛克伍德亮出招牌笑容，他的心思不在這裡。「我沒忘記。我們只需要精美的僞裝。」

16

儘管洛克伍德擁有堅不可摧的自信，辦公桌下放了一大籃各色道具服裝，不得不說他的偽裝並非每次都管用。他喜歡戴誇張的帽子，忍不住嘗試有趣的口音引人注意，偶爾招來敵意。比如說盤旋軀體奇案那次就很經典，他扮成裝模作樣的東區煙囪清潔工，打算潛入柏利維克廳，卻惹火了三名東區男僕，最後跳進附近的遊船小湖才撿回小命。至於調查柯布街修道院澡堂的鬧鬼事件時派上用場的金色假髮與頭巾呢，最後引發警察大規模搜索還鬧上報紙，兩名修女和院長可能再也回不去了。

基本上只要他不搞太多花樣，偽裝就能成功過關，因此我們隔天的盜墓者裝扮決定走這個路線。我們在辦公室實驗了一整天，穿衣鏡靠在我以前的辦公桌旁，喬治與荷莉在旁邊負責評論和泡茶。大家都知道盜墓者品味極差，我們試了駝背、肉瘤、斷手斷腳的小道具，從衣衫襤褸到惡劣的穿搭。最後我們反璞歸眞，選擇髒兮兮的牛仔褲、難看的運動衫，還有喬治從慈善二手店撿來的骯髒皮夾克，荷莉則是用了大量化妝品醜化我們的容貌。

「洛克伍德，我可以幫你塗黑幾顆牙齒。」她說：「不然會太亮。在眼睛周圍打陰影可以讓眼睛看起來更浮腫，顴骨塗上淺色粉底能給人不健康的印象。只要動點手腳，我可以讓你看起來又窮又病，人見人嫌。給我半小時就好。」

我正在試戴超臭的馬毛假髮。「那我呢？」

「妳的話不用費太多工夫。五分鐘就夠了。」

假髮蓋掉所有的問題。我頂著髒亂不堪的黃色髮絲，彷彿是沾滿卡士達醬的拖把，而洛克伍德選了一頂亂翹的黑色醜假髮。

他半信半疑地打量自己的模樣。「不知道該怎麼說……感覺有一隻凶狠的刺蝟趴在我頭上。」

「想想芙洛．邦斯。」我說：「她如果弄得整齊點就是這副德性。你一定能順利融入的。」

接著我們從地下儲藏室深處挖出兩個破舊的斜背包，喬治在上頭分別潑上茶和泥水，晾乾之後，我們把潔西卡房間裡找到的兩件神靈斗篷塞進去。差不多準備好了。

「最後一件事。」荷莉說：「武器。我不喜歡你們這樣手無寸鐵地闖進去。」

洛克伍德聳肩。「顯然我們不能拿劍。」

「嗯，那就在你褲子裡塞個鎂光彈吧。要是狀況不對，你們會需要的。」

「他們可能會在門口搜身。」

「荷莉說得對。」喬治答腔。「你們需要帶點東西。其他的盜墓者肯定是全副武裝。專門在河裡打撈的人身上有沾滿泥巴的法蘭盤與撬開蚌殼的鐵鉤，闖空門和挖墳的有他們的繩子與鉤爪那些怪東西。」

我看著他。「看來你對盜墓這一行滿了解的嘛。」

喬治調整眼鏡的角度。「就偶爾和芙洛聊了幾次。這沒犯法吧？」

「沒有……沒事。」

最後洛克伍德和我都在腰帶上佩戴匕首。用來打鬥可能有點弱，至少可以當作最後防線。還能在闖進賊窩時增添我們希望營造的凶狠氣場。

我們一路忙到太陽下山。剛過七點，兩個不懷好意的盜墓者離開波特蘭街，漫步前去與芙洛・邦斯會合。

□

沃克斯霍爾區位於泰晤士河南岸，剛好就在河道溢流往北轉向西敏市和市中心的彎道處，曾經處處可見漂亮的花園，是紳士淑女散步交際的絕佳地段。那些頂著假髮的紳士淑女鬼魂至今仍舊不時穿梭在填滿此區的汽車工廠間；最近工廠的收益下滑，越來越荒涼，天黑後幾乎不見人影。我們過橋離開西敏寺，霧氣懸在碼頭和泥岸上，沃克斯霍爾車站的黯淡燈光在高架橋上看起來像是一排惡作劇的鬼火。

芙洛在高架橋下拱柱間的廢棄庫房等我們。她以雙腳夾住抽繩布袋，坐在提燈旁的水泥路椿上——有如盤據在屋角的石像鬼，只是味道重了點。我們一進屋，她的手迅速摸向腰帶，接著放下戒備，往旁邊的泥地吐了口口水表示歡迎。

洛克伍德對她咧嘴一笑，露出被塗黑的牙齒。「啊哈！我們裝得很棒吧！可以騙過妳一秒鐘。」

「假髮夠誇張。」芙洛承認道。「可是我認得你的步伐，還有你的臉型和她的屁股，但主要還是你走路的樣子。」

「太好了。這樣應該可以騙過溫克曼那夥人。」

「或許吧。隔一段距離效果更好。小洛洛，不用我多說，這眞的是你幹過最白痴的事情。無論發生什麼事情我都無法負責。不管有沒有甘草糖，你要知道後果和我無關。」

「這是當然。我們完全可以接受，對吧，小露？」

「對。沒問題的。」

「有沒有聽到小露的聲音？我們一路上都在練習。她現在會用河口腔啦。」

芙洛哼了聲。「是喔？還以爲她鼻塞咧。聽好了，守門的傢伙會叫你們把貨亮出來。別與他們起糾紛。等你們進去就是各憑本事了——大家都想用最好的價錢把手邊的源頭賣掉。如果和上次差不多的話，溫克曼母子會待在會場一端，邊看邊買，把最好的貨色放在安全的地方，派人守住。我猜不到你們到底要怎樣帶著你們想找的寶貝離開。」她摘下帽子，搔搔頭皮。「特別是今晚的目的地。」

「是哪？」這是我一直放在心上的疑問。

「不遠。沃克斯霍爾車站。」

我仰望拱柱。「好像沒有很隱密。」

「不是地面上的沃克斯霍爾，妳這個豬頭。我說的是地底下的沃克斯霍爾——下面的車站。」

我隱約抓到她的意思，但無法理清思緒。

洛克伍德知道答案。「可是那裡已經封閉好幾年了，不是嗎？以前出過超嚴重的鐵路事故，在那之後冒出太多鬼魂。印象中靈異局最後放棄了，直接拿水泥封死整個車站。」

芙洛的袋子裡有什麼東西在動。她用雨靴戳了戳，可疑的動靜停下來。「對。下面曾經氣爆過。至少是四十五年前的事情了。把一列要進站的火車炸飛，車上的人都死了。沒過多久訪客在隧道裡出沒，只能關閉沃克斯霍爾地下站。他們轉移了線路，全部架高起來。對，出入口是封住了沒錯。不過我們找到了進去的方法。」

「既然還很危險，爲什麼要選在這裡？」這是前所未聞的情報，除了盜墓者與黑幫，我們竟然還要對付鬼魂。

「在禁區做生意好處多多，不會有人來打擾我們。我們的活動範圍只有月台，在鐵軌隧道裝上欄杆擋住惡靈。我看過它們在燈光範圍外徘徊。」芙洛彎腰拎起提燈，牙齒和眼睛閃閃發亮。「他們說那輛火車還在下面，迷失在無盡的黑暗中。車上坐的不只是原本的死者，還加上了新來的乘客——被那些凶狠鬼魂碰上的現代犧牲者。」

洛克伍德皺眉。「妳根本不信這個。」

「我也不知道是眞是假。」芙洛拎起袋子，甩到肩上。「總之我不會跨過鐵線。好啦，別再閒嗑牙了。市集已經開場，我們要去趕集囉。」

說完，她帶著我們踏入夜色。

□

沃克斯霍爾地下站原本的出入口離我們很近，柵門用鎖鏈與木板封起，階梯上堆了厚厚一層垃圾。附近牆上的靈異局警告標誌幾乎被經年累月貼上去的拜鬼邪教海報蓋住。這些芙洛全都不放在眼裡，我們往南走了半條街，岔入辦公樓間的平凡小巷，最後在一處交叉路口停下腳步。

「我就帶你們到這裡。」芙洛說：「我先走，過五分鐘你們再跟上來。走左邊這條，大概三十碼再左轉一次。再過去就會看到崗哨。你們都扮得這麼醜了，出示你們帶來的東西，他們應該就會放你們進去。說好了，進到裡面我就不認識你們，也不會幫忙。就算你們被那些人逮到，活活打死，我也只會袖手旁觀。」她燦亮的藍眼直盯著我。「話先說在前面。」

「沒問題，我們很清楚。」洛克伍德說：「希望妳的貨能賣到好價錢……芙洛，妳的袋子裡到底裝了什麼？」

「你猜呢？五分鐘。盡量別害死自己。」

等她離開，我們靠著牆壁等待，偶爾活動幾下。時間一分一秒過去；在五分鐘內，另一名盜墓者——高大、不修邊幅、像鷺鳥般拱著背——跟著溜進那條小巷。我們多等了一分鐘才跟上。

左邊。三十碼。再左轉。巷子窄得要命，黑得像是岩壁間的裂縫。唯一的光源是盡頭那顆掛在金屬門上的燈泡。在圓錐狀的燈光裡，兩名身穿黑色長大衣的壯漢像柱子般站在左右，中間是一個衣著破爛的小女孩。

兩名男子負責打斷你的骨頭，但這個孩子才是關鍵人物——她負責審查進入集會的各種貨色。走在我們前面的盜墓者正向她亮出袋裡的玩意兒。靈感者兩側的爪牙靜候她的決定。比較高大的男子手握結實的黑色棍棒，不時往另一手掌心輕拍。他從不開口，以沉默透出濃濃的威脅。另一人負責說話，必要的訊問都由他來。一個人盤問，另一個人亮出棒子。我敢說他們也都具備對方的技能。

前面的盜墓者通過審查。他闔上提袋，推開門，鑽進屋裡。兩名壯漢望向我們。我們踏著輕鬆的步伐往前走。

洛克伍德從嘴角擠出聲音。「冷靜點。小露，這裡交給我。」

他的愉悅語氣讓我心中警鈴大作。我再次想起喬治說過的話——他說洛克伍德越來越不知死活。內疚刺痛我的心。今晚，我爲了私心而刺激他冒險的欲望。沒有我，他不會來到這裡。現在我感覺得到危險的顫慄從他身上逸出，令人著迷又恐懼。我們連長劍都沒有帶。「你要小心。還要有禮貌。」

「當然。」

洛克伍德長得挺高，然而他的頭頂連守衛的肩膀都不到。他停在年幼的靈感者面前，準備打開他的側背包。

稍微矮一點的守衛豎起粗壯的手指。「打開。」

我們一同打開包包。女孩看向袋子裡。她不到八歲，身軀瘦弱，額頭的半透明皮膚下浮現藍色血管。

我拎起神靈斗篷的一角，充分展現它美麗的斑斕色澤。

負責說話的守衛眉頭皺得更緊。另一人伸出短棍，戳戳那片羽毛。

「從哪弄來的？」守衛問。

洛克伍德推開棍子。「廢話，當然是偷來的。看得上眼嗎？」

平心而論，洛克伍德的口音確實像是道地的盜墓者。問題在於他也想展現出同樣道地的沒禮貌。拿棍子的守衛將手中武器一轉，緊緊抵住洛克伍德的下頷。

「想看小喬把棍子往上揮嗎？」另一人說道。「連你的腦袋一起飛起來。他可厲害了，你的腦袋會上下顛倒地落回你的脖子上。」

「聽起來很壯觀啊。」洛克伍德說：「不過我們袋子裡裝的可是外國來的稀奇貨色。雅德萊．溫克曼一定會想親眼看看。」

「我們宰了你們，把你們的貨帶給她。」我忍不住覺得守衛這句話滿有讓人不舒服的邏輯。

可是小女孩一手按住高大守衛拿棍子的手腕，搖搖頭。

「不行，這個真的是好東西。」她說。「就像他說的，她會想要這個。放他們過去。」

她的話語就是法律。棍子馬上收回，壯漢往後退開。洛克伍德得意洋洋地準備推門。

「等等。」負責說話的守衛指著我們腰間的匕首。「不准帶武器。」

「你說這個牙籤是武器？」洛克伍德哼了聲。「開什麼玩笑。」

守衛輕笑幾聲。「就讓你看看我是不是在開玩笑。」

三十秒後，我們歷經粗魯的搜身，匕首被他們收走，還被一腳踹進門內，省了開門的力氣。

「你一定要這麼沒禮貌嗎？」往前走了好幾步我才敢小聲說話。「你引起他們的注意了。」

「喔，大家都知道盜墓者就是這麼惹人厭，這樣能讓我們融入現場氣氛。」

「是喔。我們的屍塊也很適合這個場合。」

門內是一個空蕩蕩的房間，上下左右都是光禿禿的水泥牆。另一側有個圓洞，邊緣架著一道直通地底的金屬梯。梯頂從漆黑洞口凸出，底下隱約看得到一點燈光。

「以前進地下車站的豎井。」洛克伍德說：「我原本就想到是這樣的設計，要出來可不容易，可是還能怎麼做呢？小露，妳要先下去嗎？」

我搶先往下爬，一點都不希望他和下水道的老鼠之類的生物吵起來。

□

梯子無比漫長，我爬到雙手麻木，不知道究竟踏過多少橫桿。除了黑暗的環境，沿著豎井往上衝的聲響——嘶吼和狂風，還有此起彼落的慘叫聲——使得這段體驗更加不舒服。聲音感覺很遠，（我猜）來自很久以前。一踏上被蠟燭照亮的隧道，那些聲響瞬間消失。截然不同的嘈雜將我包圍，這裡是遭到世人遺忘的沃克斯霍爾地下站。

站內配置與現今無數的地鐵站沒有兩樣。在我們鑽過的豎井對側是三座生鏽的電扶梯，頂端一片黑——沉默而結實的梯階上結了厚厚的黑色塵灰。電梯左右是一排排褪色的海報。這是以前的出入口，通往現在被封死的車站大廳。

下方是今晚重頭戲的舞台。我們所處的空間左右各有三個方形拱門，通往舊維多利亞線的北向和南向月台。帶著弧度的牆面依然貼著原本的白色磁磚，不過有好幾處被人敲出小洞，插上蠟燭，黑煙裊裊飄向天花板，以前的掛燈宛如身軀臃腫的黑色蜘蛛。磁磚、電扶梯，以及衣著灰暗的男男女女，一切都覆上柔和而貪婪的金光。

這裡有幾十個人擠在一張張折疊桌旁，桌上放了食物飲料，以及透過專業手法弄來的各色商品。有些人和芙洛差不多年紀，其他人像是被風吹彎的樹木似地布滿歲月與貧困的痕跡。沒有一個人穿得乾乾淨淨的，他們身上處處可見厚繭，表情眼神冰冷堅硬。他們低聲交談，小心翼翼地護著自己的話語；猜疑使得氣氛無比凝重。

「看看這些人。」洛克伍德跟在我後面著地。「根本就是活生生的醫學課本。」

「我知道。不知道我們身上貼的疣夠不夠多。」

盜墓者大多自然而然地往右邊拱門靠過去。那一側傳來清晰的興奮回音，好幾個人提高音量說話。在這些聲音之下還有更深沉的超自然低鳴，如同裝進花盆埋到地底下的一群黃蜂。或許被銀玻璃悶住了，聽在我耳中仍舊清晰。

我聽到的不只是如此。

「露西……露西，救救我……」

我猛戳洛克伍德的肋間。「該往那裡走。來吧。」

我們穿過拱門，來到曾經的南下月台。現在這裡只是個狹長低矮、帶著弧度的房間，蠟燭和懸掛在各處的提燈照亮這個空間。一旁就是其中一側的隧道口，被堆積如山的沙包隔開。有的沙包填滿鐵屑，有的則是鹽巴；布袋被人拿刀劃破，灰白色的粉末沾了滿牆，如同被人踩了一個月的骯髒積雪。冰冷的空氣從隧道飄出，隨之而來的是強烈的靈異立場，讓人渾身不舒服。我再次感應到遙遠的慘叫聲。

沙包底部還看得到當年的鐵軌，不過幾乎都被從月台邊緣探出來的粗糙木板蓋住了。那些人想讓市集的空間擴大兩倍。不少盜墓者聚集在此，吵吵鬧鬧地往月台中段的一張桌子緩緩移動。和人差不多高的黑色燭台從背後照亮桌面，即便隔了這麼遠，我還是知道誰坐在那裡。我認得他們的輪廓，大骨架的女子，手臂和肩膀粗壯得嚇人；還有一個矮個子，頭戴寬邊圓頂帽。

雅德萊・溫克曼和她的兒子雷歐帕——全倫敦最有權勢的黑市商人。

盜墓者一一來到桌子前展示靈異物品，收下錢（或是什麼都沒拿到），繼續往旁邊移動。我聽見錢幣叮叮噹噹撒落。桌旁站了三名神情冷漠的壯漢。我瞇細雙眼。不難想像他們殺害了哈洛德．梅勒，接著還追著我跑遍克拉肯維爾的院子。

「小露，盯緊那些走狗的動向。」洛克伍德在我耳邊悄聲說：「他們沒把物件放在桌上，一定是拿到哪裡去了……」

月台上寸步難行。大多數的人都想到溫克曼母子面前兜售，不斷擋住我們的去路。我們演出盜墓者本色，不顧四面八方的罵聲硬往前面擠。途中我瞥見芙洛和人爭執不休。她對上我的視線，然後又若無其事地轉開。

就在這時……那道嗓音又來了：「露西……我在這裡。」

我開心得胃部一陣翻攪。很近了！我面向牆壁，不讓其他人看到我開口。「骷髏頭？骷髏頭——是你嗎？」

「這個嘛……喔，錯了，是另一個第三型鬼魂，碰巧知道妳的名字與目的，又剛好被放在附近。」

果然是它。沒有別的鬼魂嘴巴和它一樣賤。「是你。」

「當然是我！現在就帶我離開這個地牢！」

「沒那麼容易。建議你態度好一點。你在哪？」

「貼著磁磚的房間。可能是以前的廁所。如果是廢棄的女廁就算我走運啦。門上看得到霓虹燈亂閃。」

我往月台另一端眺望；溫克曼母子背後不遠處確實有些閃爍的燈光，光源被月台的弧度遮住了。「我應該知道是哪裡。我們正在排隊往你那邊靠近。」

「什麼？妳還要排隊？你們英國人是有多喜歡排隊？別再排了！隨便殺個人！」

「露西……」洛克伍德的髒臉湊過來。「妳在自言自語。」

「是骷髏頭。我聽到它了。它就在附近。」

洛克伍德打量四周拖著腳步、臭氣薰天的盜墓者。「沒關係，反正這裡有一半的人都在自言自語。不過還是要低調一點。」

「露西，妳一定要救我出去。」骷髏頭的嗓音再次闖入我腦海。「他們要帶我去鮮血之地。」

「鮮血之地？什麼意思？」

「喔，我認爲那裡是個歡樂的地方，好事會發生，大家開開心心一起唱歌……啊！我怎麼會知道是什麼？有那種名稱，肯定不會是什麼好地方，就連我也要遭殃！這裡堆了一些可怕的玩意兒……比如妳朋友葛皮的源頭。」

「葛皮的源頭？」我凝視洛克伍德，看他皺起臉。「不就是那罐牙齒？」

「對。他們可樂著呢。」

「『他們』是誰？溫克曼母子？」

「我哪知道。一個女人，身上那件碎花連身裙活像是去年的沙發，還有某個臉像是被拍過的麵糰的小孩。」

「是他們沒錯。」

「他們的手下把我帶到這裡。不過他們不是老大，這裡還有一個傢伙，最後他們會把我賣給他。」

「啊！那個收藏家！他長什麼樣子？」

「呃……」骷髏頭的語氣變得含糊。「就是一個男的。身高普通，沒有特別怎樣……真的很難形容。跟妳說——只要溜進來救我就有機會看到他。妳自己來的嗎？」

「不是。」

「不用多說了。我知道誰陪妳來。他會幫妳也很合理。」即使隔了好一段距離，骷髏頭模仿洛克伍德的可怕聲音還是清清楚楚。「『什麼？露西，自殺任務？可能會死？我就愛這個。讓我跟！』嗯，太好了，是洛克伍德。妳可以犧牲他來救我。這是很划算的買賣。」

怒火在我體內竄燒。「你這個混帳骷髏頭！我發誓我要把你丟在這裡。」

安靜了幾秒後，骷髏頭的嗓音小小聲地響起：「露西，不只是我。這件事情很大條。過來找我，我就告訴妳他們在幹什麼勾當。死者復活，生者赴死，露西。這是鐵錚錚的證據。」

我嗤笑一聲。「要證明什麼？那句話到底是什麼意思？」然而我和骷髏頭的超自然聯繫斷了，洛克伍德猛搖我的手臂。我吸了口氣，向他轉述剛才的對話。

他抓抓黑色假髮。隔著粉底與眼線可以看出他的臉色無比蒼白。「小露，這可不容易。不過我可以幫妳進那個房間。問題在於要是裡面有人，妳得要自己對付。行嗎？」

針對骷髏頭的怒火燒得正旺。它對洛克伍德的評論勾起令我作嘔的罪惡感。但我別無選擇，點了頭。「好。」

「露西，我眞是想念妳。」

嗯，假髮加上化妝，還有塗黑的牙齒，洛克伍德此時此刻看起來不太體面；然而在露出牙縫的笑容中我看到他的本性，他的笑臉和這句話沖走了其他一切。所有的罪惡感和噁心感都不見了，我只意識到與他並肩而立的興奮。

「我也是。」我開了口——但他沒有聽進去。他沒有等我回覆，滔滔不絕地說著他的計畫。

「我想辦法引開他們的注意。」洛克伍德說：「讓桌子旁邊的人分心。妳就趁著這個空檔直接進那個房間。可是妳要在眨眼間帶著骷髏頭回來。」

如果這個建議是我提的，對象又是泰德．戴利，或是婷娜．藍恩，或是隨便哪個我自己接案時合作過的瘸腳調查員，他們肯定會丟出一大堆問題，努力避開任何稍微和危險沾上邊的行動。可是如此建議的人是洛克伍德，接受建議的人是我，即便他即將面臨的風險讓我全身發麻，我沒有浪費時間心力，乾脆地點頭。既然洛克伍德看見了可行的做法，我哪有不接受的理由。他信任我，我信任他。這是我們存活至今的訣竅。

「很好。」他說。「兩分鐘——然後在這裡集合。接下來晃到梯子那裡爬出去。準備好了嗎？很好。三、二、一——上。」

他才剛說完，我立刻邁開腳步，緊貼弧形牆面。我溜過排在我前面的幾個人身旁，無視他們不悅的叫嚷。每走一步都生怕被人拉開。越來越靠近桌子，溫克曼母子近在眼前，周圍站著那些黑衣男子。現在我看見遠處又多了兩名守衛，站在閃爍霓虹燈下的小拱門旁。我隨時都可能被他們識破，敵人將一擁而上……

背後突然傳來慘叫聲。有人揮出重拳，有人高聲怒吼。桌邊眾人抬起頭，揮拳痛揍的聲音、粗魯的髒話、群眾的鼓譟不絕於耳。後頭亂成一團，大家都盯著那裡看。拱門旁的兩人離開崗位，從我身旁跑過，沒有多看一眼。洛克伍德的欺敵招數奏效了。

洛克伍德……我的心臟狠狠撞擊胸腔。我好想回頭看他在做什麼，但這不在計畫中。我頭也不回，快步走過桌子，來到拱門前，踏入那個小房間。

17

雖然骷髏頭剛才抱怨連連，我不認爲這個房間以前是女廁。空間比廁所大上太多了。雖然地板和牆上貼了磁磚，但房裡沒有任何擺設，以前可能是用來存放鐵路備品，現在裡頭放的是完全不同性質的貨物。正中央架了一張長桌，桌上及兩側地板上整整齊齊地堆著一個個大小不一的銀玻璃匣子與罐子，容器裡面都有東西。我的視線掃過骨頭、衣物碎片、珠寶，全都是常見的靈異力量源頭素材。其中有一些相當強大，就算隔著銀玻璃也感應得到超自然雜訊。

有的強大到超乎想像。其中一堆銀玻璃匣子中間塞著伊令區食人魔收集的那罐牙齒。

還有那個隨隨便便塞在桌角的玩意兒，是我看到膩的拘魂罐。

包圍骷髏頭的鬼氣濃稠黏膩，綠色的脈動從中心一陣陣泛出，鬼魂的嗓音在我腦海中迴盪。

「終於！看到妳眞是太開心了！快捅這傢伙一刀，帶我離開。」

我沒有回應。我要專心。房裡不是只有我一人。

桌子後面擺了塑膠折疊椅，一名男子就坐在那張椅子上。他長得不高，身穿黑色套裝，打上無聊的藍色領帶。他的衣著馬上進入我的腦海，但這個人的其他特徵卻模糊到神奇的地步。即使我直視著他，依然無法捕捉到那些細節。難以形容他那頭往後梳的棕髮是什麼樣的髮型，臉龐欠缺稜角，掛著普通專注的表情，舌尖從嘴角微微探出。他一手夾著菸，另一手忙著往紙上寫東西。他臉上有什麼不同於其他人的特徵嗎？沒有。

排山倒海而來的平庸氣質讓我猜測他不是我要提防的人。他只是個會計，小嘍囉——肯定不是溫克曼母子傾銷源頭的神祕收藏家。不過我心底突然警覺起來。感覺好像在哪裡見過這個人。

就在我思考的同時，骷髏頭的嗓音再次響起。「小心這個人。雖然看起來不怎麼樣，但他很危險。喔，太好了——妳忘記帶劍來啦。」

矮小的男子抬起頭，看到我站在門口。「請問妳是哪位？妳不該來這裡。」

他的嗓音過度講究精確，甚至帶了點刻薄。我知道我沒想錯。這聲音很熟悉。這是善於應付數字和文件及官僚體系的聲音，也習於處理眼前桌上這堆讓人不快的靈異物品。這個人擅長記錄一切，向其他人報告……

「妳是誰？」男子又問了一次。

我見過他。就在不久之前。

「先生，我是菲德勒。」我微微鞠躬。「珍．菲德勒。溫克曼太太派我來這裡。這裡有個東西搞錯了。那個裝在罐子裡的破爛骷髏頭。要交給你的不是這個，先生。這顆頭是假貨。」

「假貨？」男子對著罐子皺眉，然後又低頭確認紀錄。「這是正式的運送工具。很舊了。費茲偵探社好幾年前用的就是這款罐子。他們很少犯錯。」

「這個就弄錯了，先生。上頭幾乎沒有靈異力量。溫克曼太太說這個要拿去燒掉。她現在要送不錯的骷髏頭過來，馬上送到。我把這個沒用的東西拿走。她要向你說聲抱歉。」我試探性地朝著骷髏頭跨出一步。

「抱歉？雅德萊．溫克曼？」男子仔細地把菸擱上菸灰缸邊緣，雙手貼著微凸的小腹。「不像是她會說的話。」

「這個失誤惹出一堆麻煩。你有沒有聽到外頭吵得要命？」我豎起大拇指往門外比了比，碰撞聲和叫嚷聲依舊此起彼落。我心中暗暗爲洛克伍德焦急，但還是穩住嗓音。「外頭有幾個傢伙氣到昏頭了。」

男子嗤之以鼻。「眞是煩人。你們這夥人老是學不乖。」他不耐地拎起面前的紙張，這張紙夾在塑膠寫字板上——我像是被雷打到似地瞬間想起他的身分。

五天前的夜裡，在保險公司的前廳，我對付完艾瑪．瑪區曼的鬼魂，撐著一身傷從露台往下看；我看到羅特威的小隊，加上愚蠢的監督員法納比先生，他懶洋洋地癱在椅子上。在法納比旁邊，有個人正在監督這位監督員，手拿寫字板……

他是羅特威研究機構的人，語氣柔和、不知道名字叫什麼的強生先生。

是他。

我若無其事地朝桌上的拘魂罐伸手。「我知道。我們就是這副德性。不好意思。嗯，雅德萊馬上就會過來解釋。」

「我母親要來解釋什麼？」

聽到這句話，我的手就像被燙到的蜘蛛般從罐子旁縮回。我僵硬地緩緩回頭望向拱門。

如果說門口完全被充滿惡意的人影遮住就太誇張了。只被遮住一半，而且是下半段，因爲雷歐帕．溫克曼雖然身形寬闊（被那件昂貴毛皮大衣的荒謬墊肩搞得更寬了），他實在是不太高。他粗壯的體態彷彿是被三角鋼琴砸扁的摔角手，寬邊帽加上設計款套裝的搶眼格紋只讓他的輪廓更往水平方向發展。他十五歲上下，臉頰柔軟得像是可以搓圓揉扁的麵糰，蟾蜍似的嘴巴與他還在牢裡蹲的父親朱里斯溫克曼極度相像。儘管他的身形圓潤，打扮時髦，這個少年的性格也和朱里斯雷同。在倫敦的地下世界，雷歐帕以超齡的殘暴行徑聞名。那雙藍眼冷硬得像子彈。

我沒有回話。我們就這樣死死盯著彼此。

背後傳來強生先生平板的嗓音：「她要拿罐子裡的骷髏頭。」

「沒錯。」我說：「是照著你媽的指令。她向你說過了吧？不然你可以去問她。」

我不期待他會買帳，這是毫無希望的死局。不過我趁他腦袋運轉的空檔瞥向旁邊的桌面。我估算大概有五秒鐘的機會。

「我媽？」雷歐帕．溫克曼說：「她才不會派妳這種髒兮兮的鄉巴佬——」他臉色一沉。不知道是我的變裝有其極限，還是他想起了骷髏頭原本的主人，或者是因爲我輕蔑冷漠地直視他，總之他在五秒內想通一切。「等等……」他緩緩退了一步。「我知道妳是誰。露西．卡萊爾！」

「**別擔心。**」骷髏頭低語：「**妳是個成熟的大女生了，絕對可以撂倒他。**」

雷歐帕甩開大衣前襟，露出插在腰帶上的短管手槍。

「**話不能說得太死。**」

我已經衝向桌子，將拘魂罐挾在一邊手臂下，拎起另一個銀玻璃匣子丟向溫克曼，同時矮身閃躲。槍聲一響。我旁邊的玻璃碎裂，桌上的某個盒子炸開，碎片撒在我背上。我丟出的匣子砸中溫克曼的脛骨，把他打倒在地。他拋下手槍，躺在地上打滾慘叫。

「矮冬瓜出局。幹得好。」骷髏頭說。

我身旁冒出一股震盪，強到足以吹動我的假髮。桌子中央被打爛的銀玻璃匣子裡冒出青白色人影。溫克曼的子彈釋放了這個鬼魂。強生先生感應到了。他從椅子上跳起，退到房間後側。

我沒有停下腳步確認他的安危。我一手抱著拘魂罐，跳過雷歐帕，朝拱門奔馳——

然而這回出口眞的被堵了個嚴嚴實實——攔路的是一名獨眼盜墓者，年紀只比我大一些。他手中握著鋸齒狀彎刀。在他背後，兩名溫克曼的手下壯漢也趕過來助陣。

「輪到我了。」骷髏頭說：「舉起罐子，繼續前進。」

我高舉拘魂罐。罐子裡瞬間閃現綠色的異界光芒，照向我前方的三人。拿刀的少年凝視罐身——然後發出殺豬般的慘叫。他踉蹌後退，把他背後的人撞得貼到牆上。

骷髏頭輕笑。「如何？我讓他見識到我最好看的表情。」

「還不錯。」我像鰻魚般鑽過倒成一團的對手，穿過拱門，來到月台上。眼前是打得如火如荼的大混仗，混亂的核心站著一名身材修長的年輕盜墓者，他頂著像是惡魔刺蝟的頭髮，站在溫克曼的桌子旁邊，舉起黑色燭台揮舞迴旋，抵擋怒氣騰騰的群眾。雅德萊．溫克曼在一旁吼叫下令，卻完全無法控制場面。

「這就是你們的計畫？」骷髏頭說：「好一個隨機應變。現在是怎樣？」

「我也不知道。」

但洛克伍德已經看到我了。他跳向前，將溫克曼的桌子掀翻，硬幣宛如瀑布般沙沙落地。同時他跳過桌面奔向我。在他背後，雅德萊和她的手下被瘋狂擁上來搶錢的盜墓者吞噬。

「小露，妳旁邊的拱門！」洛克伍德大喊：「到另一邊月台！」

我轉身——就在此時，雷歐帕．溫克曼從儲藏室衝出來。他矮身閃過洛克伍德勇猛的燭台攻勢，狠狠撲向我，抓向我手中的拘魂罐。我被撞得仰天倒下，和他在地上扭打，又踢又揍。假髮掉了。我清楚聽見洛克伍德的呼喚，聽見其他人逼近。雷歐帕一拳打中我的太陽穴，我眼冒金星，手一鬆，拘魂罐瞬間被他搶走。

「露西！救我——」

「骷髏頭——！」我被打得腦袋嗡嗡作響，用力抬起頭，不斷眨眼。雷歐帕與拘魂罐消失了。我躺在地上，看不清眼前那團糾結的身影——洛克伍德、溫克曼的手下、幾名盜墓者。有人看到我的動作，舉起粗大的棍子要打我。旁邊伸出一隻髒兮兮的雨靴把他絆倒。我瞄到芙洛破爛的草帽。接著洛克伍德一把拉我起身，扯著我往月台另一端跑。

「露西……！」背後的人群中傳來微弱的絕望呼喊。

「骷髏頭！洛克伍德，被搶走了——」

「我很遺憾。眞的。可是我們該走了。」

洛克臉上多了一塊塊瘀傷，假髮也歪了，手中的燭台不見蹤影。我們一同跑向月台彼端。那裡的隧道口被木板堵死，不過有一條通往北向月台的連通道。洶湧的鼓譟追在我們背後。

「現在不能爬梯子出去。」洛克伍德邊喘邊說：「只能走隧道了。」

另一側月台沒有那麼多燭火，現在剛好空無一人。幾碼外就是隧道口，同樣堆起一個個裝滿鹽巴與鐵粉的沙包。洛克伍德和我跳到軌道上，手腳並用地爬上沙包堆，凝視漆黑的隧道。

「沒有被堵住。」我說。

「對。」

「我們可以從這裡離開。」

「這是當然。」

「那就走吧。」

「不行。」他抓住我的手臂。「鬼魂。」

我怎麼都沒看到？一道灰色的身影站在隧道裡，離我們不遠。乍看之下是人形，但其實是個扭曲的平面，彷彿從紙張剪下來，摺成詭異的角度。它似乎是被我們的聲音、氣味、體溫吸引，腦袋歪向這邊——這道蒼白單薄的形體失去了這些與生命有關的要素，但它仍舊渴望。我眼睛盯著它看，腳下不小心踩到碎石子，從沙包堆頂上滑落，雖然只滑出一小段距離，幾塊砂石落到鐵軌上。那個鬼魂馬上衝向月台，到了鐵粉前才退去。

此時此刻，我心中浮現無限後悔。

要是沒有聽骷髏頭的話就好了。

要是沒有促成洛克伍德帶我來這裡就好了。

我最後悔的是我們怎麼沒帶上長劍。

那道身影飄得更近。洛克伍德歪歪腦袋示意，我們小心翼翼地回到鐵粉鹽巴和碎石子堆起的堤防頂端，往舊月台靠去。

恰好迎上在提燈火光中等待我們的雅德萊・溫克曼。她右手握著一把細刃長刀。

對了，迎接我們的不只她一個。她背後還有一群盜墓者撐腰——那些人破爛醜惡的外表看起來像是一群從墓地裡爬出來的死者——再加上好幾名持刀壯漢。

最引人注目的還是雅德萊本人。你的腦袋得要繞一大圈調整認知。首先會看到高大的金髮家庭主婦，泛紅的臉頰，拔得亂七八糟的眉毛，充滿母性的曲線硬塞進寬大的碎花連身裙，在一群罪犯中顯得無比突兀。等你習慣了這種衝突感，才會意識到她是其中最可怕的對手。那藍灰色雙眼透出最多威脅性，彷彿用鉛筆畫出的薄唇也令人膽寒，粗壯手臂及顯而易見的體能優勢更是加分不少。因爲我們把她丈夫踢進牢裡，她早已誓言要我們付出代價。或許這是她面露笑容的原因。

「洛克伍德先生、卡萊爾小姐。」她說：「在市集見到兩位眞是天大的驚喜啊。」

「是啊……我這個人就喜歡逛夜市。」洛克伍德抓抓歪斜的假髮，看著雅德萊手中的利刃。

「看來妳對這個沒太大興趣。」

「我就喜歡好好教訓入侵者一番。」雅德萊・溫克曼說。「你們來這裡要幹嘛？」

「我們等著要奉上我們千挑萬選的好東西。」洛克伍德指著他的斜背包。「我得說你們的服務實在是不夠周到。我要客訴啦。」

女子的視線閃向地上的碎石與鐵線。我們背後隧道裡的人影動了。「隧道裡沒有人好好招呼你們嗎？」

「喔，有的，只是那傢伙有點難溝通。話不多。」

「你誤會了，就我所知它的服務精神一流。」雅德萊．溫克曼拿刀比劃，我再次衷心期望我們沒把長劍留在家裡。「怎麼不進隧道？相信它很快就會來招呼你們。」

洛克伍德點頭。「或許我們可以留在這裡和妳聊聊。」

溫克曼太太傾斜刀身，讓尖銳的刀刃反射燈光。「跟你說，我不是一開始就在買賣古董。」

「是嗎？」

「對。我以前是殺豬的。這是屠宰場的刀子。這把刀我用得很上手，拿來對付各種牲口——還有牲口以外的東西。」

「真是了不起。」洛克伍德摘下假髮，漫不經心地揉散頭髮。「我小時候也打過零工。送報紙、洗車……有時候會去踹踹高大女士的屁股。這份工作沒錢拿，只是做好玩的。我想我的腿上功夫也還沒生疏。我們可以聊上一整晚。」

她逼得更近。「不進隧道就等著吃我的刀子。你們很快就會見識到我是如何對付愛管閒事的礙事傢伙。」

洛克伍德笑了。「愛管閒事？礙事？我可要抗議了。」

「不夠貼切嗎？」

「不，妳說得很對。但我同時還是個調查員。」

女子搖搖頭。「調查員腰間有長劍。今晚你什麼都沒有。」她向身旁打手下令：「爬上去逮住他們。」

「調查員也有其他武器可以用。比如說這個。」洛克伍德從假髮裡摸出兩顆鎂光彈，自從他離開波特蘭街後就一直頂著它們。他把第一顆丟到雅德萊．溫克曼腳邊，鎂光彈還沒落地，他已經轉過身，將第二顆丟向隧道裡的鬼魂。接著他一把抱住我。

下一個瞬間，我們站在沙包堆上緊抱彼此，世界在我們腳下炸開。沙包堆的兩側幾乎是同時炸出火焰，熾熱的鐵粉噴上我們的衣服，我們承受先後來自兩側的衝擊波。一陣陣銀色煙霧吹向我們，繞過我們的身體，漸漸化為黯淡的灰色。

最多只花了三、四秒。我們鬆手，溜下沙包堆，衝進隧道。來自月台的慘叫聲不絕於耳，但面前的沉默更加堅不可摧。

鎂光彈火焰的效果不錯，那道浮在隧道邊緣的人影消失了。我們的鞋底踩過乾燥的礫石。隧道轉了個彎。我從袋子裡摸出小手電筒，每隔一會就打開來，確認軌道的彎度，以免直接撞上牆。我幾乎是立刻察覺到跨過鐵線後氣溫降得多麼低。現在鐵軌結起薄冰，黑色礫石閃閃發亮。我們的呼吸化作白煙，喘息聲在牆面間敲出回音。

「洛克伍德，」我說：「惡寒來了。」

「我感覺到了，可是我們不能停下來。」

彎道的另一側傳來追兵的聲響——沉重的靴子踩過滿地碎石，雅德萊．溫克曼聲聲催促不情願的手下前進。

「他們身上一定有阻擋鬼魂的道具。」我邊喘邊說：「他們要把我們逼到——」用不著說出口。我們越來越接近列車事故的發生地。那股超自然壓力逐漸累積，不屬於這個世界的存在近在咫尺。

「說不定有側道。」洛克伍德低喃。「有時候會碰上這類結構。要是能岔出去，離開這個——」他大叫一聲。「關掉手電筒！」

我的燈光照亮右邊牆上的窟窿，這個單純的凹穴看來是給鐵路工人閃避來車用的。然而我也看到了在塵土與礫石間的白色物體。我關掉手電筒。我們繼續往前走。

「是骨頭嗎？」我小聲提問。

答案懸在我們眼前的黑暗中，單薄的灰色形體，像是一抹陰影。另一個虛影。

「看起來不會動。」我說。「說不定它沒看到我們。等等——喔不，它在動。」

洛克伍德低聲咒罵。「這可不妙。要是有什麼東西可以——」他一彈手指，「保護我們……就是這個！說不定行得通。」他突然停下腳步。

「你在幹嘛？」我以氣音詢問。「不能停下來啊。」我聽見有人追在後面，還差點滑倒在滿地碎石上。

「來。站近一點。手電筒照地上。」他扯開自己的袋子，抽出他的神靈斗篷，輕輕抖開。藍紫色的羽毛在銀製基座上閃耀幽光。他像魔術師般甩起斗篷，將布滿柔軟絨毛的布料蓋在我身上，然後拉起兜帽蓋住我的頭。

「巫醫進靈魂小屋和祖先對話的時候，他們會包著這個。」他往我的袋子裡翻找，摸出另一件斗篷，披在自己身上。「我們就學學他們吧。」

「我們又沒有要和祖先說話！」

「小露，我們不知道接下來要做什麼。反正又不會少一塊肉。事實上──是我的幻覺嗎？有沒有覺得比較不冷了？」

「好像有一點點。那個虛影在幹嘛？」

「現在沒有動靜。只是站在那裡。不知道是不是斗篷的效果。只要它不攻擊就好。來吧，該上路了。他們追上來啦。」

即使溫克曼的手下已進入視線範圍，我們仍緊緊拉著斗篷，不敢跑得太快。一看到我們，他們興奮大叫，接著是淒厲的尖叫──有人注意到那個鬼魂的存在。吵雜的腳步聲頓時止住，在隧道裡迴盪的換成低啞的說話聲，我們快步前進。

「不會拖住他們太久。」洛克伍德說：「但我不認爲那些大人會想繼續深入。喔……喔不。」

我們踏入一處屋頂更高、更加寬敞的空間。

這裡有點類似我們方才待過的沃克斯霍爾站。眼前的鐵軌沿著一座月台邊緣轉彎，可以從軌道走台階上月台。然而前方不遠處的月台被髒兮兮的灰色瓦礫堵住，石塊直直堆到破碎的天花板。牆上沒有拱門或是一般的門扉。顯然所有通道都不通。

鐵軌也被堵死了。擋在我們前面的是一輛火車。

手電筒也只照得出一片黑。不知道是源自氣爆，還是爆炸後燒遍車廂的大火，又或者是在地下埋了那麼多年，總之金屬表面發黑凹陷。從我們所處的位置可以看到第一截車廂的尾端、敞開的門、前排幾張焦黑的座位。

「就是這個。」洛克伍德悄聲說。「出事的列車。」

我們披著斗篷，繼續踩著階梯爬上月台。從這個角度能把車廂的受損程度看得更清楚。車廂中段完全嵌在瓦礫中，車頂彷彿承受了巨人拳頭般凹陷。一面牆往內爆開。扭曲的金屬碎片插在月台上的瓦礫間，宛如史前巨獸標本的肋骨。車內一片寂靜，空無一人，窗戶全都變形成詭異的形狀。

我什麼都沒看到，但耳中迴盪著烈焰的怒號。我試著從斗篷下探出手，被異常的冰冷嚇得倒抽一口氣。

「小露，關掉手電筒。」洛克伍德說。

建議各位在關掉手電筒時閉上眼睛五秒鐘，適應黑暗的環境。我還沒睜開眼睛就聽到洛克伍德的驚呼，知道他早我一步睜眼。於是我也往前看去，發現破碎的車窗上泛著淡淡的異界光芒，讓我看清毀損車廂裡的座位其實已經客滿。

黑暗中浮現人類腦袋的輪廓，它們往前垂落，長髮無力地蓋住破爛的領子，以及細瘦的脖子。和住在地底洞窟的魚兒一般蒼白的皮膚散發微光，一雙雙漆黑的眼睛。雖然它們的肉身早已搬離此地，這些乘客依舊留在車上。

我們站在原處。背後是追兵新一輪的呼喊，加上雅德萊．溫克曼在後頭叫囂。

「小露，沒別的路了，」洛克伍德說：「我們要直接走過去。」

「穿過車廂？可是，洛克伍德——」

「不往前走就只能面對溫克曼。我們得要相信斗篷。」

「可是這裡那麼多鬼魂……」

「我們要相信斗篷。」

只能硬著頭皮上了，因爲一道手電筒光束射向我們，接著又一道，隧道口布滿刺眼燈光和奔跑的人影。

槍聲響起，車廂尾端的金屬板上多了個小洞。

我記不得我們是如何爬進車廂，也記不得是誰走在前面，更記不得我們是如何抓著斗篷爬上階梯，擠過小小的車廂出入口。恐懼模糊了這段經歷——我不只懼怕背後追兵，更怕坐在我們四周位置上的人影。

大火曾在車廂裡蔓延，那是無法忍受的高溫。車廂內裝被燒到只剩金屬骨架，椅面燒得精光，比較薄的金屬支架彎曲。到處都是一片漆黑，經過烈焰洗禮的各處表面覆蓋厚厚的煤灰。然而坐在朦朧幽光中的人影衣著完整，看得出幾十年前流行的套裝、牛仔褲、帽子、剪裁俐落的連身裙。在狹窄的中央走道兩側，它們直挺挺地坐在面對面的長椅上。仔細一看，可以看出它們的皮膚與衣服一樣輕薄如紙，感覺一碰就碎。它們是多麼乾燥，身上沾了多少塵土——除了它們的雙眼。它們的眼睛和蟾蜍一樣又大又亮，蘊藏水汽，視線全都投向我們。

另一顆子彈劃過我們頭頂上，擊中車廂深處。幸好有這一槍。不然我們永遠不會被逼得跨出腳步。現在我們拉緊斗篷，緩緩向前走——我領先，洛克伍德殿後——走過被封在鋼鐵墓穴裡的男男女女發亮的身影，走過一排排怨氣衝天的死者面前。

一名骨瘦如柴的老婦人肩上掛著披巾。男子頭上的圓頂毛氈帽與它的臉融爲一體。兩名年輕男子腦袋靠在一起，相互交融。我封閉聽力，抵擋四周此起彼落的急切低語。

烤焦的合成物質讓地板踩起來乾乾脆脆的，但我卻覺得腳底好像被黏在地上。我們走得很慢，沿著走道一點一點移動。眼珠子盯著我們。車廂裡的乘客沒有動彈。

一路上，我們看出並不是每一道身影都屬於上個世代歷經燒灼的死者。其中一、兩個的靈光比較亮，身穿與此處格格不入的現代服飾。穿著橘色鋪棉夾克和深藍色牛仔褲的小伙子，身穿連帽上衣的苗條女孩。它們坐在幾十年前的鬼魂之間彷彿是爛牙間的金牙。芙洛曾經提到新來的乘客。她說得對。它們的死因不明。

我們來到車廂中段，也就是側邊被氣爆炸出大洞，車頂凹陷的地方。幾乎要把自己彎成兩半才過得去，這裡也有鬼魂，它們被擠壓成各種怵目驚心的形態。我盡全力不去注意細節。我們鑽到列車的後半段。

「繼續往前看。」洛克伍德低語。「不要和它們對上眼。」

我點頭。「它們想把我們留下來。」

「要不是有這兩件斗篷，它們早就得逞了。」

像是要印證他這句話似地，坐在走道旁的老人舉起枯瘦的手掌，彎曲的指尖朝我伸過來——又在快碰到斗篷時猛然縮回。

車廂末端鬼魂比較少。我們加快腳步，來到敞開的門前，外頭就是往另一側延伸的軌道。我鬆了一口氣，差點腿軟。我們跳下車，踉蹌走了幾步路，跪倒在粗糙的碎石子上。背後只有寂靜。

「希望溫克曼那夥人有追上來。」等到我們終於順過氣，洛克伍德說：「這樣的話，我猜明天晚上車廂裡的乘客又要變多啦。」

我打了個哆嗦。「別讓我想像那個景象。」

「走吧，只要沿著隧道走得夠遠，一定能找到出去的路。」他調整斗篷的兜帽。「確定離開這裡再脫掉比較好。」

我們拖著僵硬的雙腳緩緩前進。「誰想得到波特蘭街三十五號藏了這樣的寶貝呢？」我說：「洛克伍德，我們欠你爸媽一次。他們保住我們的小命。」

他沒有回話。這裡不適合談天。我們背對死亡，遠離黑暗，順著鐵軌並肩走向光明。

Lockwood & Co.

第四部

受詛咒的村子

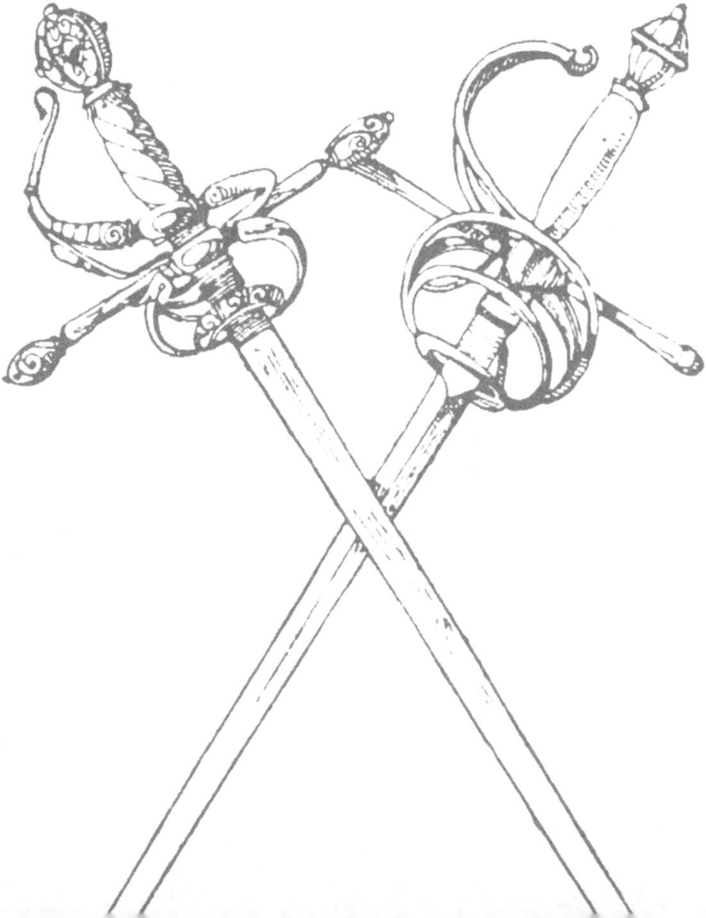

18

洛克伍德對我們的地下冒險成果相當滿意，除了我們沒有搶回骷髏頭又差點丟了小命之外，他滿意得不得了。即使我們花了將近兩個小時才平安離開地下車站系統，還差點在史托克維爾站外被迎面而來的列車撞爛，他的心情也沒有受到太大影響。

隔天早上我們和喬治、荷莉坐在洛克伍德偵探社的地下辦公室，他說：「換個角度來想，昨晚我們得到的好處遠遠多於損失。首先呢，我們想找一項重要的靈異物品，卻發現其實我們擁有兩件好東西。」他抬眼望向辦公桌旁的甲冑武士。神靈斗篷掛在上頭，閃閃發亮，璀璨繽紛——正在陰乾。斗篷表面沾了點隧道裡的塵土，我們得要拿濕布拍乾淨。「這是最大的收穫。」他繼續說：「好吧，可能不太適合在公開場合穿上。大家會以爲我們參加了什麼新潮走秀。不過它們確實能在危急之時幫上忙，對吧，喬治？」

喬治最愛的就是神祕的靈異物品，他的雙手幾乎整個早上離不開斗篷。「對，這是很了不起的東西。把羽毛串起來的銀線顯然能抵擋鬼魂，或許羽毛也有類似的功效。或許是天然的油脂，或是巫醫特別塗在表面的物質……我要實驗一下。還有啊，洛克伍德——」他雙眼一亮，「我們眞的該好好檢查那個房間裡還藏了什麼。」

「改天吧。」洛克伍德說：「有空再說。」

喬治咕噥。「我知道你的意思。你眞的不能繼續無視那些箱子了——對吧，小露？」

「或許吧。」我的反應沒有其他人那麼誇張。我當然對斗篷的神效感到雀躍，但這並無法消解我失去骷髏頭的失望。我明明可以帶著它逃出來，明明已經把罐子抱在懷裡了，就差那麼一點點。用來逃命的腎上腺素效果耗盡後，我只感到無比空虛。

洛克伍德自然知道我的想法。「露西，妳千萬不要這麼沮喪。還不能確定骷髏頭就此一去不回。我們還有希望——這就要說到我們昨晚眞正的收穫了……那就是羅特威研究機構的強生先生。妳認得他的身分很重要。假如妳還是洛克伍德偵探社的成員，我一定會給妳加薪——」

「你會給我加薪嗎？」喬治試探道。

「不會。這甚至算得上是切爾西區事件後最不得了的成果。露西，妳是優秀的調查員。」好吧，正如各位的想像，這句話讓我稍微好過了些。就在我反芻這份好心情的時候，洛克伍德起身繞到他的辦公桌前方，屁股靠上桌緣，高大修長的身軀充滿生機與決心。我頓時覺得一切都有可能，命運與我們的天賦將會眷顧我們。我的沮喪消失了。這就是洛克伍德效應。

「隱藏在背後的意涵非同小可。小露，妳一口氣把黑市和倫敦最有名的研究機構連在一起了。荷莉——妳對這間機構了解多少？」

進入洛克伍德偵探社之前，荷莉．孟洛曾是羅特威偵探社的調查員——接著成爲社長史提夫．羅特威的個人助理。羅特威先生個性衝動好鬥，因此她對這份工作沒太大好感，但她對於偵探社本身的評價一向很高。她比大多數的人都清楚它的運作模式。

「這個機構是偵探社的研究部門。」她說。「獨立於其他部門之外。裡面的人與普通的調查工作無關，裡頭都是成人科學家，忙著鑽研靈擾的機制。」

「途中做出一堆破爛產品。」我說。「像是喬治在葛皮家用的那個銀鐘。」

喬治尖聲反駁：「喂，明明就有效！只是稍微遲了一點點而已。」

荷莉點頭。「機構多年來致力於研發新的防護產品。」

「而且行銷手法相當成功。」洛克伍德說。「荷莉，妳在羅特威的時候，有沒有見過這位強生先生？」

「沙爾・強生。是的，我知道這個人。他是機構的其中一名主任。」

「他是否參與過普通的鬼魂調查行動？露西是在與羅特威偵探社合作調查時第一次見到他。」

「沒有。在我記憶中這種事情從沒發生過。機構裡的科學家不和外界往來，基本上都待在實驗室裡。」

「很好，那麼我認爲羅特威社內似乎有了特別的改變。」洛克伍德說。「強生──或許可以假設整個機構都是如此──不顧靈異局的禁令，跑出來收集強大的源頭。露西，妳上禮拜找到的木乃伊頭顱──強生看在眼裡，鎖定目標，馬上命令哈洛德・梅勒偷偷收起來，交給黑市商人轉手。」

「感覺所有重要源頭都被收走了。」我說：「昨晚強生的桌上也有伊令區食人魔的源頭。」

「問題來了。」喬治開口。「爲什麼？」

他刻意壓低嗓音，讓人感到興奮顫慄；你知道他握有答案，即將以你幾乎聽不懂的長篇大論來解開謎題。

「不介意和我們分享一下？」洛克伍德說。

喬治停頓一下。「我需要站起來，和你一樣靠在桌邊，展現領袖風範嗎？」

「這不是必要選擇。」

「很好，因為我的腿太短了，靠上去可不太舒服，屁股會一直滑下來。如果大家不反對的話，我就繼續坐在這裡囉。你們記得之前在艾克莫百貨公司地下找到的東西嗎？除了一大堆人骨之外。」

「我找到露西。」洛克伍德應道。他的笑容讓我微微紅了臉。在騷靈把我捲入隧道後，他費了千辛萬苦爬進來救我。

「除了骨頭與露西，我們找到某人曾在那裡進行怪異實驗的證據。」喬治說。「那些骨頭中間清出一個圓圈，邊緣豎著蠟燭，還有拖動金屬物品的刮痕。圈子正中央殘留大型的鬼氣燒灼痕跡。旁邊的人骨都具備靈異活性，可以判斷有人把它們當成一組龐大的源頭來使用。好啦，我們知道一般的源頭代表訪客能從——」他稍一猶豫，「它們應該待的地方溜過來的破綻處。想像它們是衣服穿久之後的磨損。洛克伍德，比如說牛仔褲胯下的地方容易破洞。」

「我不會把褲子穿破。」洛克伍德說：「而且我根本沒有牛仔褲。」

「好吧，那就想像我的牛仔褲。我有一堆舊褲子。布料越來越薄，磨到只剩幾根線撐著，最後變成眞正的洞。會在你彎腰的一瞬間讓你尷尬到爆。同樣的道理，只是露出來的不是內褲——跑出來的是其他東西。」

「這個比喻從各個方面來說都讓人不太舒服。」洛克伍德說：「老實說現在比起鬼魂，我更擔心你描述的影像。不過請繼續。要是創造出一個巨大的源頭——」

「世界之間的破綻處也會相對擴大。」喬治繼續說明：「說白了就是製造出更大的洞。我們也在骨頭鏡子上見識過這個現象。」他提到過去我們挖掘出的某個噁心玩意兒——用無數蘊含鬼魂的骨頭打造出的鏡子，製造者把它當成通往另一邊的窗戶。無法確定它是否達到這個目的，每一個看過鏡面的人都死了，但它散發出的靈異擾動確實既陌生又邪惡。「我認爲在艾克莫地下亂搞的傢伙是打算做出和骨頭鏡子一樣的窗戶。爲此他們需要很大很大的源頭。現在強生踏出研究機構，到處收集強大的源頭——我猜他的目的也是如此。」

「你認爲羅特威研究機構也是艾克莫事件的幕後黑手？」我問。

「有可能。我們發現那個墓穴後，他們的人不是馬上就跑來清場嗎？只是我也沒辦法說得準。沒有線索連結到任何一個人身上。」

「我們不是找到一截菸蒂嗎？」荷莉說。

「對。」喬治說：「波斯之光。挺少見的牌子。」

我直起腰。「嘿，強生也會抽菸。」

喬治看著我。「什麼？他抽的是波斯之光嗎？」

「不知道。」

他一拍額頭。「喔，小露，妳錯失了大好機會。妳沒有聞到嗎？那種菸帶著獨特的香味，像是燒過的吐司和焦糖。」

「沒有，當時我沒有閒情逸致聞他抽的菸是什麼味道。喬治，我要忙著逃命呢。」

喬治癱回椅子深處。「小露，妳明明可以在逃命的同時速速聞一下的說。妳的敬業精神跑哪去了？」

洛克伍德一副若有所思的模樣。他的指尖輕敲桌面。「荷莉，史提夫・羅特威與研究機構來往頻繁嗎？」

她皺起眉頭。「可以說他是機構的負責人。他常常跑去見那些人。」

「所以他也可能知道。問題在於我們能怎麼做？」

「我們能做的事情不多。」喬治說：「還不能和伯恩斯說吧？我們沒有半點證據。」

「要是有個風吹草動，強生隨時都會躲得無影無蹤。」洛克伍德說：「荷莉，羅特威研究機構的本部在西敏市，對吧？」

「那裡是總部，不過沒有什麼東西。所有的實驗室都設在倫敦之外。有好幾間。我一時沒辦法全部想起來——抱歉。」

洛克伍德遺憾地點點頭。「好幾間實驗室……確實不容易。妳能寫個名單給我嗎？說不定能派上用場——雖然老實說我不知道該如何行動……」他嘆了口氣。「目前我們有個更愉快的任務。小露，今天一大早，潘妮洛．費茲的祕書打電話過來。妳知道她想為了伊令區食人魔的案子當面感謝我們嗎？看來今天上午她剛好出門拜訪奧菲斯結社，她是出資贊助的金主。她想了解我們是否願意到那裡和她碰面。」

「那個奧菲斯結社？在聖詹姆士區？」

「就是那個。要一起來嗎？」

他不用問第二次。

□

先前有好一陣子，神祕又排外的奧菲斯結社勾起我們的興趣，這個組織成員包括了許多全國頂尖的企業家。在官方紀錄上，它是倫敦的高級俱樂部，致力於討論研究靈擾，然而我們碰巧得知它也涉入了更實際的行動。喬治擁有一副奇特的水晶護目鏡，上頭刻著結社的標誌——古希臘的豎琴，或是里拉琴。我們一直沒有搞清楚這副護目鏡的功能，不過我們清楚了解到不只是羅特威研究機構正在努力研發各種器材，投入與靈擾對抗的無盡戰役中。但是結社與研究機構不同，從未公開發表成果，我們也苦無機會更加了解它——直到現在。絕對不能錯過這個大好機會。過了一會，我們三個請荷莉留下來調查羅特威研究機構，滿懷期待地出門前往聖詹姆士區。

結社的根據地位於一條高雅的死巷末端，此處相當寧靜，兩旁都是門面妝點雕花灰泥的高級住宅，柱子上的黃銅門牌映射陽光，上頭沒有半點污垢；掛在旅館窗下的花籃開滿華麗奪目的花朵。門牌上的字體相對樸素，沒有特別花稍。我們一敲門，一名笑容可掬的長者馬上替我們開門，對我們鞠躬，示意我們進房。

「請進，請進，歡迎三位。我是結社的祕書。」

祕書滿頭白髮，和藹親切，背有點駝，但雙眼閃閃發亮。他穿著長外套，領子依照古早的風格上了漿，頭髮全部往後梳，露出光潔的前額。我們和他一起踏進涼爽的小巧前廳，地上鋪著大理石板，牆面是深栗色。一對年長男女從他背後的樓梯走下來。聽得到時鐘在近處滴答運轉。

「先生，我們來此與潘妮洛．費茲女士會面。」洛克伍德說：「我名叫安東尼．洛克伍德。這兩位是我的同事，喬治．庫賓斯和露西．卡萊爾。」

老紳士點點頭。「親愛的潘妮洛要我在此等候大駕。她在閱讀室。」他的視線沒有離開洛克伍德。「你就是瑟莉亞和唐納的孩子？我在泰晤士報看過你的報導。沒錯，我在你身上看到他們的影子。」

「先生，你認識他們嗎？」洛克伍德問。

「喔，這是當然。他們曾提出申請想加入敝社，對敝社貢獻良多。他們以前在我要帶各位前往的房間裡發表過極度精彩的演說。印象中講題是『新幾內亞與西蘇門答臘部落的鬼魂傳說』。他們是民俗學家——嚴格來說或許不算是科學家……但他們的學術地位依然無可挑剔。失去他們是敝社的極大損失。」

「謝謝你，先生。」洛克伍德神情漠然。

「喔，你們不是來聽我回憶往事的。這邊請。」老先生帶我們走過鋪著柔軟地毯的走廊，經過一幅幅和他神似的紳士畫像。走廊盡頭有一扇彩繪玻璃窗，將陽光染成黃色和紅色。窗下的台座上放著簡單的三弦豎琴石雕。祕書指著它。「或許三位見過敝社的象徵？」

「還滿常看到的。」我答得隨興，想到波特蘭街那副之前從某個殺人犯身上偷來的護目鏡。

「奧菲斯的里拉琴。」喬治答腔。「它代表這個東西對吧？」

「沒錯。你們當然知道奧菲斯的典故。神話故事裡的希臘人。他是音樂家和探險家的守護聖人。」

「他是不是爲了尋找亡妻前往地獄？」喬治說。

「是的，庫賓斯先生。」祕書左轉接上另一條走廊，遇到一名頂著光頭的年長結社成員，笑著讓路給我們。「他的歌聲和琴藝無比高超，連死者都受到他的魅惑——同時也安撫了看守死者的恐懼亡靈。他甚至打動了冥王黑帝斯，放走他的妻子。這就是眞正的力量！」

「所以結社拿奧菲斯當成榜樣？」沉默許久的洛克伍德問道。

「我們同樣在尋找壓抑鬼魂的方法。敝社是由發明家、企業家、哲學家組成的雜牌軍——只要對靈擾抱持獨特見解，任何人都能加入。我們討論、爭辯，鑽研或許能夠阻止鬼魂侵略的裝置。」

「類似羅特威研究機構？」喬治問。

老先生嘖了一聲，笑容中帶了一絲遺憾。「不盡然是如此。那個機構太過……商業化了，與我們的品味不合。他們追求獲益而非真相。老實說他們推出的許多產品連廢物都不如。庫賓斯先生，結社是為了理想主義者而存在的。我們要的是真正的答案。這是不能輸的戰役——要對抗的不只是鬼魂，還有死亡本身。」

「先生，你們打造過什麼樣的裝置？」喬治眼中亮起火花。我知道他想到那副護目鏡。

「應有盡有！我就舉個例吧。像三位這樣的年輕人是無價之寶——你們聽得到也看得到超自然現象。可是像我這種老傢伙天黑後一無是處。因此我們想方設法，幫助年紀大一點的民眾阻擋無形的敵人。我們有了進展，做出原型……但還不足以供應給社會大眾使用。」

喬治緩緩點頭。「原來如此。你們已經做出原型了嗎？真是了不起……」

「確實。」祕書停在一扇深棕色橡木門前。「好的，這裡就是閱讀室。」

「那奧菲斯呢？」我問：「最後他有沒有把妻子帶回人間？」

祕書輕笑一聲。「卡萊爾小姐，他沒有做到。他犯了錯，因此她仍舊留在另一個世界。但願今日的我們也能確保死去的親朋好友乖乖待在那一邊。」他推開門，讓到一旁。「洛克伍德偵探社一行人抵達！」通報完，他送我們進房間，接著退出去，關上門。

奧菲斯結社的閱讀室不大；假如洛克伍德的雙親真的曾在這裡演講，那聽眾肯定不多。舒適的地毯上隨興擺了幾張扶手椅和閱讀桌，深棕色書架圍繞在四周。潘妮洛．費茲坐在壁爐旁凝視爐火。她的黑色長髮泛著光彩，側臉輪廓宛如石膏像；她比結社的其他成員年輕了一大截，潤澤的外貌幾乎令人目眩神迷。她轉頭對我們微笑。

「哈囉，安東尼。露西、喬治。請坐。」

爐架上掛著一幅金框畫作，畫中女子身穿低胸連身裙，手持提燈，頭髮高高盤在頭頂，眼中燃起熊熊火光。這張臉與書本上的圖畫，或者是河岸街一帶販售的郵票、明信片極度相似。沒有費茲總部那些照片中辛勞憔悴的神態。

潘妮洛．費茲注意到我打量的眼神。「是的——這是我親愛的外祖母。」她說。「她年紀輕輕就設立了這間結社。我繼承她的志業，鼓勵成員繼續研究。無論是誰，只要能爲打擊靈擾提供傑出見解，我都會給予優渥的獎勵。這也是我今天向各位提案的原因。」

「別的案子嗎，潘妮洛？」洛克伍德問。

「不只如此。那是更加輝煌的榮耀。我希望你們的偵探社與敝社合併。」

就是這樣，沒有咬文嚼字，不浪費半點時間。她笑著說出這句話，但字句的衝擊宛如直擊雙眼之間的飛彈。我感覺整個人眞的在原地旋轉；喬治發出無法理解的聲音。洛克伍德表情凍結。我沒看過他如此吃驚的模樣。如果把震驚程度分成十級，撬開貝瑞特太太棺材那次是九級的話，這回稱得上是實實在在的十級。超過十級。他愣愣看著她，彷彿他聽不太懂這些字眼。

費茲女士很有禮貌，毫不在意我們是如此倉皇。「諸位處理伊令區重大案件的手法讓我深感佩服。但我並不意外。自從兩年前的尖叫樓梯鬧鬼事件後，我一直在觀察你們。屢次見證了你們的團隊展現奇蹟，克服艱難條件，打倒極度強大的訪客。安東尼，你的靈視能力相當卓越，而這不是你唯一的天賦；我很希望能把像你這樣的領導者留在身邊。露西——」她的黑眼望向我，

「看到妳把我的話放在心上，選擇與洛克伍德偵探社共事，我很開心。妳的能力無比強大，我能幫妳更上一層樓。親愛的喬治——」她的視線再次移動，我感覺自己像是被釣上岸又突然落回水裡的魚，「你曾在敝社工作過。或許當時我們並沒有好好珍惜你的才能。歡迎你回到我們身邊，我開放費茲總部的黑圖書館的最高權限給你——裡面有許多從沒被人好好讀過的書，太多等待探索的知識。」她靠上椅背。「這就是我的提案。我從不輕易給出這種機會。你們令我大大驚豔。有了我的幫助，獨一無二的洛克伍德偵探社將能永垂不朽。」她對我們笑了笑。「如果你們想討論一下的話請便。」

壁爐裡的薪柴劈啪裂開。牆上的掛鐘滴答作響。我不敢看其他人。

「謝謝妳，潘妮洛——謝謝妳，費茲女士……」洛克伍德好不容易開口，嗓音濁重，不如平時流暢。「感謝妳的邀請。正如妳所說，這是無上的榮幸。」他清清喉嚨。「但我不認爲這件事需要討論。我確定我傳達的是其他人的意思——當然也是我的意思——我們最重視的就是獨立性。我們喜歡這間小小的偵探社。抱歉，我們無法欣然成爲像費茲偵探社這樣龐大組織的一部分。」

費茲女士的笑容依舊，可是她整個人像石頭一樣僵住了。過了許久她才以醇厚柔和的嗓音說：「這是拒絕的意思嗎？安東尼，請不要誤會，我將爲你們打造嶄新的部門。你們不需要成人監督員——就和你們現在的運作模式一樣，唯一的差別是費茲偵探社的一切資源任你們運用。我無條件信任你們。你們甚至可以繼續從那間可愛的小屋子出勤。」

閱讀室再次陷入沉默，比前一回還要漫長。

「多謝妳的好意，夫人。」洛克伍德說：「但我還是得忍痛拒絕。」

費茲女士的笑容稍稍動搖。「好吧，你知道自己在想什麼。我尊重你的決定。」

「夫人，請別誤解我的言詞。我無意對妳，對妳偉大的偵探社不敬。希望未來我們兩間偵探社還有更多合作機會。」他補充道：「我們在調查葛皮案的時候與奎爾・奇普斯合作愉快，或許未來還有類似的機會。」

費茲女士收起笑容。「這我可無法安排。奇普斯先生不再受敝社雇用。」

「不再受你們雇用？」這回洛克伍德來不及掩飾他的震驚；喬治和我在比賽誰的下巴掉得更低。奇普斯從調查員直接升等爲監督員，我還以爲他將步步高升，繼續煩我們好幾年。「他——他離職了嗎？」洛克伍德問。「還是說他——」

「喔，不，他是自願離開敝社。」費茲女士說：「他在解決葛皮案後馬上提出辭呈。他的原因……不是很清楚。我沒有直接問過他。我手下有這麼多調查員，不可能花費心思縱容那些不珍惜這份好運的人。既然這件事已經談定，我該回去工作了。感謝三位今日特地前來。只要拉鈴，祕書馬上就會來送你們離開。」

□

這趟奧菲斯結社之旅不如我們預料的爽快，回程路上不安的氣氛揮之不去；感覺剛才度過了極度關鍵的時刻。讓人異常不安，沒有任何實質上的變化，腳下的地面卻莫名地不踏實。我們沒有交談，就這樣默默回到波特蘭街。

荷莉人在辦公室。「如何？你們領到獎章了嗎？」

「沒有。」洛克伍德倒進他的椅子。「這裡沒事吧？」

「還可以。我照你的要求列出羅特威研究機構的地點。其實沒有很多，大概五、六個地方。清單在你桌上。」

「謝了，荷莉。」洛克伍德拿起清單，瞄了一眼，放回桌上。他沉著臉望向窗外。

喬治與我向荷莉說明在結社的遭遇。她的表情暗下來。「洛克伍德，你做得很對。毋庸置疑。或許這麼說有點僭越，可是你眞的不能放棄你們的獨立。這就是洛克伍德偵探社。」

「費茲女士的提案好怪。」我說：「她把我們誇上天，感覺她認定我們會屈服，接受她的條件。被我們拒絕後，我覺得她不太開心。」

「這是典型的費茲作風。」荷莉表面上多半會維持雲淡風輕的好脾氣，不過現在她展現出前所未見的惱怒。「以前在羅特威我們常常討論這個。潘妮洛．費茲以爲自己是神，要什麼有什麼，就因爲她是最古老的偵探社的社長。她外祖母也是一個樣。」

「那麼她母親呢？」我想起在潘妮洛．費茲會客室看到的那張憂愁面容。「她不是經營過偵探社？」

「時間不長。」荷莉說。「大家說她不一樣，個性溫和多了。她過世得早，潘妮洛很快就接手。洛克伍德，那是什麼時候的事情？你一定知道。」

但洛克伍德還是望著窗外。就連他辦公桌上的電話響了也毫無反應。

喬治看著我。「我不能接。」我說。「我沒在這裡工作了。」

「就算是妳在這裡工作的時候也沒接過電話。」

喬治起身拎起話筒。不知道來電者是誰，總之對方話很多。喬治有好一會只能咕噥或嘆息。

荷莉拿著雞毛撢子對洛克伍德桌子旁的甲冑武士做不必要的事情。洛克伍德還是一動也不動。

喬治總算壓低話筒，一手掩住受話器。「洛克伍德。」

「嗯？」

「又是那個該死的史金納小鬼。他把那個破爛村子的鬼故事說得更誇張了。情況惡化了。他的語氣會讓人以為尖叫怪從他們的早餐麥片跳出來。總之呢，他求我再問你一次。」喬治頓了下。「我說的『求』混合了言語濫用及阿諛奉承。可是不知道為什麼，我有點心軟了。所以我說我會問……」他看著毫無動靜的洛克伍德。「顯然你正在執行重要的發呆業務。我就直接叫他滾囉？」

「不行！」洛克伍德突如其來的反應讓我灑了半杯茶，荷莉敲掉甲冑的褲襠。他從椅子上垂直跳起。「話筒給我！你是奧伯里堡的丹尼·史金納？」

「呃……對。是我……怎麼了？」

洛克伍德抱起話機，雙腳擱上桌面。「去查車班！打包行李！取消明天的一切預約！丹尼，是你嗎？我是洛克伍德。我們決定接受你誠摯的邀請。」

19

洛克伍德突然對奧伯里堡的案子興致勃勃，我們不只嚇了一大跳，還起了疑心，但不管怎麼問他都不願意正面回覆。「看來是很迷人的群聚事件，具備了各種有意思的特徵。」他說：「比如說那個詭異的爬行黑影的故事——你們不覺得很值得一探究竟嗎？」他露出最燦爛的笑容。「至少我們可以藉機暫時離開倫敦。溫克曼那夥人本來就盯上露西了，我們又搞砸了他們的黑市，現在外頭肯定布下了天羅地網。我們避避風頭，等到危機過去。」

「我不覺得有特別受到什麼威脅。」我說。

「喔，小露，一切都有可能。眞的。安全的鄉間空氣對我們大有好處……」他在桌面上敲敲手指。「那裡還會有別的什麼嗎？」

「所以說你在乎的不是在村子兩哩外的羅特威研究機構分部？」喬治說出我的想法。

「喔，你們還記得啊？」洛克伍德裝出最無辜的表情，抓抓鼻梁。

「廢話。丹尼·史金納不是提到那些人對於村子裡的問題無動於衷？荷莉的清單上有沒有列出這間？」

「喔，確實有耶。」洛克伍德說。「那只是其中之一，不能保證之間有什麼關係……」他聳聳肩。「聽好了，我不會說我在意的是那個基地。或許可以順道瞄一眼，前提是在那裡胡鬧的鬼魂願意讓我們喘口氣。村子是我們的焦點，那是我們受雇調查的目標。如果明天要抵達那裡，我們最好趕快準備好。」

□

這天過得很快。洛克伍德派喬治到檔案館調查一切與村子背景歷史相關的資訊；他派荷莉到穆雷的店訂購新一批鹽巴和鐵粉，請他們送到滑鐵盧車站。而他本人低調地出門兩三趟，關於這部分他異常沉默。隔天我們在車站見識到他其中一趟外出的成果——穿得一身黑的憔悴身影在月台上伴著一袋袋補給品迎接我們。

「奇普斯，少了那些浮誇的外套和長劍，我差點認不出你了。」喬治說：「還以為你脫掉那些裝備就會整個人散成蠕動的碎片。」

奇普斯確實看起來大不相同。或許他的身分認同大半來自他與費茲偵探社的雇傭關係，比其他調查員都還要強烈。他鑲滿珠寶的長劍、異常合身的長褲、狂妄的步伐——這一切都是在彰顯他身爲那個組織一分子的自豪。今天他穿著黑色牛仔褲、高領運動衫，還有黑色拉鍊大衣。或許他的牛仔褲有點緊，靴子有點太尖，不過已經算是很樸素了，幾乎找不到半點浮華之處。幸好他沒有完全變一個人。他身上依然帶著難以言喻的陰沉氣質。

「在葛皮的案子之後，我想通了。」一行人搭上在倫敦南方市郊緩緩行走的火車後，他向我們解釋：「當時在那個被邪惡又強大的鬼魂把持的房子裡，你們像神經病一樣到處亂竄——打鬥、尖叫、耍蠢——但還是堅持對付它……我只是個扯後腿的。看不到，聽不到……我的年紀已經大到派不上用場了。身爲監督員就是如此，我這輩子只能派其他人上場送死。我很久以前就知道這件事，是你們讓我發覺我無法繼續忍受下去。我沒辦法待在費茲偵探社。我想做點別的事。」

「比如說什麼？」喬治問：「藝術評論？陪練員？穿著那件高領你想幹什麼都行。」

「或許又是一個爛決定。」奇普斯說。「比如說答應今天和你們一起走。洛克伍德說他需要我的專業，可是我不確定自己除了和柵欄柱子一樣杵在一旁，還能派上什麼用場。說不定我可以幫你們泡茶。」

「我認爲你的決定很値得敬佩。」我說：「你選擇忠於自我。」

他咕噥一聲。「那是妳的長處。我猜這是妳回到洛克伍德偵探社的原因。」

「其實我只是暫時——」火車突然晃得厲害，運行聲吵得要命，等到洛克伍德與喬治爭執誰該扛顱袋，荷莉把餅乾發給大家，我已經半句話都說不出來。我坐在包廂靠窗的角落，側身貼著窗戶，凝視自己像是鬼魂般掃過一片片灰暗屋頂的倒影。

我怎麼又被洛克伍德牽著鼻子走了？難道說我眞的和奇普斯一樣，失去目標，偏離自我？過去幾天我產生了微妙的改變，意識到我任由自己改變方向。失去了骷髏頭，經歷哈洛德．梅勒遇害，在克拉肯維爾遭到追殺，我極度需要協助——而洛克伍德伸出了援手。我無法投靠其他人。這是絕佳的決定。然而在那之後——事情怎麼會這樣環環相扣！——我自然而然地待在波特蘭街，自然而然地讓洛克伍德幫我奪回骷髏頭，自然而然地幫他闖進黑市尋找我的東西……至於現在——陪他去奧伯里堡也是自然而然的發展嗎？沒錯，我可以替自己編出一大堆藉口。我要躲避溫克曼的追捕。（或許）我可以從羅特威研究機構追回骷髏頭。我要回報洛克伍德偵探社的協助……這些都毫無虛假。說了這麼多，到頭來還是回到同一個結論。我只是樂於有機會和他們再次相處。

在遠離倫敦、前往鄉間的慢車上，我拿這些沒有結果的思緒填滿腦袋。上午十點整，我們安然抵達目的地。沒遇到任何危險，或是警訊。

□

或許各位想更加了解恐怖事件層出不窮的奧伯里堡——這是位於倫敦西南方五十哩外的悠閒鄉村。村子座落在白堊岩台地上，三面被蓊鬱山丘包圍，第四面是蜿蜒的河流。此地相當偏遠，只能走一條彎曲的鄉道，不然就是搭到南安普頓主線的某個小站，然後往西走四分之三哩路。下車後看不到車站辦公室或任何建築物，只有一條通往森林的白色小徑，途中接上進村的道路。

倘若這裡真的曾經有過城堡，那肯定早就消失了。道路與河流交叉，石橋把村子的綠地切成兩半，那是一大片長得老高的深色雜草，小屋環繞四周。綿羊在這邊吃草。綠地中央長了三棵顯眼的馬栗樹，陰影遮蓋十四世紀標示市集位置的十字架，以及旁邊腐朽崩解的馬槽。

道路在綠地的另一側分岔，岔路口旁邊是碩果僅存的酒吧——老太陽旅店大門，我們的客戶丹尼．史金納稱爲家的地方。從這邊看得到奧伯里堡其他主要建築——村裡的店舖、一排連棟屋舍，以及地勢高出一截的聖內斯托教堂。教堂外的小土堆上架著一盞老舊的驅鬼街燈，已經鏽得亂七八糟，破破爛爛。教堂後方的小路穿過樹林，延伸向田野與山丘。

我們走過石橋，首度踏進村子時，那些山丘沐浴在陽光中，但綠地濕氣很重，結了一層白霜似的蜘蛛網。東側樹林的陰影如同手指般橫越草枝。空氣中帶著淡淡煙味。這是個美麗的春日。

「這裡太漂亮了，感覺不像是鬼魂出沒的熱點。」荷莉說。

「最好是。」我指著路旁一片顯眼的焦黑地面。「他們忙著燒東西。」

「或是燒人。」奇普斯說。

荷莉皺皺鼻子。「噁。」

「好啦，我沒看到燒焦的人腿。」喬治說。「更像是他們懷疑是源頭的東西。他們慌了。按照順序來。那就是小鬼提到的十字架吧。我想去看看上頭邪惡的雕刻。」

他一馬當先穿過濕答答的草地，草枝沙沙作響，拍打我們的小腿。來到樹木附近，我們放下一袋袋鹽巴與鐵粉。雖然天氣涼爽，我們還是熱得冒汗。

十字架的基座有幾格台階，以現代的磚頭做了粗略的整修。其他部分保留原樣，歷經無數歲月的風霜。石頭表面摸起來粗糙又柔軟，淺綠色苔蘚在上頭蔓延，像是未知世界的地圖。看得出這座十字架曾經有過精緻繁複的花紋——交錯的藤蔓在十字架側邊糾纏，羽狀葉片上托著模糊不清的物體。

喬治一副熟門熟路的模樣。其中一面的青苔被人刮掉，露出一片圖像的痕跡。左下角是幾個擠在一起的小小人影，與火柴人沒有兩樣，像是即將被打倒的保齡球瓶。右側是一堆骷髏頭和骨骸。一道巨大的畸形身影擠滿剩餘空間，聳立在其他圖案之上，它的手腳粗壯，身體接近方形。頭部輪廓無法分辨。無論這個生物是什麼，總之它是這幅場景的主宰。

「就是這個。」洛克伍德說：「可怕的爬行黑影。那個孩子在電話裡說前天晚上又見到它了。」

喬治狐疑地咕噥。他正以肥肥的手指劃過那個生物的外形。

「喬治，你認爲它是什麼？」我問。

他托托眼鏡。「昨天我在檔案館找到很久以前的漢普郡旅遊書，裡面提到這個十字架，說上頭的圖案是很常見的最後審判圖，死者在時間的盡頭從墓穴裡爬出來。你們看，這些是骨頭，然後這裡是受到拯救的靈魂飛上天。」

「中間這個大個子呢？」洛克伍德問。

「主宰一切的天使。」喬治指著它。「有沒有看到這些刻痕？我猜他原本有翅膀。」他搖搖頭。「不管丹尼·史金納怎麼說，這才不是什麼墓園食屍鬼。在村子四周作怪的是別的東西。」

「所以可能大多數是他捏造出來的……」我說。「說人人到——他來了。」一道人影踏出老太陽旅店，在路的另一端向我們揮手。

「不過他提到的戰役沒問題。」走向旅店路上，喬治對我們說：「現在的村子東側，九世紀時確實發生過薩克遜人和維京人的衝突。在靈擾爆發前，這裡曾是歷史學者挖掘文物的熱門地點——兩百年前挖出不少盾牌、長劍、人骨。農夫犁地的時候還會卡到骨頭。當年肯定打得不可開交。可是呢，洛克伍德，你之前也說過，以宏觀的角度來看，那場戰役規模不大——還有更多年代更近的古戰場，但它們並沒有惹出這麼多麻煩。」

「我們的職責就是查明原因。」洛克伍德說。「前提是我們沒先勒死客戶，雖然這個可能性滿高的。」

老太陽旅店是一棟木造建築，一半表面積被常春藤占據，處處可見年久失修的痕跡。正門面向教堂，看起來是整棟屋子最老舊的部分；另一扇門通往酒吧前的院子與綠地。柵門旁的柱子上掛著破舊招牌，漆著巨大的血紅色太陽，像是跳動的心臟般在黯淡的地景上空飄盪。我們的客戶就在院子柵門下揮手迎接。當著明亮的陽光，他的粉紅色招風耳看起來有點半透明。他的燦爛笑容中帶著喜悅與憤怒。

「總算！你們有夠慢。黑影昨晚又回來了，死者在奧伯里堡四處亂走，活人躲在床上。你們又錯過了！要檸檬水嗎？我爸可以倒給你們。」

「檸檬水聽起來不錯。」洛克伍德回應。「等我們看過房間再說。」

男孩瘋狂地前後搖晃。「喔，你們要房間？你們不是要整晚在外面打倒訪客？」

「中間也需要休息。」洛克伍德伸手按住搖搖晃晃的柵門。「而且你確實承諾會替我們安排住處。請帶我們進房。」

「喔，我不知道……我去問爸。等等。」他晃進酒吧。

「只有我這樣想嗎？」奇普斯問：「這個男生是不是滿欠揍的？」

「你不孤單。」

我們的客戶很快就鑽出屋子，靈活的樣子活像是爬上褲管的貂鼠。「沒問題。我幫你們弄到房間了。」

「很好……怎麼只有兩支鑰匙？」

「旅店有兩間客房。一間配一支鑰匙。」

我們愣愣看著他，顯然大家心中同時飄過同樣的恐懼。洛克伍德謹慎地說：「好，可是我們有五個人，各有不同的需求與習慣，還有我們不想和別人共享私人領域。一定還有其他房間。」

「確實有。是我、我爸，還有我發瘋的爺爺的房間；我敢說他的個人需求與習慣很值得你們迴避。廚房還有一個儲藏櫃，可是裡面超級潮濕，有老鼠和鬼魂肆虐。開心點——你們有五張床！好吧，說起來是四張。一張是雙人床。這是雙人房的鑰匙，角落還有一張行軍床。另一間是雙床房。祝各位住宿愉快。我讓你們慢慢放行李，晚點酒吧見。」他說完就走。

沉默無比凝重。我掃了其他人一眼，瞄過荷莉整齊的旅行袋（裡面肯定塞了身體乳液和沐浴乳）；喬治輕巧到不合常理的背包（不可能放得下合乎常理的換洗衣物）；奇普斯頂著那頭紅色髮絲，恐懼幾乎從上衣領子溢出；還有洛克伍德。要和任何一個人共住一房都有問題。

其他人也在瞬間有同樣的盤算。

「露西——？」荷莉開口。

「先搶先贏。不然讓我來。」

「這樣的話，我們就睡雙床房，你們男生慢慢來。」她從洛克伍德手中拎起鑰匙。「祝你們順利決定誰睡行軍床。」

我們把那三個人留在旅店大廳，上樓進房。

雙床房不大，但是很整齊，甚至出奇舒適。床上鋪著白色蕾絲床單，窗台上插著一瓶新鮮薰衣草。我們放下行李，站在窗邊眺望綠地。可以聽見遠處屋舍門上的鐵製護符叮噹作響，微風捎來薰衣草香氣。

「妳知道嗎？我很高興能以這種模式出勤。很高興妳在這裡。」荷莉說。

「嗯，如果我沒來的話，妳就要和其中一個男生住同一間房了。」我說。

她優雅地打了個哆嗦，把大衣拉得更緊一點。「沒錯……但我不只是這個意思。自從妳離開後，我一直覺得很糟。妳離開了，一切變成那樣。感覺是我的責任。」

「喔，連妳也說這種話！大家都以爲我是因爲妳才離開。眞的不是。假如只是妳的話，相信我，我一定會留下來。」我氣呼呼地看著她。

荷莉比出要我冷靜的手勢。「妳又露出這種表情！我指的是我們的爭執成爲這一切的開端——讓妳失控。」她提到我們在艾克莫百貨公司吵得不可開交時，我喚醒了那個騷靈。她說得很對——但這並不代表我喜歡聽她說出口。我的眉頭皺得更緊。「喔，妳又在生我的氣了。」荷莉繼續說：「我不認爲自己做錯了什麼。我只想說——」

「沒關係。我知道妳的意思。」我努力放鬆臉部肌肉。「謝謝妳說出來。」

「希望妳能早點找到骷髏頭。」在異常溫馨的沉默後，荷莉又說：「我知道它對妳有多重要。」

我大可一口否定。或許我該這麼做。「是啊。還滿懷念有它在旁邊的感覺。」

「我想不通這到底是怎麼一回事。那個東西超可怕的，我不認爲它喜歡我。」

我輕笑一聲。「對，它眞的不喜歡妳。」

「每次我從旁邊走過去它就會擺出超噁心的臉。」

「別在意。它曾經大力搧動我謀殺妳。別擔心，我不會接受它的任何建議，包括關於衣架的那個。」

荷莉焦慮地環視客房。「衣架？」

「把衣架那樣用會有點像絞架……總之不用擔心。我們來整理行李吧。妳要用哪張床？」

「靠門的那張。」

沒過多久，我們回到一樓。樓梯口是鋪著石板的玄關，古老的正門存在感強烈。玄關另一側是通往公共空間的拱門，這個房間天花板低矮，帶著走味啤酒的甜美懷舊氣息。胸膛厚實的男子在吧台後方擦拭玻璃杯，他的臉色蒼白，表情像是在忍耐疼痛似的，滿頭青灰色頭髮。看到他的招風耳，我猜他就是丹尼．史金納的父親，這間旅店的主人。一名眼神狂亂的老人坐在角落壁爐旁。除此之外，如果不算我們這一夥人，旅店裡沒有別人了。洛克伍德正在點檸檬水，丹尼跟在他旁邊。奇普斯和喬治沉著臉站在一旁，神情苦惱。

我坐上洛克伍德隔壁的吧台高腳椅。「看來你搶到行軍床了？」

他點頭。「隊長的特權。」

「我無法忍受。」奇普斯說：「可怕的幽靈，沒問題。在庫賓斯旁邊醒來，不可能。」

「天一黑我們就先解決旅店裡的鬼。」喬治一副感同身受的模樣。「到時候奇普斯或是我就能睡在樓下的儲藏櫃裡了。其他的訪客晚點再說。」

史金納先生往拱門點點頭。「要是各位對我們的鬼魂有興趣，事發地點就在那裡──玄關那邊。他們說是發光的小孩子。他們聽到有什麼東西敲了那扇門。」

「都是掰的！」一聲吼叫讓我們轉過頭。壁爐旁的老人惡狠狠地瞪著我們。「不過是風吹罷了！樹枝敲打窗戶！晚餐吃太多起司！一派胡言！」他喝了一口啤酒。

「那是我爺爺。」丹尼小聲說。「以前是聖內斯托教堂的牧師，直到他瘋得太厲害。他太老了，從來沒有看過鬼，所以他壓根不相信──當然也不相信對付鬼的調查員。要是他對你們不禮貌，當作沒聽到就好。」

「喔，我們會默默承受。你已經幫我們練習過很多次了。」洛克伍德望向陰暗安靜的玄關。

「好，我們會幫你們留意這個半夜上門的訪客。所以老太陽旅店沒有其他人了？」

「你們是唯一的客人。」店主沒好氣地搖頭。「老太陽……我們的店名眞的是太不貼切了。假如世界上有比奧伯里堡還要黑暗的地方，我一點都不想見識。陪我到外頭走走。」

他把茶巾甩到肩上，無視老人大呼小叫地要求啤酒續杯，推開吧台的活門，一拐一拐地橫越大廳。從院子可以看到太陽爬到山毛櫸上頭，天空呈現冰冷的淡藍色。兩個小孩子在遠處玩耍，在綠地的長長雜草間鑽來鑽去。

「這片綠地以前都會定期割草。」等我們跟上來，史金納先生說：「整理得整齊乾淨。我們曾經在草地上野餐，請樂隊來表演。現在當然沒有人會去想那種事情。唯一的公共活動是大家一起燒掉近期過世的人的衣物。根本沒用。奧伯里堡鬼比人多，每天還會冒出更多鬼。」

他指著綠地另一端。「那裡有一個無頭的女士在馬栗樹下散步。有沒有看到陰影最暗的地方？那裡應該是她的墳墓。那塊帶著污漬的土地？那是以前的絞架。我們幾年前毀了這些東西，但孩子們說還有一道人影在那裡徘徊——那是一個賣了腐敗的肉派被吊死在樹上的小販。」

「好像罰得有點太重。」喬治說：「不過可以理解它們爲何存在。還有別的嗎？」

「教堂也有鬼。他們說有個小伙子在修避雷針時從塔上摔下來。你們看那邊，綠地那一側有半數屋子已廢棄多年，一百年前的流行性感冒在那邊留下太多無法安息的靈魂。還有那個小池塘，二十年前有個老師在那裡自盡。這件事我還有印象。貝茲小姐——她是個悲傷又安靜的女性。就連遇上鵝群也不會大聲驅趕。某個晴朗的春天早晨我們在池塘中央找到她，長髮像水草一樣漂起來……」

「老天，她的鬼魂該不會也有一堆頭髮吧？」喬治說：「長長的黑髮？我無法忍受有一堆毛的鬼魂。或是有刺青的。」

「喬治。」

「怎麼？」

「噓。」

「還有幾十個鬼魂。我們一直都在邊界上。」史金納先生說：「這個世界和另一個世界的區隔特別單薄。畢竟有這樣的歷史，沒什麼好驚訝的。」

「你是說戰場？」洛克伍德問：「你知道在哪裡嗎？」

「教堂再過去的上波特巷。樹林另一側的山丘間。在我小時候，農夫還常常從田地裡挖出零碎的骨頭。翻土的時候還會卡在機器刀刃上。對了，羅特威那夥人已經把那邊清得差不多了。以前我們會進樹林試膽，大清早看到戰士的鬼魂站在霧氣瀰漫的麥田裡。它們沒什麼反應，不會帶來任何困擾，和現在的訪客不一樣。好啦，這些任務就交給你們了。既然你們還是活人，想必要吃東西吧。晚餐可以幫你們煮一鍋牛肚蕪菁燉湯。」

「喔……聽起來眞不錯。還有別的菜色嗎？」

「只有燉湯。」

等到店主踏著蹣跚的步伐緩緩回到店裡，洛克伍德誠摯地說：「嗯，爲了我們好，我認爲應該要盡快解決這座村子的問題。」他對我們笑了笑。「爲了奇普斯與喬治，要是老太陽旅店裡有鬼，最好就從這裡開始處理。」

20

那天下午，從美味的酒吧快餐（不太新鮮的起司三明治、烤豬肉碎片、更多檸檬水）獲得能量後，我們迅速開工。荷莉和我找旅店成員詳談，從丹尼‧史金納與他爸口中獲得一些有用的情報。除了丹尼曾在舊大門見過一次幻影，他們都說玄關有一塊地方總是散發寒氣，就算是開了電暖器也無法驅散。史金納先生早已放棄坐在大廳扶手椅休息的習慣，因爲他老是感到微弱的抑鬱和反胃。至於丹尼呢，他半夜躺在床上會不時聽見響亮的敲門聲。

老史金納牧師沒有說出任何值得一聽的言論。正如他孫子所說，他無法認同鬼魂的存在。玄關的寒氣是夜風，超自然敲門聲是漏水，至於我們呢，我們是矇騙客戶的無恥商人。即便如此瞧不起我們，他似乎對我們白天的調查工作深感好奇，像是蒼蠅似地跟在旁邊亂晃。

調查結果顯示史金納父子的說詞基本上沒有問題。就算還不到傍晚，某些初步的現象——主要是惡寒和潛行恐懼——已經出現在旅店大廳，與大廳相通的廚房也感應得到。這兩個區域都鋪著建物落成時使用的石板。一樓其他區域似乎不受影響。

厚實的前門歷經滄桑，木頭已經變黑。我們打開門閂，檢查門板內外。內側有一些刮痕，不過正常使用也可能留下這種痕跡。覆上塵沙的門廊外有一條通往教堂墓園的小徑，中間擋上一片鐵柵欄。

天色漸暗。晚餐時間到了，燉湯端上桌。我們坐在酒吧的長方形豎窗邊，眺望越來越黑的綠地。包圍村莊的樹木現在也是一片黑，老十字架映射最後一絲夕陽餘暉。氣氛灰暗又邪惡。同樣的形容詞也可以套在燉湯上。

「已經可以看到兩個訪客。」洛克伍德說：「有沒有看到綠地另一端？兩道朦朧的人影在路上飄。」

其他人都沒看到，但我們相信他。在現場看得到鬼魂的人裡面，他的靈視能力最強。

「接下來我就是個廢物了。」奇普斯手中的湯匙不斷攪動，彷彿是能靠著某種鍊金術讓燉湯變得勉強能入口。「除了被你們綁在門邊，像是無辜的山羊般引誘鬼魂過來，我不知道今晚我能幫上什麼忙。」

「這個提議其實不差。」洛克伍德說：「或許值得一試。不過喬治有個建議，他爲你帶了一樣東西。」

「對。你可以試試這個。」喬治的背包掛在椅背上，他往裡頭翻了一陣，以誇張的手勢撈出一副沉重的護目鏡，橡皮外框配上厚厚的水晶鏡片。他把護目鏡遞給奇普斯，後者默默接下，在蒼白的手掌間翻來翻去。

「這是什麼？」

「這東西既稀有又昂貴。」喬治說：「是我摸來的。奧菲斯結社的作品，費爾法鋼鐵公司的前任老闆約翰・威廉・費爾法之前用過。鏡片用的是水晶，不是玻璃。至於它的功效——我有一套理論。你戴起來看看。」

奇普斯相當猶豫。「你自己有沒有戴過？你看到什麼？」

「什麼都沒看到。但這東西不是給我用的。我認爲它的目標客群是你這種老傢伙。來吧。」

奇普斯嘴中不斷咕噥，與護目鏡的帶子奮鬥好一會，總算把它套到頭上。寬厚的橡皮框遮住他半張臉，頓時讓他順眼多了。

「潘妮洛・費茲知道你有這個嗎？」

「不知道。她以後也不會知道。別再廢話了，往窗外看看。」

奇普斯照著做。他馬上僵住，手指扣住護目鏡邊緣。「我看到綠地上有三道黑色人影……」

「你沒戴鏡片的時候看得到嗎？」

奇普斯扯下護目鏡。「不行……它們不見了。」

喬治點點頭。「很好。因爲你沒辦法直接看到鬼魂。這些水晶片起了作用——讓光線重新聚焦之類的。我煩惱超久，怎麼想都想不出這個護目鏡的用途——我太蠢了。奧菲斯結社裡面都是想要一起對抗訪客的老頭。像這種發明能給予他們這份能力。它讓你——奇普斯——能再次看到超自然現象。」他擺擺手。「別客氣，你不用謝我。不用說出口。給我錢就好了。」

或許是光線的問題，或許是因爲眼前這碗湯，我似乎看到奇普斯眼眶泛淚。「我——我不知道該說什麼……這實在是——」他皺起眉。「可是——等等，既然發明出這種東西，爲什麼他們沒有人手一副？」

我也想知道。

「奧菲斯的人說他們目前只有開發出原型。」喬治說：「說不定會害你眼睛痛，說不定沒辦法看到大多數的鬼魂。我們不知道。奇普斯，希望你能幫我們測試一下。我們多帶了一支長劍。」

等奇普斯把護目鏡恭恭敬敬地放在盤子旁邊，荷莉開口提問：「就算是這樣，有可能沒有人知道這麼重要的東西正在漸漸成形嗎？」

洛克伍德搖頭。「老實說奧菲斯結社還有很多我們不清楚的內幕。之後一定要好好調查一番。不過今晚我們有別的事情要擔心。」他朝昏暗的玄關比畫。「要優先解決的是等一下跑來敲那扇門的玩意兒。」

□

飯後，我們要史金納一家回到安全的房間，整裝來到玄關。夜幕低垂，越來越接近深夜。我們做了些準備。

深夜將至，氣氛更加沉重，我們提高警戒。洛克伍德點燃幾盞煤氣提燈，我們看著綠色火焰翻捲舞動，光芒投向古老大廳的深色條紋壁紙。

「很嚇人，不過比和庫賓斯睡同一張床好太多了。」奇普斯把護目鏡擱在頭上，不時拉下來戴好，凝目注視大廳的每一個角落。「準備好了嗎？」

「好到不行。」洛克伍德抬眼望向天花板，上頭傳來緩慢打轉的腳步聲。「現在的當務之急是等那個神經有問題的老蠢蛋睡著。」

以住在鬼屋裡的成年人來說，老史金納牧師的舉止不太尋常，他整晚探頭探腦，問幾個問題，然後又逕自走開。一直到十一點多他才上樓，但顯然還沒睡下。

「他不信任我們。」洛克伍德說：「就像是他不信任自己的孫子一樣。他想用自己的雙眼看見一切事物，對牧師來說還滿諷刺的。溫度？我這裡十六度。」

喬治人在樓梯另一側。「十七。」

「這邊十二度。」荷莉站在壁爐附近。廚房門邊的奇普斯也測到十二度。

「這裡六度，還在下降。」我坐在前門左側的安妮女王扶手椅上。一盞垂著骯髒流蘇的提燈往石板投下猶豫虛晃的光芒。「這裡是焦點。哇！你們有沒有看到？」燈光暗下，隨即再次亮起。「電力受到干擾了。」

「關掉那盞燈。」洛克伍德下令。「大家回圈子裡。」我們在玄關中央設了一個又大又牢靠的鐵鍊圈。一抵達此處，我們就感覺到這個訪客的力量相當強大。我們的道具全都安全地放在圈內。洛克伍德拉低提燈的遮罩，喬治、荷莉、奇普斯、我與他會合。二樓的燈光稍微照亮一樓樓梯口。除此之外，屋裡一片漆黑。

「我聽見咿呀聲。」我說。

「只是老史金納在樓上亂走。希望他現在就躺上床。」

「洛克伍德，你有沒有拿鐵鍊擋住樓梯？」荷莉詢問。

「有。他在樓上很安全。」

旅店前門傳來細小的雜音。像是敲門和刨抓的混合體。我們渾身僵硬。

「聽到了嗎？」我用氣音提問。我每次都得要確認。

「有。」

「要應門嗎？」

「不行。」

敲門聲再次響起，稍微大聲了些。寒氣一波波掃過房間。

「這次也不開？」

「對。」

突如其來的力道撞擊老舊的橡木門。我們五個一同後退。「老天爺，有人眞的很想進來。」喬治說。

「無三不成禮。」洛克伍德說。「露西，這個重要的任務就交給妳了。」

別以爲我蠢到會在這個節骨眼離開鐵鍊圈。不可能。當你遇上發光童靈的案子（多半是男孩子，偶爾也有女生），大原則是不要和它們互動。它們多半曾經遭到錯待，對此深感不滿。我要與它劃清界線。於是我拎起稍早綁住門閂的細繩，輕輕一拉。

繩子被我拉緊，前門往內盪開。

門外是深夜特有的輕柔深沉黑暗。依稀看得到小徑上的鐵柵欄。門前石階被數百年來進進出出的旅客踩得中央微微凹陷。

然而現在沒有人踩在上頭。門外沒人。

「當然沒人。」喬治輕聲說：「它已經進來了。」

彷彿是在回應他這句話，扶手椅旁亮起稍稍浮在地面上的微光。

「我看到了……」奇普斯戴起護目鏡，喜悅和恐懼令他的嗓音僵硬。「我看到了！」

起先是一個散發幽光的圓球，可以收在我掌心的大小。它散發異界光芒，緩緩地自轉和兜圈。就在我們眼前，它瞬間膨脹，化爲瘦小的孩童，長出細細的手腳。這個孩子身穿破舊外套和長褲，外套下看得到袒露的胸口。它的臉龐憔悴，看起來營養嚴重不良，圓圓的大眼睛透出飢餓。鐵鍊圈裡的我們突然難以呼吸；冷空氣刺痛我們的肺，擠壓我們的皮膚，感覺就像是沉在深水裡似的。發著光的小孩身體有一半沒入我剛才坐過的扶手椅，低頭垂眼，表現出羞愧或是消沉的順從態度。

這個可憐的小東西。我爲它心痛。

「我聽見微弱的聲音。」我說：「像是有人在怒吼。應該是大人，不過距離很遠。」

「意思是離現在很久。」洛克伍德說。

「它過不了屋外的鐵柵欄。」喬治小聲說：「也就是說它一直都在這裡。敲門聲是它在重現過去曾經在這個房間發生過的事情。」

來向各位介紹一下聽見遙遠過去的聲音是什麼感覺。就像是用粉筆在凹凸不平的牆面上寫字。字跡幾乎被抹掉了，只留下些許痕跡，支離破碎，其他的都遭到侵蝕消失，根本無法看出原本的訊息。我猜這就像是頻道沒有調好的收音機，發出片段雜音，你知道它一定有完整的意思，但就是分辨不出來。我站在這裡豎起耳朵，感到無比挫折；我想聽出這個孩子聽過的聲音。這個小小的蒼白身影不斷閃躲，所以我猜那些聲音裡帶著凶惡的暴力。

「真的很抱歉，我聽不出來……」我悄聲說。

「別擔心。」洛克伍德忙著取下腰間的投擲彈，不時回頭確認訪客沒有移動。「現在的關鍵是關注它往哪裡走。要是它離開這個房間就跟上去。喬治，你覺得這是什麼？發光童靈？」

「我猜是。」喬治抽出長劍，劍刃反射孩子身上流出的冷光。「這是第二型，如果它有什麼異變就要一劍戳下去。」

「我看到了……」奇普斯又說了一次。「這麼多年來我第一次看到幻影。」

「別太興奮了。」洛克伍德說：「我們還不知道它有什麼手段。」

那個孩子時不時抬起頭，彷彿是畏畏縮縮地偷看對它說話的人。它的視線直直投向壁爐，我順著看過去，發現即使房裡各處被鬼魂散發出的蒼白光芒照亮，那個角落依然黑暗。我的注意力不斷飄向那個漆黑狹窄的空間，猜測究竟曾經有誰站在那裡；然而正如那道憤怒的嗓音，往事早已散佚。

「它在動。」洛克伍德說：「準備好。」

那個孩子畏畏縮縮地飄浮著橫越玄關，往我們靠過來，垂著頭，大眼睛盯著地面。突然間它猛然抬頭，像是要保護頭臉似地舉起細瘦手臂——然後就消失了。屋裡陷入黑暗，我們愣愣站在原處。但在孩子身上光芒消失的前一刻，我依稀看到屋角那片執拗的黑暗起了變化，迅速地撲向那個孩子。

「就這樣嗎？」荷莉悄聲問。

我搖頭——在黑漆漆的房間裡只是徒勞，但這是正常反應。「沒有，繼續留意……」屋裡的氣氛沒變。鬼魂的存在感依舊。沒錯，那個發光的孩子又回到原本在安妮女王扶手椅的位置（身影一半與椅子交融），絲毫沒變。

「重演。」洛克伍德憋住呵欠。「可能會持續整晚。誰有口香糖？」

「露西有。」喬治說：「喔——等等，剩下的都被我吃掉了，小露，抱歉。」

我沒有回答，努力集中精神，試著接近眼前的孩子。此舉機會渺茫。我得要忽視遙遠的吼叫聲，刺探空洞過去的更深處，同時要越過鐵鍊對超自然力量的干擾。一如以往，這是問題的一部分。鐵鍊老是礙事。

就在此時，一道發牢騷似的嗓音突然炸開——音量不大，可是完全出乎我們的意料。「下面在搞什麼鬼？怎麼這麼暗？」

我們猛然轉頭，樓梯上浮現消瘦的輪廓。史金納牧師——蒼老又困惑，一手摸向電燈開關。

「先生！」洛克伍德大叫：「請回去！不要下樓！」

「怎麼這麼暗？你們在幹嘛？」

「你們早該料到了吧？」喬治說：「他跨過鐵鍊了。」

我回頭望向發光的小孩，它的姿勢瞬間變了。遭到世界遺棄的可憐兮兮眼神消失無蹤，它抬起頭望著樓梯，彷彿像是找到新目標看得專注。那雙眼宛如兩座深井。孩子飄著橫越房間——炫目的強光炸開，刺眼的燈光照得我們睜不開眼。

「喂！關燈！關燈！」

「我們看不到——」

「你們在玩什麼花招？」老人說：「那裡什麼都沒有——」

「意思是沒有你看得到的東西。」洛克伍德罵了一聲，跳過鐵鍊衝向樓梯。我跨出一步，撐著尚未恢復的視力朝前廳中央的地板胡亂丟出鹽彈。荷莉與喬治反應一致；三顆鹽彈炸開，噴出三倍的白色鹽粒。

洛克伍德撲到牆上，狠狠按下開關——黑暗回來了。

那個發光的男孩就在他身旁，細細的手指伸向老人的頸子。

洛克伍德撲向史金納，以身體保護他，同時揮出長劍。鬼魂被他逼退，試著閃過劍刃，空蕩蕩的眼窩直視前方。洛克伍德和老人往後倒向旁邊的桌子，撞上用火柴堆成的帆船模型。高大繁複的船隻滑到桌子邊緣，搖搖欲墜地掛在那裡。

洛克伍德的劍快到我看不清楚，硬是擋住鬼魂雙手虛實交錯的攻勢。喬治和我衝上前，劍尖劃出圖樣，希望能在桌子上空製造出鬼魂無法跨越的鐵牆。鬼魂被我們的劍刃定在一塊狹小的空間。

接著輪到奇普斯登場，他的護目鏡片閃過微光，手中的鹽彈用力擲向天花板，鹽巴像是火熱的雪粉般撒在鬼魂身上。鐵和鹽起了足夠的效用。鬼魂不住顫抖，哀怨地散成碎片，在半空中飛舞。

帆船模型翻落地面，數百萬根火柴散了滿地。

鬼魂的碎片越來越黯淡，散發出的冷光縮成糾結的鬼火，飛越大廳，沉入廚房入口的石板。

屋裡只剩黑暗。

「太棒了……」是奇普斯的聲音。「我想做這種事情想了好多年啦。」

洛克伍德按下電燈開關。「好啦。」他的語氣輕快。「現在可以開燈了。」

以案件的結尾來說，這不是我們見識過最文明的場面：眼睛瞪得幾乎要突出來的前任牧師，一臉困惑，渾身挫傷，氣喘吁吁，癱在牆邊的裝飾桌上，洛克伍德的手肘抵著他的肚子，一座書信架卡在他的睡衣上，身旁滿是火柴飛剪船的碎片（後來我們才知道是他最愛的祖父的作品。）

若是聽得懂他氣若游絲的呻吟，情勢或許會更糟糕。

不過我還是努力聽了幾句。他的語氣聽起來不太開心。

「喔，別抱怨了。」我狠狠回應。「你不是還活著嗎？」

「沒錯，你失去了模型，但同時得到了超棒的３Ｄ拼圖。」喬治說：「只要你願意，萬事都有好的一面。」

看來他並不願意。

21

隔天早上，我們解決了這個案子。確定把史金納老牧師關在房間後，奇普斯與洛克伍德拿撬棍挖起廚房門口的鋪地石板。經過半小時的挖掘，他們找到一副小小的枯骨——是孩子的骨頭——以及破破爛爛的衣服碎片。喬治估測這是十八世紀的東西。他提出的理論是這孩子上門行乞，被當時的屋主拉進來，搶奪他身上的財物後殺了他，塞在地板下。我個人不認爲乞丐會有什麼值得奪取的財產，不過說不定他是業績特別好的乞丐。直到慘遭殺害的那一刻。無論如何，我們都無從得知眞相。

老太陽旅店的危機解除，我們抵達此地不到一天就除掉了奧伯里堡其中一個鬼魂。這個斬獲讓我們心情大好。儘管丹尼．史金納看到那些骨頭眼睛瞪得老大，他也很開心。吃過遲來的早餐，他自告奮勇帶我們到村裡觀光，指出我們該留意的超自然現象景點。

第一站就是隔壁的教堂。這棟燧石與磚塊堆砌成的建築物看起來年久失修，有一座矮矮胖胖的塔，聖具室屋頂覆蓋防水布。教堂墓園一看就知道非常古老，外圍一部分是石牆，一部分是種在土堆上的樹籬。墓碑與綠地上的十字架材質相同，邊緣稜角大多磨圓了，刻在上頭的名字也無法辨認。有的歪成奇異的角度，其中一、兩座傾倒在地。除了杳無人煙、雜草叢生，這裡是個寧靜的地方。

「爬行的黑影在這裡活動。」丹尼說：「小海蒂・弗林德看到的，說死人聽它的命令從墳墓裡爬出來。洛克伍德先生，最好把這裡列入優先清單。」自從我們除掉發光童靈後，這孩子的敵意煙消雲散；他是我們的招風耳啦啦隊，自豪地跟在我們身旁。「相信你會解決這件事，絕對沒問題。」

「你沒有親眼看到黑影出現在這邊？」洛克伍德仰望教堂的石塔，禿鼻烏鴉在淡藍色天空盤旋。

「不是我。我在砲台山看到它出現在東邊的森林。這條小路一直過去就到了。大概半哩路。那裡也有鬼魂跟隨它——應該就是這個墓園的死人。沒有固定外型的蒼白影子，困在黑影燃燒的斗篷裡面。你們自己看就知道了。」他補上一句，似乎沒聽到喬治狐疑的哼聲。「你們會解決它的。一定會。」

「我不介意和海蒂・弗林德說幾句話。」洛克伍德說。

「這我就無能為力了。她受到鬼魂觸碰。它們在她家門外抓到她。當時她還穿著最好的藍色連身裙。不過村子裡其他小孩可以為我作證。該移動了吧？」

我們踏上小路時，奧伯里堡的寧靜被隆隆引擎聲破壞。四輛車——三輛普通轎車加上一輛蓋著帆布的小貨車——從通往車站的樹林駛出。他們放慢車速過橋，對著在路上閒晃的鵝群按幾下喇叭，加速穿過綠地。三輛車都是一片黑，貨車的帆布側邊噴上羅特威的獅子標誌。車隊在老太陽旅店前右轉，開上小路，經過教堂，進入東側樹林。與我們擦肩而過時，板著臉的大男人從車內盯著我們看。車聲遠去。滿天塵土緩緩落回地上。

「又是羅特威那夥人。」丹尼·史金納忿忿不平地往草地上吐口水。「要去他們的研究機構。他們根本幫不上我們，不是什麼正派的偵探社。和洛克伍德偵探社不一樣。他們什麼都做不好。」

「確實……」洛克伍德望著東側樹林。「丹尼，你帶荷莉、喬治、奎爾繼續參觀，讓他們看看村子其他部分。露西和我去砲台山看一眼，就是你看到黑影的地方。我想感受一下那裡的氣氛。很快就去與你們會合。」

洛克伍德和我目送四人離開。

「你感興趣的其實不是砲台山吧？」我問。

「樹林？不過幾棵樹罷了。我想看看另一頭的古戰場是什麼樣子。走吧。」

我們踏上教堂後面的小路，離開村子，進入樹林，踩著一座搖搖晃晃的木橋橫越小溪，接下來就如丹尼·史金納所說，路面穩定爬升，直直穿過橡樹和山毛櫸間。樹林還沒脫下冬衣，披著一片片灰色和棕色枝葉；不過春天的重生氣息隨處可見——青翠的蕨葉穿破土壤，樹梢籠罩淡淡的綠色霧靄。

春日早晨和洛克伍德並肩走在鄉間小路上不用花太大力氣。空氣乾淨清新，鳥兒忙碌飛舞。與先前奔波搏命的生活形成強烈對比。洛克伍德話不多，他心不在焉，陷入沉思。我認得這些跡象：他正爲追逐眞相感到心癢難耐。而我呢，我單純爲了陪著他漫步感到愉悅。

過了幾分鐘，我們左手邊出現一條切向陡坡的羊腸小徑，通往一處露天採石場。草地邊緣用石塊整整齊齊堆成墓碑似的矮柱，頂上插著一根木頭十字架，搭配花束和一名男子的相片，已經被雨水洗得褪色。

「可能是有人在這裡被鬼魂觸碰。」我說。「或者是採石場裡面出過事。」

「鬼魂觸碰的可能性很高。」洛克伍德表情陰沉，往裸露的岩壁掃了一眼。「這一帶每一個人的死因都是這個。」

我們默默地繼續前進，大約在樹林裡走了半哩路，遇到一片陽光燦爛的空地。洛克伍德放慢腳步。

「現在我想我們得要自己找路走了。」他說：「小心腳下。」

離開林間小路，爬了一小段坡，沒過一會就來到林木蓊鬱的丘頂——我猜這裡就是砲台山。從這裡可以俯視下方的土地，有幾處開闊的空地，但洛克伍德刻意避開這些地方，盡量走在樹影下，前進時壓低身形，不踩出腳步聲。我努力模仿他的姿勢，最後我們來到山丘邊緣，踏著濕漉漉的草地，望向羅特威研究機構的園區。

機構有一段距離，位於一大片平坦荒地中央，被幾座矮丘包圍。看得出這個地方在數百年前是適合廝殺的場所，可以想像兩軍在這個盆地打得不可開交。想必是壯觀的光景——絕對比現在眼前的景色還要壯觀多了。

我不知道該抱著怎樣的預期，心裡設想的是光鮮亮麗的高大建築，像是克拉肯維爾熔爐和攝政街上羅特威總部玻璃帷幕的綜合體。至少也該有個龐大的倉庫，打上亮晃晃的聚光燈，數十名調查員進進出出。然而我看到的完全不是這樣。山腳下的道路轉往機構園區，劃過長著一叢叢灌木的原野，斷在幾座無聊透頂的金屬建築外。它們的配置看不出規律，宛如牛群般毫無章法地聚在一起。鐵皮屋頂和少少幾扇窗戶，看起來像是某種可以一口氣輕鬆拆除的庫房。屋子間的地面已經整平，鋪上碎石子。兩盞高聳的泛光燈能在晚間照亮整片園區，垂落的電線帶著乏人問津的蒼涼氣息。柵欄圈住整個園區。方才通過村子的車隊就停在唯一看得到的柵門內。沒有看到半個人。

「看起來還滿……破爛的。」我說。

「可不是嗎？」洛克伍德輕聲應道，但我聽出了他嗓音中的興奮。「不過這個研究機構看起來挺忙碌的。大型的臨時庫房，硬是安插在古戰場上頭。我懷疑……」

「你懷疑這就是那個『鮮血之地』？」

「有可能。不管他們在幹什麼好事，我敢說過去的大屠殺爲他們提供了良好的溫床。好吧，光天化日之下我們沒辦法輕舉妄動。柵欄看起來不難對付，趁夜帶著剪線鉗過來就能暢行無阻了……」洛克伍德看著我。「妳想冒險嗎？」

「我要試試看。骷髏頭可能就在裡面。」

「小露，我就知道妳會這麼說。」他的笑容襯著被陽光照亮的草地。「幾乎就和以前一樣。」

要是能躺在這裡，肯定是無比溫暖舒適——陽光比我預期的還要烈。我還想多曬一會，但我們得趕去看看其他人的進展了。

□

我們在旅店找到他們，一行人坐在酒吧角落，看起來有點茫然。他們在奧伯里堡走了一圈，半個村子的居民從屋裡冒出來，拿可怕的鬼故事款待他們。荷莉盡全力讓大家冷靜下來，邀請他們到旅店依序陳述遭遇。奇普斯負責記下細節，喬治在地圖上用紅點標出每一個鬧鬼地點。最後一位村民剛離開，留給奇普斯成堆的筆記，而喬治的地圖看起來像是得了水痘。其中三個點另外塗黑。

「那些是爬行黑影的目擊地。」荷莉說：「分在教堂墓園、村子另一頭的古墳區，還有綠地這裡，兩個小女孩和我說她們看到『燃燒的巨人』走近十字架。不過我們的當務之急不是黑影。洛克伍德，這裡的鬼實在是有夠多。不知道要如何將它們全數制服。」

「這是眼前的討論重點。」洛克伍德說。「各位做得好。很優秀的資料。先吃點東西再來分析目前獲得的情報。」

到了傍晚，我們替接下來的行動打造了指揮中心。裝備打包完畢，晚餐已經上桌。今晚又是燉湯，不過幸好喬治逛過村子裡的店舖，帶回水果、餡餅、香腸捲這些備案。我們占據酒吧一角，盡量遠離史金納牧師壁爐旁的位置，把幾張桌子合在一起沙盤推演。戰術桌中央是喬治的地圖配上奇普斯的筆記。經過仔細研究，我們發現這正如荷莉所說的困難重重。

「這要花上好幾個晚上的時間。」洛克伍德提出結論：「我們得要分成幾隊，依序到每戶人家解決問題。」他抬起頭。「什麼聲音？」

「車子停在外面。」奇普斯說：「有人走進來。」

洛克伍德皺起眉，望向窗外。與此同時，門被人推開，帶來一陣寒冷的晚風及酒吧院子裡火盆上焚燒的薰衣草味。高大的男子走了進來，門板在他背後關上。

酒吧裡陷入寂靜。我們盯著來客，看他微微低頭鑽進門內，接著挺直背脊，蓬亂金髮掃過天花板。這名中年男子體格健壯，面容英俊，擁有讓人過目不忘的外表。他的下頷厚實，顴骨又寬又高，身穿昂貴套裝配上厚重的冬季毛料襯裡風衣，戴著綠色駕駛手套。他的舉止不慌不忙，透出濃厚的威嚴。燦亮的綠色眼珠往屋內一轉，馬上鎖定我們，直直朝這裡走來。

我們當然知道他的身分。全倫敦到處都看得到他的海報。圖片裡的他總是笑著，咧嘴露出像是三角鋼琴琴鍵的牙齒，翡翠色雙眼閃閃發光，手持他手下機構裡那些聰明人做出來的厲害法寶。他也常常和卡通造型的獅子手挽著手。史提夫．羅特威本人確實具備了些許卡通般的逗趣特質，比如說他個子高，肩膀和手臂粗壯結實，但整個人像是倒三角形似的，越往下越窄，最後接到小巧的腳掌。他的神態與漫畫裡的鬥牛犬雷同。然而我不認爲他哪裡逗趣了，畢竟我曾目睹他拿長劍戳穿某個人。

他拉開一張椅子，在我們對面坐定。「哪一位是安東尼．洛克伍德？」

洛克伍德原本想站起來迎接，現在他也坐下來。他有禮地點頭打招呼。「就是我，先生，很高興又能見到你。我們去年曾在嘉年華會上匆匆見過面。或許你還記得露西、喬治，還有荷莉。」

史提夫・羅特威的行爲如同我的想像，雙膝展開，上身往後靠，擺出隨興又充滿魄力的姿勢。他脫下手套，往桌上一丟。「我記得荷莉・孟洛。她曾在我身邊做過事。我也記得你們幾個。你們是潘妮洛・費茲的走狗。」

洛克伍德挑眉。「怎麼說？」

「總是任由她擺布。她一吹口哨就跳起來。費茲的走狗。我很清楚。」

「我們難以接受這個說詞。」洛克伍德望向我們，視線對著奇普斯。「好吧，他確實前陣子還是。但我們完全是獨立經營。要喝點什麼嗎？」

「來杯咖啡吧。」史提夫・羅特威說：「這段路可眞長。」

「史金納先生，可以幫我們泡咖啡嗎？」荷莉詢問。在吧台裡瞪大眼睛愣愣看著我們的店主像是野兔般跳起來，鑽進廚房。

「如果你餓了，可能還有剩一點燉湯。」喬治說。

羅特威沒有理會他。他從容地解開風衣釦子，靠上椅背，細細打量洛克伍德。「洛克伍德先生，你在這裡做什麼？」

「我正在喝茶看地圖。不是什麼好玩的娛樂活動。」

「我是問你來奧伯里堡做什麼。」

洛克伍德勾起嘴角。「先生，或許你沒有注意到——當然了，你還有許多事情要忙——這座村子發生了相當危險的鬼魂群聚。我們來此解決這個事件。」

「爲什麼是你們？你們明明是倫敦的偵探社。」

「此處的居民邀請我們來此，他們亟需幫助。」

羅特威先生和那些年輕時就發跡或長得好看的人一樣，從不覺得笑容是日常生活的要素之一。因此，他的表情幾乎沒有變化。他說：「你們知道奧伯里堡非常接近我的一間研究機構。可以說是我們的玄關。我們把這裡視爲我們的根據地。」

洛克伍德無動於衷地微笑，沒有答話。

「偵探社之間尊重彼此的領域是應有的禮儀。」羅特威繼續說下去：「案件、客戶、影響範圍……我們遵從諸多不成文的規矩。所以我很訝異會在這裡見到你們。相信各位都了解到你們的行爲有何不妥，我想你們明天就會離開奧伯里堡。」

「先生，據我所知，村民曾爲了鬼魂群聚現象向你的手下員工求助，但他們選擇毫無作爲。在這種情況下，我認爲我們的行動合情合理，並無可議之處。」

「你們不走？」

「這是當然。」

沉默降臨，史金納先生端著一杯黑咖啡配上一小壺奶精上桌。

「謝謝。等一下。」羅特威從大衣內側抽出皮夾，拿了張新鈔，看也不看地遞給店主。等到史金納退回吧台，他粗壯的手指勾住瓷杯的握把。他沒有喝，只是盯著漆黑的液體。「洛克伍德先生，你的名聲很響亮。」

「謝謝。」

「我說的是多管閒事的名聲。」

「眞的？」洛克伍德微微一笑。「可以請問是誰說的嗎？是你的員工，或是合作對象對你抱怨？他們叫什麼名字？說不定我知道是誰。」

「沒有名字。這是眾所皆知的事實。因此，當我得知你們毫無預警地出現在我的研究機構附近，我非常關切，因為機構裡正在進行重要又精細的研究。我擔心你們可能會偏離正當的偵探社業務，涉入未獲許可的事務。」他揚手一口灌下咖啡，將杯子放回桌上。

停頓了幾秒，洛克伍德開口：「小露，妳有沒有聽懂這些話？」

「完全聽不懂。」

「喬治？」

「不行。感覺就像是外文。」

「沒錯，羅特威先生，你得要說得更直白一點。」洛克伍德說：「我們的喬治常常用一堆我壓根沒聽過的專業術語，但就連他也難以理解你的意思。你不希望我們做什麼？」

史提夫．羅特威以手勢表達不快。「你來這裡處理鬼魂群聚？」

「沒錯。」

「這是你們唯一的目的？」

「不然呢？」

羅特威咕噥幾聲。「你沒有回答我的問題。」

「喔，這就是我的答案。」洛克伍德說。「羅特威先生，奧伯里堡不是你的『根據地』、你的『領域』、你的『玄關』，或是隨便什麼東西。如果你反對我協助這個村子清除鬼魂，那得要向靈異局提出正式申訴，看結果會是如何。在那之前，我在這裡的行動不受限制。請再來一杯咖啡，和我聊聊這個『重要又精細的研究』是什麼玩意兒。聽起來很迷人。再過不久就能見識到羅特威的新產品嗎？」

羅特威沒有回答，拎起手套，以僵硬的姿勢起身。他看了看窗外的暮色往綠地步步逼近，轉身準備離開。走到半路，他像是想到什麼似地停下腳步，位置剛好擋住燈光，陰影籠罩著洛克伍德。「你天賦異稟。」他說：「不用我一一列出你的才能——你顯然很清楚自己有幾分本事。而我猜你欠缺的是知所進退的能力。因爲呢，洛克伍德先生，你管得太寬了。我看得出這種特質，從許多角度來看我也是這種人。我相信你將不斷挑戰界線，總有一天會走得太遠。這裡有證人在場，所以我現在公開提出警告——別來礙事，否則你會後悔。我誠摯希望你能聽從我的警告。但我不認爲你會聽。你將會違逆我，因爲這是你想做的事。到時候我必定會拿你開刀。」

他戴上手套，扣好風衣。「祝你們抓鬼順利。我確定你們能勝任如此輕鬆的工作。」

說完這番話，羅特威先生踏出旅店，門板在他背後喀嚓關上。

我們瞪著前門看了好一會，又同時轉向洛克伍德。

他對我們微笑。慵懶悠閒的笑容無法掩飾他眼中的光采。

「嗯，他還滿會看人的嘛。我本來還不確定是否值得冒險調查他的意圖，最多只有五成機會。不過他幫我下定決心。我們當然要去查個一清二楚。」

22

奧伯里堡夜幕低垂，我們將酒吧裡的提燈調暗。丹尼．史金納往壁爐裡丟了些柴火，擱在桌上的長劍映射跳躍的火焰，同樣的火光在我們眼中舞動。我們活像是圍繞寶庫的盜匪，檢查工作腰帶，把一袋袋鹽巴與鐵粉裝進背包，在喬治的地圖上畫出進擊路線。接下來的工作可不輕鬆，訪客多半要到深夜才能發揮完整實力，因此完成前置作業後，我們靜靜坐了一會。荷莉看書；洛克伍德躺在長椅上打盹；喬治找丹尼下棋，很快就發現對手不容小覷，讓他有點不爽；我坐在壁爐旁，看著火焰中浮現的身影。

只有奇普斯無法放鬆。他來回踱步，伸展手腳，彎腰摸腳趾，各式誇張的暖身運動在牆上投射出詭異的影子。護目鏡掛在他額頭上，頭髮宛如氾紅的水田芥從鏡框周圍冒出；他等不及要在現場運用這個道具了。最後他敵不過衝動，拉下護目鏡，撲到窗邊眺望那片綠地。

「看到另一個了！」他大叫：「雖然有夠模糊，但我看得一清二楚！橋邊有一個男人的幽影！」

我咕噥幾聲。洛克伍德舉臂遮住眼睛，重重嘆息。

「還有那裡！」奇普斯轉身，瞇細雙眼。「綠地上有兩道披著斗篷的身影。它們站得很近，兜帽蓋著臉，像是在抵擋寒風似地瑟縮著。鬼魂霧氣從它們的斗篷冒出來。現在它們跑了起來……不見了！喔，這個玩意兒眞是了不起。可以看到一堆東西！」

喬治的視線離開棋盤。「他這麼開心是好事啦，不過各位是否想換個比較嚴肅、安靜的奇普斯？今晚還長得很呢。」

奇普斯再次轉身。「喔──太可怕了。就在壁爐旁！有個暴牙的乾癟老頭……」

丹尼．史金納好聲好氣地應道：「那是我爺爺。你忘了嗎？他還活著。」

「喔，對，我有點興奮過頭了。」奇普斯掀起護目鏡，看看手錶。「來吧，洛克伍德，還在偷懶嗎？快要十點半了。該出門啦。」

洛克伍德雙腳往旁一盪，從長椅上跳起來。他打了個呵欠。「你說得對。該動身了。就照著計畫行動，分成兩隊，在外面巡兩個小時，然後回到這裡彙報。奇普斯和我負責旁邊那排屋子對付兩個惡靈。其他人從綠地開始。走了，喬治，反正你再兩步就會被將軍。受詛咒的村子等著我們大顯身手！開始吧。」

來到馬路上，離開旅店的昏暗火光，鄉間的無邊黑暗一覽無遺。月亮高掛天邊，但被雲朵擋住了。正如奇普斯的描述，一片片異界光芒在綠地上飄浮，向我們道別後，他與洛克伍德靜靜走上村中小路，喬治、荷莉、我拿好裝備。我稍微離開兩人一會。我決定不要帶鐵鍊，大量的鐵器會大幅度限制我的天賦。獲得了些許的自由，我感應到空氣中帶著一絲震顫。它是如此微乎其微，像是電器的低鳴，能量的擾動……我仰望天空，又看了看四周的幽暗樹林。是從哪來的？實在是無法判斷。在這種時刻，或許骷髏頭能派上用場。我再次察覺自己正在祈禱它在我身旁。

「好啦。我來看地圖。」喬治說：「這是我的專長。露西，或是荷莉——妳們其中一個擔任隊長。下達命令，在瞬間作決定之類的。就交給妳們了」

一陣沉默。「我不介意。」我開口：「荷莉，不如就讓妳——」

「露西，妳要不要——」

我們閉上嘴。「我不行。」喬治說：「我的靈機應變超爛。」他輕輕哼著歌，在地圖上寫了些無關緊要的文字。

「不然就這樣吧。」荷莉說：「露西，第一個小時交給妳。之後如果妳想換班的話，我就來接手。妳的現場經驗比我豐富多了。」

「好，就這麼說定了。荷莉，謝啦，這個計畫聽起來不錯。」我調整腰帶。「喬治，清單上排第一個的是什麼？」

「懸在草地上空的噁心黑雲，就在那裡。」

我們預計在接獲通報的鬧鬼地點間迂迴前進，有點像在參加定向越野賽跑，每個檢查哨都有一個鬼魂。第一站是在絞架舊址徘徊的玩意兒。或許它眞的是那個賣臭掉派餅的小販，現在成了力量不強的黑暗惡靈，沒有特定輪廓的團塊，往四面八方伸出細細的黑暗觸手。

我們小心翼翼地接近。「嗯，他們燒了絞架，但顯然沒把這個地方封好。」我說：「我認爲用鹽巴和鐵粉就能解決。你們覺得呢？」

喬治與荷莉都認同我的做法，絞架範圍小而明確，相對來說好對付。荷莉自願將鬼魂引出來。她先悄悄接近，用長劍謹慎地戳刺挑釁，直到它突然大動作地撲向她。她閃到一旁，劍刃擋掉那些觸手，喬治和我拎著一包包鹽巴與鐵粉上前，在留有燒灼痕跡的地面撒了厚厚一層。那道如同墨水般的黑影從根源處開始變淡，像是經過搓洗的污漬般消失，最後化為一陣黑色火花落在草地上，融得一乾二淨。

我用袖口抹抹額頭。「做得好，荷莉。我想我們可以把這個鬼魂從清單上劃掉了。今年夏天，村民可以全家來這裡野餐啦。下一個是什麼？」

下一個是奇普斯看到的橋上幽影，發現它同樣好對付。接著還有綠地上的投石怪與公車站牌旁的潛行者。荷莉與我將它們一一解決。

喬治呵呵笑了幾聲。「這趟巡邏簡直是小菜一碟。好啦，妳們兩個都上場過了，下一個就讓我來吧。」他看看地圖。「連棟住宅某戶人家的後院出現老太太的虛影，我應該打得過這個奶奶吧。來去看看她在不在家。」

這排屋舍位於綠地另一側，走過去不用太多時間。草地邊緣柵欄上有一道階梯，可以直接踏上小路，那排屋子的燈光近在眼前。

路上挺暗的，樹籬從兩旁緊緊包夾。頭頂上歪七扭八的樹枝把夜空切成碎片。我們不敢離同伴太遠，這不是值得逗留的好地方。

「那一戶還要再往前一點。」喬治小聲說：「應該馬上就──」他煞住腳步。「喔不，這是哪位？」

黑漆漆的小路上浮現一道人影，側著身沒有直接面向我們，背後閃爍的異界光芒彷彿是來自不存在的蠟燭。一縷縷長髮遮住它的臉，雙手軟軟垂在身旁，低著頭，肩膀垂落，散發惹人憐憫的哀愁，但蒼白的手掌緊緊握拳。

我們站在原處，和鬼魂一樣一動也不動。「它穿著睡袍，這絕對不是好事。」荷莉小聲說。

「妳們覺得它是不是年輕女生？」喬治吐出氣音。「它的腳看起來不像老奶奶。我是沒看過多少老奶奶的腳啦。我有其他嗜好。」

天知道這個鬼魂原本是什麼？「等等。它動了。」我說。

枯瘦的腳掌在泥土路上拖行，步伐細碎，髒兮兮的衣襬翻飛，那道人影轉了過來。寒氣往它身上迴旋匯聚，像是一張巨大的床單般在我們周圍扭曲。我們緊緊靠著彼此。

「妳們知道嗎？訪客只會逆時針旋轉喔。」喬治的嗓音緊繃而高亢。「它們絕對不會順時針轉。真的。」

「哇，多謝指教。」我說：「喬治，現在給我暫時閉嘴。」劍抽出來。我試試看和它說話。盯緊它的手腳。看它表情有沒有變。」

「要是真能看到臉的話就好了。」喬治碎唸。

荷莉往後瑟縮。「睡袍前面有血。」

沒錯，濃濃的黑色血跡染成圍裙的形狀，看起來還濕濕黏黏的。人影繼續轉動，輕輕地左右搖晃；現在它正對著我們，但腦袋垂得太低，只看得到髮旋和滑落的黑色長髮，映著異界光芒。

我聽見宛如樹葉磨擦的聲響。

「妳是誰？」我開口詢問。「告訴我們妳的名字。妳在這裡出了什麼事？」

我靜靜等待。只聽到磨擦聲再次響起，音量稍微大了點。

現在喬治也縮了起來。「我還看不到臉。荷莉，妳看到了嗎？」

「沒有。我看不到。露西——」

「別慌。」我也感覺到同樣的恐慌，沿著我手臂的神經往上蔓延，湧入我的肚子裡。「你們都別慌。我聽到聲音了。」

「看看那麼大片的血跡。」

「聽到了……」

如同枯葉的細語從砂紙般粗糙的嘴唇間吐出。這次我聽見了。

喔。

「我的眼睛。有沒有看到我的眼睛？」

人影抬起頭，髮絲往後落回原處。

無法分辨叫得比較大聲的是喬治，還是荷莉。總之他們淹沒了我的尖叫。我不記得這個訪客是否衝向我們。我確實有拿劍砍向它。然後我們跳下階梯，跑到綠地上，一直到市集十字架旁邊才停下腳步，讓空氣高速湧入肺葉，邊喘邊罵髒話。

「它有沒有跑過來？」荷莉問：「有沒有追在後面？」

我回頭望向漆黑的夜色。「沒有。」

「眞是太好了。」

「爲什麼一定要是眼睛？」喬治問：「爲什麼不能是比較不顯眼的身體部位。比如說是大拇指，不然耳朵也好。看起來不會那麼糟。」

「露西，那個鬼魂是從哪裡跑出來的？它沒在地圖上。」

「一定是新來的。不知道。」

「腳趾頭！說不定它失去了腳趾頭！沒有腳趾頭就不能走路了。要是它追上來就會跌倒。」

「喬治，你在胡言亂語。」我說。

「沒錯，對。可是妳也知道，我只是把覺得合理的事情說出來。」

我決定了。大家都需要休息。我帶他們回旅店。

洛克伍德與奇普斯已經回來了。洛克伍德靠著吧台寫筆記，奇普斯一手拿可樂，費爾法的護目鏡還蓋在頭上，在酒吧裡興高采烈地來回踱步。

「兩個惡靈！」他大叫：「兩個惡靈和一個鬼火！我全都看見了！不但看到了，還被我快手快腳解決掉！不信的話可以問洛克伍德。」

「他整晚在我耳邊大呼小叫。」洛克伍德說：「我開始後悔把這個東西給他用了。總之我們目前還滿順利的。你們呢？」

我們說出剛才的遭遇，最後我說：「洛克伍德，這座村子瀰漫著詭異的氣氛——某種來自遠處的超自然干擾。我隱約可以聽到，就像是背景的嗡嗡聲。以前我也聽過這種聲音，在艾克莫地下——骨頭鏡子也有類似的效果。」

洛克伍德以筆桿輕輕敲打吧台，沉默了好一會才回應：「我想稍微更動配置。荷莉，可以麻煩妳帶奇普斯與喬治回去對付那個缺眼睛的女生嗎？然後繼續在村子裡巡邏。露西，我要請妳和我一起走。看能不能揪出妳體驗到的擾動來源。」

□

洛克伍德與我繞著村子的外圍走，現在月光打在東側樹林上頭。可以看到樹頂後方的山丘閃閃發亮，宛如一個個銀色的弦月浮在黑暗中。很美，但夜色與寂靜依舊緊緊壓迫著我們；我好想聽到一聲貓頭鷹的鳴叫，或是喪鐘的響聲，不然人類的叫嚷也好——除了在我腦海中嗡嗡作響的遙遠靈異擾動，什麼都好。

大約每走一百碼我們就會停下來，讓我努力尋找目標。沒有用，擾動的方向沒有變過。或許來源離我們太遠了。

「到樹林那裡試試看。」洛克伍德說。

我們的靴子踩過結實的沙土地。已經繞了整整一圈，回到教堂附近了。

「希望他們能困住那個惡靈。」我說：「希望喬治撐得住。」

洛克伍德咧嘴一笑。「他對少了點配備的女孩子有些障礙。不過我覺得會是奇普斯解決這個鬼魂。有了那副護目鏡，他簡直就像脫韁野馬。妳剛才說荷莉也表現得不錯？」

「她做得很好。」

「我一直在鼓勵她更信任自己的天賦。在羅特威那個蠢材旁邊做事那陣子對她沒有任何好處。感覺她內在有什麼東西崩塌了，對自己的能力失去信心。讓她到現場出勤是好事。小露，妳是她的好榜樣。」

「喔，這就很難說了……」我突然停住，第一次感應到大氣中的擾動有了變化。變弱又轉強。我們剛好經過立在小土堆上的破舊驅鬼街燈，來到教堂墓地外頭，灌木樹籬聳立在旁。「要不要稍微溜進教堂一下？我好像感覺到什麼了。」

「沒問題。」洛克伍德抓住我的手臂，扶我爬上陡坡。「或許值得一看。如果丹尼．史金納的說詞可信，死者現在該從墓穴裡爬起來了。」

然而墓地相當寧靜，墓碑如同一口亂牙，在月光下泛著幽光。我們所站的位置可俯瞰教堂境內，從低矮建物到通往小路的停柩門。我豎起耳朵。沒錯，那股低鳴的脈動增強，音質完全不同。

「小露，簡單問個問題。」洛克伍德說：「關於我們兩個。妳還是我的客戶嗎？還是說我該付妳今晚的酬勞？我一直無法釐清。」

「老實說我也還沒想清楚……」我的心跳越來越快，呼應遙遠雜音的節奏。我突然口乾舌燥。為什麼？明明整片墓地沒有半點動靜。

「我們要達成共識。」洛克伍德還沒說完。「實際上我們目前正在協助彼此。我幫妳找骷髏頭、擺脫溫克曼；妳幫我調查這座村子的內情。這兩碼子事同時發生。我們得要釐清這個複雜的委託/雇傭關係。或者是——」他看著我，「大幅簡化目前的處境——」

我沒在聽他說話，搖搖頭，揚起手要他閉嘴。

月光照亮塔的石砌外牆。樹籬間小動物的動靜消失，夜風也平靜下來。沉默籠罩月光下的墓碑，我瞬間察覺到我們並不孤單。從洛克伍德的沉默不語來看，相信他也有同感。

我們繼續俯視墓園。

有什麼東西從墓碑區朝我們逼近。

我們先是看到它在歪斜的十字架間移動，一開始前進速度極慢，我還以為是墓園牆邊哪棵紫杉的扭曲樹影。這個物體有些朦朧，拱背彎腰，肩頭寬厚，不成形的腦袋晃來晃去，像在尋找什麼。它伸出雙臂，一雙粗腿謹慎地邁進，一步又一步地耙過黑暗。冷空氣越過牆面，一波波掃向我們，讓我們忍不住倒抽一口氣。

「妳看它有多大。」洛克伍德悄聲說。

伊令區食人魔的體型已經很巨大了。即使隔著廚房的門驚鴻一瞥，還是能看清它異常的身軀及力量。然而眼前這個玩意兒更加龐大：身高比得上幾座十字架，身材也更厚實，僵硬怪異的四肢往前慢慢移動，彷彿是陷在整鍋糖漿裡似的。它的舉止笨拙，讓人莫名看得入迷。我曾被骨骸追上水泥斜坡；我曾站在高樓屋頂上，尖叫怪像是破爛風箏般在我四周飛旋。我見識過不少場面，可是這個在墓園裡爬行的巨大形體——我從未看過如此陌生奇異的事物。

它和大多數的鬼魂不同，身上看不到異界光芒；它不像發光童靈那樣耀眼，也不像綠地上的鬼魂那般散發黑暗。它不像惡靈那樣紮實，也沒有死靈那樣詭異。從許多角度來看，它幾乎不存在，以半透明的灰色薄霧組成，可以透過它的身體看到後方雜亂的墓碑與十字架。它的肢體末端——手掌腳掌，甚至是頭部的細節——模糊到幾乎要消失，只能從空氣的扭曲或是逆流推測它們的位置。影子的邊緣似乎正不斷搖曳閃爍，像是顫動的燄舌尖端。彷彿它身上正燒著沉默的冰冷火焰。它的背上冒出一片煙霧，在墓園上空展開，宛如魔術師的斗篷，穩定地擴散，往外覆蓋一塊塊墓碑。

「我沒看過類似的東西。」我輕聲問：「這到底是什麼？」

洛克伍德沒有回答，他凝視黑影背後溢出的黑霧，往某個方向歪歪腦袋，沒有多看我一眼，悄悄握住我的手。

我望向他示意的方位，張開嘴卻覺得口中乾燥得像沙漠。因爲橫越墓園的黑影多了幾個同伴，旁邊站了幾道人影，從草叢和土堆裡醒過來。它們站在十字架和天使石雕間，在歪斜的墓碑上徘徊。可以看到它們的骨架上掛著斂衣。可以在一瞬間認出虛影、惡靈、死靈、鬼火、門口老湯姆。足足有好幾十個鬼魂。這是一支死者大軍。墓園的居民爬起來，注視不斷遠離的爬行黑影。黑影完全無視它們，爬過墓園另一端的停柩門，沿著馬路往樹林移動。

一切停滯下來。

接著，鬼魂動了。一個接著一個，像是聽到我們聽不見的聲音召喚，整群鬼魂衝上小路，有的擁向我們所站的土坡。可以看到它們空洞的臉龐，狂亂茫然的雙眼。我敢說我聽見它們的骨頭劈啪作響。事情發生得太快，我們來不及反應。再過一秒，它們就要撞上我們了。然而這支來自地獄的大隊一瞬間轉向，爬過樹籬，在半空中飛舞，落回馬路上，追著黑影遠去。劈里啪啦的撞擊聲越來越微弱。它們掀起的冰冷氣流尾端掃過我們。

我們站在原處，墓園安靜空曠，只有月光灑落。

後方樹上的烏鶇突然全力唱出悲傷又美麗的音色。等到牠安靜下來，洛克伍德和我依然像是被催眠般站在土坡上。

這時我意識到他還握著我的手。

他也在同一瞬間發覺這點。我們的手指迅速分開，按住工作腰帶，擺出隨時都能抽出鹽彈或長劍的姿勢。洛克伍德清清喉嚨，我撥開遮住眼睛的頭髮。我們的靴子在結霜地面上微微挪動。

「那是什麼鬼東西？」我問。

「那個嗎？」洛克伍德隔著劉海凝視我。「當然就是黑影……」他搖搖頭。「完全想不透。那絕對就是丹尼．史金納提到的東西。大小與形狀，還有看起來像在燃燒的身體。可是——可是妳有沒有看到它後面那些？那些鬼魂——？」

「對，洛克伍德，就和他說的一樣。它就是十字架上雕刻裡的那個東西——搜魂者。它在收集墳墓裡的鬼魂！」

「我才不信。」

「要不然是怎樣？你親眼看到它們爬出來！」

他沒有回答。

「洛克伍德，你看到了。」

「我們得要回去找其他人。這裡不適合討論這種事。」

在遠方的樹林上空，一大群鳥兒發出淒厲的叫聲飛起，牠們盤旋一圈，鼓動翅膀飛越砲台山。我們踉蹌走下土坡，一言不發地快步回到旅店。

Lockwood & Co.

第五部

鐵鍊

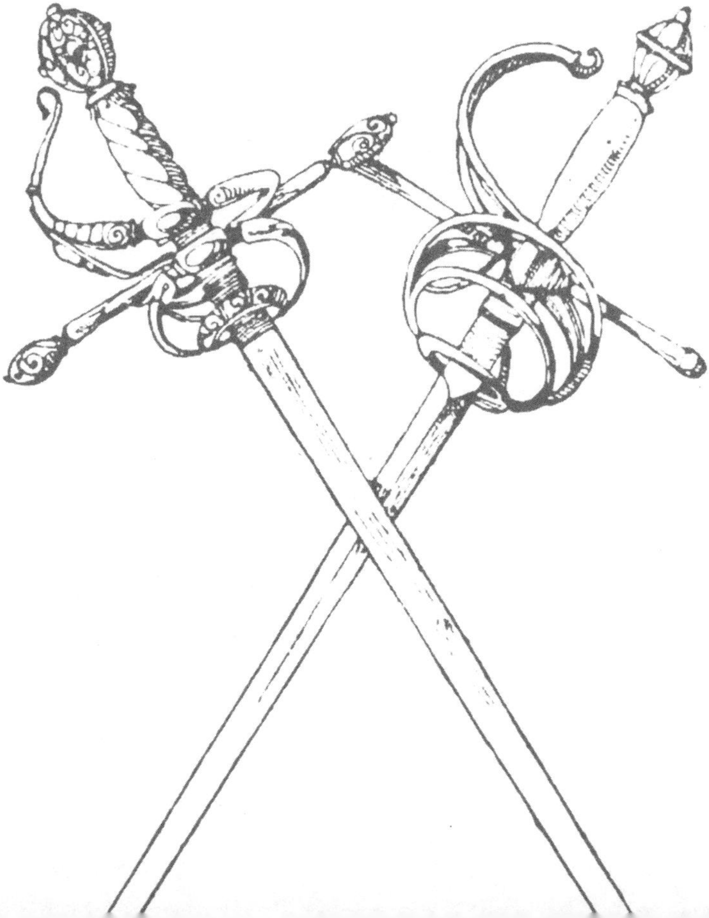

23

其他人從夜色深處返回旅店，他們大有斬獲，不只除掉那個少了眼珠的鬼魂，還順便解決了幾個訪客。高亢的嗓音早他們一步進屋，在酒吧門外迴盪，接著三人匆忙擠進來，喬治與奇普斯爲了地圖上的幾個小細節爭執，但表情看起來相當滿意，荷莉．孟洛夾在中間拿漂亮的拭劍布擦乾淨劍刃。他們在幾乎伸手不見五指的酒吧裡找到洛克伍德和我，唯一的光源是暗紅色的壁爐餘燼。

我們描述剛才的見聞，洛克伍德又說：「毋庸置疑，我們看到那個惡名昭彰的爬行黑影。只有這件事可以說得準。」

「別忘了，還要加上它確實喚醒了其他鬼魂。」我說。「霧氣形成的斗篷就像是攪拌湯鍋的湯杓，只要斗篷飄過，它們就從墓穴裡翻出來。鬼魂擁上地面，最後跟著它走進樹林！」

「要是讓我看到就好了。」喬治說：「前所未見！太神奇了！」他的眼鏡發亮，一屁股坐上桌面，雙腳晃啊晃地。

「墓園裡面所有的屍體都爬出來了？」奇普斯問：「每一個墓穴一個鬼魂？還是只有部分？」

「很多，但不是全部。」我說。「或許這就是收集靈魂的機制……洛克伍德不喜歡我用這個詞。」剛才我們不光是默默坐在壁爐旁。我們還爭執了一番。

「因爲它並不是在收集靈魂。」洛克伍德語帶惱怒。「不知道那個黑影是什麼東西，但它絕對不是什麼審判日的惡魔或天使。拜託！它這個禮拜每晚都會出現！希望你們忘記那個白痴十字架上的圖案。」

「洛克伍德，它把死者從墓穴裡引出來！」

「喔，別再說了。」

「有人要喝熱巧克力嗎？」荷莉開朗地說。「好喝又療癒。史金納先生在吧台後面放了好幾袋。我這就去燒水。」

「那個東西肯定有什麼地方超級不對勁。」奇普斯摘下護目鏡，裝模作樣地往房間另一端拋去，讓它穩穩地掛在衣帽架上。故作瀟灑的姿態稍微被他眼睛周圍的紅色壓痕抵銷。「洛克伍德，不對勁到把你嚇成這樣。從沒想到會有這一天。」

「我才沒被嚇到！」洛克伍德雙臂環胸。「喬治，你覺得我被嚇到了嗎？」

「舉雙手雙腳同意。這次我贊成奇普斯的見解。」喬治眨眨眼，搖搖頭，毫不掩飾匪夷所思的情緒。「今晚眞是充滿第一次。」

洛克伍德擺了好一會臭臉才開口：「好吧，或許露西和我有立場稍微心神不寧。喚醒死者只是那個鬼魂的其中一個詭異特徵。那個孩子說的完全沒錯。黑影背上的確拖著一片煙霧，身體表面眞的看起來像是燒著奇特的火焰。它的移動方式也很怪。」他嘆了口氣。「奇普斯，你有沒有在什麼文獻上看過這種東西？」

「完全沒有。所有歷史記載中都沒提到這類鬼魂。或許在費茲總部的黑圖書館可以查到什麼，裡頭存放了各種資料……」奇普斯坐在椅子上往後伸展背脊。「我很訝異羅特威研究機構還沒注意到這個黑影。對他們來說是不小的損失。」

洛克伍德點頭，眼中閃著嚴肅的光芒。「確實。」

水滾了，荷莉幫大家泡熱巧克力，奇普斯起身協助，喬治掠奪吧台後的櫃子，找到洋芋片和巧克力。我們隨即在角落的戰術桌上吃起宵夜。

在分散注意的同時，洛克伍德也打起精神；不只是打起精神，情緒更是起了一百八十度的轉變。他切換心情的速度無人能及，從震驚又慌亂瞬間變得精神百倍，渾身上下能量充沛。我呢？我吃吃喝喝，覺得好過一些，卻依然難以平復思緒。方才在墓園的經歷使得我滿腦子都是爬行的黑影。

等到大家捧著馬克杯就座，洛克伍德上身前傾，靠向桌面。「好，現在我有個提案。或許聽起來有點瘋狂，但還是希望大家聽完。親眼目睹那個黑影讓我改觀了。它太怪異、太特別，肯定是某種我們從未見識過的鬼魂。我認爲我們需要使出更高階的手段來應變。」

「怎麼做？」奇普斯問：「設陷阱抓它？把它趕進關鬼魂的欄舍？以前我有看過，用鐵鍊圍出一個範圍，拿燃燒彈把它趕進去。」

「和我想的不太一樣。」洛克伍德瞄了手錶一眼。「我們要闖進羅特威研究機構，差不多……一小時後出發。」

「什麼？」奇普斯不像我們這麼習慣洛克伍德的奇思妙想。我們三個啜飲熱巧克力，秉持沉默是金的原則。「什麼？你再說一次。」

「抵達此處後，我一直計畫要這麼做。史提夫．羅特威本人造訪更是鞏固了我的決心。原本打算對付完奧伯里堡的鬼魂後再行動，可是看到了那個黑影，發現這可行不通。這裡的鬼魂太多了，至少要到下個禮拜中才能解決標在地圖上的問題地點，到時候研究機構的勾當早就完成啦。你們仔細想一想，羅特威本人都跑來這裡了。他不可能逗留在那些小屋裡太久。」

奇普斯拿了一片鮮蝦雞尾酒口味洋芋片，凝視它的眼神活像是上頭蘊含著時間與空間的奧祕。「所以那裡到底在幹嘛？我是說那個機構？」

「這就是我們的調查目的。奎爾，我先前向你簡單提過露西的問題，她那顆稀罕的骷髏頭遭竊。我向你提過有個強生先生把鬧鬼物品的黑市交易與羅特威偵探社牽上線。我們知道那些被偷走的源頭將轉移到其中一間研究機構——問題在於到底是哪一間。聽到史金納小朋友通報奧伯里堡的鬼魂大流行，我靈光一閃。在某個默默無聞的小村落突然發生群聚事件？附近又剛好有一間研究機構？哈洛德．梅勒對露西說他向黑市商人提供源頭是這三個月的事。大致與奧伯里堡出事的時期相符。喔，關於那個『鮮血之地』，這間羅特威研究機構就長在古戰場正中央。我覺得巧合也太多了。」

「還有一個巧合。」喬治說：「這一切在我們解決切爾西區的狀況後沒多久就發生。奇普斯，你要吃那個洋芋片嗎？不吃的話我可以幫它找到溫暖的家。」

「切爾西區事件是另一個我拉你入夥的原因，奎爾。」洛克伍德繼續說：「你當時與我們並肩作戰。假如那起群聚是羅特威偵探社動的手腳，那麼現在這起也是他們在搞鬼。黑影就是他們喚醒的東西之一。光是從旁邊走過就能靠著其他鬼魂來補充能量的鬼魂！太可怕了。我們一定要查個究竟。」

「這有可能是靈擾的部分解答。」喬治說：「還記得我在波特蘭街的地圖嗎？說明了鬼魂的流行就像疾病一樣穩定地擴散到全國。疾病需要帶原者。這個爬行的黑影或許就是其中之一。會不會其實存在著許多爬行的黑影？說不定這就是鬧鬼區域擴大的原因。」

「我對史提夫．羅特威沒有好感。」奇普斯答得謹慎。「但我看不出他是幕後黑手。」

「我也想不透。」洛克伍德說：「不過我們很快就會知道了——就在今晚。不能等到明天。到時候羅特威很有可能早就完事了。」他往後靠上椅背。「你覺得如何？」

奇普斯深深吁了一口氣。「闖入同行的產業？你們平常都在幹這種事嗎？」

我點頭。「有時候。我們曾經潛入費茲總部的黑圖書館。」

「什麼？」

「別這麼吃驚嘛。」洛克伍德勾起嘴角。「反正你也不是偵探社的員工了，現在有的是爲自己打算的自由。重點來了：你沒有必要涉入這件事。」

奇普斯聳肩。「喔，我都來了，也沒別的事情好做。大不了在牢裡蹲個幾年……庫賓斯，你的髒手別來碰我的洋芋片。要吃自己去拿。」

「很好。」洛克伍德說：「那就上吧。出發之前——荷莉，妳曾經在史提夫・羅特威身旁做過事，想必非常了解他。妳認爲他會受到什麼力量驅使？」

我想聽荷莉說話，注意力卻又被奇普斯那副難以置信、坐立不安的表情吸去，真是無比煎熬。他才剛加入我們；而她喝著熱巧克力，神態就和先前洛克伍德提到要闖進研究機構時一樣平靜。很好，她還是那般從容，優雅到刺眼的程度，不過現在她已經融入了洛克伍德偵探社。她甚至吃了兩片洋芋片。

「他的動機嗎？」她形狀漂亮的指甲輕輕敲打馬克杯，撇下嘴角，展現強烈的不齒。「他喜歡他的財富。除此之外……」她望向壁爐。「除此之外，我認爲是與費茲偵探社並駕齊驅的欲望。他總是把費茲掛在嘴邊，總是在研究他們的動向及成就。他每個月都會記錄費茲偵探社的案件數，拿來和羅特威的業績比較。他拚命要當第一。」

「喔，羅特威一直都是這樣。」奇普斯說：「從歷史書上就看得出來。老湯姆・羅特威與梅莉莎・費茲起初是對抗靈擾的夥伴。之後他們拆夥，梅莉莎開設了第一間正式偵探社。羅特威過了一、兩個月也跟進，只是知名度一直不如人——至少早期是如此。從那時開始，雙方展開了漫長的拉鋸戰。這些研究機構——那些他們有心或是無意發明出來的破爛道具——不過是羅特威追趕費茲偵探社的手段之一。」他吸吸鼻子。「老實說還滿可悲的。」

「嗯，別忘了潘妮洛・費茲檯面下也動了不少手腳。」洛克伍德說：「奧菲斯結社似乎受她控制，奇普斯，你的護目鏡就是他們做的。聽好了，既然決定要出手，我們得要開始準備了。再四個小時就要天亮啦。」

我們著手準備，發現闖空門的裝備和獵捕鬼魂沒有太大差異。爲了維持機動性，我們捨棄部分比較沉重的鐵鍊與大量備用鐵粉；喬治找到一把剪線鉗；除此之外，我們的工作腰帶和裝備包維持原樣。附近的訪客太多，再拋下更多裝備會太危險。我們在十分鐘內整裝完畢。

翻動背包時沒有看到拘魂罐還是讓我覺得怪怪的。幾包鹽巴、一兩顆額外的燃燒彈，甚至還有那件神靈斗篷——我剛入手的防禦措施——摺得整整齊齊……這一切都無法彌補這份不足。經歷過沃克斯霍爾的混戰，我或多或少放棄了再次尋獲骷髏頭的希望。假如洛克伍德說得對，或許它現在就在那裡，就在一哩外原野間的機構園區裡。希望是如此。

動身前，我們盡量把自己弄得一身黑，盡可能不引起注意。身爲調查員，我們的衣著以黑色爲主，還戴了手套遮掩雙手。不過除了荷莉，我們的臉龐不適合突擊；特別是奇普斯，簡直就像長了雀斑的月亮般在黑暗中發光。於是荷莉動用她的化妝刷具和史金納家廚房裡摸出來的鞋油，沒多少工夫，我們的亮度降到最低。

剛過凌晨兩點，五道沉默的身影踏出老太陽旅店。

□

幾個鬼魂在樹林裡遊蕩，從遠處就能看見異界光芒，但它們沒有接近，我們也刻意給它們一點空間。我們不走鋪好的小路，從木橋旁幾碼處跳過小溪，繞過採石場，跟在路旁穿過樹林。眼前的樹幹間透出燦亮星光，我們知道丘頂不遠了。

就像洛克伍德和我前一天那樣，我們壓低身形走完最後一段。沒有聽到警報聲。不久，我們五個趴在丘頂，俯視羅特威研究機構。說來真是奇妙，這個地方夜裡看起來比白天還要壯觀，泛光燈遮掩了簡陋的外觀，建築物泛著均勻的金屬光。

引起我們注意的並非泛光燈。那不是這一帶唯一的光源。在黑暗的平原上，幾道散發微光的人影像柱子般佇立，宛如釘進冬季原野的釘子。它們散發空洞的淡金色光芒，閃爍不定，似乎隨時會被風吹散。在數不清的歲月間，它們失去了原有的形體。

「難怪他們沒找多少人站崗。」洛克伍德悄聲說：「他們讓維京人負擔這項任務。」

「肯定是殘留在戰場上的遺骨。」喬治說。

「現在也沒辦法解決它們。」奇普斯的臉在護目鏡下皺起。「要怎麼做？」

「應該沒關係吧。」我說：「直接繞過去就好。這塊地這麼寬，感覺它們好幾百年沒動過了。說到超自然方面的威脅，我們要擔心的不是它們。」

「小露，那個低鳴聲還在嗎？」洛克伍德問。

「對。現在變得很大聲，來源就是那裡。」

在我們穿越樹林的途中，那道聲響不斷放大，不像黑影進入墓園那時的驚懼感，但它現在如同腦中有一群蟲子飛舞似地響亮。如同先前的骨頭鏡子，以及切爾西區的地底密道，幾乎令我反胃。毋庸置疑，它就是從下面的研究機構傳來的。

洛克伍德挪了挪，一手搭上我的肩。「露西，進去後就讓妳帶路了。聽到什麼就和我們說。」

「首先我們要先進得去。」奇普斯乾巴巴地補上一句。

一道布滿碎石的崎嶇陡坡通往下方平原。我們一點一點往下爬，生怕踢落一整片碎石子，踏上地面後才加快腳步。面前的園區像是光之島嶼般浮現在我們面前。沒看到半個人，這讓我們鬆了一口氣，不過老實說處在泛光燈下的人也很難發現我們正在接近。面對園區外的黑暗，他們和瞎子沒兩樣。

我對那批訪客的判斷沒錯。我們在那些綻放柔光的身影間蛇行，與它們保持距離，而它們完全沒有任何動靜。它們的外貌幾乎就是幾根發光的柱子，只有其中一個鬼魂還依稀能看出留著一臉大鬍子。繞過這群守衛後，我們接近外圍鐵絲網最暗的區塊，迅速伏地待機。

過了一分鐘，我們趁機調整心跳。草地冰冰涼涼的，我被黑沉沉的地面與黑沉沉的天空包夾。抬起頭就能看到離我的臉只有幾吋的鐵絲網，再過去就是幾棟屋子的背面。比起丘頂的視角，它們看起來更加堅實，更高也更龐大。接近我們這一側很暗，但還是看得出幾棟屋子間以走道相連。那些通道以金屬爲骨架，包裹其外的防水布在風中輕顫。裡頭一片寂靜，說不定這個地方早已人去樓空。

「喬治。」洛克伍德下令。「弄個洞讓我們進去。」

啪嚓、啪嚓，喬治手中的剪線鉗靈巧地剪開接近地面的五、六根鐵絲，打造出活門般的洞口。他測試一下，對我們說：「可以擠進去，然後鐵絲網會掉回來，不會被人注意到。」

「要再大一點。」洛克伍德悄聲說：「說不定我們得要匆忙逃離。」

「噓！」荷莉發出像是毒蛇優雅吐信的聲音示警。我們再次趴平，用身體遮住銀亮的長劍。有鞋子踩過碎石子地面，從最近的建築物側邊繞向此處。我們趴在漆黑草地上，臉緊緊貼著地面，柵欄內有人路過，離我們只有幾呎遠。腳步聲轉個了彎，漸漸消失。

我小心翼翼地抬起頭，撥開遮住臉的頭髮。「沒人了。」

其他人緩緩撐起上身。「庫賓斯，你還真有一套。」奇普斯小聲說：「我完全想像不到你能把自己壓得這麼扁。太不可思議了。」

「我也想像不到你能給出聰明的評論。」喬治說：「我真的沒有看錯你。」他繼續剪斷鐵絲，一會就剪出和郵筒差不多大的洞，與我們的肩膀同寬，揹著背包鑽進去要費點工夫。他把那片鐵絲網拉開，洛克伍德隨即擠了進去。即使穿著大衣，他修長的身形仍輕輕鬆鬆就通過洞口。他蹲在鐵絲網柵欄內東張西望，對我們比手勢。我們一個接著一個，以快慢不等的速度跟著他進入禁區。

「記好這個地方。」洛克伍德悄聲說：「這個洞在那兩根黑色柱子中間。好了——露西，妳覺得該往哪裡走？」

那股超自然鳴響比過去都還要吵雜，從我的耳朵深處到腳跟，全身上下都感覺得到震動。我往一個方向走了幾步，接著又換了個方向，閉起眼睛聆聽聲響的變化。

「很近了。往左走的時候感覺更強。」

我們以最輕巧的步伐緩緩移向左手邊最近的建築物。來自園區中央的燈光灑在碎石子地上，眼前的牆面宛如金屬峭壁，黑暗冰冷，毫無特色。我自然而然地走在最前面，抵達屋角時，我往屋子另一側看去——差點被撲面而來的靈異鼓動撞得慘叫出聲。

被燈光照亮的碎石子地另一頭有一座建築物，我瞬間意識到它就是這個研究機構的核心。它的外觀與其他屋子沒有太大差異——像是頂著寬闊圓弧屋頂的巨大金屬穀倉。一條通道連接那棟屋子和我們身旁的小屋，更遠處還有一條通道，宛如通往輪軸的輻條。中間庫房似的大房子沒有窗戶，其中一邊裝設雙開門板，面對著柵欄。門內流出柔軟朦朧的光芒——伴隨著強勁的超自然力量。三四名身穿白色實驗袍的男子站在光線中，他們手中各自拿著東西，但我分辨不出是什麼。他們一動也不動。沒有人進出。

我縮回來，換洛克伍德探頭。「一切都在那裡處理。」我悄聲說：「雖然不知道他們在搞什麼鬼。」

他朝黑暗中瞇眼細看。「柵欄有個縫隙——缺了一片鐵絲網——你們看，就在那些人再過去一點的地方。那是幹嘛的？」

「可以開車送東西進去？」

「幹嘛不從馬路上的柵門進來？」

我無法回答。把脖子伸得更長，注意到了另一個東西：身旁這棟屋子的門就在幾碼外。光滑的金屬門板邊緣用橡膠封得死緊。完全猜不出門後會藏著什麼東西。

我指給洛克伍德看。「可以試試。」

他猶豫了下。「不知道耶。風險很大。說不定羅特威一半的人馬都在裡面。」

「不然呢？總不能直接大步走到燈光下吧？」

「當然……」

「洛克伍德！」負責殿後的荷莉喊道。她往後頭瘋狂比劃。兩名腰間掛著閃亮裝備的黑衣男子從這棟屋子的另一角轉過來。現在他們望向柵欄外的夜色，維京戰士的微弱光芒散布在原野各處。幸好那兩人有說有笑，完全沒有察覺我們的存在——然而只要他們的視線掃過來，情勢將會完全不同，我們背著燈光的身影是如此清晰。

「快走！快！」洛克伍德推著我們繞過屋角。我們面臨同樣的問題：穀倉門內的人一抬頭就會看到我們。

我們撲向那扇門。洛克伍德轉動門把，推開一縫。

「快！快進去！進去！」

各位有沒有看過剛孵化的小鴨一個接著一個跳進溪裡？牠們不知道將會面臨什麼，卻只能跟著其他同伴，只能抱持希望跳下去。這就是我們的寫照。荷莉、奇普斯、喬治，最後是洛克伍德和我，我們在一眨眼間鑽進屋裡，門板牢牢關上。

這是決定性的行動。一進門就無法回頭了。

24

先說好消息。我們的大駕光臨沒有引發尖叫、警鈴、襲擊。這個房間燈光昏暗，雖然已經有夠多值得懼怕的要素，至少沒看到半個羅特威研究機構的人員。波浪鐵皮牆面往上構成淺淺的拱頂。柔和的燈光從牆上照下來，燈具中間牽著電線。地上鋪著廉價的木頭合板，另一頭的隔間牆後還有一個房間，不過光是目前所處的空間就夠我們看了。這是一間實驗室。

三張幾乎和房間等長的金屬桌間擺了幾張椅子與置物推車。幾條鐵鍊將桌子隔開，桌上擺了各式各樣的儀器：銀玻璃燒瓶、試管、燒杯、一圈圈鐵管、尚未熄滅的本生燈、劈啪作響的電磁圈。有的燒瓶挺小的，有的格外粗大，裡頭全都亮著超自然光輝。隔著髒兮兮的玻璃可以看到散發能量的源頭——泛黃的下顎骨、股骨、肋骨、頭蓋骨，還有一塊塊生鏽的金屬，可能曾是頭盔、長劍、臂環的一部分。這些是遺留在這個戰場上的靈異物品，還能看見附著其上的鬼魂。容器裡全都盈滿異界光芒，呈現詭譎的藍色與黃色，配上邪惡的深綠色，不搭調的色彩映在房間牆面上。而且這些容器都在承受某種實驗——加熱、加壓、通電、冰凍……鬼氣貼著銀玻璃打轉，我瞥見扭曲到難以辨認的臉龐轉了一圈又一圈。容器都封死了，我聽不見囚禁在裡頭的聲音，卻感受得到它們的慘叫。

「看看這些東西……」奇普斯開口。

喬治吹了聲口哨。「和我房間差不多嘛。」

洛克伍德凝視其中一個懸在啖舌上的玻璃圓底燒瓶，紫色的鬼氣啵啵沸騰。「看得出他們在幹嘛嗎？」

「基本上就是鬼氣研究。」喬治說：「他們在測試鬼氣對各種變因的反應。比如說高溫、寒冷……你們看——這個管子被抽成眞空了。眞有意思，看看這組鬼氣變得多麼稀薄……他們打算以連續的電擊來刺激這個鬼魂。」他搖搖頭。「可以和他們說這些花招都沒用。我拿我們的骷髏頭實驗一年多啦，鬼氣完全沒有產生變化，只會惹火鬼魂。」

一進門，我就豎起耳朵尋找骷髏頭的下落，可惜毫無斬獲。現在我盯著運作中的離心機，囚禁在裡面的鬼魂在儀器裡轉了無數圈。「這樣不對。」我說：「這樣不太……健康。」

喬治看著我。「這種勾當我已經幹了好幾年啦。」

「我不予置評。」

「小露，這些手段都是用來了解靈擾。」洛克伍德說：「查出什麼東西能讓鬼魂有反應。雖然有點極端，可是這裡的做法沒有任何錯誤。」

我沒有回話。洛克伍德對鬼魂沒有任何好感；無論是他，還是喬治，這兩個人從沒給過鬼魂半點同理心。我呢？對我來說沒那麼簡單。我盯著忙碌的實驗桌，那些用來記錄的紙筆，那些溫度計和整架定量吸管。不知道為什麼，我腦中浮現艾瑪・瑪區曼在十七世紀打造的工作室，裡頭擺滿她用來施展巫術的瓶罐藥水。此處的技術程度高出許多，但感覺本質上沒有太大差異。

「看來他們投入不少心血。」洛克伍德說：「實驗才做到一半。問題在於：這些人跑哪去了？」

奇普斯咕噥幾聲。「肯定是隔壁發生了更精彩的事情。」他說得很對，這間充滿殘酷奇景的實驗室沒有絆住我們腳步太久。走向隔間另一側途中，喬治突然大叫，撲上身旁的實驗桌。「對！我想看的就是這個！」

荷莉看了他旁邊的筒狀玻璃容器一眼。「腐爛的骨盆？」

「笨蛋，才不是咧。看看這些菸蒂！」他拎起被某人當成菸灰缸用的玻璃罐，嗅了一口。「錯不了——燒過的吐司和焦糖！這是波斯之光！我們在艾克莫那裡找到的菸蒂。現在可以確定我們對付的就是切爾西區的那夥人。」

「或許你覺得這是好事，不過要不要先看這邊一眼？」奇普斯低聲說。

現在可以看出這道隔間牆將建築物切成均等的兩區。走過開放式的拱門，隔壁的房間擺設幾乎與實驗室一模一樣，除了這裡接了條連通其他建築物的圓筒狀通道。房間中央也擺了三張長桌，不過與隔壁那些遭到折磨的鬼魂、瘋狂迴旋的光芒不同，桌上的物體泛著黯淡的反光。桌上整整齊齊地擺了一排排箱子和各式物品，有投擲彈、槍枝、裝在大型圓筒裡的鹽巴與鐵粉。還有其他更陌生的玩意兒。

「武器室。」洛克伍德悄聲說：「看看這些燃燒彈！奇普斯，你有看過這麼大顆的嗎？」

奇普斯掀起護目鏡環視整個房間，眼中充滿驚歎。「之前在東區用過一次大型投擲彈，但還是比不上這些。」

喬治又吹了聲口哨。「眞的丟出去的話效果肯定很不得了。和椰子沒有兩樣嘛！絕對能炸飛誰家的屋頂。」

我們沿著桌子間的走道前進，隨手打開箱子、偷看布袋的內容物。基於專業領域的驚歎讓我們頓時忘記現下處境。這是專爲調查員設計的對抗鬼魂道具，但我們從來沒在市面上看過如此高檔的規格。

「這些槍枝裡裝塡了鐵粉和鹽巴的子彈。」洛克伍德說：「在伊令區絕對能大發神威……這又是什麼鬼東西？」

他站在金屬架子前，架上放著一把大型槍械，通體漆黑，裝設長長的槍管，扳機前方有個鐵片拴在彈匣上的銀玻璃圓球。球裡裝了些細碎的骨頭，散發淡淡幽光。

「它的架構是傳統的霰彈槍。」洛克伍德說：「只是經過改造。或許是我想得太多……我認爲只要扣下扳機，就會有鬼魂飛出來……」他搖頭。「太詭異了。我不確定靈異局會核准這種武器。」

「當然不可能。」我小聲回應。眼前的托盤上整齊地擺著一根根木頭圓柱體——尺寸接近短棍——每根末端都裝上中空的玻璃球。「他們不可能准許這裡的任何一種產品問世。」我握起一根短棍，伸到眾人面前。超自然光芒在玻璃球內打轉。「有人認得這個嗎？」

沒有人回話。他們目瞪口呆地看著短棍。

我就當這是肯定的回答。

去年秋天，在倫敦中區的嘉年華會，兩名武裝人士襲擊潘妮洛．費茲和史提夫．羅特威搭乘的花車。他們試圖開槍射殺費茲女士，不過他們的行動是以類似的鬼魂炸彈揭開序幕。玻璃球破裂，惡靈擁出，危及多人性命。完全搞不清楚那些鬼魂炸彈的來歷。直到現在。

「嗯……這可不得了。」洛克伍德說。

「可是——可是肯定和羅特威先生無關吧。」荷莉提出疑點。「那些刺客也想殺他。」

「眞的嗎？」我問。「我不記得他們曾經把槍口對著他。他們的子彈都是衝著潘妮洛．費茲而來。」

「不！妳在說什麼？他出手抵擋那兩個人！還殺了其中一個！」

「沒錯，他的舉動値得讚賞。」洛克伍德輕聲說：「大家都覺得他是英雄對吧？雖然救了費茲女士的其實是我們，而他沒有達成最初的目的。無論結果如何，他都是贏家。」

「我知道羅特威偵探社把費茲視爲眼中釘。」奇普斯說：「但從來沒想過他們會這麼過分。」

「我無法相信。」荷莉雙眼泛淚。「我還在他身邊工作過。」

奇普斯皺眉。「已經看夠了吧，該離開這裡了。去找個電話打給靈異局，叫伯恩斯馬上過來。」

「還沒。」洛克伍德說。

「你瘋了嗎？洛克伍德，這些都是關鍵證據。」

「靈異局會怎麼做？他們沒辦法直接掃蕩羅特威的私人產業吧？退個一百步，就算他們信了我們的話，他們還得申請搜索令、與律師糾纏——等到他們抵達，這些東西早就消失得一乾二淨。」

奇普斯挫折地拍了桌面一掌。「那你說要怎麼做啊？繼續在這裡閒晃，直到羅特威逮到我們，往我們的鼻子丟鬼魂炸彈？」

「我想要閒晃的地方只有中間那棟房子。我們一定要去看看重頭戲。就在那裡——走過去就到了。」他雙眼發亮，大拇指朝著牆上的開口比了比。在微弱的燈光下，可以看到通道的骨架與臨時搭上的防水布。

「對啊，就在那裡，羅特威的人馬也都在那裡。」奇普斯說。「輕舉妄動和送死沒有兩樣。我們只能做自己做得到的事情。」他看看我們。「真的只有我這麼想？」

沒有人回應他。對洛克伍德的忠誠心讓我們不願與他唱反調，即便如此，還是無法否認奇普斯的論點很有邏輯。

「不然這樣吧。」奇普斯拎起一根短棍。「我們帶走一個當成證據，證明我們看到這一切。拿到伯恩斯的鬍子前讓他無法否認這個鐵錚錚的證據。我敢說這樣能讓靈異局的公務車在最短時間內開出倫敦。」

洛克伍德還是搖頭。「不行。我們不能錯過這個機會。失敗的損失太大了。和通道彼端的事物相比，這些小東西根本不算什麼。你和我一樣清楚。這是在浪費時間——」

「我知道的是你讓自己的好奇心凌駕在隊員的安危之上！」奇普斯打斷他的話。「你想的話就拿自己的命去拚——可是荷莉呢？露西呢？你希望其他人因你而死？」

奇普斯似乎說得有點太過頭，洛克伍德被鞋油塗黑的臉龐瞬間表情全無。他往奇普斯踏出一步，接著他腦中的情緒安全閥啟動，總算恢復控制。

「你說得很對。」洛克伍德柔聲說：「我不否認。我想得不夠透徹。」他深吸一口氣。「好，那就這樣吧。你們離開這裡，帶著證物去找靈異局，照著奇普斯的話行動。他說得對，我們要確實把這裡的實況流傳出去。而我去中間那棟屋子看一眼。閉嘴，喬治——別和我辯。要是被他們逮到，我會好好地引開他們的注意，確保你們能逃出去。就這樣。現在就走。」

這是考驗他領導力的重大時刻，荷莉、喬治、我張嘴要反駁，然而就在此時，我們聽見遠處傳來鏗鏘聲，靈異能量從我們背後的通道湧出，強大到足以讓我手臂上寒毛豎立。接著是一陣說話聲，急促的腳步聲往這裡接近。

平息爭執最好的辦法就是突如其來的重大危機。我們四散躲避。洛克伍德矮身滾過走道，蹲在一張桌子末端。奇普斯與荷莉消失無蹤；喬治往反方向滑過我面前。我竄進身旁桌下，在紙箱間掙扎爬行，兩雙靴子踏進這個房間，走向另一側。我回頭看了一眼，隔著金屬桌腳看見一男一女，都是中年人，厚厚的眼鏡架在頭頂上。他們身上的實驗袍繡著抬起前腳的獅子圖案。

「還剩多少時間？」女性邊走邊說。

「最多十分鐘。他離開二十分鐘了。從來沒有超過半小時。」

「那我們最好手腳快一點，早點趕回去。」

他們的腳步聲通過隔間牆，進入實驗室。

輕微的動靜引起我的注意，我轉頭看到蹲在桌子另一端的洛克伍德。他頭髮亂了，臉上被鞋油染得亂七八糟，但雙眼和笑容依舊燦爛。他迎上我的視線，揮手表示道別。然後他就彎著腰鑽進通道，沒幾秒就消失了。

我環視房間，看到荷莉緊緊趴在離我最遠的桌下。奇普斯就在旁邊，夾在兩把鹽槍中間。從房間另一角的整箱鎂光彈後頭探出來的如果不是全世界最大的鹽彈，那就是喬治的肚皮。他戴著眼鏡的臉抬起來，對我眨眨眼。

他們不會有事的。

各位都知道我要說什麼。那個時刻又來了。那種沒有多想、一時衝動、直覺優於理性的時刻。

就是在這種時刻才能顯露出我們的本性。

我也起身衝進通道。

外頭的風吹得更凶，防水布在金屬骨架上劈啪翻飛。天花板上垂著黯淡的燈泡，鐵管似的通道緩緩轉彎，瀰漫著鹽巴與鐵粉的氣味。這條路將帶我進入機構的核心。

通道盡頭裝設紮實的鐵製活門。和波特蘭街三十五號二樓潔西卡的房門一樣能阻隔超自然力量。洛克伍德蹲在門邊，腰間長劍閃閃發亮，正準備偷看門內狀況。我在他身旁蹲下。

他嚇了一跳，罵了句髒話，狠狠瞪著我。「妳到底是來幹嘛？我叫你們離開。」

「你忘了，我不是洛克伍德偵探社的一分子，沒有必要聽你的命令，對吧？你有你的作風，我也有我的。你應該早就知道了吧。」我對他咧嘴露出卡萊爾式招牌笑容。

「老天。沒錯，我早就知道了。」他聳聳肩，再次勾起嘴角，興奮之情強烈到難以分心。他的注意力回到門上。「看不出裡面在幹嘛，我們得冒險一試。拿好劍。」

算我們走運，把門板推開一縫時，除了突然湧出的靈異力量，我們沒看到任何超自然敵人或是羅特威偵探社的人員。只有好幾個木箱的背面，這些箱子都被人開過，裡頭空無一物，隨意堆起。地上有一堆堆鹽巴和鐵粉，看起來是從木箱裡散出來的。這棟建築物屋頂很高，泛著蒼白的燈光。

到了。自從我踏出旅店後就揮之不去的嗡嗡聲來到巔峰，吵得我頭昏眼花，得要扶住牆面才能站穩。洛克伍德把門推得更開，我們鑽進屋裡，在木箱構成的迷宮裡輕巧穿梭，來到最前線。木箱間露出一道窄縫，另一頭有龐大的空間、明亮的光線、許多人來來去去。

我們站在木箱後頭看過去。

「我的天。」我只說得出這句話。

洛克伍德不知道從哪裡掏出一副墨鏡，這是他用來抵擋最明亮的死亡光輝、最刺眼的超自然光芒的道具。他迅速翻開兩支鏡腳，像是展開折疊刀似的。他興高采烈，展露無遺的無情動力與決心曾受到奇普斯批評，也獲得羅特威的理解，更在我初遇他時令我傾倒。這是帶著他走到這裡的力量。

「就是這裡。這就是我們拚命追求的目標。」

他輕笑一聲，戴上墨鏡。

□

該如何形容我們在這棟研究機構深處、龐大如洞窟的建築物裡看到的景象呢？眞的很難，因爲存在於此——或是不存在於此——的事物實在是難以理解。屋內幾乎是空的，除了我們身旁的一堆堆木箱，沒有多少東西。四周是高聳的金屬牆，屋頂上垂著一盞盞光線柔和的提燈。感覺像是身處雄偉教堂的骸骨中，望著遭到遺棄的中殿。右側牆上接了一條通道，和我們剛才走過的那條很類似。房間另一端依稀看得到先前從外頭瞥見的那扇雙開門扉，門外是黑沉沉的夜色。我說依稀，是因爲儘管此處幾乎空無一物，但屋子正中央的物體擋住了我的視線。

雖說我們站的地方是木板搭起的平台，略略高出地面，但屋內幾乎沒鋪地板，只看到裸露的黑色土壤。原本生長的草葉早已死光，地面是被人踩得硬梆梆的沙土，骨頭散落各處。此處曾是古戰場的核心，因此他們選擇了這裡，利用這個環境來啓動他們的計畫。

泥土地上用鐵鍊圍出一個大圈，比我見識過的任何一個鐵鍊圈都還要寬廣，直徑大概有四碼。鐵鍊本身也是非同小可，看起來像是倫敦碼頭上固定船隻的玩意兒，重量肯定破噸。

一眼就能看透這個鐵鍊圈的存在意義——圈內關著訪客。

許許多多的訪客。

或許是受到鐵鍊拘束，它們只能顯現出淡綠色形體，相互交疊，左搖右晃，宛如塞進過小水缸的魚群。即便它們是如此微弱，我還是分辨得出這些都不是虛影或是潛行者或是其他脆弱的第一型鬼魂。它們是擁有強大力量的鬼魂，我從奧伯里堡感受到的就是它們凝聚起來的能量。

它們的源頭就堆在圈裡，隔著那些躁動的飄浮人影勉強可以看得到。我馬上看出這些是從熔爐扣留下來、從盜墓者手中獲得、從倫敦各處或買或偷來的靈異物品。它們離開了罐子或是匣子，放進鐵鍊圈裡，打造出蘊含無比力量的單一源頭。

骷髏頭一定被塞在哪個地方，只是我實在是找不到。圈裡的影像異常模糊，彷彿通過鐵鍊的光線全都失焦，導致屋子中央像是矗立著一道濃霧。說濃霧太具體了，這更像是視野中有一塊特別不清楚。只要看著它，你會想要揉眼睛，不過基本上沒有人會想注視這個東西。

「那些白痴幹了什麼好事？」我低喃：「是要拿來幹嘛？」

洛克伍德戳戳我的手臂。「小露，妳看那條鐵鍊。重點在上面。」

離我們所站的木頭平台不遠處，有一根深深鎚進地面的鐵桿，大約和我肩膀同高的地方連著一段普通粗細的鐵鍊。這條鐵鍊與地面平行，往前延伸橫過鐵鍊圈上空，穿過那堆源頭。再過去就被房間中央扭曲的光線干擾，無法看清。另一端肯定接在哪裡，只是完全看不出連接的物體和位置。懸在半空中的鐵鍊讓圈裡的訪客無法造次，周圍的空氣雖然有些朦朧，卻完全沒有鬼魂接近。

這條鐵鍊想必意義重大，因爲目前在場的羅特威研究機構人員——總共十二名，有男有女——都站在鐵桿附近。有人手拿寫字板，穿著與稍早經過武器室的兩人一樣。其他人套上厚重的保護裝備，戴著塑膠帽和過大的手套。面無表情的強生先生也在其中（他的寫字板有夠顯眼），他走來走去確認數據，時不時看一眼手中的碼表。還有史提夫·羅特威，同樣的帽子與實驗袍，不過壯碩的身形、閃亮的長劍和皮鞋都好認得很。他站在一旁，端著銀色保溫瓶喝東西。

所有的人都只是站著，等待什麼事情發生。

洛克伍德在我耳邊說：「圈子裡面有人。」

「你看到了？」

「沒有。光線很怪。可是上面這條鐵鍊是進入圈子的安全途徑。」他咬咬嘴唇。「好吧，算是安全。其實沒有那麼安全。圈子裡的人一定要穿上某種防護裝。」

「他在裡面幹嘛？」

「到時候就知道了。妳也聽到剛才那兩個人說的話。隨時都會發生。」

像是在印證他的話，通往武器室的門開了又關，方才的兩人快步回到鐵鍊圈旁與同事會合。

下一刻，強生先生的碼表響了，微弱的嗚響把我嚇得跳起來。強生先生關掉碼表。眾人凝視鐵鍊圈內。

什麼事都沒發生。

史提夫．羅特威又喝了一小口飲料。

懸空的鐵鍊一抽。

羅特威研究團隊像是觸電般迅速採取行動。幾名男子抱起噴霧槍，圓筒扛在背上，繞著鐵桿圍了個半圓。

現在鐵鍊抽得更加劇烈。圈子裡的鬼魂躁動不安，瘋狂飛舞搖晃。它們瞬間從鐵鍊旁退開。圈子中央朦朧的虛空浮現一道傾斜的影子，由淡轉暗。它越來越大，以滾動加上爬行的方式移動；從龐大身軀和不成形的腦袋冒出火焰。它離我們越來越近，短短的四肢交互前進，來自鐵鍊圈的靈異低鳴驟然靜止。在絕對的寂靜之中，那道形體來到圈子邊緣。它的步伐毫無猶豫。

洛克伍德倒抽一口氣，我小聲驚叫。一瞬間，它已不在圈裡。爬行的黑影直直踏出鐵鍊圈，噴出一陣吼聲與火焰。

25

最初的幾秒內幾乎看不見那道形體。淡淡的火焰燒遍它全身，從光滑的側邊彈起，宛如擁有生命的皇冠，在它身上奔騰彈射。它的表面結起厚厚冰層，參雜一條條血管般的藍。最可怕的是它看起來沒有臉，頭上只有兩條細細的眼縫。它體積龐大，比成年人還要高出一個頭。羅特威的人馬靠上前，拿鹽槍噴灑液體，冒出大量蒸氣。那道形體同時尖叫與低吼，手腳並用地緩緩退回圈裡。冰塊從它身上剝落，在地上碎裂。火焰退縮熄滅。現在我看清原本包裹在冰層裡的四肢是用鐵片製成，關節處裝設合葉與鉚釘；腳掌與粗大的手指——全都包裹著鐵片。鐵片捲成同心圓，構成它的下半身，它的胸口是一片橢圓形鐵板，接縫以細鐵鍊填補。它頭上頂著厚實笨拙的頭盔，以螺絲釘拴在脖子上。除了細細的眼縫，頭盔上什麼都沒有，配合整副甲冑的風格，醜陋、沉重、粗糙，只具備最基本的功能性。

燃燒的形體在鐵桿附近停下來，搖搖晃晃。金屬推床滑過來，身穿防護裝的科學家衝上前，隔著厚實手套解開扣鎖、轉動安全栓。頭盔前方的護目鏡彈起，顯露出一張死白的臉龐。

我原本還不太篤定，但現在不容我有半分懷疑。這就是爬行的黑影，我們在墓園瞥見的火焰與煙霧。它不是鬼魂，是人。穿著一身鐵甲的活人。

這個人已經精疲力盡，腳步搖搖欲墜。研究人員簇擁著他，像是螞蟻聚在生病的蟻后身旁似的。有人托著他粗壯的金屬手臂、從兩旁扶著他。他費盡千辛萬苦躺上推床，電動馬達咻咻運轉，推床滑向旁邊的通道，羅特威的人馬快步跟上。

史提夫・羅特威站在一旁，漠然觀察整個過程。他蓋好保溫瓶，揉揉鼻子，大步走向同一條通道。

金屬門鏗鏘關起。屋裡一個人都不剩。

僵著不動好一會兒，我差點要忘記怎麼說話了。「洛克伍德。」我的嗓音啞啞的。「那個穿著鐵甲的人……你眞的認爲——？」

他搖頭。「還說不準。妳有帶神靈斗篷嗎？」

「有。」

「穿起來。」

我打開袋子，照他的指示行動。洛克伍德也披上斗篷，斑斕的羽毛展開。「我不會赤手空拳接近那個圈子。這是我們查看這個裝置的唯一機會。一定要看個仔細。」

我們離開躲藏處，朝房間中央湊過去。灰色鬼影在鐵鍊圈內的混濁空氣中飄來飄去。超自然雜訊直擊我的大腦。溫度很低。我們戴上手套。

即使貼得這麼近，還是看不見懸空的鐵鍊究竟是通到哪裡。整個鐵鍊圈籠罩在濃霧中，完全遮住那條鐵鍊的去向。

「有個人進入這個圈子。」洛克伍德喃喃說道。「他穿上防護甲冑，進入這個巨大的源頭。

進去之後他做了什麼？他發現什麼？」

「還記得喬治的破褲假說嗎？源頭是快要磨破的世界邊界。他說只要把足夠的源頭放在一起，破洞就能成爲通往另一邊的窗口。如果他的理論是對的，那我們眼前這扇窗肯定大的不得了。他們打算看到——」這個概念太過難解又太過危險，我實在是無法說出口。

洛克伍德冷靜地凝視鐵鍊圈。「對。如果那眞的只是一扇窗。」

他又說了些什麼，但我沒聽清楚。有一道嗓音壓過狂亂的超自然咆吼，呼喚了我的名字。

「**露西……**」

「骷髏頭！」我說：「我聽到了！」

我往鐵鍊圈靠近一些，凝目注視那些扭曲飛旋的身影。哪一道灰暗奔湧的形體是它？實在是無法分辨。

「妳確定眞的有聽到？」就連靈聽天賦趨近於零的洛克伍德也感受得到來自圈內的洶湧雜音。老實說我也很訝異。能從中聽出特定的聲音眞的不太尋常。

但那道嗓音再次響起：「**露西……！**」

我聳聳肩。「或許我的感知能力越來越強了。肯定是捕捉到它的特殊波長。」

「**嗯，這是其中一個可能性。另一個可能性是我就在這裡。**」

我東張西望。左側牆邊有一堆空的銀玻璃匣子、蓋子開著的拘魂罐、其他破爛垃圾——還有一個我再熟悉不過的罐子，看起來完好如初。罐子像是被人隨意丟在這裡似地，側邊著地；那張半透明的可怕臉龐也往旁轉了九十度，鼻孔賁張，鼓脹的雙眼狠狠瞪著我。

「我就知道。」它說：「他們把所有的無聊源頭放進圈裡，從沒想過多看我一眼。該死的手帕、襪子、假牙、繩索碎片——隨便什麼東西都進得去。我甚至看到他們把兩顆鬧鬼的鈕釦丟進去。反正我就是這麼沒用。」

「骷髏頭！」我衝到罐子旁，把它扶正。蓋子出現幾道刮痕凹陷與其他破壞痕跡。「他們對你做了什麼？」我清清喉嚨，狠狠皺眉。「反正和我也沒有關係。」

「我承認我沒料到能在這裡見到妳。」骷髏頭說：「當然了，我知道妳會到處找我，只是沒想到妳竟然有腦子追到這裡。」

「老實說純屬巧合。我們正在執行與你完全無關的任務。不過既然都來了……」我甩下背包，騰出一個空間。「但我不懂——他們怎麼沒把你拿去用？你是第三型鬼魂啊。」

鬼魂的語氣透出冰冷怒氣。「可是他們不知道這點，對吧？那群蠢貨。而且他們拆不掉蓋子。不知道是變形卡住還是怎樣了。他們硬要掀開罐子，簡直把我當成整罐醃洋蔥了。最後他們失去耐性。啊！真是奇恥大辱！就連我們找到的破爛木乃伊腦袋都進得去。那個女巫的鬼魂也在裡面叫個不停。就差我一個。對了，妳身上穿的是什麼？和烤鴨沒有兩樣。」

「這是神靈斗篷。閉嘴。」我忙著把拘魂罐塞進背包，同時轉頭確認狀況。洛克伍德離圈子很近，打量穿入那片迷霧的鐵鍊。「洛克伍德，骷髏頭在這裡。我們該走了。」

「再一下就好，小露……」他凝視著漩渦般的霧氣，指尖撫上斗篷的羽毛。

「看來妳把洛克伍德帶來當砲灰。好主意。我們的機會來了，趁他不注意溜之大吉。」

方才羅特威研究團隊走過的通道似乎傳來聲響，我心頭一驚，站了起來。「洛克伍德……眞的該走了。」

「就把他丟在這裡。妳太看重他了。一直都是。告訴妳，他不是什麼無可取代的傢伙。嘿，如果妳閉上眼睛或是關上燈，說不定我也可以是洛克伍德。」

我連回應都不屑給。現在情勢緊張，洛克伍德露出作夢似的怪異微笑。我不喜歡這個表情。先前和奇普斯爭執時，他眼中也亮起同樣的光采。感覺就像他正凝視著遠方的事物，脫離了現下周遭的一切。我確定自己沒聽錯，通道彼端眞的有動靜。我丟下背包，快步上前抓住洛克伍德的手臂。「醒醒！他們要回來了！」

他一愣。「什麼？喔，對。快走。我們回實驗——」

可是我們沒辦法循原路回去。木箱後頭也有聲響，聽起來像是開門聲。側邊的走道傳來腳步聲、說話聲、電動推床的滑行聲。

我又拉了洛克伍德一把。「快點。另一邊的門……」

但我完全忘記負責巡邏的羅特威調查員。我們沿著鐵鍊圈外圍繞過去，看清我們從外頭看到的雙開大門，那兩人就站在門外。

我們溜回原處。「被困住了。」我說：「無處可去。」

「無處……」骷髏頭的聲音從我丟在牆邊的背包傳來。「妳說得很對。現在你們只能去無處。」

「什麼意思?」我突然想通。「喔。不。不可能。」

「**那就等著和羅特威先生打招呼吧。**」

「洛克伍德,這個神靈斗篷……你覺得有多牢靠?」

他也起了同一個念頭,讓我震驚的是他對此喜不自勝。他的視線已經投向鐵鍊圈。「快,小露,跟我來。」

「我要去拿背包!我還沒拿到骷髏頭!」

「小露,沒時間了!抓住這條鍊子。跟我走,不要放手。」

「喔天。喔,不……」

我曾跟隨洛克伍德踏進無數鬧鬼的房間。也曾和他一起跳過幾棟樓。然而眼前這短短幾步路——超自然寒氣一陣陣撲來,圈內的灰色形體像是迎接似地加速舞動——我得要凝聚一切意志力才能跟上。我握住懸空的鐵鍊,緊緊拉好神靈斗篷。背後傳來羅特威研究人員的談話聲。四面八方的靈異嘶吼宛如颶風,即使隔著手套還是感受到鐵鍊的低溫。一手越過另一手……越來越近、越來越近,踏上那堆粗大的黑色鐵鍊。洛克伍德打頭陣,他進了圈子,從我的視野裡消失。

「**另一邊見。**」骷髏頭的嗓音響起。

一步、兩步……我緊緊閉上眼睛。

□

「露西。」

「什麼？」

「妳可以睜開眼睛了。」

「這裡安全嗎？」

「呃，這倒不是。不過現在沒事。我們沒事。絕對不要鬆開鐵鍊就是了。」

我睜開眼第一個看到的是洛克伍德。他站得非常近，面對著我，兜帽尖端幾乎與我的兜帽相觸。他和我一樣拚命握住鐵鍊，我們的手套外側結起薄冰，整條鐵鍊結了冰。身旁颳著寒風，冰柱垂在我們左右。

冰層爬上洛克伍德的斗篷外側，閃耀的羽毛間長出冰晶，我聽得出自己身上的斗篷也經歷同樣遭遇。不過有趣的是斗篷內側暖得像羽絨被，在我身體周圍撐起一團平靜的暖意，抵擋四面八方的混亂。

混亂……

我們站在高速旋轉的鬼氣漩渦中央。影子掃過我們身旁，飄近又彈飛。爪子般的手指抓向洛克伍德，瞬間化爲細粉，被漩渦帶走。我們腳邊散落許多源頭，只能靠著斗篷及鐵鍊的力量抵擋那些飢渴的鬼魂。斗篷的防禦範圍包括聲音在內。一張張鬼臉在近處擺出嘶吼的表情，但我幾乎聽不見。要是聽見的話我想我會發瘋。

「哇，太好玩了。」洛克伍德說。「我以後要把這東西妥善還給那些巫醫——他們知道自己在做什麼。所以他們才能安然進入靈魂小屋。明明只用了羽毛和銀線，卻與爬行的黑影那套甲冑同樣有效。不對，比那個更強，因為斗篷輕巧多了。加上這條鐵鍊，我們躲在這裡不會出事。」

一道龐大的身影飄過他背後的混沌，埋藏在其他高速移動的形體之間，只看到模糊的輪廓，不過我一眼就認出來了。它朝我們伸出一隻肥碩的手掌，又被無情的能量奔流捲走。

洛克伍德看出我臉上的驚恐。「看到老葛皮了嗎？對，他也在這裡。還有其他恐怖到極點的東西。小露，如果今晚想睡個好覺，我建議妳別正眼看它們。專心看我和鍊子就好。」

鐵鍊比我的肩膀略矮一些，從洛克伍德的手中往前延伸，消失在霧氣中。

「另一根桿子在哪？另一端綁在哪裡？」

「看起來是直接貫穿圈子，從另一邊穿出去。沒關係。我們讓羅特威慢慢忙完再溜出去，不管是從原本那邊還是繼續往前走。」

我的注意力被一張熟悉的臉龐引開，它雙眼血紅，沒有下顎，煙霧般的長髮散在身旁，從漩渦中撲過來，狠狠瞪著我，退了回去。骷髏頭說得對，女巫艾瑪．瑪區曼也在這裡。

「洛克伍德，你覺得這裡是哪裡？」我問。

他的臉離我很近，視線投向我後方，瞇細雙眼，就像他平時運用天賦時一樣。「喔，我們還在鐵鍊圈裡。妳看——雙開大門就在那裡，雖然霧濛濛的，勉強看得到我們一開始碰上的木箱。

還有那堆罐子和匣子，妳把骷髏頭留在那裡。某種視覺幻影使得一切模糊又黑暗……」他越說越小聲。

「視覺幻影？」

「沒錯。說穿了不過如此。畢竟我們身旁放了這麼多源頭。」

「我想……」確實可以感知到在迴旋霧氣外的建築物輪廓。勉強看見門、木箱、鐵桿、末端的平台，只是它們顯得虛幻又莫名平板。

然而……

我最在意的是手中的鐵鍊。

大家都知道插在檸檬水裡的吸管長什麼樣吧？是不是在接觸水面的地方看起來像是彎曲了？喬治說這叫作折射，而巧合的是我們手中的鐵鍊也展現出同樣的效果。它筆直地往前後伸展，一個個鐵圈被寒冰凍住。可以順著它望向圈外的鐵桿，也就是剛才穿甲冑的人倒下的地方。這是一條直線——我沿著它走過來，所以我知道——但它看起來並非如此。它越過鐵鍊圈的地方似乎稍稍往旁偏移，也變得無比模糊。

爲什麼會這樣？我實在是想不透。

羅特威那夥人呢？我們剛剛聽見他們進屋。所以我們才會抓著冰冷的鍊子站在這裡，在這間混帳屋子裡被一堆憤怒鬼魂包圍。

我再怎麼努力也看不到、聽不到他們。

至少這代表他們也不太可能看見我們。

「那個鐵甲人，你眞的認爲他就是我們在墓園看到的爬行黑影嗎？」我問。

洛克伍德點頭。「對。雖然我完全搞不懂到底是怎麼一回事，因爲在我們眼中，他和鬼魂一樣是半透明的。他看起來沒有實體對吧？感覺他幾乎不存在。他怎麼又會回到這裡？這裡明明離奧伯里堡有好幾哩路。我不懂。」

我也不懂。

「再幾分鐘就好。」洛克伍德說。

我們站在原處，被呼嘯而過的駭人景象包圍。

突然間我好想和他說話。

「洛克伍德，我離開是因爲……」

「什麼？」

「其實都是你的錯。」

他隔著結冰的兜帽瞪著我看。「什麼？妳怎麼會這麼想？」

「因爲——」我深吸一口氣，「因爲你老是爲了我冒險。你每次都這樣，對吧？我發現身爲偵探社的一分子就等於害你涉險。然後在艾克莫地底下有個鬼魂，它讓我看到未來——在那個未來，你爲我而死。我知道你最後會自找死路，洛克伍德，我沒辦法承受。我眞的沒辦法。所以——」我的聲音變小，「我離開了。這是我的原因。這樣比較好。」

「所以與荷莉無關囉？」

「對啦！很意外嗎？都是爲了你。」

「好吧……」他緩緩點頭。「我了解了。」

我等了一會。在周圍的迷霧中，蒼白的手指伸向我們，握起又縮走。「你不說些話嗎？」

他盯著自己的結冰手套。「要說什麼？或許妳想得沒錯。我們少見幾次面，或許妳讓我的壽命延長不少。可是啊，面對現實吧——」他望向四面八方打轉的鬼魂，「以我現在的作風，無論如何我都活不了太久。」

我觸碰他的手套。「我們會平安離開的。」

「當然會！我指的不只是今晚。在這件事上頭，奇普斯對我的判斷沒錯，羅特威也是。我從來不愛惜自己的性命，對吧？一旦訂定目標，我從來不會尋求最安全的途徑。我的好運遲早會用盡。」他聳聳肩。「我一直都是這樣。」

我想到波特蘭街三十五號那間無人居住的臥室。「你覺得爲什麼會這樣？」我問。

他稍一遲疑，對上我的視線，然後又望向別處。「不要轉頭！我又看到所羅門．葛皮的鬼魂了。其他鬼魂似乎都想避開它，看來就連死人也有品味可言……好啦，它不見了。跟妳說，謝謝妳告訴我妳離開的原因。不過呢，儘管妳立意良善，妳現在還是站在我旁邊，被一群鬼魂包圍……」

「對。我實在想不通怎麼會這樣。」

「我不是在抱怨。完全不是。我很慶幸有妳在我身邊。我想是妳保住了我的小命。」此時此刻，爲我保暖的不只是這身斗篷。我對他笑了笑。

「我還有一件事要說。」洛克伍德繼續道。「之前在葛皮家，妳提到我去找妳是聽從潘妮洛·費茲的指示。不要否認。妳說了。或許她認爲是她的主意，但我整個冬天都在想要用什麼藉口去拜訪妳。除非有絕佳的理由，不然我很清楚妳會叫我滾。妳一定會的吧？」

「對。」我點點頭，兜帽後面傳來冰塊裂開的聲響。「一定會。」

「費茲給了我最完美的機會。我們就別繼續糾結這件事了吧。總之呢，我還想說——」他清清喉嚨，「假如妳眞的想回到洛克伍德偵探社——我是說以正職員工的身分，不是什麼客戶、合作夥伴、外包、食客之類的——我們至少能享受彼此的陪伴，在我走上絕路之前……」他看著我。

我什麼都沒說。鬼魂在我們四周尖叫，可怕的形體扭曲變形。我們凝視著彼此。

「可以嗎？」

「或許吧。」

「妳考慮看看。」

「我有……好吧。」

「妳指哪件事？」

「我會回去。前提是你還想收留我。還要其他人願意接受我。」

「喔，我保證可以說服他們。雖然喬治得要找別的地方收他的褲子。太好了。」他雙眼閃閃發亮，對我咧嘴一笑。「我們應該要更常一起待在鬧鬼的鐵鍊圈裡，把一些事情好好講開……」他突然抬頭。「等等……」

我也感覺到了，隔著手套，一股震動沿著鐵鍊傳來。鍊子又彈了一下。

我們互看一眼。「黑影。它要回來圈子裡了。」洛克伍德說。

我盯著鐵鍊彼端，隔著滿天飛舞的鬼魂。「看不到。」

洛克伍德低聲咒罵。「我才不要在這裡對上它。天知道會發生什麼事。小露，不要和它對槓。我們跑給它追。從另一邊溜出去，從那扇門離開。只要動作夠快，守門的人肯定反應不過來，放我們逃到田野上。喜歡嗎？」

各位知道嗎？在這種情況下，我其實還滿喜歡這個提案。「上吧。」鐵鍊上下跳動，我轉頭看到一道笨重的身影緩緩爬入。它在那群鬼魂之間若隱若現。「快走！」

我們沿著鐵鍊以最快的速度移動，斗篷再次大發神威——所有訪客都讓路給我們，我們跨過地上的鐵鍊圈，回到大房間裡。

「快跑！」洛克伍德說完就拔腿狂奔，斗篷在他背後飛舞，他看起來整個人像是要飛上天似的。他一手持劍，我鬆開冰冷的鐵鍊——另一根鐵桿就在眼前——跟著他衝過長方形的建築，垂著頭，手臂在兩側拍動，衝出門外。沒有人試圖阻止我們；我們悶著頭往前衝刺，踏過滿地碎石子，穿過少了一片鐵絲網的柵欄空隙，來到黑暗的草皮上。我們沒有停下腳步，橫越原野，但沒聽到半點追兵的動靜。最後我們放慢速度，氣喘吁吁。

直到現在我們才想到要看看四周狀況。原野的景色變了，遍地冰晶，四周凝聚起霧氣，凍結的地面在黑色天空下閃爍微光。

26

這裡很安靜。稍早原野上呼號的晚風停了，空氣冰冷刺骨。寒霜結在堅硬的黑色土地上，將整片原野染白，地上的凹洞裂縫看起來一清二楚。眼前的景色及前方陡坡明亮而平面，丘頂上的樹林顯得格外黑暗。難以分辨爲何會亮成這樣。漆黑的天幕沒有半顆星星，也找不到月亮。回頭望向來處，這裡只有我們兩個。

「嗯，應該沒有人追上來。」洛克伍德的聲音聽起來好小聲，在冰冷的空氣中有些模糊。「很好。」

「守在門外的人呢？」我開了口才發現要發出聲音不太容易。「我怎麼都沒看到？」

「對，他們一定是離開了。算我們走運。」

「嗯。運氣眞好。」

轉過頭，我發現研究機構的泛光燈關了。掛在屋頂上的桿子有如巨大昆蟲，身形扭曲，已經失去生機。建築物像是貼在深灰色紙板上的淺灰色紙片。就連我們剛才逃離的大屋子也不見半點燈光。整個研究機構籠罩在與原野和樹林這邊一樣的黯淡灰光中。

「電力中斷。」洛克伍德說：「或許他們的注意因此分散。」

洛克伍德的斗篷外側結了厚厚一層冰，我意識到自己的斗篷沉甸甸地壓在身上。儘管羽毛的保暖效果還在，我感應到——不是感覺到——來自四面八方的酷寒。白色的絲絲縷縷在我們四周飛旋。

「哪來的霧氣？還有地上的霜？原本不是這樣的。」

「他們實驗的影響？」洛克伍德猜測道。「不知道。」

「這裡的光線好怪，所有東西看起來好平面。」

「月光有時候就是這麼怪。」洛克伍德望向樹林。

「月亮在哪？」

「被雲遮住了。」

天上明明沒有半片雲。

「我們回村子吧。」洛克伍德說：「其他人應該在半路上了。他們要去求援。我們趕快追上去，讓他們安心。」

「我不懂。」我繼續仰望天空。

「小露，我們該去和他們會合啦。」

這是當然。

我們繼續往前走，白霜在腳下沙沙裂開，每走一步就會撞上我們前一秒呼出的白煙。

「有夠冷。」我說。

「幸好他們沒有追上來。」洛克伍德又說了一次。他回頭張望。「可是很怪……我還以為會有人跟過來。」

然而在這片寬闊原野上活動的只有我們兩個。

我們沒有多說什麼，踏上樹林間的小路。此處的光線也變了。那片灰色霧靄似乎無所不在，路面白得像骨頭，薄霧一圈圈繚繞在樹木間。

「眞的好怪。」我小聲說：「到處都沒看到半個人。」

在平板柔和的光線下可以看到遠處，我一直想著會看到其他人走在我們前面，但路上空蕩蕩的。我們加快腳步走下山丘。經過通往採石場的路口，擺在石頭上用來緬懷故人的小石堆清晰可見。致意的花束不見蹤影，照片上結了冰。在這片灰色森林裡沒有半點聲響，也沒有氣流吹動。閃亮的冰晶從斗篷表面撒落，我們吐出短促而痛苦的白煙。再過不久就能抵達村子。我們的朋友就在那裡。

「說不定這附近有人。」洛克伍德語氣輕柔。我們沉默了好一會，就算開口也不想大聲說話；眞不知道是爲什麼。「好像看到有人從採石場那條小路走過來。就在石堆那邊。」

「你想折回去看是誰嗎？」

「不用了，我們繼續往前走就好。」

我們稍微加快速度，靴底不斷敲打結霜的路面。我們走出寂靜樹林，來到渡溪的木橋。小溪不見了。那座橋架在黑暗乾涸的渠道上，黑色的凹槽在林間蜿蜒。洛克伍德拿手電筒照了下，燈光微弱而閃爍。

「洛克伍德，水跑哪去了？」我說。

他疲憊似的靠著木橋的欄杆，搖搖頭，什麼都沒說。

我聽見自己的嗓音透出恐慌。「怎麼可能就這樣……沒了？我不懂。難道是他們從上游堵住水流嗎？」

「不是。妳仔細看溪床。乾透了。這裡原本就沒有水。」

「怎麼可——」

他挺直上身，手抽離欄杆的時候發出刺耳聲響。手套尖端留下裂開的冰塊。「快到村子了。或許能在那裡找到答案。走吧。」

可是沿著小路進村時，整座村子也變了。雖然原本就沒有多亮，綠地周圍的屋舍現在一片漆黑，輪廓浮現在微光中，幾乎無法看清。綠地本身被一縷縷霧氣占滿。抬頭一看，教堂的塔與鐵灰色天空融爲一體。

「怎麼這裡的燈也關了？」

「不只是關了。」洛克伍德悄聲回應，伸手一指。「妳看教堂那裡。驅鬼街燈不見了。」

沒錯。沒錯，太不合理了。教堂旁的小土堆上空無一物。那座生鏽故障的驅鬼街燈不可能就這樣憑空消失，沒有留下半點曾經存在的痕跡。

我沒有回應。自從我們離開研究機構後，一切全都毫無道理可言。令人毛骨悚然的異樣感瀰漫各個層面：冰冷、寂靜、蒼白的柔光，還有滲入心底的孤寂。但同時它也讓人麻木，腦袋難以運轉。

「大家跑哪去了?」我低喃。「附近應該要有人啊。」

「天黑了——他們都在家裡。喬治與其他人肯定安安穩穩地待在旅店。」洛克伍德的語氣沒有半點說服力。「我們知道這裡有一半的房子沒人住。見不到人也在預料之中。」

「所以我們直接回旅店?」

「對，我們回旅店。」

來到旅店外頭，我們發現這裡和其他屋舍一樣暗，招牌結了霜。門一碰就開，淡淡的腐敗氣味從漆黑的屋內飄出。我們一點都不想進去。

我們回到綠地，思考接下來該怎麼做。低下頭，我看到靴子從神靈斗篷的下襬冒出來，皮面與金屬配件都蓋上薄冰。結冰的斗篷硬得像牆壁，一動就劈啪作響。接著我注意到另一件事。淡淡的灰色煙霧從洛克伍德的斗篷飄出，浮在陰暗的空氣中。煙霧表面微微顫動，彷彿燃起了沒有熱度的火焰。

「洛克伍德，你的斗篷——」

「我知道。妳的也一樣。」

「感覺就像……就像那個黑影。你記得它背後拖著——」

「我們要好好想一想。」洛克伍德板起臉，但他雙眼閃著叛逆的光芒。「我們做的哪一件事可能會改變一切?只有一件事。在研究機構的時候，我們做了什麼?」

「走進那個圈子。」

「對，然後……」

「然後我們又走出來。」我看著他，突然意會過來。「我們從另一側離開圈子。我們沿著鐵鍊走，從另一邊離開。」

「沒錯。或許這就是重點。我也不知道爲什麼，但如果眞是如此……」

「這一切……」

「這一切都不是表面上的模樣。」洛克伍德看著我。「露西，會不會我們其實沒有眞的離開圈子？說不定我們其實還在裡面？」

綠地是如此黑暗，霧氣是如此沉重，沉默是如此堅硬。

「我們得要回圈子裡。」洛克伍德說。

「不用啦，你看。」我鬆了一口氣，嗓音拔尖。「剛才說的都是屁話。他們在那裡啊。」

我指著綠地另一側。霧氣間有三道人影沿著大路蹣跚走向我們。

洛克伍德皺眉。「妳覺得是他們？」

「不然還會是誰？」

他瞇細眼睛眺望，兜帽冒出蒸氣。「不是他們……妳看——那些是大人。他們沒那麼高。而且那一帶的小屋都沒人住了。史金納不是說——」

「好吧，管他們是誰，或許可以問問到底是怎麼一回事。你看——又有其他人靠過來了。」

那是一個小女孩，從屋子前方的庭院走出來。她打開柵門，仔細關上，朝我們走來。她穿著漂亮的藍色連身裙。

「我不認得她。你呢？」

「沒看過……」洛克伍德轉身環顧四周。池塘邊的霧氣更濃，不過可以看到有人在池子另一側的光禿禿柳樹間走動——留著長長金髮的女性。「那位也是。這裡的每一個人我們都沒見過，但早就聽說過他們的事情。」

濃霧間還有其他動靜，更多人走出屋外，拉起門閂，解開柵門的鎖。

「露西，我們眞的該走了。」

「可是你看，那個小女生……」

「小露，丹尼．史金納和我們提過她。還記得嗎？海蒂．弗林德，還有她那件漂亮的藍色連身裙。」

海蒂．弗林德？我記得……

她已經死了。

身穿藍色連身裙的女孩及這個黑暗村落裡的其他居民不慌不忙地走向我們。可以看清他們衣著的細節——有的是當代設計，有的比較老式。他們的面容灰敗如結霜的地面。

最初的幾秒鐘彷彿有某種力量把我們釘在原處；我們的血液成了冰水，四肢化爲冷硬的石頭。但是神靈斗篷的溫暖包圍著我們，還有我們內心深處的意志力仍舊熊熊燃燒。我們一同擺脫死亡的恐怖枷鎖，一同拔腿狂奔。

我們緊緊相依，兜帽滑下來蓋住臉頰，抵擋寒氣。我們穿過綠地，靴子重重撞擊結冰的空虛地面。煙霧從冰冷的斗篷湧出，宛如彗星尾巴似地拖在我們背後。

這片綠地不大，此刻卻感覺它的面積增加了好多倍。花了好長一段時間才接近教堂。我們總算從塔下通過。我抬起頭，看到一道人影站在塔上，感覺到他的雙眼牢牢對上我的視線。

我們沿著小路離開墓園外，樹籬的另一側傳來雜音——石頭相互磨擦，衣服布料窸窸窣窣。幾道形體從樹籬後冒出來，它們的身影襯著天幕，硬是往這裡擠過來。

離開村子，踏上冰冷的道路。腳步實在快不起來；無論是酷寒還是別的因素，我感覺四肢重得像鉛，彷彿是踏在泥濘中，像是在電扶梯上逆向行走。平時動作敏捷的洛克伍德也遇到同樣的問題。我們越來越喘。轉頭就能看到墓園和村子裡的人集結在路上，擁向我們，追著我們的軌跡。

我們逃上那座木橋，越過乾涸的溪床，進入樹林。我們直直往前走，通往採石場的岔路口有一名男子在石堆前等待我們。他的臉與照片中的人一模一樣，也像被雨水浸濕般模糊不清。他走到路中間，朝我們伸手。洛克伍德和我轉彎避開，離開道路，在林間移動。地面鋪滿厚厚一層發黑死亡的荊棘，一踩就化為塵土。樹枝尖銳猙獰，抓向我們的臉，勾住我們的衣服。我們在光與暗之間狂奔、閃躲、跳躍，與冰冷沉滯的空氣對抗。

又在樹林裡看見那些人了，它們動作很慢，步伐卻又莫名輕盈，從兩側包夾我們。洛克伍德跑在我前面，從腰帶上取出一顆燃燒彈，丟往離我們最近的人影。燃燒彈擊中突出的樹根，彈了一下才破掉，沒有發出半點聲音，也沒有炸出任何東西——沒有強光，沒有炫目的白色火焰。我一一睜開反射性閉上的雙眼，看見追兵爬過那些樹根，不屈不撓地踏過荊棘，依然沉默而充滿耐性，完全不爲所動。

我們奮力爬上結冰的坡道，腳下不斷打滑，喘個不停，突然一腳踩空，摔進一叢灌木。黑色的棘刺戳穿我的神靈斗篷，勾住內側的銀線，撕破幾個小洞。我陷在裡頭，無法站直。掙扎間神靈斗篷裂成兩截，我忍不住尖叫。死亡般的寒氣像刀子刺進我的肩胛骨之間。我無法呼吸。倒在地上。羽毛散在白霜上，宛如冒著煙的鮮血。

我無法呼吸……

下一秒，洛克伍德來到我身旁，把我拉向他，拉進他的斗篷裡。柔軟的質地將我包裹，令人絕望的冰冷逗留片刻才像是刺入皮膚的利爪般縮回，留下痛楚。我拚命吸了一口氣，感覺到洛克伍德的體溫貼在我身上，我的體溫也貼在他身上。我們並肩蹲在地上，他一手攬著我，我的右膝緊貼他的左膝。我們的臉很近，我略低了些，他比我高出一些，就這樣靠在一起，隔著燃燒的兜帽望向四面八方紛擁的灰色人影。

我們摔得突然，追兵已經跑到我們前頭。附近沒有半個人。

「露西，妳還好嗎？」

我點頭，眨掉眼皮上的碎冰。就在斗篷掉落的一秒間，我臉上已結了一層霜。

「我有沒有貼得太近？」

「沒有。」

「如果有的話告訴我。」

「好。」

「我們要繼續走，回到那片霧氣裡面。可是我們得要緊緊黏在一起。斗篷沒有很大。小露，妳要和我貼得很近。做得到嗎？」

「我努力。」

「那就快走。它們來了。」

我們站起來，爬出陡峭的凹陷處，眼前只剩最後一段坡地。黑暗的形體從林間擁出，往我們身旁聚匯。我們即將抵達丘頂。大家都叫這裡砲台山之類的。感覺不是很貼切。在這片平板的黑色天空下任何事物都沒有名字。

原野上的霧氣比我們離開時還要濃，研究機構的建築物幾乎消失了，屋頂聳立在迷霧間，和墓碑一般黑暗而死寂。

我們手勾著手滑下山坡，每一步都揚起一陣冰晶。每一個動作都無比僵硬，無比艱難。我們踏上原野。「不行，我得要休息一下。」我邊喘邊說。

「我也是。」

我們停下來，頂著兜帽僵硬地一同轉身——恰好看到潮水般的灰色人影衝過丘頂，沿著山坡流向我們。

「好吧，看來現在不適合休息。」洛克伍德說。

我們默默橫越迷霧，霧氣散開，一名留著鬍鬚的高大男子從地上爬起，轉頭看著我們走過。他手持一支巨劍，劍刃和他的皮膚都裹著閃亮白霜。

我們跌跌撞撞地奔跑，霧氣再次集結，背後傳來在堅硬地面拖行的腳步聲。

「太好了，連維京人都來了。」我喘不過氣。

「就像飛蛾撲火一樣，我們的體溫、我們的生命力把它們引過來。它們也是爲了這個原因追逐黑影。露西，最後的衝刺！快到了……」

我們看到研究機構的柵欄，那個洞口開著，周圍沒有人。中央建築物的門內一片黑暗。

「我眞的沒辦法再跑了。」我說。

「繼續！我們到了。我們成功了。」

穿過柵欄，踏著結霜的碎石子路，我們來到雙開大門前。屋內盈滿霧氣，地上也結了冰。我們停下來喘氣。力氣即將用盡。在冒著煙的神靈斗篷下，我們的手套沾著閃亮的冰晶。呼吸的回音像是敲打在骨頭上似的。

「狀況如何？」洛克伍德問。

我回頭。「它們沒有停下來。現在在柵欄邊了。」

「那我們趕快進去。」

我們踉蹌著走過那扇門。

是同一個地方——這點不用懷疑。高聳的屋頂、金屬牆面。隔著滿屋霧氣，我看到堆起的木箱，可是光線依舊詭異，一切顯得灰暗、粗糙，彷彿生出了一層層鱗片。濃霧讓我的視野變得好怪，所有的東西都不像是直的，無論是屋頂還是天花板，通道或是門板。就像它們都是用蠟做成，經過加熱後膨脹變軟，即將融化。腳邊的死灰色地板上布滿細細裂痕，一切都凍得失去彈性，我們的腳步聲活像是鐵塊敲擊地面。

屋子中央的霧氣特別濃稠，完全看不透。

「那條鐵鍊！」洛克伍德驚呼。「小露，鐵鍊在哪？」

「不知道……」我回頭看到追兵聚集在門邊。

「老天。到底在哪？」

「已經快到另一頭了。我們一定是走過頭了。」

我們驚慌失措地轉了一圈又一圈。洛克伍德想往一邊走，我想走另一邊，我們差點扯破斗篷。

我們停下腳步，筋疲力盡，絕望不已。背後傳來腳步聲。只有我們，只有這片迴旋迷霧，只有看似融化的牆面……

就在那裡，一名手長腳長的消瘦小伙子懶洋洋地靠在牆角，他頭髮翹得亂七八糟，雙手插在口袋裡，眼睛直直盯著我。他站在那堆廢棄瓶罐和匣子間，與黑暗村子裡的居民一樣灰暗，除了他勾起嘴角，露出牙齒的笑容，在幽暗中依舊透出莫名熟悉的譏諷。他伸手指向我背後。我轉過頭，看見鐵桿和鐵鍊。

「在那裡！」我拉著洛克伍德轉身。「你看！」

洛克伍德咒罵一聲。「我們怎麼一直沒看到呢？是瞎了嗎？來吧！」我們繞向那根鐵桿。我再次回頭，霧氣又聚合起來，那個面露諷笑的年輕人不見蹤影，鐵桿和冰冷的鐵鍊旁只剩我們兩個。

「抓好。」洛克伍德說：「我們一起走。妳先。沿著它走到底，中途遇到什麼都別停。」他抽出長劍，環顧四周。大批身影朝我們逼近，如同舞台布幕般湧動的迷霧看起來顏色更深了。我瞥見海蒂．弗林德的鮮艷藍色連身裙。

回鐵鍊圈的路途不長，只是我們被捆在一起，費了一點工夫，像企鵝般拖著腳步移動，同時村民已經從霧氣間擁出，我們兩個都得揮舞長劍擋住它們。直到鐵鍊圈裡的源頭漩渦映入眼簾，我才真正鬆了一口氣。我幾乎要把所羅門．葛皮與艾瑪．瑪區曼當成久別重逢的老朋友了。我們毫不猶豫地跨過地上的鐵鍊，穿過尖叫迴旋的鬼魂，重回鐵鍊圈風平浪靜的核心。

身披鐵甲的男子不在這裡。我們沿著鐵鍊一點一點挪向另一側。

「就算一出去就撞見羅特威，那也只能順其自然。」洛克伍德說。「我寧可被他殺掉也不要……在那裡出什麼事。」

我回頭瞄了一眼。「你想它們有辦法跟我們進來嗎？」

「鐵鍊圈會擋住它們。不過就算來了又怎樣？這裡沒別的路出去，它們數量那麼多。只希望史提夫．羅特威和他的夥伴也能見見它們。小露，長劍準備好了嗎？」

「嗯，要是再過五分鐘，我的劍沒從誰背後捅下去，我可是會很失望的。」

「那就看我們能不能給他們一個驚喜囉。上吧。」

只有短短的一瞬間，我們穿過奔騰的鬼魂，跨過鐵鍊，一起進入溫暖、吵雜、愉快、炫目的眞實世界。

正好迎上一場混戰。

27

即便沒有爆炸，沒有白熱的鎂粉火焰，沒有叫嚷慘叫，沒有滿天飛的投擲彈，我們還是花了點力氣才看清眼前的情勢。與剛才那個世界的感官對比太過強烈，我的大腦被強光灼燒，痛到有點麻木。我緊緊閉上眼睛，聲浪與熱氣像是斧頭般狠狠劈上我的腦門。我踉蹌後退，困惑又無助。感覺得到身旁的洛克伍德反應和我一樣。

突然之間，我感覺到身上濕濕的。神靈斗篷表面的冰層正在融化。刺骨的冰水從我頸子流下，沾濕我的肩膀和手臂。這股衝擊把我震醒。我從洛克伍德身上退開，甩下斗篷，穩穩踏出一步——馬上就被地上的障礙物絆倒，在柔軟潮濕的土地上跌了個狗吃屎。

「旅途還愉快嗎？」

我吐出滿嘴沙土，撐開腫脹的眼皮，原本模糊的視野漸漸變得清晰，看見安然放在敞開背包裡的拘魂罐，沒有離開我原本將它放下的位置，還在那堆空容器之間。玻璃罐身反射白色火焰，罐裡的臉龐看著我，展露眞誠的戲謔。我認得這張笑臉。

「又見面了。」它輕笑一聲。「妳看起來飽經滄桑啊。眞是太精彩了。勸妳趕快爬起來加入戰局，不然他們會丟下妳，自己毀了這個地方。」

「『他們』是誰？」

「妳的朋友。」

骷髏頭帶來的勁爆消息可說是空前絕後的良藥，讓我瞬間忘卻疼痛、疲憊、超自然的茫然。不知道該興奮還是害怕——可能兩者都有吧。總之我翻了半圈，逼迫罷工的肌肉協助我站起來，花了點時間才如願以償，也多多少少理解了究竟是怎麼一回事。

維京人大戰薩克遜人的古老招數已經退流行。現在的潮流不同了。在這個荒涼的建築物裡，舉目所見盡是炸開的鎂光彈、鹽彈，鐵粉噴了滿牆。瓦礫碎片散落一地，方才把我絆倒的就是一塊從平台那側飛過來的木頭。看起來混亂的核心就在建築物中央，在通往武器室的門前與稍早羅特威團隊走過的側邊通道之間。我們踏進鐵鍊圈後沒多久就聽見他們的腳步聲，沒錯，他們還在這裡，大多數的人都在。只是現在他們的行動看起來很不科學。強生先生不再抱著寫字板，史提夫．羅特威不再捧著保溫瓶。小型爆炸此起彼落，鐵粉鹽巴不斷撒落，他們和其他人員倉皇逃竄。通道入口燒起明亮的鎂粉火焰，擋住他們的去路。電動推床看起來被人狠狠推去撞牆，側倒在地，輪子輕輕轉動。

攻勢的起源是另一扇門邊那堆燃燒的木箱，我瞥見三道敏捷移動的身影，不時從掩護物後探頭，向敵人擲出鬼魂炸彈和鐵殼投擲彈。幾名羅特威的人員從翻倒的推床後方還擊；身穿笨重鐵甲的男子——也就是爬行的黑影本人——正費勁爬上那堆木箱打算大顯身手。可惜他運氣不好，甲冑被打得處處凹陷，頭盔歪了，膝蓋無法抬得比木頭平台高，導致進度大大受限。

他們打得不可開交，沒有人發覺我們已經回到此處。我身旁有些動靜，是洛克伍德，他看起來出奇狼狽，但還是冷靜地捲起冒著煙、濕答答的神靈斗篷，塞進他的背包。「露西，還好嗎？有沒有暖一點了？」

「稍微。你看。到底是怎樣？」

「看來他們跑來營救我們啦。」他訝異地指著被兩個木箱遮住半邊的身影，纖細又勇猛，沾滿灰粉，頭髮散亂，面露戰士般的凶狠表情，手握龐大的槍枝。「那個……真的是荷莉？」

「你明明就很清楚。是她沒錯。」

我也看到奇普斯了，他站在牆邊的有利位置，冷靜、果決、毫不留情，連續丟出好幾顆鹽彈。在我們的注視之下，他連續擊中鐵甲人兩次，敲下他的頭盔，讓他像喝醉的陸龜般仰天滾動。

然而奇普斯與荷莉都不是最引人注目的隊友。

「你看喬治。」我說。

洛克伍德吹了聲口哨。「簡直像在看人表演土耳其旋轉舞！」

喬治的表現確實值得注目。他從木箱後面竄出來，手中的鎂光彈直直丟向史提夫．羅特威，還不時彷彿是在挑釁敵人似地，離開掩護。他臉上還帶著我們稍早當成迷彩使用的鞋油，現在又多了幾抹鎂粉和鹽巴，像是一道道蒼白的戰紋。他露出滿口牙齒，頭髮豎了起來，身旁燃燒的木箱令他的眼鏡鏡片染上紅色火光。他胸前斜掛著一把巨大的信號槍，射出一陣陣烈焰。偶爾還聽得到他發出無法理解的尖銳呼喊。

「我想繼續看戲，不過我們該去助陣了。」洛克伍德說。

「你先走，我忙完馬上過去……」

在拘魂罐失竊後，我兩度與它失之交臂，兩度被迫丟下它。不會有第三次了。

我把背包甩回背上，看到鬼魂咧嘴而笑。「啊，感人的重逢！應該要為我們放個甜美的小提琴音樂，但我覺得垂死的慘叫也不差。」

我看了屋內的單方面攻擊一眼。「沒有人快死掉吧？」

「可能沒有，反正想想不用錢。我看到幾個人被鎂光彈燒得不輕，某幾位科學家明天早上可能很難坐椅子。」

「很好。和我說說到底是怎麼一回事。」我站起來，恰好看見洛克伍德踩著鐵甲人的胸口登上平台。我揹好背包，抽出長劍，奔向戰局。

「我才想問妳咧。我超想聽聽你們的冒險。肯定比眼前這些難看的暴力場面好多了。」

「回答我的問題！」我踩過鐵甲人，踢開一名拿槍對著我的羅特威科學家，跳上平台，躲到一個木箱後面。有什麼東西在我背後炸開，輕飄飄的銀色火焰滋滋落下。

「說起來很簡單。那群蠢蛋打算把另一個人送去另一邊，被妳那群火冒三丈的朋友打斷了。就這樣。故事結束。現在來做個了結吧。」

「好。」我說。「那個……你指的『另一邊』……」

「妳知道的。」

「可是——」

「妳心知肚明。」

或許我知道，可惜現在沒空多想。我彎著腰溜去與其他人會合。離我最近的是荷莉。我拍拍她的肩膀，對她咧嘴甜笑。

「啊——！」

「嘿，荷莉！荷莉，別對我開槍！是我！是我！」

「啊——！可是妳已經死了！」

「沒有——鬼魂會拍妳肩膀嗎？會和妳說話嗎……？」我停頓一秒。「鬼魂會往妳臉上揍一拳嗎？要是妳再叫下去就能知道答案了。」

「可是你們進了那個圈子……」

「我沒事。洛克伍德也沒事——妳看，他在那裡，在喬治那邊。喔，妳現在可別哭。」我迅速抱了她一把。「看吧？鬼魂會做這種事嗎？好啦。我們做得很好，那夥人根本擋不住喬治。」

這句話有八九成是眞的。洛克伍德偵探社的成員都知道喬治就是無法精準丟出或是接住任何東西。在波特蘭街三十五號的廚房，就連普通的拋接傳遞水果或是整包洋芋片都是極度危險的行爲。可能會砸中誰的腦袋、打破幾個杯子、桃子砸爛在水槽上的牆面。說來眞是有趣，這項缺點在此成了他的優勢。每當他大吼一聲，從木箱後面丟出燃燒彈或是鬼魂炸彈，沒有人能預測著地點。看他手臂的動作完全沒用；那個東西往往會以不科學的軌跡飛向反方向，把另一名羅特威的員工炸上天。因此只要他冒出來，所有的敵人都會趴下來找掩護。好幾個人奔向建築物另一端和他拉開距離。

察覺到勝利在即，奇普斯從躲藏處走出來，拖著一大袋鬼魂炸彈。洛克伍德上前與他會合，兩人簡單打了招呼後便一同往房間中央投射武器。

「荷莉，你們打多久了？」

荷莉舉起槍，抹抹臉。她的頭髮和雙手都沾滿灰。「沒多久。從我們看到你們走進圈子那一刻開始。」

「你們看到我們……？怎麼會——」接著我又想到另一件事。「等等——那不是……超久以前的事情嗎？都過了好幾個小時……」

「沒那麼久，露西。差不多十分鐘吧。」

「可是——可是走去奧伯里堡要半小時，如果跑回來的話至少也要二十分鐘……」我自言自語。然而在圈子另一側的體驗確實異常地缺乏現實感，輕飄飄的，宛如夢境。

現在不是顧慮這個的時機。

「妳在說什麼？」荷莉把一顆燃燒彈射向披著破爛鐵甲的男子，他正笨拙地四處逃竄。他的胸甲滑落，像是鐘擺般搖晃。他的靴子、手套等零件掉了一地，與垃圾場的破銅爛鐵沒兩樣。她拍拍槍身側邊。「跟妳說，這個武器太好用了。」

「非常適合妳。我們去與其他人會合吧。看起來快打完了。」

敵人的攻勢越來越薄弱。無視史提夫．羅特威吼叫下令，好幾名科學家逃得不見蹤影，其他的人看來也不太想繼續留在這裡。羅特威半蹲在翻倒的推床後，沒有退卻也不打算發射什麼高科技武器。他拔出了腰間長劍。

喬治向我揮揮手。我湊到他身旁，看到他腰帶後側掛了一顆我們之前在武器室注意到的巨大燃燒彈。和椰子一樣大的那顆。「嗨，小露。」

「嗨，喬治。看來你玩得很開心啊。你還拿了超大顆的那個。」

「對，這是我的保險策略。不過看來目前有這些鬼魂炸彈就夠了。」

洛克伍德恰好朝史提夫．羅特威丟出一顆，在他身旁炸開。他背後浮現蒼老扭曲的女性形體，半透明的身軀閃著淡藍色光芒。羅特威頭也不回，長劍往背後一劃，把它攔腰砍成兩半。鬼氣滋滋作響，炸成碎片。

「喔，有沒有看到？」喬治大喊。「他把一個老太太切成兩半。真沒風度。」

「典型的羅特威作風。」奇普斯擲出的下一顆炸彈在牆面彈了下，落在地上，毫無反應。

「嘿！這顆還故障了！」他對羅特威先生舉起拳頭怒吼。「這算什麼貨色？」

「奇普斯，你要承認在費茲做事的時候絕對遇不到這種事。」喬治說：「有沒有開心多了？」

「有什麼好開心的？」

「你總算可以做自己了吧！小心！」史提夫．羅特威怒吼一聲，把防禦拋到腦後，跳過推床，跨出兩大步，跳上平台，朝奇普斯揮出長劍。另一支劍從旁邊擋下這一擊，在奇普斯頭頂上交叉。請想像一個倒過來的海盜旗，差不多就是那樣。

反擊的當然是洛克伍德，他和羅特威維持同一個姿勢好幾秒，兩人繃緊全身肌肉，一動也不動。奇普斯僵了半秒，緩緩縮起脖子，直到腦袋遠離那兩支微微顫抖的長劍。他臉色蒼白，側著身體溜走。

史提夫·羅特威比洛克伍德高大，體格遠遠勝過他。他把體重壓上劍刃，洛克伍德謹慎地轉動修長的手臂，化解勁力。除此之外，兩人沒有任何動靜。

「還記得嗎？我先前預測了一件事。」史提夫·羅特威開口。

「當然。你說我會違逆你。」他另一手朝起火的建築物比畫。「這算嗎？如果算的話，恭喜──你的預言成眞啦。」

「不只這個。」羅特威往後跳開，長劍揮向旁邊。他把著火的木塊踢向洛克伍德，後者俐落閃過。木塊在他背後的木箱上碎成一片火花。「我承諾到時候會拿你開刀。我說到做到。」

他步步進逼，劍尖轉出無數華麗的光圈。洛克伍德擋下一次、兩次、三次，卻被逼到平台邊緣。他輕輕跳落地面，羅特威則是接著重重著地。

「多年的心血。多年的研究成果。全被你在一夕之間毀了。」

「是你自找的！」洛克伍德繼續格檔，奮力跟上年長男子的猛烈攻勢。「你的實驗令奧伯里堡飽受恐慌！你喚醒了那麼多鬼魂！死了幾十個人！都是因爲你那個穿鐵甲的手下跑到另一邊，把那些死人吵醒。」他敏捷地閃身，長劍攻向羅特威的手腕，但這一招被花稍的護手擋住。

史提夫・羅特威稍稍後退。「你知道的超出我的預期……可是你對整體計畫毫無認知。只要你搞清楚，就會發現這些村民的犧牲只是極度輕微的代價。」他接連揮出兩劍，洛克伍德撞上懸在半空中的鐵鍊。「你的死亡想必也是如此。」

他一劍狠狠劈落，洛克伍德矮身閃開，劍刃直擊鐵鍊。連接桿子的部分落地，整條鐵鍊瞬間被吸進鐵鍊圈裡，彷彿是被大嘴吸入的義大利麵條，沒幾秒就失去蹤影。

洛克伍德腳步踉蹌，離鐵鍊圈和那堆兜圈的鬼魂更近一些。他看起來累極了，我可以理解爲什麼會如此。在圈子裡的體驗讓我氣力衰弱，四肢感覺要融化了，腦袋還在打轉。假如洛克伍德的狀況和我差不多，那他連拿著劍都很勉強。

「羅特威把他壓著打。」荷莉驚呼。

奇普斯點頭。「洛克伍德完全在他掌握之中。」

「或者他是這麼想的。」喬治肩上的皮帶還剩最後一顆標準尺寸的燃燒彈。他拔下來，對我們眨眨眼，直直丟向羅特威的腦袋。至少我猜那是他的目標。然而現實中的燃燒彈從羅特威頭頂飛過，落在鐵鍊圈邊緣，狠狠炸開。煙霧散去，地面上殘留點點火星，鐵鍊發黑扭曲。有的鐵環幾乎要裂開。圈內的形體立刻聚向那一處。

「喔，這可不妙。」奇普斯說。「庫賓斯，你的準頭在哪學的。」

「基本上他從來沒有學過。」我說。「問題就在這裡。」

我衝出去，跳下平台。

洛克伍德與羅特威再次交鋒。洛克伍德的長劍高速舞動，但他臉色慘白，只守不攻，一點一點退向鐵鍊圈。羅特威抓準這個機會，長劍重重揮了兩記，讓洛克伍德往後倒向脆化的鐵鍊。圈內訪客感應到他的接近，更多鬼魂擁向邊界，伸出蒼白的手掌，嘴巴張得老大。來自圈內的靈異咆吼威力大增，我看見燒黑的鐵鍊被圈內的力量推得微微挪動。

洛克伍德依舊高舉長劍，格檔、閃避，但他已失去平時的能量和控制力。下一秒，羅特威輕輕鬆鬆打飛他的長劍。洛克伍德往後跳，站在鐵鍊圈前方，消瘦、蒼白、無助——卻依舊叛逆。他以炯炯目光瞪著敵人。

「等一下我就去宰了你的朋友。不過第一個上路的殊榮就留給你了。」羅特威舉起長劍。

我在這一刻趕到。

沒錯，羅特威舉著他的劍，但他的姿勢沒那麼美觀，背有點駝，屁股往後挺。從任何一個層面來看都是絕佳的目標。我像是射門的足球員般抬起腳。

眞要我說的話，這一踢實在是有夠優秀。落點極佳。羅特威直直往前飛，撲向洛克伍德，而洛克伍德滾了半圈躲開。羅特威趴倒在鐵鍊圈上，一手陷入圈內的迷霧。他愣了一秒，皺起臉，從喉嚨深處發出恐懼的哀號。他努力起身，但寒冰已經爬上他的背，長出細細手指爬過他的頭髮。他拚命跪坐起來——可以看到他頸子上的肌腱浮起。可是有什麼東西阻止他逃脫。那些灰色形體湊上來。一股力道拉扯他陷在圈內的手臂，拉了一次、兩次，都被他使勁掙脫，然而他用盡了力氣，冰層延伸到他的額頭，凍結他的顴骨，包覆他稜角分明的下頜。

史提夫．羅特威已經是窮途末路。他最後一次掙扎，叫了最後一聲——然後就被吸進圈裡。事情發生得太快，太安靜，太輕盈，就在呼吸之間。前一刻他還跪在鐵鍊上，冰層在這個壯漢身上蔓延，下一刻鐵鍊上已經空無一物。羅特威偵探社的老闆史提夫．羅特威，就這樣一去不回。

那些灰色形體得意洋洋地打轉。鐵鍊陣陣顫抖——斷掉的鐵環滑過地面。圈內的存在以龐大力量攻擊此處。撐不了太久。

洛克伍德搖搖晃晃地爬起來，拎起長劍。他臉色蒼白，抓著我的手，快步回到其他人身旁。「喬治。」

「什麼?」

「我們要毀了這個鐵鍊圈。你那顆怪物燃燒彈。現在時機正好。」

「什麼?你說布蘭達大姊嗎?」

「你已經給它取了名字?」

「感覺我和她產生了某種羈絆。」喬治取下腰間的銀色椰子，在手中掂了掂。「喔，好吧。要我丟嗎?」

「不行!我的意思是——要不要交給露西?她離得比較近。不——直接交給她就好。別丟。」

喬治把燃燒彈遞給我，沉重的手感讓我微微一驚。「這個有倒數計時裝置——在這裡，小露。」他說。「妳覺得要設多久？兩分鐘？」

我望向破損的鐵鍊圈，看著那群在破口旁推擠的形體。有艾瑪．瑪區曼的鬼魂，雙眼空洞，張著血盆大口；有所羅門．葛皮腫脹的身軀。在那片翻捲的霧氣中，我想我也看到了那件太過熟悉的亮藍色連身裙。鐵鍊即將斷裂，圈子敞開，鬼魂擁入這個世界。

我轉動計時器，按下開關。「我想一分鐘就好。我們能跑多快？」

□

答案是「夠快」。第一波爆炸發生時，我們剛鑽過柵欄，衝進原野。爆炸威力直接掀翻了建築物的屋頂，我們被震得趴倒在地。一瞬間夜晚成了白晝，可以清楚看見每一片黃色綠色草葉的細節。接著第一陣金屬碎片撒落，實在不是對植物學起興趣的好時機。

我們繼續跑。幾分鐘後，我們抵達相對安全的山丘，癱倒在坡頂，在樺樹下眺望燃起烈焰的研究機構。

洛克伍德好不容易順過氣，他的視線掃過喬治、奇普斯、荷莉，看他們呈現出程度不一的疲憊。「謝謝你們救了我們。露西和我實在是又驚又喜。我們以爲你們都回去了。」

「我們差點就要走了。」荷莉說。

喬治點頭。「被你們丟在武器室後，我們熱烈討論應該要怎麼做。奇普斯一心想走，照你的指令行動。但我做不到。我想追上去，荷莉站在我這邊。這時候奇普斯說既然要跳進火坑，那他手上好歹要拿把槍，然後他就把我們拿得動的武器全往我們身上塞。那兩個科學家又折回來，所以我們稍微慢了一步，之後我們腳步很快。應該要讓你們看看我們三個全副武裝大步走過那條通道的模樣。」他輕笑一聲。「總之呢，一進那個大房間，我們就躲到木箱後面，接著狀況還滿危急的，因為我們剛好看到你們走進鐵鍊圈。」

「所以我們聽到的是你們？」我下巴掉了。「洛克伍德和我以為又來了一批羅特威的調查員！所以我們才會走進去！」

「呃，嗯，不好意思。」喬治說。「但不能怪我們回來找你們吧？總之呢，看到你們消失在那群鬼魂之間……我們嚇傻了。管他什麼神靈斗篷，我們以為你們死了。過了一會，羅特威和他的手下又大搖大擺地回來，穿著那套白痴甲冑的傢伙走向圈子，準備進去。」

「你們看到的是爬行的黑影。」我說。「先別問。我們有一堆話要和你們說，晚點再講。接下來呢？」

「接下來就是喬治抓狂了。」躺在草地上的奇普斯應道。

喬治摘下眼鏡，揉揉眼睛。「我才不知道那傢伙就是黑影，可是我很清楚那個圈子是什麼玩意兒。我以為你們死在裡面了。所以我不再麻木，只覺得……很生氣。下一秒我開始對這個完美的研究機構開火。」他重重嘆息。「哎，就是這樣。反正到最後是好結局嘛。」

「從某個角度或許可以這麼說。」洛克伍德說。火勢沿著通道延燒到武器室，裡頭還有堆積如山的燃燒彈和炸彈。

「嗯，我們以爲你們死了，對吧？」喬治說：「我們很難過。」

就在此時，原野上炸出沖天火柱。羅特威研究機構剩餘的建築物一掃而空，取而代之的是一團團花椰菜似的白色火球，此起彼落地炸開。

洛克伍德開口：「露西，等我們回到家，如果喬治想吃最後一片餅乾，提醒我讓他拿。」

「我個人認爲整桶餅乾都可以給他。」我說。

我們五個坐在斜坡上眺望毀滅的光景。遠處的山丘間，第一道曙光照亮東側天幕。再過不久，灰燼就會像霜雪般飄滿整片原野。

Lockwood & Co.

第六部
出乎意料的訪客

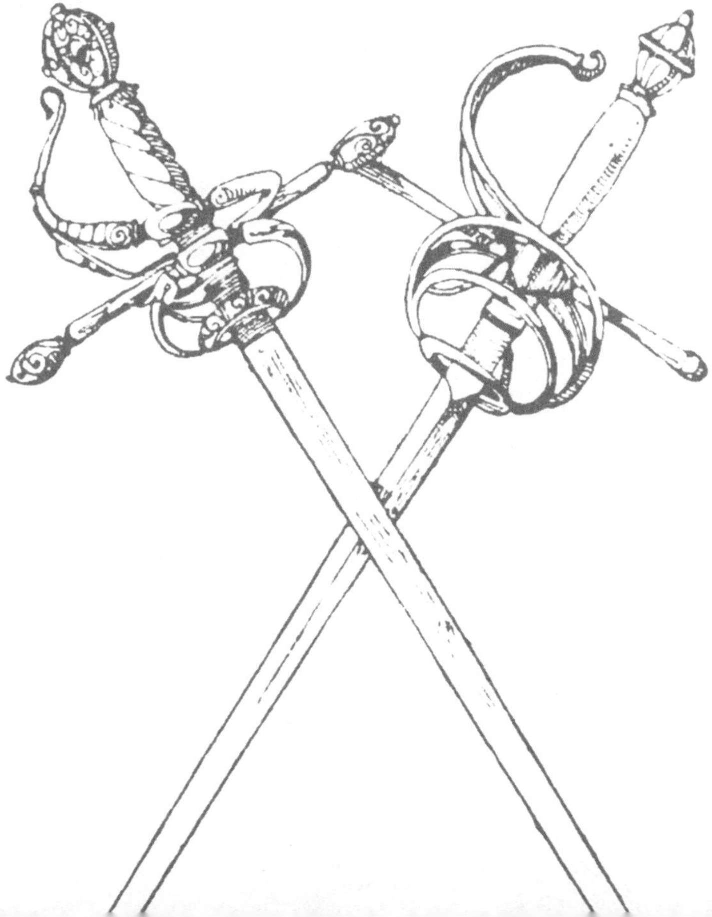

28

一千多年來，大概在最後一隻烏鴉撿完古戰場上維京人和薩克遜人的屍骨後，奧伯里堡幾乎可說是一灘死水，遭到世人遺忘忽視。幾個世紀的動盪都與這個村子無緣，就連近期的鬼魂群聚也沒有引起關注。然而「羅特威事件」（報紙給研究機構的災難冠上這個頭銜）在一夕之間改變了一切。它瞬間成爲全英國知名度最高的地點。

外界的反應來得很快。早上八點半，距離幾次爆炸染紅天際後大約過了三小時，樹林上空的一道道黑煙還沒散，第一批車輛開上村子裡的道路，車流整天沒有斷過。轎車、貨車、沒有窗戶的廂型車上坐滿靈異局的人員、羅特威的調查員、武裝警察，帶著陰鬱的氣氛往東高速穿過樹林。沒過多久，消息傳開，第一批記者抵達現場，於是靈異局封鎖了整座村子，綠地西側的石橋架設路障，另一組路障則是立在東側樹林的小徑入口。派駐大批人力看守，沒有人能輕易進出。

對我們來說沒差，反正以我們的身體狀況也不適合出門亂跑。我們起得很晚，整天窩在老太陽旅店的酒吧，避開旁人耳目。

不時傳來原野那邊的實況。靈異局人員上門買三明治與小點心，從他們透露給丹尼．史金納和他父親的片段情報，我們大致掌握了現下情勢。

清理部隊掃蕩了羅特威研究機構的斷垣殘壁。建築物毀得差不多了，殘存的部分很快就遭到封鎖，只有少數專門人員才能接觸。中央建築物的殘骸特別圍起來，不過大家都知道隔壁的庫房裡找出某些「未經核可的」武器，或許這就是爆炸與火災的肇因。更有話題性的是史提夫・羅特威本人失蹤的消息。他前一天待在這處研究機構，現在卻不知去向。目前為止警方將他列為唯一的傷亡人員。靈異局在鄰近鄉間找到幾名倖存的科學家，一一帶來問話。

「我想再過不久就輪到我們被傳喚了。」坐在壁爐旁的奇普斯說。他拉高運動衫的領子，臉頰青紫腫脹。我們的臉都一樣，活像是一排放太久、被摔過太多次的水果，留在盆裡靜待腐敗。

洛克伍德正在與荷莉打牌。他搖搖頭，這個動作讓他皺起臉，揉揉後頸。「我認為我們不會有事。羅特威在那個研究機構的作為算得上是滔天大罪——光是那些祕密武器就非同小可了，更別說去年嘉年華會曾經用來暗殺的鬼魂炸彈。還有那個鐵鍊圈。我猜強生和其他人不可能坦承昨晚發生的事情——至少不會輕易開口。要看那場大火後還剩下多少證據。」

「我在想啊……」荷莉說：「我們是不是該主動向靈異局通報？」今天早上她在我們共用的浴室裡多待了好一會，不知道用了什麼魔法讓自己恢復光鮮亮麗的外表，只是額頭和下巴還帶著零星的灼傷痕跡。然而我知道昨夜那個持槍掃射、頂著一頭亂髮的瘋女人就在那張面皮下。這讓我對她興起些許好感。

「向靈異局通報什麼？」喬治說：「顯然他們掌握了夠多證據，能搞清楚到底是怎麼一回事。」

「呃，我是說那個圈子——那個穿甲冑的人走進圈子。這很重要。一定要說出來的吧？」

洛克伍德咕噥。「和老伯恩斯說？我不太確定……就算他心情大好，還是會看我們不順眼。妳想他會相信我們吧？」

「八成會把我們丟進牢裡。」喬治說。「縱火、偷竊、傷害……從現實層面來說，他有的是手段對付我們。」

「我想總要和他說一聲。」我說：「荷莉說得對。事關重大，總不能瞞著外界。抵達這裡的第一天晚上，我們看到那個黑影——那個穿甲冑的傢伙光是走過就能喚醒鬼魂。然後昨晚——」聲音卡住了，儘管旁邊就是壁爐，我還是打了個寒顫，「我們做了一模一樣的事情。不知道會有什麼後果……」

「恐怕都是靈異局不願相信的後果。」洛克伍德放下紙牌。「不過妳的想法也有道理。我想有機會的話還是向伯恩斯報告一聲。」

我們的遭遇太過強烈，以至於不知道該如何對伯恩斯提起，甚至連與同伴討論都有些困難。洛克伍德和我特別難以明說在圈子另一端體驗的種種。我們知道我們心裡想的事情確實發生過。我們知道我們跨越到另一個與這個世界極度相似的界域，唯一的差異是裡面住的都是死人。在那個地方，我們才是入侵者，而我們的存在驚擾了該處居民，就和爬行的黑影一樣。我們知道的就這麼多。然而這些事光想就覺得彷彿站在可怕的懸崖邊緣，嘗試往虛空踏出一步。這一步並不容易。理智與情緒都可能冒出來阻止。

回到旅店，洛克伍德和我向其他人描述那段體驗，他們都變得好安靜，連喬治也沒說多少話，儘管他對著壁爐的眼鏡閃閃發亮。「眞有意思。」他說：「太有意思了。我要好好想一想……」

荷莉當下的重點完全不同。「如果這是眞的，我想知道你們現在感覺如何。」她坐在我們旁邊，細細端詳我們的臉。「還好嗎？你們都沒事嗎？」

「我們沒事。」洛克伍德笑了聲。「別擔心。斗篷把我們保護得好好的，對吧，小露？」我笑著表示同意。

然而稍後照鏡子的時候，我覺得自己看起來比平時蒼白。這不太好判斷——就像是我難以分辨現在的疲軟是不是過度勞動後的正常反應。可能是。我沒有力氣多想。

□

回到旅店的早上最有精神的就是罐子裡的骷髏頭。我們把它與裝備一起鎖在旅店的儲藏櫃裡，惹得它超級不爽。荷莉拒絕讓它進我們的房間，老實說這不能怪她。

「都把我救回來了，幹嘛還把我鎖在這個潮濕的小櫃子裡？」我往櫃子裡探頭時，它滿口怨言。「我沒有鼻子，可是光看就知道這裡有洋蔥和尿味。」

「並沒有。」我走進巨大的櫃子裡，用力吸氣。「眞的沒有洋蔥味。而且也比跟著其他源頭在研究設施那邊一起燒爛好多了，你應該心懷感激。」

「喔，我正在用後空翻來表達我的感謝。」那雙空洞的眼睛對我瞇細。「既然提到這個話題……妳是不是該對我說什麼？」

我抓抓鼻子。「有嗎？」

「妳不是無聊沒事才跑來這裡。」

「其實我是來拿午餐要用的馬鈴薯。喬治要做薯條……不過既然都見到你了……」

「有話快說有屁快放。」

我深吸一口氣。「是你對吧？」我問。「在另外一邊。我們悶著頭亂轉，找不到鐵鍊的時候。你告訴我鐵鍊在哪裡。」

鬼魂咧嘴諷笑。「救妳的小命？這聽起來像是我會做的事嗎？」

「好吧，不管那個是誰，我對它相當感謝。我認爲我搞懂了另一件事。你一直和我說『死者復活，生者赴死』。現在我想通了。鬼魂已經進入活人的世界，然後……然後活人進入了——」

我實在是說不出口。再加上罐子裡那張臉正用舌頭做出不雅的動作。

我們沉默幾秒。「總算！我們總算有了共識！」骷髏頭說：「過了這麼久妳都沒想通。是的，昨晚妳親身驗證了我的箴言。或許現在妳能了解我們爲什麼能處得這麼好。因爲我們都橫跨兩個世界。妳總能感應到另一個世界——妳總能瞥見那個世界——現在妳眞正到過那裡。露西，妳和我都困在生與死之間。所以我們才能搭配得如此天衣無縫。」它對我友善地點點頭。「嘿，還記得我的建議嗎？『卡萊爾與骷髏頭』？我依然接受和妳搭檔。甚至能讓妳的名字放在前面。」

「你好像忘記洛克伍德了。」我覺得這個話題已經聊夠了，找到那袋馬鈴薯，扛到門邊。

「喔，洛克伍德，好你個洛克伍德。他比我們兩個都還要接近死亡。妳很清楚。他撐不了太久。和我搭檔的前景好多了——等等——妳要去哪？妳瘋了嗎？我們正在討論超級重要的事情，妳卻只想著薯條？回來！」

我逕自走出門外。有時候就是需要薯條來維持理智。

□

那天出奇溫暖，所以我們在酒吧院子裡吃午餐。靈異局的車輛不時奔馳而過。昨晚的事件讓丹尼·史金納興奮到了極點，在旁邊晃來晃去，問一堆我們無法回答或是沒有答案的問題。現在他像猩猩似的掛在柵門上，眺望樹林彼端的黑煙。

一輛大型的黑色轎車駛出樹林，停在老太陽旅店外頭。蒙特古·伯恩斯督察下了車，看起來狼狽困頓到了極點。他推開柵門，不顧丹尼還攀在上頭，踩著草地走向我們，在桌邊站了好一會，打量我們又青又紫的臉。

「早啊，督察。」洛克伍德說。

喬治端起一個大碗。「要來個薯條嗎？」

伯恩斯沒有回話，注視我們許久。

「昨天很辛苦嗎？」他總算開口。

「這是當然。」史金納先生快步走出酒吧。他總算展現出好心情——這是多年來最繁忙的一天。「洛克伍德先生和他的朋友拚命驅趕了奧伯里堡的鬼魂。只花了兩個晚上，到處都看得到明顯的改善。他們清理了我的屋子，也幫了其他人。讓我們夜裡可以安睡。先生，他們每一個都是英雄。」

伯恩斯的大鬍子狐疑地往下撇。「眞的？這話還是第一次聽到。」他沒有多說什麼，雙手插在風衣口袋裡，直到店主回到店內。

「恭喜你們生意興隆。」伯恩斯繼續說：「也恭喜你們遠離麻煩事。」

「是的，督察。」洛克伍德說。我看著他。他對上我的視線。

我們靜靜坐著。

「嗯，如果沒別的事情，我要走了。」伯恩斯轉過身。

「督察，其實我們有話要和你說。」我開口叫住他。

「我們有急事要向你報告，伯恩斯先生。」洛克伍德說。

督察盯著我們看。他像是突然想到什麼事似的揚起手。「那個男孩子。」他隨口說道：「像神經病一樣掛在那裡的小鬼。」

「他怎麼了？」

「不知道他想不想賺點跑腿費？」

他嘴巴才剛合上，丹尼已經橫越院子，在伯恩斯身旁立正站好，擺出怪異的舉手禮。「大爺，需要協助嗎？隨時爲您效勞。」

「我和我的三個同事要吃午餐。你可以進去幫我們包一些三明治嗎？如果不難吃的話就給你五鎊。」

「遵命。沒問題，這會是你們吃過最美味的三明治。」他小跑步進屋。

「伯恩斯先生，你的五鎊安全得很。」喬治說：「這裡的東西只有包裝紙能吃，聽我說的準沒錯。」

伯恩斯沉著臉點頭。「這不是重點。我只是覺得他看起來耳朵很尖——或者該說是很大——果然沒錯。洛克伍德先生、卡萊爾小姐，兩位不如陪我走走吧？到綠地那邊透透氣。」

伯恩斯離開院子，過了馬路，帶我們踏上綠地，找了個離旅店有點遠的地方。「嗯，這裡安靜多了。旁邊沒人。你們要說什麼？」

「關於昨晚的事情。關於那間研究機構。」我說。

「機構？」伯恩斯揉揉鬍鬚，望向遠方。「喔，我們還在現場調查。目前只能看出昨晚出了某種意外。」

洛克伍德接著說：「對，就是那件事。其實不是意外——」

「他們的實驗出了大問題。」督察繼續說下去。「聽說造成一些傷亡。」

「對！史提夫·羅特威——」

「希望我能告訴你們更多。」伯恩斯打斷我。「我真的希望。謝謝你們關注這件事。可惜我只知道這麼多。」

我們看著他。

「你們兩個想必也對此一無所知吧。」

洛克伍德皺眉。「這個嘛——」

「你們沒有接近那個地方。」

「呃，那個，其實——」

「你們只是碰巧來奧伯里堡對付這裡的鬼魂——這裡的案件和機構那邊毫無關聯。你們對羅特威，或是他的研究機構沒有任何興趣，也沒聽說過他們在中間那棟屋子裡面做了什麼。要是你們腦袋夠清楚，無論誰來問都請清楚表明以上訊息。懂我的意思嗎？洛克伍德先生？卡萊爾小姐？」伯恩斯疲憊浮腫的雙眼盯著我們。「你們也知道靈異局的職責之一便是防止調查員出事，就算是像你們這樣討人厭的傢伙。我不希望某天早上起床發現波特蘭街又出了四起意外。那真的會害我吃不下早餐的煎蛋。」

洛克伍德看看我，深吸一口氣。「謝謝你，督察。」他拉高嗓門。「你說得很清楚。很遺憾無法從你口中得知更多那間機構的狀況。我們只能勉強接受我們什麼都不知道的事實。」

伯恩斯點頭傳達出不願多談的意圖。「很好。就是這樣。」

□

我們在奧伯里堡多待了兩晚，兩晚都出門巡邏確認是否殘留任何超自然現象。然而正如史金納先生對伯恩斯說的那番話，村裡鬼魂的活動跡象已消失殆盡。毀了羅特威研究機構的鐵鍊圈，中止爬行黑影的神祕行動後，群聚現象瞬間消失。許多訪客不再現身，還敢跑出來的傢伙也大幅減弱，危險性下降。可以宣稱這全都多虧了我們的努力（我們確實這麼說了）。我們大張旗鼓，到處走動，隨便丟出幾顆鹽彈，假裝我們有在做事。其實大半時間我們都待在旅店裡打牌。

到了第五天早晨，東側原野的騷動平息下來。靈異局的車輛走得差不多了，也解除了村子周圍的封鎖線。現在我們奠定了在村子裡的英雄地位。還有少數第一型鬼魂在外頭閒晃，但不用我們費神出手。奇普斯格外地歸心似箭——這兩晚他被迫選擇和喬治睡同一張床，或者是和骷髏頭睡在儲藏櫃裡（他莫名的偏好骷髏頭）——但其實我們也都很想回家。一群村民送我們到火車站，丹尼·史金納得意洋洋地走在隊伍最前方。我們收下村民贈送的根莖作物。洛克伍德獲得塞滿現金的信封——這筆酬勞象徵村民的感激之情。孩子們拋來花環。火車離站時，他們還揮舞手帕送別，直到車子駛遠。

我們坐在返家的火車上。洛克伍德的對面是我，他看起來蒼白而疲憊。自從離開研究機構後，我們還沒有私下談過那天的遭遇。我們的視線偶爾交錯，眼神中蘊藏著無法以言語傳達的心情。

我們相視而笑，一同望向車外的樹林和原野。這是美麗的春天風景。東側山丘上升起的黑煙早已隨風散去，只是空氣中還帶著一絲焚燒氣味，在奧伯里堡隨著我們進入車廂，即便荷莉開了窗，那股氣息還是一路伴隨我們到倫敦。

29

羅特威偵探社竟與恐怖分子掛勾！機構廢墟驚見禁忌武器

史提夫・羅特威依舊行蹤不明，死亡可能性極大
靈異局督察蒙特古・伯恩斯的首度受訪內容見內頁

昨日持續於漢普郡的羅特威研究機構殘骸中得到重大發現，警方證實在其中一棟建築物內尋獲大型「兵工廠」遺跡。據說其中有幾顆未爆的「鬼魂炸彈」，正是去年十一月恐怖分子襲擊倫敦嘉年華，試圖殺害潘妮洛・費茲女士時使用的武器。包括主任沙爾・強生先生在內，數名機構員工遭到逮捕，警方宣稱他們和偵探社所有人史提夫・羅特威先生與該起襲擊事件關係密切。羅特威先生的行蹤仍舊不明，但據信他極可能在摧毀該設施的爆炸中喪命。

今天本報刊出靈異局督察蒙特古・伯恩斯先生的專訪內容，他詳述了手下團隊在設施遺跡間冒險調查。「我們抵達時見到的是地獄般的場面。」他說：「但我們尋獲一批違法武器，包括致命的鬼氣槍枝。相信我，鬼魂炸彈只是冰山一角。」他拒絕談論該設施

嚴重受損的中央建築物。「可惜那棟建築的用處尚待釐清，我們將持續調查。」

警方昨日擴大調查，在該設施尋獲非法源頭。位於克拉肯維爾的倫敦大都會熔爐的內部員工有多人遭到逮捕，接下來將會查出更多涉案人士。不過與羅特威偵探社面臨的危機相比，這項進展顯得無關緊要。羅特威偵探社的主腦失蹤，其餘重要幹部也背負重大罪嫌，重挫社會大眾對該社的信心，它的未來岌岌可危。最新情報指出靈異局邀請費茲偵探社的所有人潘妮洛・費茲女士暫時掌管這個群龍無首的組織，企盼能穩定局勢。她將在河岸街的辦公室經營兩間偵探社。

完整專訪內容：見第三版

鬼魂炸彈與鬼氣槍——兵工廠揭密：見第六版

重傷的獅子　羅特威偵探社簡史：見二十四至二十五版

□

「好吧，我們的努力又被忽視了。」洛克伍德把報紙丟到早餐桌上，伸手拿吐司。「老伯恩斯最會玩這種手段了。把那些非法武器拿出來當擋箭牌，他就能順利掩飾唯一重要的事情，也就是那個鐵鍊圈。他把我們參與的部分也掩蓋過去，我們該心滿意足了。」

「我對此非常滿意。」荷莉說。

我們都有同感。那天早上有許多值得開心的事情，此外我們還決定在波特蘭街三十五號舉辦正式的慶祝早餐會。

這是我們從奧伯里堡回到家的隔天，陽光燦爛。荷莉打開廚房門。鳥兒鳴唱、嫩葉閃閃發光；清爽的春日微風流入室內，幾乎沖散了喬治那份煙燻鯡魚的氣味。最棒的是整個偵探社的成員齊聚一堂。

整個偵探社。包括我在內。

我的喜悅部分是源自昨晚在先前的閣樓房間過夜。我真的回來了。喬治象徵性地收走他大多數的衣物。進房時還是得留意腳步，當心別誤觸地雷，近期地板上可能還殘留詭異的襪子或手帕。但它現在又是我的地盤了。

嗯，我的……還有骷髏頭的。在我睡覺時，它占據了窗台上的老位置，據它所說可以享受平靜的夜色，不過我看它主要的目的還是散發邪惡的綠光，驚嚇對街屋裡的小小孩。今天早上它也在廚房，畢竟把它搶回來是另一個慶祝項目。然而它才上桌三十秒，就對荷莉裝模作樣地眨眼睛，害她把整盤全麥鬆餅掉在大腿上，於是它被挪到水槽旁的陰暗角落，拿抹布蓋住半邊罐子。

骷髏頭不是這天早上唯一上不了檯面的客人。奎爾．奇普斯也在。他本人並非洛克伍德偵探社的成員（他表示加入我們比「在溫布頓公地全裸接受鞭刑」還糟），但他即將以顧問身分不時上門拜訪。他來這裡就是為了討論這件事，同時也是來慶祝我們平安返回倫敦。我們煮蛋、煎了培根，就連荷莉的超養生鬆餅沾上蜂蜜與鮮奶油也顯得閃亮誘人。我們吃得心滿意足。

洛克伍德坐在主位，傳遞堆滿食物的盤子，確認每個人都吃飽。他恢復以前的老樣子，我鬆了口氣。他的氣色好多了，舉手投足從容隨興。經歷過鐵鍊圈裡那一趟，我們的身體花了好一段時間才慢慢恢復過來。我還是覺得累，受到抽象的惡夢困擾——不過好像有減少的趨勢。在這樣的早晨，很容易想像那些痛苦的效應很快就會消退。

最後洛克伍德拿叉子敲打牛奶罐。「該來乾杯了。」他說。「我要感謝各位在奧伯里堡的付出。喬治、荷莉、奎爾——你們在研究機構那邊表現卓越。少了你們，露西和我絕對無法生還。」

我們舉杯，灌下柳橙汁。接著洛克伍德轉向我。

「露西，我要特別爲妳乾杯。首先感謝妳回到我們身邊。洛克伍德偵探社沒有妳就不完整了。再來，感謝妳在羅特威打倒我的時候出手。妳救了我一命。謝謝。」

他直視我的雙眼，我盡全力裝出若無其事的表情，卻感覺到臉頰微微發燙。接著我意識到其他人都在看我們。

「哇塞，有夠尷尬。」喬治說。

洛克伍德咧嘴一笑，往他身上丟了塊麵包。「事實上我們要依靠彼此。若是少了任何一方，大家都會變弱。只要大家一起，沒有我們做不到的事。」

「說得好。」荷莉說。

「這與最後一項要慶祝的事情有關。」洛克伍德發表最後一段言論。「敬我們的嶄新發展。經歷了爬行的黑影、鐵鍊圈、露西和我在另一邊看到的事物，我相信一切都不一樣了。我們發現了完全無法想像的種種。伯恩斯要我們保密，但我們都知道這是不可能的。從現在起，我們的調查範圍將會更加廣闊。有許多新問題等待解答，我們的調查才剛開始。」

我們喝掉果汁，放下杯子。大家安靜了好一會，聽著從門外飄來的鳥叫聲。

「我想知道的是那個爬行的黑影到另一邊到底在幹嘛。史提夫・羅特威稍微提到他們有某個目標。不可能只是去那裡散步觀光。他有什麼目的？爲什麼會有人願意冒那麼大的風險？我想像不出有任何事物重要到能做出這種事。」

「不一定是什麼具體的目標。」喬治吃完鯡魚還不滿足，自己湊了最後一個分量驚人的培根三明治。「有時候只是對未知的探索。要是我拿到鐵甲，我也很樂意到另一邊逛逛。」

「看你端著那個巨無霸三明治，想必要特製加大的鐵甲。」洛克伍德說。「是可以借你神靈斗篷啦。」

「可惜我把另一件弄壞了。」我說。想到這件事我心情就好差。

洛克伍德聳肩。「這也沒辦法。而且啊，天知道樓上還有什麼東西等我們開箱？先來討論那個黑影。他肯定做了什麼。羅特威說得不多。我們只能自己查了。」

「先好好整理一下狀況。」奇普斯說。「我實在是想不透。」

「我也是。」荷莉同意道。「我只覺得你們能平安回來根本是奇蹟。」

我什麼都沒說。半夜我閉上眼睛時依然看得到黑色天空覆蓋著那個布滿寒霜的世界。

「我是這麼想的，露西和洛克伍德去到的那個地方就是鬼魂的來處。」喬治一邊咀嚼培根一邊說。「至少有一部分的鬼魂在那裡逗留，準備從世界之間的破洞鑽過來。通常我們沒辦法過去，我猜只有具備靈視能力的人能稍微瞥見。但黑影跨越界線，在那一邊晃來晃去，讓鬼魂興奮到不行。他使得世界間的屏障變得脆弱。你們在教堂墓園看到他的時候，是不是覺得他像鬼魂？你們看到的是另一邊的他——屏障破了洞。」

「不知道有沒有人看到我們。」洛克伍德說。「之前都沒想過要問。」

「我在意的是過去有沒有人用這種手段喚醒鬼魂。如果有的話——」喬治用挖芥末醬的湯匙指向牆上的地圖，上頭標記了鬧鬼事件擴散到全國的趨勢，「對於靈擾又有什麼影響。」

門鈴響起。荷莉離門口最近，她馬上起身離開廚房。

「不得了的謎團……」奇普斯想了想。「要破解可不容易啊。」

「奎爾，你要有信心。」洛克伍德說：「擁有這樣的團隊，我認爲一切都會很順利的。」他伸了個懶腰。「荷莉，誰來找我們啊？」

荷莉回到廚房，還沒開口就能看出她的臉色有多蒼白，表情有多僵硬。「有兩位貴客來訪，洛克伍德。我沒有……我沒辦法……嗯，他們已經進來了。我只能讓他們進門。」

她讓到一旁。在她背後的是臉上掛著虛假笑容的潘妮洛．費茲。

費茲女士走進我們的小廚房。這裡沒辦法分給她太多空間。她的視線掃過杯盤狼藉的餐桌。

她穿著綠色過膝連身裙，肩上披了件深棕色大衣，一副即將前去哪裡參加晚宴的模樣。「各位早安。希望沒有打擾到你們。介意讓我進來嗎？」

嗯，她已經進來了。洛克伍德跳起來。「當然不介意。請——」

「只是簡單的私人拜訪。請坐，我無意打擾。我還帶了另一位同伴。」她往後方比畫，在走廊的陰影裡站了一名身材修長的年輕男士，一頭金色鬈髮，鬍鬚修得整整齊齊。他身穿高雅的斜紋毛料套裝，腳邊擱著內藏劍刃的手杖。「各位應該認識魯波．蓋爾爵士吧？他是費茲家族的老朋友。」

「是的，當然……沒錯。抱歉這裡亂成一團。」洛克伍德說：「我們到客廳聊聊吧？」

費茲女士勾起嘴角。「不用了。我想親眼看看你們這間小公司是如何運作。看來你們的早餐吃得很急嘛！還有桌布上的筆記……」她傾身細看。「真有趣！真是迷人……嗯，我不是說這些塗鴉。」

洛克伍德匆忙拉來一張空椅子。「真是不好意思。我一直要喬治專心研究鬼魂就好。請坐。魯波爵士，不介意的話請用我的椅子。」

「不了，謝謝。我站著就好。」魯波．蓋爾爵士來到窗邊，背靠廚房水槽，雙腿交叉。

我們不太樂意讓魯波爵士待在這個屋子裡，畢竟我們知道他是個惡棍，也是收集違法源頭的富裕收藏家。過去和我們的幾次互動都是帶著威脅與暴力。不過潘妮洛．費茲上門拜訪的事實更讓我們坐立難安。

全倫敦最顯赫的人物坐在我們的私人空間，對我們微笑。她坐的那張柳條折疊椅只是個便宜貨，還帶著幾塊喬治實驗造成的鬼氣燒灼。然而配上她優雅修長的四肢，陽光打在翡翠綠連身裙上，椅子的時尚指數頓時上升不少。她看起來相當自在，相較之下我們或坐或站，不知所措。奇普斯嚇得不輕。他悄悄躲到門後，努力避開視線。

洛克伍德甩開困惑。「女士，要喝杯茶嗎？我們剛煮好水。」

「謝謝，安東尼，請幫我倒杯茶。」

完成了必要的客套程序，費茲女士望了整間廚房一眼，看清一切細節——早餐的殘骸、堆在角落的鹽巴與鐵粉、通往院子的門、喬治掛在牆上的英國地圖。「我是來道謝的。感謝你們為我效勞。你們人眞是太好了。」

「女士，妳說效勞？」洛克伍德端上熱茶。

「看來你們已經讀過報紙了……」她指著泰晤士報的頭版。「報導提到倫敦目前正經歷諸多變動。特別是羅特威和費茲的合作關係。我可以私下透露內情不只是如此。這是實質上的合併。羅特威名聲掃地，陷入危機；若是反應不夠快，他們將面臨關門的命運。因此從現在起，它完全併入費茲偵探社。也就是說它是費茲的一部分，高層幹部要向我報告一切。」

她環視我們。這名女性現在掌握著全倫敦最大、最有權力的組織。「恭喜妳，女士。」洛克伍德慢條斯理地說：「這確實是……了不起的大事。」

「沒錯。這一刻將在歷史上留下一筆。要徹底整治羅特威是件大工程，但我有信心完成這個任務。總而言之，現在兩間偵探社都在我手中了。我相信這份好運基本上是你們的功勞。」

大家努力裝出茫然的無辜表情，氣氛頓時染上心照不宣與罪惡感。靠在水槽邊的魯波・蓋爾爵士微微一笑，他拎起喬治最愛的條紋圖案馬克杯，漫不經心地盯著看。

「抱歉，女士，我不太懂妳的意思。」洛克伍德說。「是的，我們碰巧在出事的研究機構附近的村子執行任務——或許妳指的是這件事——但我們和其他人一樣摸不著腦袋。」

費茲女士發出古怪的笑聲；我都忘記她的嗓音有多麼低沉沙啞了。「沒關係的，我不是那個愚蠢的伯恩斯督察，在我面前不用這麼小心翼翼。不過呢，我也不逼你。姑且假設你們看到了不該看的東西。或許你們還無法想通。或許那些東西還壓在你們心上。」

她指涉的對象很明確，但我們都決定要裝傻了，現在可不方便承認任何事。「我們確實在村子裡遇到一些毛骨悚然的幻影。喬治還從一個沒有眼睛的女生面前逃了一哩路——你說是不是啊，喬治？」

「它連我的車尾燈都追不上。」喬治說。

費茲女士對我們笑了笑。「別說笑了。幾位羅特威的科學家——現在是不是該稱呼他們爲費茲的科學家？——那間機構的工作人員曾向警方提到有人闖入。」

「五名入侵者。」魯波・蓋爾爵士開口。「剛好可以用一隻手數出來。」

「嗯，我不確定你們看到或是聽到什麼。」費茲女士說：「但我建議你們把那些事全都忘了。可憐的史提夫・羅特威是個一意孤行的怪人，他對禁忌的知識無比痴狂。我們無從想像他在私人機構裡做了什麼黑暗實驗，總之那絕對不是任何一個守法的偵探社該碰觸的領域。」

我們努力消化她這番話。水槽旁的抹布下也是黑暗又安靜。我瞄了拘魂罐一眼，罐裡沒有半點動靜。至少骷髏頭沒有作怪，這讓我安慰不少。

洛克伍德低聲道：「我想我聽懂妳的意思了。妳在要求我們『忘記』一切看到或沒有看到的事物。」

「我不會選擇『要求』這個字眼——但你說得對。」

「可以請教原因嗎？」

費茲女士啜飲茶水。「我們和超自然力量對抗了五十年。刻意玩弄，或是像愚蠢的羅特威那樣透過它們獲利，都註定會招來災厄。死亡的奧祕無比神聖，不容凡人窺探。」潘妮洛．費茲凝視我們。「你們和我一樣了解這個道理。有些事情還是別知道比較好。」

喬治憋不住了。「女士，恕我直言，我不認同這個說法。掌握各個領域的知識是對抗靈擾的必要之舉。」

「親愛的喬治，你太年輕了。」又是那道沙啞的笑聲。「我知道對你來說這個概念難以掌握。」

「不，喬治說得對。」洛克伍德說：「喬治說什麼都對。我們不該畏懼揭露隱藏在黑暗裡的事物。應該要拿光照亮那些謎團。就像是貴社標誌上的提燈。這是調查員的職責。」

費茲女士冷靜地看著他。「你該不會又要拒絕我的提議了？」

「恐怕確實是如此……是的，我們回絕妳的『要求』，或是命令，或是隨便什麼東西。」洛克伍德的語氣突然變得乾脆。「抱歉，我們並不歸貴社管。妳不能隨隨便便鑽進我們的廚房，指點我們要怎麼做事。」

「喔，我們當然可以。」她說：「魯波，你說對不對？」

「這是當然，夫人。」魯波・蓋爾爵士離開窗邊，在我們背後跨出隨興的步伐。「對某些人來說，現世報來得很快。」他伸手從喬治的盤子裡拎起三明治，咬了一大口。「對其他人來說呢，做什麼都不用顧慮。就像這樣。嗯，這培根眞不錯！芥末醬配得很好。非常美味。」

「你竟敢——」洛克伍德瞬間起身，正要繞過桌子時突然煞住腳步。一抹銀光閃過，和他的動作一樣快。魯波爵士手握長劍，劍尖離洛克伍德的胸腹之間不到幾公分。他沒多看洛克伍德一眼，只顧著咀嚼，細細打量三明治的酥脆麵包邊。

「魯波爵士，你是在威脅手無寸鐵的人嗎？」喬治說：「眞是光明磊落。」

「喬治，你可以拿把奶油刀給我。」洛克伍德低喃：「我拿這個對付他就夠了。」

「眞是個活寶。」魯波・蓋爾爵士說。

潘妮洛・費茲揚手。「請別起衝突。這是禮貌性的拜訪。魯波，放下劍。安東尼，請坐。」

洛克伍德猶豫了好一會才緩緩回座。魯波・蓋爾爵士收起長劍，繼續咀嚼三明治。

「這樣好多了。」費茲女士再次輕笑。「男孩子就是這樣！我該拿你們怎麼辦呢？我的來意非常簡單，不知道爲什麼你們要拒絕。這是間可愛的小偵探社，我也無比歡迎你們繼續做那些可愛的小事。不過從現在起，請你們專注在更適合你們的任務上頭——那些造成社會大眾困擾的鬧鬼事件。別再做出這樣的愚蠢行徑——」她指著喬治的地圖，「別再無的放矢，別再罔顧本分。親愛的喬治，你腦袋裡淨是些沒用的幻想。把它們忘了，花點時間做有用的事情對你來說比較好。比如說你的外表。好好打理一下吧！出門和女生說說話，多交幾個朋友。」

「先與除臭劑打好關係絕對不會吃虧。」魯波．蓋爾爵士說著，拍拍喬治的肩膀。

喬治不為所動。

「大家別這麼嚴肅嘛！」潘妮洛．費茲對我們微笑。「雖然規模這麼小，你們的偵探社可說是完美無缺。有腳踏實地的研究人員——當然就是喬治。還有洛克伍德——你擁有強大的決斷力與行動力。甚至還有這位可愛的孟洛小姐擔任完美的祕書和打字員。根據來自羅特威的新同事所言，妳或許不是最勇敢的調查員，但至少看起來挺賞心——」

「夠了！」這是我的聲音。我的椅子往後倒下。我站了起來。「妳對荷莉一無所知——對我們任何一個人都一無所知。不要煩她！」

「喔，卡萊爾小姐。」費茲女士接著轉向我，我首度感受到那張笑臉下的惡意。「兩週前妳沒有接受我的提議，我實在是無法表達我心中的遺憾。我們明明能一同創造更輝煌的成就。但木已成舟，機會一去不復返……所以我要和你談一談，奇普斯，奇普斯先生。」

她第一次提到這名前任員工。奎爾．奇普斯站在門後，縮在垃圾桶旁邊，彷彿是想抹除自己的存在。對上她的笑容，他縮得更小了。

「奎爾，聽說你最近也挺忙的。成天光顧著玩不屬於你的鏡片。眞有趣。希望你和新朋友相處愉快。不過在興奮之餘，請別忘了這件要事——你自己選擇離開我的偵探社，從今以後一切高尙的工作和地位將與你無緣。我不容許有你這樣的污點存在，要讓大家知道這麼做的下場。我會沒收你的退休金；你的名聲將蕩然無存。我將確保你永遠無法與任何一間體面的靈異偵探社合作。」

「沒關係，奇普斯。」洛克伍德說：「你想的話可以和我們合作。反正我們一點都不體面。」

奇普斯沒有回話，臉色刷白，鼻子與嘴唇發青，看起來幾乎要被活活嚇死。

「嗯，我該走了。」潘妮洛．費茲說：「要做的事情可多著呢……人生就是這麼神奇，安東尼，你也知道吧？你先前拒絕了我的提案——卻又在無意間送上我想像不到的大禮。感謝你的茶。」她起身，最後一次環視廚房。「眞是間可愛的小房子。如此迷人，如此脆弱。祝你們有個美好的早晨。」

說完，她轉身離開。魯波．蓋爾爵士站在窗邊吃完喬治的三明治，拎起水槽旁的茶巾擦掉滿手油漬，把茶巾丟進水槽。他對我們笑了笑，踏出廚房。我們聽見前門關上，他的腳步聲沿著屋前的小徑遠去；過了一會，費茲女士的座車駛向晴朗的春日。

我們愣在原地，或站或坐，陷入沉默——洛克伍德在他的位置上，喬治與荷莉各據餐桌一側，我在另一頭，奇普斯在門後。沒有人敢看其他人，但我們都清楚意識到大家是多麼的僵硬。

衝擊形成一片網子，把我們牢牢套住。

接著洛克伍德哈哈大笑，打破了魔咒——我們渾身一震，彷彿大夢初醒。我們看著他燦爛的笑容，閃亮的雙眼。

「好，他們的立場相當明確，對吧？我們不該插手。」

奇普斯挪動雙腳，像是哪裡不太舒服似的。喬治輕咳一聲。

「那我們也來確認各自的想法吧。」洛克伍德繼續說下去。「誰同意我們應該要當乖巧的調查員，聽從她的命令，別多管閒事？」

他的視線掃過我們。沒有人回話。

「很好。」洛克伍德把思考布拉平。「感謝各位。接下來呢，認爲我們應該要和她唱反調的人請舉手。既然潘妮洛決定不演了，認爲無論她和那個裝模作樣的惡棍會帶來什麼威脅，我們有權把她當成下一個調查目標的人請舉手。」

我們全都默默舉手。包括奇普斯在內——儘管他小心翼翼舉起一半的手臂像是他原本想抓抓後腦勺似的。在春日陽光照耀的廚房裡，我們全都舉了手。

「好極了。」洛克伍德說。「謝謝。我很高興，因爲我也有同感。把餐桌收一收。喬治，你去煮個水吧？洛克伍德偵探社要開工了。」

□

兩分鐘後，我站在水槽前洗碗盤，雙眼無神，過了一會才察覺抹布下冒出綠光。我掀開抹布，發現罐裡的鬼魂正盯著我看。它的表情第一次稍微沒那麼惹人厭，看起來無比嚴肅。「洛克伍德說得好。」骷髏頭的嗓音傳來。「說得太好了。我差點就要以爲你們還有活路可以走。我猜這是他的打算啦。好啦……爲我說明一下。我只能看到一點東西。剛才進來的是誰？」

「潘妮洛・費茲。」

「她是誰？」

「費茲偵探社的老大。現在成了倫敦的統治者——至少她自己是這麼想的。你是不是有點落伍？我以爲你很清楚時事。」

「喔，我只是個可憐的老骷髏頭，有點跟不上時代潮流了。所以說那位就是潘妮洛・費茲？費茲偵探社的老大？創設元老梅莉莎的外孫女？」

「對。她突然對我們不太友善……你是怎樣？笑什麼？」

「沒事……妳想她大概幾歲？」

「怎樣？你要向她求婚喔？我怎麼會知道？」

「我看到她帶了個保鏢。那個滿臉鬍碴的金髮小伙子。」

我咕噥幾聲。「對。魯波・蓋爾爵士。陰險的傢伙。」

「對，那個藍色眼睛的笑面殺手。不過我並不意外。她總是找得到人幫她做那些骯髒事。」

「你說誰？」

「梅莉莎．費茲。」

「我們明明在討論潘妮洛的事情。」

「嗯……對。露西，那個盤子最好再沖一遍。上頭還有蕃茄醬。」

我繼續洗碗盤，視線飄向院子。旁邊的骷髏頭繼續自顧自地蠢笑。

「好啦，告訴我笑點在哪。」我忍不住開口。

「我遇過梅莉莎一次。我對她說話。我記得向妳提過這件事。」

「對。我知道。她把你封進這個罐子裡。」

「又看到她站在這裡還滿怪的。」

「潘妮洛和她很像嗎？」我想到在費茲總部看到的照片中的乾癟老婦人。不過那是梅莉莎晚年的樣貌，說不定她年輕時更像潘妮洛。

「可以這麼說。她和五十年前的她沒有兩樣。嘿，嚇死我了，我明明早就死了。好啦，不要分心，妳接下來要洗餐具。喔，沾滿果醬的刀子與黏了蛋渣的湯匙。太刺激了。」

「抱歉，我沒聽懂你的話。說得清楚點。」

「眞想知道她怎麼有辦法做到。因爲她眞的完全沒變。至少有八十歲了吧，竟然看起來還能更年輕。」

我盯著鬼魂，它盯著我。它的兩顆眼珠子翻向不同方向。

「好吧，我說得簡短一點，看妳能不能聽懂。潘妮洛・費茲不是梅莉莎的外孫女。她就是她。」

我愣住了，雙手泡在洗碗水裡，直直瞪著拘魂罐。在我背後，喬治把茶包一一放進杯裡。水快燒開了。洛克伍德和奇普斯正在爭執某件事。荷莉在院子裡抖掉思考布上的食物碎屑。與此同時，罐子裡的鬼魂以黑亮的雙眼凝視我。

「她就是她？」我重複道。

「沒錯。潘妮洛・費茲就是梅莉莎・費茲。她們是同一個人。」

《洛克伍德靈異偵探社4　爬行的黑影》完

Lockwood & Co. 名詞表

*代表第一型鬼魂、**代表第二型鬼魂

Agency, Psychical Investigation　靈異事件調查事務所／偵探社
專門調查鬼魂造成的污染、損害的行業。倫敦市內有十多間偵探社，最大的兩間（費茲和羅特威爾）旗下有數百名調查員；最小的（洛克伍德）則只有三名員工。偵探社大多由成年監督員營運，但調查的重責大任幾乎都落在擁有強大超自然天賦的少年孩童肩上。

Apparition　幻影
鬼魂顯現的形體。幻影通常會模仿死者的外貌，不過也有是動物或物體的案例。有的幻影可能是極罕見的形貌。最近的萊姆豪斯碼頭一案中，惡靈變成發出綠光的眼鏡王蛇，惡名昭彰的貝爾街恐怖事件的鬼魂則是以拼布娃娃的外形現身。無論強弱，大部分的鬼魂不會（或是無法）改變外表。但變形鬼是例外。

Aura　靈光
許多幻影周圍會散發出光芒或氣息。靈光大多相當微弱，以眼角餘光看得最清楚。強烈明亮的靈光稱爲異界光芒。少數幾種鬼魂，像是黑暗惡靈散發出的黑色靈光，比它們周遭的夜色更黑暗。

Bone Man*　皮包骨*
某種特定變種的第一型鬼魂，可能是虛影的亞型。皮包骨消瘦光禿，顱骨和肋骨上包著皮。會發出明亮蒼白的異界光芒。雖然外表與有些死靈很像，但皮包骨總是消極被動，通常有點沉悶。

Chain net　鍊網
銀鍊細織而成的網子；用途多樣廣泛的封印。

Changer　變形鬼****

罕見而危險的第二型鬼魂，力量強大到能夠在顯現後改變外表。

Chill　惡寒

鬼魂在近處時，氣溫驟降的現象。這是即將顯現的四種徵兆之一，另外三種是無力、瘴氣、潛行恐懼。惡寒可能會擴散得很廣，也可能集中在某些特定的「冰點」。

Cluster　群聚

一群鬼魂占據一個小區域

Cold Maiden*　冰魔女*

朦朧灰暗的女性形體，通常穿著老式連身裙，從遠處看不太清楚。冰魔女會散發出強大的悲傷與無力，極少接近生者，但有例外。

Creeping fear　潛行恐懼

一種無法說明的恐慌，通常會在鬼魂逐漸顯現時體驗到，會伴隨惡寒、瘴氣、無力出現。

Curfew　宵禁

英國政府爲了對付靈擾爆發，在幾個人口眾多的地區強制設立宵禁。在宵禁期間（從太陽剛下山到黎明），普通人得盡量待在屋內，受房屋障蔽保護。許多城鎮以警鐘來提示宵禁開始與結束。

Dark Spectre　黑暗惡靈****

一種恐怖的第二型鬼魂，形成一片會移動的黑暗。有時稍微看得見那片黑暗的中央幻影，有時那片黑影沒有形體，帶著流動感，可能會縮小成跳動心臟的尺寸，或是迅速擴展，吞噬整個房間。

Death-glow　死亡光輝

死亡地點殘留的能量。死得越悽慘，光芒就越旺盛。強大的能量可存留好幾年。

Defences against ghost　對抗鬼魂的障蔽

三個主要的防禦措施依照效用強弱來排序，分別是銀、鐵、鹽。薰衣草也能提供些許保護，亮光和流動的水亦同。

DEPRAC　靈異局

靈異現象研究與控制局（The Department of Psychical Research and Control）的簡寫。這個政府機關致力於與靈擾爆發有關的事務，調查鬼魂的本質，尋求摧毀最危險的鬼魂的方式，並監控那些互相競爭的偵探社。

Ectoplasm　靈氣

構成鬼魂的奇異物質，極不穩定。高濃度靈氣對生者極度危險。

Fittes furnaces　費茲熔爐

倫敦大都會靈異物品銷毀熔爐的泛稱，位於克拉肯維爾，危險的超自然源頭將在此焚燒摧毀。

***Fittes Manual*　《費茲教戰守則》**

英國第一間靈異事件偵探社創辦人梅莉莎．費茲撰寫的名作，是調查員的指導手冊。

Floating Bride *　飄浮新娘*

女性形象的第一型鬼魂，冰魔女的變體。飄浮新娘通常沒有腦袋或缺少某個身體部位。有些仍在尋找身體缺失的部位；其餘的會在高處悲傷地懷抱或抓握該部位。因漢普敦宮兩名斬首王室新娘的鬼魂而得名。

Ghost 鬼魂

死者的亡魂。從古至今，鬼魂一直存在，但是受某些不明原因的影響，它們越來越普遍。鬼魂分成許多型態，大致有三種類型，詳見「Type One 第一型」、「Type Two 第二型」、「Type Three 第三型」。鬼魂總是盤據在源頭附近，那裡通常是它們死去的地點。鬼魂在天黑後力量最強，特別是子夜到凌晨兩點之間。大部分的鬼魂不會留意生者的存在，或是不感興趣。少數鬼魂極具敵意。

Ghost-bomb 鬼魂炸彈

禁錮在銀玻璃容器中的鬼魂所製成的武器。當容器破裂，釋出的魂體會朝活人施放恐懼和鬼魂觸碰。

Ghost cult 拜鬼邪教

因各種原因對鬼魂懷有病態興趣的一群人。

Ghost-fog 鬼魂霧氣

帶著綠色光澤的蒼白薄霧，有時會伴隨著顯現冒出。可能是由靈氣構成，冰冷、讓人不舒服，不過本身並沒有危險性。

Ghost-jar 拘魂罐

以銀玻璃製作，用來禁錮源頭的容器。

Ghost-lamp 驅鬼街燈

射出明亮白光的電力街燈，可以驅趕鬼魂。大部分的驅鬼街燈都加裝了遮罩，會整夜定時開啓與關閉。

Ghost-lock　鬼魂禁錮

第二型鬼魂展現的危險力量，可能是無力的延伸。受害者的意識會慢慢消退，被龐大的絕望擊倒。他們的肌肉變得無比沉重，再也無法自由思考移動。大部分的案例中，他們只能僵在原地，無助地等待飢餓的鬼魂接近……

Ghost-touch　鬼魂觸碰

與幻影直接接觸，這是具攻擊性鬼魂最致命的力量。一開始是尖銳龐大的寒意，冰冷的麻痺感會傳遍全身。人體器官一一衰竭；肉體很快就會發紫腫脹。若是沒有即刻接受醫療（通常會施打腎上腺素刺激心臟），患者性命難保。

Glimmer*　微光鬼*

極其微弱難察的第一型鬼魂。微光鬼的顯現只有光斑狀的異界光芒在空中掠過。觸碰和穿行都很無害。

Greek Fire　希臘之火

鎂光彈的別稱。在千年前拜占庭（或希臘）帝國時期，顯然就已使用這類早期武器來對付鬼魂。

Haunting　鬧鬼

詳見「Manifestation　顯現」。

Ichor　靈液

靈氣在極其濃厚集中下呈現的形態。能燃燒許多物質，只有銀玻璃能安全禁錮。

Iron　鐵
抵擋各種鬼魂的重要障蔽，歷史悠久。一般人會以鐵製飾品保護家園，並隨身攜帶鐵製護符。調查員會攜帶鐵製細刃長劍和鐵鍊，作爲攻擊與防禦的道具。

Lavender　薰衣草
人們相信這種植物的濃郁甜香可以驅趕邪靈。因此，不少人佩戴乾燥的薰衣草束，或是將之燒出刺鼻的煙霧。調查員有時會攜帶薰衣草花水或薰衣草手榴彈，用來對付脆弱的第一型鬼魂。

Limbless　無肢怪****
浮腫畸形的第二型鬼魂，通常具有人頭和軀幹，但缺少足以辨識的四肢。與死靈和骨骸一樣，幻影形態令人不快。顯現時常伴隨著有強烈的瘴氣和潛行恐懼。

Listening　聽覺
三種超自然天賦中的一種。有這項能力的靈感者能夠聽見死者的聲音、過去事件的回音、其他與顯現有關的超自然聲音。

Lurker*　潛行者*
某種第一型鬼魂，盤據在陰影之中，幾乎不動，絕不接近生者，但會散發出強烈的焦慮與潛行恐懼。

Magnesium flare　鎂光彈
裝了鎂、鐵粉、鹽、火藥的金屬小瓶子，瓶口用玻璃封住，還加裝點火裝置。調查員用來對付敵對鬼魂的重要武器。

Malaise　無力

當鬼魂接近時，人們往往會感到憂鬱倦怠。在某些極端的案例中，無力感會擴大爲危險的鬼魂禁錮。

Manifestation　顯現

鬼魂出現。涵蓋各種超自然現象，像是聲音、氣味、異樣感、物體移動、氣溫下降，瞥見幻影。

Miasma　瘴氣

一種令人不快的氣息，通常涵蓋討人厭的滋味與氣味，在鬼魂顯現時出現。常會伴隨著潛行恐懼、無力、惡寒。

Night watch　守夜員

一整群小孩在太陽下山後看守工廠、辦公處、公共區域，多半是受大公司和地方議會的雇用。雖然這些孩子不能使用細刃長劍，不過會手持鑲著鐵製尖端的守夜杖抵擋幻影。

Nimbus　環光

環狀的靈光；明亮環狀光粒的異界光芒有時會包圍源頭和幻影。

Operative　調查員

偵探社調查員的別名。

Other-light　異界光芒

某些幻影散發出的詭異光芒。

Phatasm　幽影****

任何維持半透明、輕盈形象的第二型鬼魂都稱爲幽影。除了朦朧輪廓和少數面部五官細節，幾乎看不見幽影。儘管外型虛幻，它們不比更有存在感的惡靈安全，反而因爲難以捉摸而更加危險。

Phantom　幽靈
鬼魂的另一種泛稱。

Plasm　鬼氣
詳見「靈氣　Ectoplasm」。

Poltergeist　騷靈****
具備破壞力的強大第二型鬼魂。釋放爆發性的強大超自然能量，甚至能讓沉重的物體飄到半空中。它們不會構成幻影。

Problem, the　靈擾爆發
目前影響英國的傳染性鬧鬼現象。

Rapier　細刃長劍
靈異現象調查員的正式武器。鐵製劍刃的尖端有時會鍍上銀。

Raw-bones　骨骸****
一種令人不快的罕見鬼魂，外表是鮮血淋漓、沒有皮膚的屍骸，圓滾滾的眼睛，外露獰笑的牙齒。不受調查員歡迎。許多專家認爲它是死靈的變體。

Relic-man/relic-woman　盜墓者
探找源頭和其他超自然人工製品，然後在黑市裡販售的人。

Revenant　亡魂****

很罕見的第二型鬼魂變種，幻影能短時間驅動自身屍體擺脫墳墓拘束。雖然亡魂會引發強力的鬼魂禁錮和陣陣巨大的潛行恐懼，卻很好對付，因爲屍體本身就是源頭，所以調查員有很多機會可以用銀來包圍。而且，要是屍身年代久遠，還沒造成太大傷害就已潰不成形。

Salt　鹽

常用來抵擋第一型鬼魂的障蔽。效用比鐵和銀弱，但便宜許多，能用在許多居家環境中。

Salt bomb　鹽彈

裝滿鹽巴的投擲用小型塑膠袋，打中目標時會炸開，鹽巴四散。調查員會用此逼退比較弱的鬼魂。面對較強的對手用處不大。

Salt gun　鹽水槍

大範圍噴撒鹽巴的器具。此種武器對付第一型鬼魂十分有效。在大型偵探社應用日廣。

Screaming Spirit　尖叫怪****

一種嚇人的第二型鬼魂，不一定會形成看得見的幻影。尖叫怪會發出恐怖的超自然尖叫，有時足以讓聽者嚇到無法動彈，導致鬼魂禁錮。

Seal　封印

一項物品，材質通常是銀或鐵，能夠用來包裹或是覆蓋源頭，阻止鬼魂逃逸。

Sensitive, a　靈感者

擁有卓越超自然天賦的人。靈感者通常會加入偵探社或守夜員行列；也有人從事不需與訪客實際接觸的超自然業務。

Shade*　虛影*

標準的第一型鬼魂，或許是最常見的訪客。虛影看起來可能會像惡靈一般眞實，或是虛幻如幽影，不過它們完全沒有那兩類鬼魂的危險智能。虛影似乎對生者的存在渾然不覺，通常會展現出固定的行爲模式。它們投射出悲傷與失落的情感，不過鮮少展現憤怒或是任何更強大的情緒。它們幾乎都是人類的形貌。

Shining Boy　發光童靈****

披上男童（女童較罕見）漂亮形貌僞裝的第二型鬼魂，行走間散發出冰冷醒目的異界光芒。

Sight　視覺

能看到幻影和其他鬼魂現象（像是死亡光輝）的超自然能力。三種超自然天賦中的一種。

Silver　銀

抵擋鬼魂的重要障蔽。很多人佩戴銀製首飾當作護符。調查員會在佩劍上鍍銀，這也是封印的關鍵材質。

Silver-glass　銀玻璃

特製的「防鬼」玻璃，能夠關住源頭。

Snuff-light　燭燈

偵探社用來標記超自然存在的一種小蠟燭。有鬼魂接近時，燭火會閃動、搖曳，最後熄滅。

Source　源頭
鬼魂進入現世的物體或是場所。

Spectre　惡靈****
最常遇到的第二型鬼魂。惡靈一定會形成清晰精細的幻影，有時幾乎與實體無異。它通常會重現死者生前或是剛死時的模樣。惡靈比幽影實在，不像死靈那樣恐怖，行爲模式也與它們不同。許多惡靈不會輕易傷害人類，僅執著於它們與生者間的交易——可能是揭露某個祕密，或是導正過去犯下的錯誤。然而，有些惡靈極具攻擊性，很想接觸人類。應當要極力避開這些鬼魂。

Stalker*　隨行者*
似乎容易受到人類吸引的第一型鬼魂，隔著一段距離跟蹤生者，但從不會冒險接近。聽覺高超的調查員有時會感應到隨行者枯瘦雙腳緩緩飄過的咻咻聲，還有來自遠方的嘆息呻吟。

Stone Knocker*　投石怪*
超級無聊的第一型鬼魂，除了發出輕敲聲，幾乎什麼都不會做。

Talent　天賦
看到、聽到，或是以其他方式偵測鬼魂的能力。很多小孩生下來就擁有某種程度的超自然天賦。這種技能往往會在成長期間漸漸消退，不過少數的成人依舊保留這份力量。如果擁有一般水準以上的天賦，孩童可以加入守夜員行列。能力格外強大的孩子通常會加入偵探社。天賦的三個主要類別是視覺、聽覺、觸覺。

Tom O'Shadows*　門口老湯姆*

倫敦人用來稱呼徘徊在門口、拱門或窄道的潛行者或虛影。常見的城市鬼魂。

Touch　觸覺

從物體上感應超自然震盪的能力，那些物體得與死亡或是鬧鬼事件有緊密連結。這類震盪會化作視覺影像、聲音，或是其他的感官印象。這是三種主要天賦中的一種。

Type one　第一型

最弱、最常見、最不危險的鬼魂等級。第一型鬼魂極少察覺到它們的周遭環境，多半會重複某個單調的行為模式。常遇到的案例包括：虛影、潛行者、隨行者。參見「Bone Man　皮包骨」、「Cold Maiden　冰魔女」、「Floating Bride　飄浮新娘」、「Glimmer　微光鬼」、「Stone Knocker　投石怪」、「Tom O'Shadows　門口老湯姆」與「Wisp　鬼火」。

Type two　第二型

最危險、最常鬧事的鬼魂等級。第二型鬼魂比第一型強大，殘留著某種程度的智能。它們清楚意識到生者的存在，可能會想造成傷害。最常見的第二型鬼魂依序是惡靈、幽影、死靈。參見「Changer　變形鬼」、「Limbless　無肢怪」、「Poltergeist　騷靈」、「Raw-bones　骨骸」、「Revenant　亡靈」、「Screaming Spirits　尖叫怪」。

Type Three　第三型

極度罕見的鬼魂，僅有梅莉莎．費茲通報過，爭議不斷。據聞它能與生者進行完整的溝通。

Visitor　訪客
鬼魂。

Ward　護符
某種用來驅趕鬼魂的物體，材質通常是鐵或銀。小型護符可當成首飾佩戴；大型護符則是掛在屋子周圍，通常同樣具備裝飾性。

Water, running　流動的水域
古時候便有人觀察出鬼魂不喜歡橫渡流動的水域。到了現代，英國人有時會利用這個常識來對付它們。倫敦市中心擁有交錯的人工運河或是渠道，來保護主要的商圈。有些店主會在前門挖出小水溝，引入雨水。

Wisp*　鬼火*
微弱且通常無害的第一型鬼魂，以蒼白閃爍的焰火顯現。有些學者推斷，所有鬼魂隨著時間都會弱化成鬼火，然後變成微光鬼，最終完全消散。

Wraith　死靈**
一種危險的第二型鬼魂。與惡靈的力量和行爲模式雷同，但外表更加駭人。它們的幻影是死者死亡時的模樣：憔悴、凹陷、瘦得驚人，有時候還腐敗生蟲。死靈通常以骸骨的形貌現身，散發出強大的鬼魂禁錮。參見「Raw-bones　骨骸」。

洛克伍德
靈異偵探社

5

The Empty Grave

【完】

洛克伍德靈異偵探社精彩完結篇！

從骷髏頭口中得知了駭人的眞相，洛克伍德偵探社與奇普斯潛入費茲陵園，試圖找出倫敦最大偵探社與其領導者的罪惡祕密。

循線索發掘而出的眞相，將翻轉他們所知的這個世界……

洛克伍德靈異偵探社4 爬行的黑影／喬納森・史特勞（Jonathan Stroud）著；楊佳蓉 譯. -- 初版. --
臺北市：蓋亞文化, 2024. 11
面； 公分
譯自：*The Creeping Shadow*
ISBN 978-626-384-136-9（第4冊：平裝）

873.59　　113015330

Light 033

洛克伍德靈異偵探社 4 爬行的黑影

作　　者　喬納森・史特勞（Jonathan Stroud）
譯　　者　楊佳蓉
封面裝幀　莊謹銘
編　　輯　章芳群
總 編 輯　沈育如
發 行 人　陳常智
出 版 社　蓋亞文化有限公司
地址：台北市 103 承德路二段 75 巷 35 號 1 樓
電話：02-2558-5438　傳眞：02-2558-5439
電子信箱：gaea@gaeabooks.com.tw
投稿信箱：editor@gaeabooks.com.tw
郵撥帳號 19769541　戶名：蓋亞文化有限公司
法律顧問　宇達經貿法律事務所
總 經 銷　聯合發行股份有限公司
地址：新北市新店區寶橋路二三五巷六弄六號二樓
電話：02-2917-8022　傳眞：02-2915-6275
港澳地區　一代匯集
地址：九龍旺角塘尾道 64 號龍駒企業大廈 10 樓 B&D 室
電話：+852-2783-8102　傳眞：+852-2396-0050
初版一刷　2024年11月
定　　價　新台幣 499 元
Published and Printed in Taiwan

ISBN 978-626-384-136-9